The Leopard Prince
by Elizabeth Hoyt

雨上がりの恋人

エリザベス・ホイト
古川奈々子[訳]

ライムブックス

THE LEOPARD PRINCE
by Elizabeth Hoyt

This edition published by arrangement with
Grand Central Publishing, New York,USA
through tuttle-Mori Agency, Inc., Tokyo.

雨上がりの恋人

主要登場人物

ジョージナ（ジョージ）・メイトランド……伯爵の娘でヨークシャーの領地（ワールズリー）の所有者
ハリー・パイ……ワールズリーの土地差配人
トニー・メイトランド……ジョージの一番目の弟でメイトランド伯爵家の当主
オスカー・メイトランド……ジョージの二番目の弟
ラルフ・メイトランド……ジョージの三番目の弟
ヴァイオレット・メイトランド……ジョージの妹
セシル・バークレー……メイトランドきょうだいの幼なじみ
ティグル……ジョージ付きのメイド
サイラス・グランヴィル卿……ワールズリーの隣の領地を所有する貴族
トーマス・グランヴィル……グランヴィル家の長男
ベネット・グランヴィル……グランヴィル家の次男
ウィル……ハリーが面倒を見る両親のいない少年
ミセス・ポラード……ウィルの祖母
ディック・クラム……居酒屋の亭主
ジャニー……ディックの妹
ユーフィーミア（ユーフィー）・ホープ……ヴァイオレットのお目付け役

1

ヨークシャー（イギリス）
一七六〇年九月

レディ・ジョージナ（ジョージ）・メイトランドが、自分の雇っている土地差配人を初めて男性として意識したのは、馬車がひっくり返って壊れ、馬が逃げ出す少し前のことだった。もちろん、以前からハリー・パイが男性であることは知っていた。とはいえ、彼のことを、ライオンや象やクジラ――クジラは非常に大きな魚ではなく、哺乳動物の仲間と言ってさしつかえなければの話だけれど――などといった、いわゆる野獣の仲間であると思ったことはなかった。つまり、言いたいのは、彼が男であることがいきなり明々白々の事実になったということだ。

ジョージはヨークシャーのイーストライディングに向かう荒涼とした街道に立ち、眉をひそめた。彼らを取り囲むエニシダで覆われた山々はなだらかにうねりながら暗い地平線へと消えていく。暴風雨が近づいているせいで、あたりは急激に暗くなりつつあった。まるで地の果てに立ちつくしているかのようだ。

「ミスター・パイ、クジラは哺乳動物か巨大な魚のどちらだと思います？」彼女は風に向かって叫んだ。

ハリー・パイは背中を丸めていた。その両肩には濡れたローンのシャツがぴたりとはりつき、とても魅力的に見えた。彼は少し前に上着とベストを脱ぎ捨て、御者のジョンがひっくり返った馬車から馬たちを解放する手伝いをしていた。「哺乳動物と考えております」ミスター・パイの声はいつものように低く落ち着いていて、ごくわずかにだがざらつくような響きがあった。

ジョージは、彼が大声を出したり、何らかの感情をあらわにするのを一度も聞いたことがなかった。彼女が自分のヨークシャーの領地へいっしょに行くと言ってきかなかったときも、雨が降りはじめて、馬車がほとんど進まなくなったときも、そして二〇分前に馬車がひっくり返ってしまったときも。

いらいらするったらないわ！「馬車を元通りに起こすことができると思っているの？」彼女は無残に横倒しになっている馬車をじっと見つめながら、ずぶぬれのマントを顎に引き寄せた。馬車の扉は蝶番のひとつがはずれ、風にあおられてばたんばたんとひるがえっている。二個の車輪はつぶれ、後ろの車軸は妙な角度に曲がっていた。そんな状況できくには、まったくばかげた質問だった。

ところがミスター・パイは、彼女のばかさかげんに気づいていることを、言葉にもしぐさにもまったくあらわさなかった。「いいえ、お嬢様《マイ・レディ》」

ジョージはため息をついた。

実際、自分たちと御者が無事で、怪我さえしなかったのはある種の奇跡だった。雨で道はぬかるみ、滑りやすくなっていて、最後にカーブをきったとき、馬車は滑りはじめた。中にいたジョージとパイは、御者がなんとか馬車を倒すまいと大声で叫ぶのを聞いた。ハリー・パイは大きな猫のようにさっと席から立って、彼女を抱きかかえた。何か声を発するより先に、彼の腕の中にいた。彼のぬくもりに包まれ、シャツに押しつけられた鼻から、清潔なリネンと男性の肌のにおいを吸いこんだ。そのときにはすでに、馬車は傾いていた。溝に落ちたのは明らかだった。

ゆっくり、そして不気味に、馬車はぎしぎしとすさまじい音を立てながら転倒した。前方につながれていた馬はいななき、馬車は運命に逆らおうとするかのようにうなった。世界がひっくり返るあいだ、ジョージに上着をつかまれ、パイは痛みにうっと声をあげた。それから、ふたたび静かになった。馬車は横倒しになり、パイは大きな温かい毛布のように彼女の上に覆いかぶさっていた。ただし、彼の体は彼女がいままで触れたどの毛布よりも力強かった。

パイは丁寧にわびると体をひきはがし、座席によじのぼって頭上の扉を開けた。そして這うように外に出て、彼女をぐいっと引き上げた。彼につかまれていた手首をさする。なんて強い力かしら。外見からは想像もできない強靭さに、ジョージは戸惑った。一瞬、彼女の全体重が彼の腕一本にかかったのだ。ジョージはけっして小柄な女性ではなかったのだが。

御者は大声で叫んでいたが、その声はほとんど風にかき消されていた。しかし、彼女を現実に引き戻すにはその声で十分だった。御者が救おうとしていた雌馬は自由になった。

ハリー・パイは「その馬で次の町まで行ってくれ」と御者に命じていた。「別の馬車をここに寄こすよう手配してほしい。わたしはレディ・ジョージナとここに残る」

御者は馬にまたがり一度手を振ってから、大雨の中に消えた。

「次の町までどれくらいあるの?」ジョージは尋ねた。

「一五キロから二五キロといったところでしょう」パイは一頭の馬から垂れ下がっていた紐を引っ張った。

彼女は働く彼の姿をじっと観察した。びしょ濡れなのは別として、ハリー・パイは今朝リンカーンの宿屋を出発したときとなんら変わるところがないように見えた。以前同様、背は高くもなく、低くもなし。どちらかといえば痩せ型で、髪は茶色だ。栗色でも赤褐色でもない、月並みな茶色。髪油も髪粉もつけず、シンプルに後ろでひとつに結んでいる。服装も茶色。膝までのズボンもベストも上着も茶。まるでわざと自分の存在を目立たなくしようとしているかのよう。ただその目だけが――ときどき感情のかけらのようなものがきらめくことがある濃いエメラルドグリーンの瞳だけが――彼に色彩を与えていた。

「なんだか寒くなってきたわ」とジョージはささやいた。

パイはさっと目を上げた。視線を彼女の手に、それからぶるぶる震えているのど元に走らせてから、彼女の背後の丘陵へと移した。

「申しわけありません。寒がっていらっしゃることに、もっと早く気づくべきでした」パイは、解放してやろうとしているおびえた去勢馬のほうに向きなおった。彼の手もジョージの手と同じくらい凍えていたに違いないが、着実に作業をつづけている。「ここから遠くないところに羊飼いの小屋があります。この馬と、あの馬に乗ることができます」去勢馬の横の馬に向かって顎をしゃくった。「こいつはだめですが」

「本当に？　どうしてわかるんです？」彼女には、その馬が怪我をしているようには見えなかった。残った三頭の馬車馬どれもが震えていて、風がふきつけると目をぐるりと回した。パイが示した馬がほかの馬より弱っているようには思えない。

「この馬は右の前脚をかばっています」パイがうーんとうなると、突然、三頭の馬は馬車から自由になった。とはいえ、まだいっしょにつながれたままだったが。「どうどう、いい子だ」彼は先導馬を捕らえた。日に焼けた右手がやさしく馬の首をなでる。その右手の薬指は、第二関節から先がなかった。

彼女は顔をそむけ、山のほうに視線を向けた。使用人は使用人——そう、土地差配人だって、上級の使用人だもの——男でも女でもないのよ。もちろん、彼らはれっきとした人間で、それぞれが自分たちの生活を営んでいる。でも、男でも女でもない存在と考えていたほうがずっと簡単だ。たとえば椅子のように。疲れたら、人は椅子に座りたいと思う。でも、だれも椅子についてそれ以上のことは考えないし、それがあたりまえなのよ。鼻水を垂らしていることを椅子に気づかれたかしらと考えたり、椅子が何を考えているか知りたがったり、椅子は美しい目をしているなんて思ったりしたら、うっとうしくてしかたないわ。もっとも椅子が美しかろうがなかろうが、目を持っているはずはない。人間だからこそ目を持っている。

そして、ハリー・パイは美しい目を持っている。

ジョージはふたたび彼に顔を向けた。「三頭目の馬はどうするのです?」

「ここに置き去りにするしかありません」

「雨の中に?」

「そうです」

「それでは馬がかわいそうだわ」

「ええ、たしかに」ハリー・パイはまた肩を丸めた。そのしぐさが、ジョージには妙に魅力的に感じられた。しょっちゅうそんなしぐさをしてくれればいいのに、と彼女は思った。

「いっしょに連れていったらどうかしら」

「それはできません」

「本当に?」

パイが両肩をこわばらせ、彼はゆっくり頭を回した。その瞬間、稲妻が道を明るく照らした。彼のグリーンの瞳がぎらりと光り、ジョージの背筋にぞくっと戦慄が走った。少し遅れて、この世の終わりを告げるかのように激しい雷鳴が響いた。

ジョージはびくっとした。

ハリー・パイは体を起こした。

そのとき馬たちがいっせいに逃げ出した。

「まあ、どうしましょう」レディ・ジョージナは細い鼻から雨をしたたらせながら言った。「困ったことになってしまったようね」

たしかに困った状況だ。というより、かなり本気でまずいことになった。ハリーは目を細めて、悪魔に追い立てられたかのように馬たちが走り去った道を見やった。あのばかな馬たちの姿は影も形もなかった。全速力で一キロ近くを一気に駆け抜けたのだろう。この大雨の中、追っても無駄だ。彼は雇われてからまだ半年にもならない雇い主に視線を移した。レディ・ジョージナの貴族的な唇は紫色に変わり、マントのフードを縁取っている毛皮はびしょ濡れで哀れな姿だった。伯爵の娘というより、ぼろぼろになった上等の服を着た孤児のように見えた。

彼女はこんなところで何をしているのだ？　レディ・ジョージナがいなければ、ロンドンからヨークシャーの彼女の領地まで馬で向かっただろうし、一日前にワールズリー・マナーに到着していただろう。そしていまごろは、自分の家で暖炉の前に座り、温かい食事をとっていたことだろう。急速に夕闇が迫る街道の真ん中に凍えながら立ちつくしてなどいなかったはずだ。しかし、ロンドンに出向いて雇い主に領地についての報告をすると、レディ・ジョージナは自分もワールズリー・マナーへ行くと言いだしたのだ。それには馬車が必要になった。現在、溝の中でガラクタ同然に横たわっているあの馬車が。

ハリーはため息を飲みこんだ。「歩けますか?」

レディ・ジョージナはツグミの卵と同じくらい青い目を大きく見開いた。「ええ、もちろん。生まれて一一カ月目から歩いているわ」

「そうですか」ハリーは窮屈そうにベストと上着を身にまとったが、ボタンははずしたままだった。上着もベストも本人同様びしょ濡れだ。彼は溝の中に下りて、馬車から膝掛けを取ってきた。幸い、それらはまだ乾いていた。膝掛けを丸めて、まだ火が消えずにいた馬車のランタンを手に取る。それから、レディ・ジョージナがよろめいて転び、その貴族的な腰を泥だらけにしないよう彼女の肘をつかんで、エニシダに覆われた山に向かって重い足取りで歩きはじめた。

当初ハリーは、彼女がヨークシャーへどうしても行くと言いだしたのは、子どもじみたきまぐれのせいだと思っていた。自分の皿にのっている肉や、首を飾る宝石がどこから来るのか考えたこともない高貴な女性のおふざけだろうと。生計を立てるために働いたことのない人間は、しばしば突飛な考えを持つものだ。しかし、彼女とすごす時間が増えるにつれ、そういう種類の女性ではないのかもしれないと思うようになった。たしかに、ばかげたことも口にするが、じつはわざとおもしろがってそんなことを言っているのだということに彼はすぐ気づいた。社交界のほとんどの女性たちよりも彼女は賢かった。レディ・ジョージナがいっしょにヨークシャーに行くと言うからには、正当な理由があるに違いないという感触があった。

「かなり遠いのですか？」レディ・ジョージアナはあえぎながらきいた。ふだんは青白い彼女の両頬が真っ赤に染まっていた。

ハリーは濡れそぼった山々を見わたし、闇の中で目印をさがした。露出した岩肌の前に生えている曲がりくねったオークの木に見覚えがあるのではないか？「それほど遠くはありません」

少なくとも彼はそうであることを望んでいた。この山々を最後に通ってから何年も経っている。小屋がある場所を間違えているかもしれない。あるいは、彼が最後にそれを見てから、崩れてしまったかもしれなかった。

「火をおこせるのですよね、ミスター・パ、パイ？」彼女の唇は震えて、うまく彼の名前を発音できなくなっていた。

温めてやらなくては。小屋がすぐ見つからないなら、馬車からとってきた膝掛けをテント代わりにしなければならないだろう。「ええ、ご心配なく。四歳のころからやっております」

それを聞いて、彼女はにこりと笑った。二人の目が合った。ああ、もしかなうなら――そのとき、いきなり稲妻が光り、ハリーの思いはかき消された。閃光の中に石の壁が見えた。

「ありました」助かった。

小さな小屋はかろうじてまだ立っていた。四方が石壁でできている小屋の上には、年月と雨のせいで黒ずんだ草葺の屋根がのっていた。雨で濡れた扉に肩をあて、一度か二度、強く押すと扉は動いた。ハリーは体を扉の隙間にはさみこんで、こじ開けるようにして中に入り、ランタンを高く掲げて内部を照らした。小さな生き物がささっと陰の中に逃げこんだ。彼は震えを抑えた。

「まあ！　くさい」レディ・ジョージナは小屋の中に入って、カビのにおいを追い払うように、ピンク色に染まった鼻の前で手を振った。

ハリーは彼女の後ろで扉をばたんと閉めた。「申しわけありません」

「あら、あなたが謝ることはないわ。つべこべ言わず、雨やどりできることに感謝しろと言えばいいのに」彼女はほほえんで、フードをはずした。

「めっそうもない」ハリーは炉端へ歩いていき、燃えさしの薪を何本か見つけた。薪はクモの巣で覆われていた。

「あら、ミスター・パイ。あなたがそう言いたくてたまらないことくらい、お、お見通しよ」彼女の歯はまだかちかち鳴っていた。

傾いたテーブルのまわりにぐらぐらする椅子が四つ置かれていた。ハリーはランタンをテーブルに置いて、椅子のひとつを取り上げ、石の暖炉にたたきつけた。椅子はばらばらに壊れた。背もたれははずれ、座席部分は砕けて細かな破片になった。

背後でレディ・ジョージナがきゃっと叫んだ。

「ご心配なく、あなたに危害は加えません」と彼は言った。

「本当に？」

「ええ」彼はひざまずいて、黒焦げの薪の上に椅子の破片を積み重ねはじめた。

「そう。では、わたしはお行儀よくしていなくてはね」彼女が椅子を引き寄せる音がハリーの耳に届いた。「とても手際がいいのね。こういうことに慣れているみたい」

彼は木の砕片にランタンの炎をあてた。木片に火がついたので、炎を消さないよう慎重に、もう少し大きい椅子の破片をくべた。

「うーん、いい気持ち」背後から聞こえる彼女の声はかすれていた。

一瞬、ハリーは凍りついた。もしもまったく違う状況でその言葉と声色を聞いたらどうだろう。だがすぐに、その考えを払いのけて、振り向いた。

レディ・ジョージナは手を炎にかざしていた。赤い髪は乾きはじめて、くるくると巻き、額を縁取っている。白い肌は火明かりに照らされて輝いている。彼女はまだ震えていた。

ハリーは咳ばらいをした。「濡れたドレスをお脱ぎになって、膝掛けにくるまれたらよろしいと存じます」彼は大股で、馬車の膝掛けが置いてある扉の近くに歩み寄った。

背後から、笑い転げる声が聞こえた。「そんな丁寧な言い方でこれほど不作法な提案がなされるのをいままでいっぺんも聞いたことがないわ」

「不作法なことを申し上げたつもりはありません」ハリーは膝掛けを手わたした。「不快に思われたのなら、お許しください」つかの間、彼女の笑いに満ちた青い目と目が合ったが、すぐに彼は背中を向けた。

後ろから衣擦れの音が聞こえてくる。想像してはならない。青白い裸の肩の下には……そんなことは、断じて考えてはならない。

「不作法だなんて、そんなこと、まったくないわ、ミスター・パイ。それにわたし、あなたが不作法なことをするなんてありえないと思いはじめているの」

もし彼女が、おれが何を考えているかを知っていたなら、そんなふうには考えないだろう。彼は咳ばらいをしたが、何も言わずにおいた。気持ちをそらすために狭い小屋の中を見まわす。食器戸棚はなく、あるのは椅子とテーブルだけだった。残念だな。腹が減っているのに。

衣擦れの音が止んだ。「もうこちらを向いてもいいわ」

彼は覚悟を決めて声のするほうを見たが、彼女はすでに毛皮の膝掛けにくるまっていた。唇には先ほどよりも赤みがさしていたので、彼はほっとした。

レディ・ジョージナは裸の腕を膝掛けから出して、暖炉の向こう側にある膝掛けを指さした。「あなたのために一枚残しておいたわ。わたしはここから動けないけれど、あなたも服を脱ぎたいなら、目をつぶってのぞき見しないと約束するわ」

ハリーは視線をその白い腕から引きはがし、聡明そうな青い瞳を見つめた。「ありがとうございます」

腕を膝掛けの中に入れながら、レディ・ジョージナはほほえんで目を閉じた。

しばらくハリーは彼女を見つめた。赤みがかったまつげのアーチが青白い頬の上ではためき、ねじ曲げた唇にほほえみが浮かんでいる。細くて高い鼻。顔の輪郭は少し角張っている。立ちあがれば、身長は彼と同じくらいだった。美人ではなかったが、彼女が近くにいるとついそちらに視線が吸い寄せられ、目をそらすのに苦労した。からかうようなことを言う前に唇がぴくっと動くせいなのか。あるいはほほえむときに両眉がぐっと額の上まで吊り上がるせいなのか。とにかく、鉄粉が磁石に引きつけられるように、彼の目は彼女の顔に引きつけられてしまうのだった。

ハリーは上半身裸になり、残った最後の一枚の膝掛けを巻きつけた。「もう目を開けても大丈夫です」

レディ・ジョージナは目をぱっと開いた。「さあこれで、わたしたちは二人ともシベリアで冬ごもりしているロシア人みたいになったわね。ベルがついたそりがないのが残念だわ」

彼女は膝の上の毛皮をなでた。

彼はうなずいた。静けさの中、暖炉の火がぱちっと鳴る音だけが聞こえる。あとは主人のために何をしたらいいのだろう。小屋には食べ物はなかった。ただ夜が明けるのを待つだけか。上流階級の人々は、豪華な居間に二人きりでいるとき、どのように振る舞うのだろうか？

レディ・ジョージナは膝掛けをさかんに引っ張っていたが、突然、その手の動きを制するかのように、両手を組み合わせた。「ミスター・パイ、何かお話を知っている？」

「話？」

「ええ、お話。おとぎ話と言ったほうがいいかも。わたし、お話を集めているの」

「そうなんですか？」ハリーは途方に暮れた。まったく、貴族ってのは、ときとして奇想天外なことを考えるものだ。「いったいぜんたい、どうやってそんなものを集めるのです?」

「人にきくの」からかわれているのかと彼はいぶかった。「みんな驚くくらい、子どものころに聞いた物語を覚えているものなの。もちろん、年取った乳母などにきくのが一番よ。知り合いに片っ端から頼んで、その人たちの乳母に会わせてもらったの。あなたの乳母はまだ生きているの?」

「わたしには乳母などおりませんでした」

「まあ」彼女の頰は赤くなった。「でも、だれかが——あなたのお母さんやだれかが、子どものころお話をしてくれたはずだわ」

ハリーは体を動かして、壊れた椅子の破片を火にくべた。「思い出せるおとぎ話は『ジャックと豆の木』だけです」

レディ・ジョージナは哀れむように彼を見た。「ほかには何かないの?」

「残念ながら」もうひとつ覚えている物語は女性の耳に入れるようなものではなかった。

「わたしは最近、かなりおもしろいお話を聞いたわ。うちの料理人のおばさんが、ロンドンに訪ねてきたときに聞いたの。あなたも聞きたい?」

いいえ、と彼は心の中で言った。しかたなくこのような状況に陥ってしまったが、これ以上主人と親密になるのはかんべんしてほしかった。「ええ」

「昔々、偉大な王がいて、不思議なヒョウを飼っていた」彼女は椅子の上でもぞもぞと腰をずらした。「あなたが何を考えているかわかっているわ。でも、そうじゃないのよ」

ハリーは目をぱちくりさせた。「は？」

「違うの。王はすぐ死んでしまうので、彼が主役じゃないの」彼女は期待をこめた目で彼を見た。

「なるほど」ほかになんと答えたらいいのか、まったく見当がつかない。

だが、どうやら答えはそれでよかったようだ。

レディ・ジョージナはうなずいた。「ヒョウは首に金の鎖のようなものをつけていた。どうやら奴隷にされたらしいのだけれど、どうしてそうなったかはわからないの。料理人のおばさんは話してくれなかったから。王は死の床で、自分が死んだあとは、次の王、つまり自分の息子に仕えることをヒョウに約束させた」彼女は顔をしかめた。「そういうのって、なんだか、ずるい感じがするわよね？　だって、ふつう、そういう状況では忠実な召使を自由にするものでしょう」彼女はふたたび木の椅子の上で体を動かした。

ハリーは咳ばらいをした。「床の上で横になられたらいかがです？　マントはだいぶ乾いてきましたから、間に合わせの寝床をこしらえましょう」

彼女はぴかぴかの笑顔を彼に向けた。「名案だわ」

彼はマントを広げて敷き、自分の衣服を丸めて枕にした。

レディ・ジョージナは膝掛けにくるまったままぎこちない動きで粗末なにわかづくりのベッドのところへ行き、どすんと座りこんだ。「こっちのほうがずっといいわ。あなたもここへ来て横になったらいかが。わたしたちはたぶん、朝までここにいなければならないのでしようから」

なんてこった。「それはやめておいたほうがいいと思います」

彼女は細い鼻先を見下ろすような、少し横柄なまなざしで彼を見た。「ミスター・パイ、その椅子は硬いわ。とにかく敷物の上に来て、横になってちょうだい。嚙みついたりしないと約束します」

彼は歯を食いしばった。しかし選択の余地はない。やんわりと言われているが、それは命令だった。「ありがとうございます」

ハリーは用心深く彼女の横に腰を下ろし――命令であろうとなかろうと、この女性の隣に寝たら、身の破滅だ――相手の体に触れないように距離をとった。膝を両腕でかかえ、彼女の香りをかがないように努めた。

「頑固な人なのね」とレディ・ジョージナはささやいた。

彼は彼女を見た。

彼女はあくびをした。「どこまでいったかしら？　ああ、そうだったわ。それで、若い王が最初にしたことは、美しい姫の絵を見て、彼女に恋してしまうことだった。廷臣だか、使者だか、そのような者が若い王に絵を見せたのだけど、そんなことはどうでもいいわね」

彼女はふたたびあくびをした。今回はきしるような音がして、なぜかその声にハリーの下半身は敏感に反応した。いや、彼女のにおいのせいかもしれない。その香りは、望もうと望むまいと、彼の鼻に届いた。スパイスと異国の花を思わせる香りだった。

「姫は雪のような白い肌をしていて、唇はルビーのような赤。髪は黒くて、まるで瀝青《れきせい》のよう、とまあそんな感じ」レディ・ジョージナは言葉を切って、火をじっと見つめた。

話が終わって、この拷問も終わったのだろうかと彼は考えた。

すると、彼女はため息をついた。「ねえ、あなたはいままで考えたことがあって？　こういうおとぎ話に出てくる王子って、相手のことをまったく知らないのに美しい姫に恋してしまうのよ。真紅の唇は、そりゃあいいでしょうけど、彼女が変な笑い方をしたり、食べるときに、歯を鳴らしたりするとしたらどうかしら？」彼女は肩をすくめた。「もちろん、いまの時代の男性だって、艶やかな黒い巻き毛の美女に恋してしまうんですもの、お話にあんまりケチをつけるべきじゃないわね」彼女は突然大きく目を見開き、彼のほうに顔を向けた。

「気を悪くした？」

「いえ、まったく」ハリーはまじめに答えた。

「ふーん」彼女は疑っているようだ。「とにかく、彼はこの絵に恋してしまった。そしてだれかから、姫の父親は、黄金の馬を自分のところに連れてこられる男に娘をやると言っていると聞く。その馬はいま、恐ろしい鬼に所有されている。それで――」レディ・ジョージナは火のほうに顔を向けて、頰に手をあてた。「王は、ヒョウを呼んで、すぐに鬼のところへ行って黄金の馬をとってこいと命じた。そうしたら、どうなったと思う？」

「わかりません」

「ヒョウは王子の姿になったの」彼女は目を閉じてつぶやいた。「想像してみて。彼はずっと人間だったのよ……」

ハリーは待ったが、今度は話のつづきはなかった。しばらくすると寝息が聞こえてきた。

彼は膝掛けを彼女の首のところまで引き上げ、顔のまわりにたくしこんだ。指が彼女の頬に軽く触れ、一瞬、手の動きを止めて二人の肌の色の違いをしみじみとながめた。彼女の白い肌とは対照的に彼の手の皮膚の色は濃く、また、ごつごつした彼の指とは正反対に彼女の肌は柔らかく滑らかだった。ゆっくりと親指で彼女の口の端をなでてみる。なんと温かい唇。彼女の香りにはなぜか懐かしさがあった。まるで前世で、あるいは遠い昔に、そのにおいをかいだかのように。胸が苦しくなる。

彼女が違う女性で、ここが違う場所で、自分が違う男であったなら……。ハリーは心の中のささやきを断ち切って、手を引っこめた。レディ・ジョージナに触れないように気をつけながら、その横で体を伸ばした。天井を見つめて、すべての考え、すべての感情を追い払った。それから目を閉じる。簡単に寝つけないことはわかっていたが。


鼻がむずむずする。ジョージはさっと払いのけた。毛皮の感触があった。横で何かが、かさこそと音を立てていたがすぐにやんだ。頭をそちらに向けると、緑の目がこちらを見ている。こんなに朝早くにしては驚くほど、鋭いまなざしだった。

「おはよう」かすれた声で彼女は言った。咳ばらいをする。

「おはようございます」パイの声は、ホットチョコレートのように滑らかで、深みがあった。

「失礼いたします」

　パイは立ちあがった。体に巻きつけていた膝掛けが片方の肩からすべり落ち、さっと隠す前に、日焼けした素肌が見えた。彼は静かに歩いていき、ドアからすっと出ていった。

　ジョージは鼻にしわを寄せた。まったく、何にも動じない人なのね。

　そのとき突然、パイが何をしに行ったのか、頭にひらめいた。彼女の膀胱も危険信号を送っている。あわてて起き上がると、しわくちゃでまだ湿っているドレスを身につけ、できるだけ多くのホックを留めた。全部を留めるのは無理だったし、ウエストのあたりは開いたままになっているはずだが、少なくとも脱げ落ちる心配はない。ジョージはマントをはおって背中を隠し、パイを追って外に出た。黒い雲が空に漂い、雨が降りだしそうだった。パイの姿はどこにも見えなかった。あたりを見まわすと、荒れ果てた物置小屋らしきものがあったので、その陰で用を足そうと、重い足取りで後ろにまわった。

　ジョージが戻ると、パイは小屋の正面に立っていて、上着のボタンをかけていた。彼の髪はすでに結び直されていたが、いつものようにきちんとしてはいなかったし、服はしわくちゃだ。いったいわたしはどんな姿に見えるのかしらと考えると、彼女は笑いがこみあげてくるのを抑えることができなかった。このハリー・パイでさえ、あばら家で一晩すごせば、翌朝その痕跡を隠せないくらいだもの。

「おしたくができましたら」と彼は言った。「街道まで戻ったほうがよいと思います。御者がわれわれを待っているでしょう」

「ええ、待っていてくれるといいけれど」

彼らは昨夜の道を戻っていった。あたりが明るく、しかも下り坂だと、それほど遠くまで行ったのではなかったことがわかってジョージは驚いた。ほどなく、最後の高台の頂上に着いて、街道を見下ろした。だが、道には壊れた馬車のほかにだれもいなかった。明るい場所では、馬車はますます無残に見えた。

彼女はため息をついた。「どうやら、わたしたちは、また歩かなければならないようね、ミスター・パイ」

「ええ、そのようです」

二人は黙りこくって重い足取りで道を歩いていった。地面から、かすかに腐敗臭がまざる不快な湿っぽいもやが立ち昇っている。ドレスのすそに染みこんだ湿気が、脚の上のほうまで忍びこんでくる。ジョージはぶるっと震えた。熱いお茶がほしい。できたら、はちみつとバターが横から垂れているスコーンも食べたい。そんな想像をすると、思わずうめき声が漏れそうになる。そのとき、背後からがたがたという音が聞こえてきた。

パイは手を上げて、角を曲がってきた農家の荷馬車を呼びとめた。「おい！　止まれ！　乗せてくれ」

農夫は手綱を引いて馬を止めた。帽子のつばを折り返し、こちらを見つめる。「おや、ミスター・ハリー・パイじゃないかい？」

パイは体をこわばらせた。「そうだ。ワールズリーの者だ」

農夫は道に唾を吐いた。もう少しでパイのブーツにかかるところだった。

「レディ・ジョージナ・メイトランドがワールズリーへ行くための乗り物を必要としておられる」表情は同じだが、パイの声は死人のように冷たくなった。「ここへ来る途中であんたが見た馬車はこの方のものだ」

農夫はまるで初めてジョージの存在に気づいたかのように、彼女に視線を移した。「そうでしたか。お怪我はございませんで？」

「ないわ」彼女は愛想よくほほえんだ。「でも、あなたさえよろしければ、わたしたちを乗せていただきたいの」

「喜んで。後ろに場所が空いています」農夫は肩越しに汚れた親指で後ろの荷台を指した。

ジョージは礼を言って、馬車の後ろにまわった。しかし、底板の高さを見てためらった。彼女の鎖骨のあたりまである。

パイは彼女の横に来て立ち止まった。「お許しいただければ」ジョージがうなずくのを待たず、さっとウエストのあたりを両手でつかみ、彼女を抱え上げて馬車に乗せた。

「ありがとう」ジョージは息を切らしながら礼を言った。

ジョージは、彼が荷台に両手をついてひらりと猫のように乗りこんでくるのを見つめた。ちょうどパイが飛び乗ったと同時に、荷馬車はがくんと前に揺れ、彼の体は横板に打ちつけられた。

「まあ、大丈夫？」彼女は手を差し伸べた。

パイはそれを無視して座り直した。「大丈夫です」と言って、ちらりと彼女を見た。

彼はそれ以上何も言わなかった。ジョージはゆったりと後ろにもたれて、田舎の景色がすぎ去っていくのを見つめた。視界が晴れて、低い石垣に縁取られた灰緑色の野原があらわれたが、やがて不気味な霧にまたしても隠されてしまった。昨夜のことを考えれば、がたがたと揺れて乗り心地はよくないものの、荷馬車に乗せてもらえただけでありがたいはずだった。けれども、パイに対する農夫の敵意に満ちた態度は、彼女の心を波立たせた。個人的な恨みがあるように見えた。

馬車が小高い場所をすぎると、羊の群れが近くの山腹で草を食べているのが見えてきた。霧で氷づけにされた小さな彫像のようだ。エニシダを嚙み切るときだけ頭が動く。数頭は横たわっていた。ジョージは眉をひそめた。地面に横たわっているものはまったく動かない。彼女はもっとよく見ようと前にのりだした。横でハリー・パイが小さく罵りの言葉をつぶやくのが聞こえた。

荷馬車はがくんと停止した。

「あの羊たちはどうしたのです？」ジョージはパイに尋ねた。

しかし、その問いに答えたのは農夫だった。彼の口調は険しかった。「死んでいるんでさあ」

2

「ジョージ!」レディ・ヴァイオレット・メイトランドは、お目付け役であるミス・ユーフィーミア・ホープの小言を無視して、ワールズリー・マナーの巨大なオーク材の玄関扉から走り出てきた。

ヴァイオレットは、目をぐるりとまわすことだけはすまいと思っていた。お目付け役をうるさがっているときによくするしぐさだったのだ。ユーフィーは背が低く林檎のようにまん丸い体形の愛すべき老女だった。髪は白く、やさしい目をしている。ヴァイオレットのすることなすことが、彼女の小言の対象になるのだった。

「いったい、どこに行っていたの? 何日も前に着いているはずだったのに……」ヴァイオレットは砂利敷きの中庭で足を滑らせそうになりながら止まり、奇妙な馬車から姉を助け降ろしている男性を見つめた。

パイはヴァイオレットのほうに顔を向けて会釈した。いつものように無表情だ。ジョージといっしょに旅をするなんて、いったいどういうつもり?

ヴァイオレットは険しい目つきで彼を見つめた。

「ごきげんよう、ユーフィー」とジョージは言った。

「まあ、お嬢様。やっとご到着なされて、ほっといたしましたわ」お目付け役はあえぎながら言った。「お天気がたいへん悪うございましたから、わたくしたち、お嬢様のお身の上をそれはそれは案じておりました」

ジョージは老女にほほえみで応え、腕をヴァイオレットに巻きつけた。「久しぶりね」

ジョージの髪は、ヴァイオレットの燃え立つような赤毛よりもかなり明るく、マーマレード色に近かった。その姉の髪からは、心を世界一元気づけてくれるジャスミンと紅茶のにおいがした。ヴァイオレットは涙がこみあげてきて目がちくりと痛むのを感じた。

「心配させて悪かったわ。でも、そんなにひどく遅れたわけじゃないでしょう?」ジョージは妹の頰に音を立ててキスをし、彼女の顔を見るために一歩下がった。

ヴァイオレットは急いで体をまわし、姉が乗ってきた馬車をじろじろと見た。ジョージのとは似ても似つかない古いがたぴしする馬車だった。「どうしてこんな乗物で旅をしているの?」

「いろいろあってね」ジョージはフードを脱いだ。いくらふだんから身なりをかまわないジョージとはいえ、ひどい髪の結い方だった。「お茶をいただきながら話すわ。お腹がぺこぺこなの。わたしたち、この馬車に乗った宿屋で、丸パンをいくつか食べたきりだから」それから土地差配人のほうを見て、遠慮がちにきいた。「ミスター・パイ、いっしょにいかが?」

ヴァイオレットは息を止めて、心の中で祈った。いいえ、と言って。いいえ、と。

「いいえ、お気づかいなく」パイは陰気にお辞儀をした。「領地の仕事がございますので、これで失礼させていただきます」

ヴァイオレットはほっとして、ふうっと息を吐いた。

ところが、あろうことか、ジョージはしつこく誘った。「でも、三〇分くらいは大丈夫でしょう?」そして、ふだんと同じく、にっこりと大きく口の両端を引いてほほえんだ。

ヴァイオレットは姉を見つめた。いったい何を考えているの?

「そうはいきません」パイは答えた。

「まあ、それならしかたがないわね。仕事をしてもらうために、あなたを雇っているのだから」ジョージがつんとすまして言い、とにかく、これでパイがお茶に加わることはなくなった。

「申しわけありません」彼は、先ほどよりもややこわばった姿勢で、ふたたびお辞儀をすると、歩み去った。

ヴァイオレットは、ちょっと彼が気の毒になったが、とはいえ、心の底からそう思ったわけではない。姉の腕に自分の腕をからませ、二人は向きを変えて屋敷に向かった。数百年前に建てられた屋敷は、まるでその土地から生えているかのように堂々としており、周囲の山々にしっくりと溶けこんでいた。緑のツタが四階建ての赤煉瓦の建物の正面にびっしりと這っている。背の高い縦仕切りのついた窓のまわりでつるは剪定されていた。多数の煙突が、尾根を歩く登山者のように、切妻屋根の上にそびえている。この家はいつでも人を歓迎した。

それは姉の人柄にぴったりと合っていた。

「料理人が、ちょうど今朝、レモンカードタルトを焼いたの」正面の広い階段を上りながらヴァイオレットは言った。「ユーフィーときたら、ずっとそのことばかり考えているわ」

「まあ、そんなことありませんわ、お嬢様」ユーフィーが後ろで声をあげた。「わたくしは、本当のところそれほど好きというわけではないんでございますよ。レモンカードタルトは、ということでございますけれど。ミンスパイでしたら、かなり好きと認めざるをえませんけれど。それについては、自分でも少しばかり、上品さに欠ける気がいたしますの」

「あなたが上品であることは折り紙つきよ、ユーフィー。わたしたちはみな、あなたをお手本にしようとしているのだもの」とジョージは言った。

ユーフィーは雌のチャボのように得意げな顔をした。

ヴァイオレットは、この愚かな愛すべき老女にいつも腹を立てていることに罪の意識を感じた。これからは、もっと彼女にやさしく接するようにしようと心に誓う。

三人は巨大なオーク材の両開きの扉から屋敷の中に入った。ジョージは執事のグリーヴズに向かってうなずいてみせた。扉の上の三日月形の窓から光が差しこみ、コーヒー色とクリーム色の壁と玄関の古い寄木細工の床を照らしている。

「ワールズリーで何か楽しめることが見つかった？」廊下を歩きながらジョージは尋ねた。

「あなたがユーフィーと二人きりで田舎へ行きたいと言いだしたとき、正直に告白すると、わたしはとても驚いたの。一五歳の娘が田舎にひきこもるだなんて。でも、もちろん、いつでも大歓迎よ」

「スケッチをしていたの」ヴァイオレットは努めて明るい声で答えた。「ここの景色はレスターシャーとは違うから。それに、家ではお母様にかなり困らされていたの。右脚に新しい腫瘍ができたと言い張って、ベルギー人のやぶ医者を連れてきたのだけど、その医者が、ゆでたキャベツみたいにいやなにおいのする薬をお母様に飲ませているのよ」ヴァイオレットはジョージに目くばせした。「どんなふうか、わかるでしょう?」

「ええ」とジョージは妹の腕を軽くたたいた。

　ヴァイオレットはそれ以上説明する必要はないとわかってほっとしているように見えた。二人の母親は、ヴァイオレットが生まれる前から、自分はもうすぐ死ぬのだと言いつづけていた。伯爵夫人はほとんどの時間、ベッドで横になっており、辛抱強いメイドが世話をしている。しかし、ときおり母親が新しい病気の兆候を見つけだしてヒステリックになるときがあり、そうなるとヴァイオレットは我慢しきれなくなるのだった。

　姉妹は朝食室に入った。ジョージはマントと手袋を脱いだ。「それで、あの手紙はいったいどういうこと——」

「しいっ!」ヴァイオレットは姉の言葉を制して、ユーフィーのほうに頭を振った。ユーフィーはお茶の用意をするようメイドに言いつけている。

　ジョージは眉を上げたが、すぐに理解した。口を引き結び、手袋をテーブルの上にぽんと置く。

ヴァイオレットははっきりとした口調で、「どうして馬車を換えたのか、話してくれるんでしょう?」ときいた。

「ええ、そうだったわ」ジョージは鼻にしわを寄せた。「わたしの馬車は昨夜、道からはずれて、溝に落ちてしまったの。実際、たいへんな目に遭ったわ。それでどうなったと思う?」彼女は濃い黄色の長椅子に座り、その背に肘をついて、手のひらに頭をのせた。「馬が逃げだしたの。ミスター・パイとわたしは途方に暮れてしまったわけ。もちろん、全身ずぶ濡れだし。しかも、自分たちがいる場所さえ定かでない」

「ありゃりゃ、それは——」ユーフィーににらまれ、ヴァイオレットははしたない言葉づかいをつつしんだ。「たいへんでしたのね! で、どうしたの?」

そのとき、何人かのメイドがお茶の用意をのせたトレイを持って、部屋に入ってきた。ジョージは手を上げて、話のつづきはお茶のしたくが整ってからにしましょうとヴァイオレットに合図した。しばらくして、ユーフィーはジョージに紅茶を注いだ。

「ああ」ジョージはカップを手にして、満足の吐息をついた。「紅茶には、最悪の心の病も治す力があると思うわ。ただし、飲みすぎなければ、だけど」

姉がなかなか先ほどの話を再開しないので、ヴァイオレットは椅子の上でじれったそうに体を弾ませて姉にサインを送った。

「ああ、話のつづきね。幸い、ミスター・パイは近くに小屋があることを覚えていたの」ジョージは肩をすくめた。「それで、わたしたちはその小屋で一晩すごしたわけ」

「まあ、お嬢様！　ミスター・パイと二人きりで。あの方は結婚もしていないのですよ」ジョージが男性と一晩二人きりでいたという打ち明け話は、馬車の事故よりもはるかに大きな衝撃をユーフィーに与えたようだった。「さぞかしご不快な思いをされたことでございましょう。ええ、そうに違いないですわ」彼女は椅子の背にもたれて、ぱたぱたと扇で顔をあおいだ。帽子についている暗褐色のリボンがはためく。

ヴァイオレットはぐるりと目をまわした。「あの人は、ただの土地差配人よ、ユーフィー。家柄のいい紳士というわけじゃないの。それに――」彼女は現実的に言った。「ジョージは二八歳よ。この事件がスキャンダルになるほど若くはないの」

「あら、ありがとう」ジョージはかなり冷たい調子で応じた。

「スキャンダルだなんて！」ユーフィーは紅茶のカップをぎゅっと握った。「レディ・ヴァイオレット、あなたもそのうち、多少のお遊びをなさるようになるでしょうけれど、だからといって、不用意にスキャンダルなどという言葉を口にすべきではないと思いますわ」

「ええ、もちろん、そのとおりよ」ジョージがなだめるようにつぶやいたので、ヴァイオレットは今度も目をぐるりと回したくなるのをなんとかこらえた。

「この騒ぎでわたくしはすっかり疲れてしまいました」ユーフィーは立ちあがった。「レディ・ヴァイオレット、少し横になっても、よろしゅうございますか？」

「もちろん、かまわないわ」ヴァイオレットは口元がほころびそうになるのを我慢した。毎日、お茶の時間のあとには必ずと言っていいほどユーフィーは昼寝の口実を見つけだすのだ。

彼女がいつもどおり今日もその習慣に従うだろうと、ヴァイオレットはあてにしていた。

ユーフィーがドアを閉めて出ていくと、ジョージはヴァイオレットを見た。「それで？　あなたの手紙はひどく芝居がかっていたわね。あなたは二度も、邪悪なという言葉を使っていたわ。でも、なんだかとても妙な感じがしたの。わたしにわざわざヨークシャーに来てほしいと言うけれど、ここはふだん、もっとも邪悪でない場所ですもの。重要な要件であることを祈るわ。だって、わたしは五つの招待を断らなければならなかったのよ。オズワルト家の秋の仮面舞踏会もよ。今年はたくさんスキャンダルが起こりそうだったのに」

「重要なことよ」ヴァイオレットは身をのりだしてひそひそ声で言った。「だれかがグランヴィル卿の領地の羊を毒殺したの！」

「そうなの？」ジョージは眉を上げて、タルトを一口かじった。

ヴァイオレットは興奮気味に息を吐きだした。「そうよ！　そして犯人はここにいるの。おそらく、ワールズリー・マナーの人間なのよ」

「そういえば、今朝、道のそばで何頭か死んでいる羊を見たわ」

「気にならないの？」ヴァイオレットはさっと立ちあがって、姉の前を行ったり来たりしはじめた。「使用人たちのあいだでは、その噂でもちきりよ。地元の農夫たちは魔女のしわざだとささやきあっているし、グランヴィル卿は犯人がこの屋敷の者なら、お姉様に責任をとってもらうと言っているの」

「本当に？」ジョージは残りのタルトを口にほうりこんだ。「グランヴィル卿は、羊が毒殺されたとどうして言えるのかしら？　羊たちが勝手に何か悪いものを食べたのかもしれないじゃない。病気っていうことだっておおいにありうるし」

「羊は突然、いっぺんに死んだ――」

「では、病気ね」

「そして、刈り取られた有毒な植物が、死体のそばで発見されたのよ！」

ジョージは座った姿勢のまま体を前にのりだして、自分で紅茶のお代わりを注いだ。彼女は少しおもしろがっているように見えた。「だれも、だれが犯人か知らないなら――それとも、犯人を知っている人がいるの？」

ヴァイオレットは首を横に振った。

「だとしたら、ワールズリーの者が犯人だなんてなぜわかるの？」

「足跡よ！」ヴァイオレットは姉の前で両手を腰に当てて立ち止まった。

ジョージは片眉をぴくりと動かした。

ヴァイオレットはいらだって前に体をかがめた。「わたしがお姉様に手紙を書く前に、グランヴィルの小作人の草地で一〇頭の死んだ羊が発見されたの。ここグランヴィルの土地の境界になっている川をちょうど越したところよ。死体から川の土手まで泥だらけの足跡が残っていた――そして足跡は小川の反対岸、つまりこの領地までつづいていたの」

「ふーん」ジョージは別のタルトを選んだ。「だからといって、不利な証拠というほどじゃないわね。だって、グランヴィルの土地の者が川に入って、ワールズリーの人間がやったように見せかけようとしたのかもしれないじゃない」

「お姉様ったら」ヴァイオレットは姉の隣に座りこんだ。「グランヴィルの人間には、羊を毒殺する理由がないわ。でも、ワールズリーの人間なら」

「そう？　じゃあ、だれがやったというの？」ジョージはタルトを口元に近づけた。

「ハリー・パイよ」

ジョージは口の近くにタルトを持っていったまま凍りついた。ヴァイオレットはうれしそうにほほえんだ。ついに、姉の注意を引くことができたのだ。

ジョージはゆっくりとタルトを皿に戻した。「うちの土地差配人が、いったいぜんたいどんな理由でグランヴィルの羊を殺したりするっていうの？」

「復讐よ」ジョージに疑いの目を向けられ、ヴァイオレットは首を縦に振った。「ミスター・パイは昔グランヴィル卿がしたことに恨みを抱いているの」

「何があったの？」

ヴァイオレットは長椅子に沈みこみ、「知らないわ」と認めた。「だれも教えてくれないから」

ジョージは笑いだした。

ヴァイオレットは腕を組み、「でも、きっと何かとてもひどいことだったに違いないわ。そうでしょ？」とくすくす笑っている姉に言う。「何年も経ってから舞い戻って来て、残忍な復讐を果たしたのだもの」

「ああ、ヴァイオレット」ジョージはあえぎながら言った。「だれに聞いたか知らないけれど、あなたはかつがれているのよ。ミスター・パイが羊に毒草を食べさせようとこそこそ歩きまわっていたなんて、あなた、本気で想像できて？」彼女はふたたび笑い転げた。

ヴァイオレットは残っているレモンカードタルトを不機嫌につっついた。まったくもう、年上のきょうだいのいやなところは、妹や弟の話をまじめに聞こうとしないことなのよ。

「事故に遭われたとき、おそばにおりませんで、本当に申しわけありませんでした」翌朝、ティグルはジョージの背後で息を切らしながら言った。身のまわりの世話をする女主人づきのメイドであるティグルは、ジョージが選んだサファイア色のサックドレスの背中にずらりと並ぶ果てしない数のホックを留めていた。

「あなたがいてもいなくても、溝に落ちたことに変わりはないわ」ジョージは肩越しにメイドを見て言った。「それに、ご両親のもとでくつろいできたのでしょう？」

「はい、おかげさまで」

ジョージはほほえんだ。ティグルはいつもよく働いてくれているので、一日くらい休みを与えて、家族とすごさせてやるのは主人として当然の配慮だ。それに、ティグルの父親は、ジョージたち一行がワールズリーへ向かう途中で休んだリンカーンの宿屋の亭主なのだから、彼女をそこに残し、一日遅れでワールズリーへやってこさせるというのは、たいへん好都合な計らいに思われた。ところが事故のため、ティグルはジョージたちと同じころに到着したのだった。おかげで助かった。ジョージが自分で髪を結っていたなら、目もあてられない状態になっていただろう。ティグルには、ジョージの癖のある髪を上手に結いあげる才能があった。

「ですが、レディ・ジョージナ、あのミスター・パイとお嬢様が二人きりですごされたと思うと、申しわけなくてたまらないのでございます」ティグルは声をひそめた。

「あら、なぜ？　彼は非の打ちどころがないほど紳士的に振る舞ったわ」

「そうでなければ困りますわ！」ティグルは憤慨した声で言った。「とはいえ、あの方は少し、変わっていますでしょう？」彼女は最後に一度、ぐいっとドレスを引き寄せてホックを留め、一歩下がった。「さあ、できましたわ」

「ありがとう」ジョージはドレスの前身ごろを整えた。

　ジョージが社交界にデビューして以来、ティグルは彼女のメイドとして仕えてきた。ずいぶん長い年月になる。それこそ一〇〇〇回もドレスの脱ぎ着を手伝い、ジョージの癖の強いオレンジ色がかった赤い髪をジョージとともに嘆いてきた。ティグル自身の髪は、おとぎ話に出てくる乙女たちと同じく、滑らかな金髪だった。目は青く、唇は当然のごとくルビー色。実際、彼女は非常に美しかった。これがおとぎ話であれば、ジョージはさしずめガチョウ番の娘、ティグルは美しいプリンセスというところだろう。

　ジョージは鏡台のところまで歩いていった。「どうしてミスター・パイが変わっていると思うの？」宝石箱を開けて、真珠の耳飾りをさがしはじめた。

「笑ったところを見たことがありませんでしょう?」鏡の中のティグルは、ジョージのナイトドレスを片づけている。「そして、ミスター・パイが人を見るときの目つき。わたしは自分が牛になってしまったような気になるのです。次のシーズンも子牛が産めるかどうか、あるいは殺して肉にしてしまうべきか品定めされているみたいに感じるのです」ジョージが事故に遭ったときに着ていたドレスを広げて、汚れ具合を厳しい目で調べた。「それなのに、このあたりには、あの人を魅惑的だと思う娘たちもいるんですよ」

「そうなの?」甲高い声を出してしまい、ジョージは鏡の中の自分に向かって舌を突き出した。

ティグルは女主人のほうには顔を上げず、ドレスの縁の近くに穴を見つけて眉をひそめている。「はい。厨房のメイドたちは、目がきれいだとか、お尻がすてきだなんて話していま す」

「ティグル!」ジョージは真珠の耳飾りを取り落とした。耳飾りは鏡台のラッカー塗りの天板の上を転がって、リボンの山で止まった。

「まあ!」ティグルはぱっと手で口を押さえた。「申しわけありません、お嬢様。わたしとしたことが、いったいどうしてしまったのでしょう。こんなことを口走るなんて」

ジョージはくすくす笑わずにはいられなかった。「厨房ではそんなことを話しているの? 紳士のお尻のこととか?」

ティグルは顔を赤くしたが、目はきらきらと輝いている。「ちょっと多すぎると思うくらいに」

「わたしももっと頻繁に厨房に出向こうかしら」ジョージは身をのりだして鏡に顔を近づけ、耳飾りをつけた。「レディ・ヴァイオレットをはじめ、何人かがミスター・パイに関する噂を聞いたと言っているわ」彼女は鏡から少し離れて、首を右と左に回し、耳飾りの具合を調べた。「あなたは何か聞いていない？」

「噂でございますか？」ティグルはゆっくりドレスを折りたたんだ。「今回の滞在ではまだ、厨房に行っていません。でも、父のところにいるあいだ、小耳にはさんだことがあります。グランヴィルの土地に住んでいる農夫が旅の途中に立ち寄って、こんなことを言っていました。ワールズリーの土地差配人がよからぬことをしているとかなんとか。動物を傷つけて、グランヴィルの厩で悪さをしている、と」ティグルは鏡越しにジョージと目を合わせた。

「そういうたぐいのお話でしょうか？」

ジョージは息を吸いこんで、ゆっくり吐き出した。「ええ、まさにそのことなのよ」

その日の午後、ハリーは容赦のない霧雨の中で馬に鞍を置いた。ワールズリーの領地に着いたとたん、屋敷へ呼び出されるだろうと予想していた。ところが驚いたことに、レディ・ジョージナから使いが来るまで丸一昼夜かかったのだった。彼は雌馬の脇腹を足で軽く突いて、ワールズリー・マナーへ向かう、長い曲がりくねった道を速歩《はやあし》で進んだ。呼び出すまで時間がかかったのは、おそらく彼女が高貴な女性であるからだろう。

ハリーは最初、これから自分が管理することになる地所の所有者が女性であると知って、ひどく驚いた。女性がひとりで土地を所有することはまずないといっていい。通常、女性が土地を所有していても、背後には息子や夫、あるいは兄弟などがついていて、領地の運営の実権は男性が握っているものだ。しかし、レディ・ジョージナには何人かの弟がいたが、領地を支配しているのは彼女自身だった。さらに彼女は、婚姻によってではなく、相続によって土地を所有するにいたった。レディ・ジョージナは一度も結婚したことがない。彼女のおばが、遺産のすべてを彼女にゆずり、どうやら相続の条件として彼女が財産とその収入のすべてを管理することと遺書に書き残したらしい。

ハリーは鼻を鳴らした。明らかに、年老いたそのおばは男性をあまり高く買っていなかったようだ。ワールズリー・マナーの前の広大な中庭に入ると、鹿毛《かげ》の雌馬のひづめの下で砂利がざくざくと音をたてた。中庭を横断して、厩の囲いに入るとひらりと馬から降り、手綱を馬番の少年に向かって投げた。

手綱は玉石の上に落ちた。

雌馬は興奮気味にあとずさりし、手綱が引きずられた。ハリーは動きを止めて目を上げ、少年の目を凝視した。少年は顎を上げ、肩をいからせて、にらみ返してきた。矢を受ける覚悟をした若き聖人のようだ。おれの評判はここまで落ちていたのか？

「手綱を拾え」ハリーは静かに命じた。

少年の体が揺れた。矢は彼が予想したより鋭かったらしい。

「すぐに、だ」ハリーは小声で言った。そしてくるりと向きを変えると、少年が命令に従ったかどうかたしかめもせず、大股で屋敷に歩いていき、階段を一段抜かしで駆け上がって正面玄関に着いた。

「わたしが来たことをレディ・ジョージナ・メイトランドに知らせてくれ」と彼はグリーヴズに言った。案内されるのを待たずに、従僕の手に三角帽を押しつけ、書斎に入った。

部屋の奥には、モスグリーンのベルベットのカーテンに縁取られた高窓が並んでいた。日差しがあれば、窓から書斎の中にさんさんと光が降り注いでいたことだろう。しかし、外は晴れていなかった。ここのところ何週間も、ヨークシャーのこの地域では、太陽が輝く日はない。

ハリーは歩いて窓に近づき、外をながめた。茶色と緑のパッチワークのように、見わたすかぎり畑と牧草地がゆるやかに起伏しながら広がっている。石を積み上げてつくった壁が畑を区切っている。そうした石壁は彼が生まれる何世紀も前からそこにあり、彼の骨がぼろぼろに崩れて土に返っても、そしてそれからさらに数世紀経っても、そのままそこに立っているのだろう。彼の心にそれは美しい風景として映った。見るたびに胸がきゅっと締めつけられる光景だ。しかし、何かがおかしかった。畑には干し草や小麦の取り入れをする農夫や荷馬車の姿がたくさんあるべきなのだ。しかし、穀物はぐっしょり濡れているため、収穫が遅れていた。もしも雨がずっと止まなかったなら……彼はかぶりを振った。小麦を畑で腐らせるか、湿った状態で刈り取るか。後者の場合は、納屋で腐るだけだろう。

彼は窓枠の上で拳を握りしめた。自分を解雇したらこの土地がどうなるか、彼女にとってはどうでもいいことなのか？

背後でドアが開いた。「ミスター・パイ、どうやらあなたはしゃくにさわるほど早起きのようね」

彼は拳を開き、振り向いた。

レディ・ジョージナが、瞳の色よりもわずかに濃いブルーのドレスを着て歩いてくる。

「今朝九時にあなたを呼びにやったとき、グリーヴズったら、わたしの頭がどうかしてしまったのではないかという顔をして言ったわ。あなたは自分の家を何時間も前に出ていると」

ハリーは頭を下げた。「ご不快に思われたことでしょう。まことに申しわけありませんでした」

「あら、あなたもでしょう」レディ・ジョージナは黒とグリーンの長椅子に座ってゆったりとその背にもたれた。青いスカートがふわりと広がった。「グリーヴズにかかるとね、幼児が無駄口をたたいているような気分にさせられてしまうの」彼女はぶるっと身を震わせた。

「あの執事のもとで働く従僕はさぞかしたいへんでしょうよ。お座りにならない？」

「ご所望とあれば」彼は肘掛け椅子を選んだ。いったいどんな用事があるのだ？

「ええ、ぜひ」彼女の後ろで、ふたたびドアが開き、二人のメイドがお茶のしたくがのったトレイを持って入ってきた。「座るだけじゃなく、お茶もいっしょにいただいてほしいの」

メイドたちは、ティーポットやらカップやら皿といった、貴族のお茶の時間に必要な使い方もよくわからないさまざまな品を低いテーブルに並べて、部屋を出ていった。

レディ・ジョージナは銀のティーポットを手に取り、カップに紅茶を注いだ。「さあ、我慢してわたしとお茶をいただいて、そんなに怖い目でにらまないようにしてちょうだい」ハリーが無礼を謝罪しようとすると、彼女は手を振ってそれを制した。「お砂糖とミルクは?」

彼は首を縦に振った。

「よろしい。じゃあ、両方ともたっぷりね。あなたは、じつは甘党なんじゃないかと思っていたの。それからショートブレッドを二切れ。軍人よろしく黙って受けるべし」レディ・ジョージナは皿を彼に差し出した。

ハリーは、挑戦するような色を帯びた彼女の目を正視した。少しためらってから、皿を受け取った。ほんの一瞬、指が彼女の滑らかで温かな指に触れ、それから彼は深く腰掛けた。ショートブレッドは歯を立てるとほろほろと崩れた。二口で最初の一切れをたいらげた。

「ほら」彼女はため息をつき、自分の皿を手に持ってクッションのあいだに沈みこんだ。

「アルプスを征服した後のハンニバルの気持ちが、いまならわかるわ」

ハリーは思わず口の端をぴくりと動かして、カップの縁越しに彼女を見つめた。レディ・ジョージナが象の大群とともに行進してきたなら、アルプスは姿勢を正して許しを請うただろう。赤い髪が顔のまわりを後光のように縁取っている。あれほどいたずら好きな目をしていなければ、天使のように見えるに違いない。彼女がかじりつくと、ショートブレッドはぼろぼろと崩れた。淑女に似つかわしくないしぐさで、かけらを指でつまみあげ、口に入れる。

彼の下半身が緊張しだした。だめだ。この人に対し、そんな反応をしてはならない。

ハリーは用心深くカップを置いた。「なぜ、わたしと話したいとお考えになったのですか?」

「ええと、ちょっと言いにくいことなのだけれど」レディ・ジョージナも自分のカップを置いた。「みんながあなたの噂をしているのよ」片手を広げて、指を折って数えはじめた。「従僕のひとり、靴磨きの少年、メイドが四人、いいえ、五人、それから、わたしの妹、ティグル、そしてグリーヴズまで。信じられる? わたしは少し驚いているわ。あのしかつめらしい執事がゴシップを口にするなんて」彼女は彼を見た。

ハリーは無表情で見返した。

「しかも、きのう到着してから会ったどの人どの人もよ」レディ・ジョージナは指をすべて使いつくし、手を下げた。

ハリーは黙っていた。胸をぎゅっとつかまれたように感じたが、そんな感情は無益だ。しょせん彼女もほかの人々と変わらないのだ。

「みんな、あなたが毒草で隣人の羊を殺しているという印象を持っているようなの。もっとも――」彼女は眉をひそめた。「わたしはみんながどうして羊のことで大騒ぎするのか、たとえそれが殺された羊のことであっても、よく理解できないの」

ハリーはレディ・ジョージナを見つめた。おれをからかっているのだろうか? いや、しかし、彼女は都会育ちだ。「羊はこの土地の支え柱と言ってもいいほど大切なものなのです」

「ええ、ここらへんの農家がみんな羊を飼っているのは知っています」彼女はショートブレッドのトレイに目をやり、その上で手を泳がせた。どれにしようか考えているらしい。

「人々は自分の家畜をとてもかわいがっているでしょうし――」

「羊はペットではありません」ハリーの鋭い口調に彼女は目を上げ、眉間にしわを寄せた。

無礼な言い方であることはわかっていたが、くそっ、かまうものか、教えておいたほうがいいのだ。「命の糧なのです。羊は肉となり、衣服となってくれるものです。地主に支払う金を生み出してくれるもの。家族の生活を支えてくれるものなのです」

レディ・ジョージナはじっと動かなくなった。ブルーの瞳は真摯だった。彼ははかなくもろい絆のようなものが自分とこの女性のあいだにあると感じた。彼女は自分よりもはるかに身分は上なのだが。「家畜を一頭失っただけなら、主人の妻がドレスを一着新調するのをあきらめるだけのことかもしれません。あるいは食料庫の砂糖が減るだけかもしれない。けれど、羊が二、三頭死ぬと、子どもに冬の靴を買ってやれず、一家は節約した生活を強いられる場合もある」彼は肩をすくめた。「小作料を払えず、家族を飢えさせないために、残りの群れを殺さなければならないかもしれない」

彼女の目が大きく見開かれた。

「そのようにして家族は崩壊するのです」ハリーは長椅子の袖をつかんだ。彼女に説明しようとして、理解してもらおうとして。「そのようにして救貧院に行くはめになるのです」

「なるほど。事態はわたしが思っていたより深刻なのね」レディ・ジョージナはため息をつきながら椅子の背にもたれた。「つまり、わたしは何かしなくちゃならないということね」彼女は残念そうに——ハリーにはそう思われた——彼を見た。

とうとう来たぞ。彼は腹をすえた。

正面玄関の扉がばたんと閉まる音が聞こえた。

レディ・ジョージナは音のほうに頭を向けた。「何かしら……?」

廊下で何かがぶつかる音がして、ハリーはさっと立ちあがった。言い争う声ともみ合う音が近づいてきた。彼はドアとレディ・ジョージナのあいだに立った。左手をブーツの縁に伸ばす。

「いま、会いたいのだ。邪魔をするな!」乱暴にドアが開けられ、赤ら顔の男が走りこんできた。

グリーヴズが息を切らせながらそれにつづく。かつらが少しずれていた。「レディ・ジョージナ、たいへん申しわけありません——」

「いいのよ」彼女は言った。「もう下がっていいわ」

執事は不満そうだったが、ハリーに見つめられているのに気づいた。「では、失礼いたします」とお辞儀をし、ドアを閉めた。

男はくるりと体をまわして、ハリーの後ろのレディ・ジョージナを見た。「このままにはしておけん! もうたくさんだ。あなたが非道な雇い人を抑えることができないというなら、わたしにお任せなさい。喜んで成敗してさしあげよう」

男は威嚇するように、両脇で拳を固めて前方に進んだ。白いパウダーを振ったかつらのせいで、顔の赤さがよけいに際立って見える。一八年前の朝と、ほとんど同じ姿に見えた。重そうなまぶたの下にある茶色の目は、年齢を重ねても魅力的だった。肩と腕は、雄牛のようにがっしりとして強靭だ。年月は彼らの身長を近づけはしたが、それでもハリーは、男よりも頭半分低かった。そして、厚い唇に浮かぶ冷笑――それも、まったく昔のままだった。墓場に葬られてもその冷笑を忘れはしないだろう。

男はハリーとほとんど並ぶ位置まで近づいていたが、ハリーにはまったく注意を払わず、ただレディ・ジョージナだけを見ていた。ハリーは右手を突き出し、腕を竿のように伸ばして男の行く手をふさいだ。男はその手を払いのけて進もうとしたが、ハリーは譲らなかった。「何をする――」男は途中で言葉を切って、ハリーの手を見つめた。彼の右手を。指が一本欠けたほうの手。

男はゆっくりと顔を上げて、ハリーと目を合わせた。その目がぎらりと光る。相手がだれかに気づいたようだ。

ハリーは歯を見せてにっこりと笑った。とはいえ、生まれてこのかた、いまほど苦い気持ちになったことはない。「サイラス・グランヴィル」彼はわざと称号をつけなかった。

サイラスは体をこわばらせた。「きさま、ハリー・パイか」

3

ハリー・パイがけっしてほほえまないのも不思議はない。いま彼の顔に浮かんでいる表情は、子どもを恐怖のあまり卒倒させるほど恐ろしかった。ジョージの心は沈んだ。ミスター・パイとグランヴィル卿に関するすべてのゴシップは、単なる噂にすぎないことを願っていたのだ。しかし、退屈した田舎の人々を楽しませるためにでっちあげられた話なのだろうと考えていた。しかし、にらみ合う男たちのぞっとするような表情から判断するに、彼らがただの知り合いではなく、二人のあいだに暗い過去があるのは明らかだった。

彼女はため息をついた。事態は複雑になってきたわ。

「この、野良犬め！　わたしの土地で数々の悪事を働いておきながら、ぬけぬけとわたしの前に顔を出すとはな」グランヴィル卿は唾を飛ばしながら、パイに向かって叫んだ。

ハリー・パイは何も言い返さなかったが、その口元には相手をかぎりなくいらつかせる冷笑が浮かんでいた。ジョージはたじろいだ。グランヴィル卿が気の毒になってくる。

「最初の被害はわたしの厩だった。端綱が切られて、餌料もだめになり、馬車が壊された」

グランヴィル卿は、ジョージに向かって言ったが、パイから片時も目を離さない。「次は羊が殺された！　うちの農夫たちは、この二週間だけで一五頭以上のよい羊を、そしてその前には二〇頭も失っている。すべてがはじまったのは、この男があなたに雇われ、この土地に舞い戻ってからなのだ」

「彼は申し分のない紹介状を持っていましたわ」とジョージはつぶやいた。

グランヴィル卿はぱっと彼女のほうに体を向けた。彼女は一瞬ひるんだが、パイが自分よりも大柄な男とともにするりと移動して、つねに男と女主人のあいだを肩でさえぎっている。主人を守ろうとするその行動は、グランヴィル卿をますます怒らせた。

「もう十分だ。わたしは、あなたがこの者を解雇することを要求しますぞ……この悪党を！」グランヴィル卿は吐きだすように言った。「血は争えないものだ。この男の父親もそうだった。最低の悪党だった」

ジョージは息を呑んだ。

パイは何も言わなかったが、引き結んだ唇からかすかな声が漏れた。

まあ、まるで犬の唸り声だわ。ジョージはあわてて話に割って入った。「グランヴィル卿、ミスター・パイを非難なさるのはいささか結論を急ぎすぎていますわ。ほかのだれでもなく、うちの土地差配人が損害を与えたことを示唆する十分な理由がおありなのかしら？」

「理由？」グランヴィル卿は怒りのこもった声で言った。「理由ですと？　いかにも、わたしには理由がある。二〇年前、わたしはこいつの父親に襲われたのだ。もう少しで殺されるところだった。あの男は常軌を逸していましたよ」

ジョージは眉を上げた。パイをちらりと見たが、彼はいつもどおり、表情をまったく顔に出さない。「わたしにはわかりませんわ、なぜ――」

「この男もわたしに襲いかかってきた」グランヴィル卿は土地差配人の胸を指で突いた。「父親に加担して、貴族を殺害しようと企んだのだ」

彼女は男たちの顔をかわるがわる見た。ひとりは怒りの権化、もうひとりは完全に無表情だ。「でも、二〇年前といったら、この人は大人になっていなかったでしょう。まだ子どもといってもいいような……」

「一二歳でした」パイは、最初にグランヴィルの名前を呼んで以来、初めて声を発した。その声は静かで、ほとんどささやきといってもいいくらいだった。「正確には一八年前のことです」

「一二歳なら、人を十分に殺《あや》められる年齢だ」グランヴィル卿は手刀で反論を切って捨てた。「下層の民は早熟だというのはよく知られていること。だからますます貧乏人の中に人間のくずが増えるわけだ。一二歳当時、この男はいまと同じくらい大人びていた」

ジョージはこの非常識な言葉にあきれ果てて目をぱちくりさせた。グランヴィル卿は大まじめな顔で話しており、そしてどうやらこれを事実と信じているらしい。彼女はふたたびパイをちらりと見たが、何か表情が浮かんでいるとすれば、うんざりしているように見えた。明らかに、このたぐいの言葉は聞きなれているようだった。子どものころ、何度となくこうしたたわごとを聞かされてきたのだろう。

彼女は頭を横に振った。「たとえそうだとしても、今回の件では、ミスター・パイのしわざだとする具体的な証拠があるようには思えませんわ。それに、わたしの印象では――」グランヴィル卿は彼女の足元に何かを投げつけた。「証拠はある」憎々しい顔でにやりとした。

ジョージは眉をひそめて、刺繡を施した自分の靴の近くに落ちた物を見つめた。それは小さな木像だった。腰をかがめて拾いあげる。飴色で、親指の先くらいの大きさだった。乾燥した泥がこびりついていて形がよくわからないところもある。彼女は像を裏返して、泥をこそげ落とした。すると細部まで精密に彫られたハリネズミがあらわれた。これを彫った者は、木の黒い斑点をうまく生かしてハリネズミの刺毛を際立たせていた。何てかわいらしい！ジョージはうれしくなってほほえんだ。

だがそのとき、部屋に覆いかぶさる沈黙に気づいた。目を上げるとパイが体の動きをぴたりと止めて、食い入るように彼女が手にしている彫像を見つめていた。まあ、どうしましょう、まさか彼が――。

「それで十分な証拠になると、わたしは思う」グランヴィル卿は言った。

「え――？」

「その男にきいてみるがいい」グランヴィルはハリネズミを身振りで示した。ジョージはとっさに手を握り締めて、まるでそれを守ろうとするかのように像を隠した。「さあ、そいつに尋ねてみなさい。だれがそれを彫ったのか、と」

彼女はパイの目を見た。そこに後悔の念は浮かんでいるだろうか？

「わたしが彫りました」と彼は言った。

ジョージは木彫りの動物を両手で包み、胸元に持っていった。どうしても次の質問をしなければならない。「それで、ミスター・パイのハリネズミと、あなたの死んだ羊がどのように関係しているのですか？」

「それはわたしの土地の羊の死体の横で発見された」グランヴィル卿はそれ見たことかと勝ち誇ったように目を輝かせた。「ちょうど今朝のことだ」

「なるほど」

「したがって、あなたはパイを解雇しなければなりますまい。わたしは告発の書類をつくらせて、逮捕令状を取るつもりです。差し当たり、わたしが彼を閉じこめて監視しましょう。なんといっても、わたしはこの地域の治安判事ですからな」グランヴィル卿は勝利に浮かれている。「二人ばかり腕っ節の強い従僕を貸していただけるかな？」

「いいえ」ジョージは考えこむように頭を左右に振った。「残念ながら、それはできませんわ」

「なんですと、気はたしかか？　わたしはあなたの問題を解決してさしあげると言っているのだ――」グランヴィル卿はいらだって途中で言葉を切った。手を振りながら、ドアに向かって歩いていく。「よろしい。屋敷に戻って、うちのものを連れてきてこの男を逮捕しましょう」

「いいえ、そうはさせませんわよ」ジョージは言った。「ミスター・パイはまだわたしの使用人です。わたしの判断でこの件に片をつけさせていただくわ」

グランヴィル卿は立ち止まって振り返った。「正気の沙汰ではありませんぞ。日没までにこの男を逮捕する。あなたにそれを止める権利は——」

「わたしにはあらゆる権利がありますわ」ジョージは彼をさえぎった。「この者はわたしの土地差配人で、ここはわたしの屋敷で、わたしの領地です。そして、あなたはここでは歓迎されていないのですよ」彼女はいきなり大股で歩きだして、男たちの虚を衝いた。口をはさむ間もあたえずに二人を通り越し、ドアを開けて廊下に出た。「グリーヴズ！」

執事は近くで控えていたに違いない。驚くべき早さで姿をあらわした。女主人の力になるべく、執事の後ろにはもっとも体の大きな二人の従僕がつき従っていた。

「グランヴィル卿がお帰りになるわ」

「はい、かしこまりました」執事の中の執事であるグリーヴズは、顔にこそ満足そうな表情は浮かべていなかったものの、ささっと前に進み出て帽子と手袋をグランヴィル卿に手わたしたときの足取りはいつもより軽やかだった。

「後悔することになりますぞ」グランヴィル卿は、怒り狂った雄牛のようにゆっくり重々しく頭を横に振った。「必ず後悔させてみせる」

パイはさっとジョージの横に立った。まったく体に触れてはいなかったが、彼女には彼の熱が感じられる気がした。

「玄関はこちらでございます」とグリーヴズが言い、従僕たちはグランヴィル卿をはさむような位置に移動した。

大きなオーク材の玄関扉がばたんと閉じるまで、ジョージは息を殺していた。それからふうっと息を吐きだした。「やれやれ、少なくとも屋敷からはいなくなってくれたわ」

パイは彼女の横を通りすぎた。

「あなたとの話はまだ終わっていないわ」ジョージはいらだって言った。辞する前に礼くらいは言うべきではないか。「どこへ行くつもり?」

「答えが必要な疑問がいくつかあるのです」彼はさっとお辞儀をした。「明朝、また戻ってくると約束いたします。お話しになりたいことはすべて、そのときにうかがいます」

そう言い残し、彼は行ってしまった。

ジョージはゆっくり手を開き、小さなハリネズミをもう一度見た。「でも、わたしが言わなければならないことが、明日では手遅れということになったらどうするの?」

ハリー・パイのくそ野郎め、それにお高くとまったあの女! サイラス・グランヴィルはワールズリー・マナーの門を出ると、黒い去勢馬の腹を蹴り、全速力で駆けさせた。馬は拍車の鋭い痛みにあとずさりしようとしたが、サイラスはそれを許さなかった。手綱を容赦なくぐいと引いたので、手綱は馬の口の脇の柔らかい肉に食いこみ、血がにじんだ。銅のような血の味を感じて馬はおとなしくなった。

レディ・ジョージナはいったいどこまでハリー・パイをかばうつもりなのか？　わたしが引き返してくるまでにそう長くはかからない。手の者を何人か連れてくるつもりだ。パイをこの屋敷から引きずり出すのを、あの女が止める手立てはない。

　馬はワールズリーの領地とグランヴィルの土地の境界になっている川の浅瀬で足踏みをした。川はこのあたりで広く、浅くなっている。サイラスが拍車をかけると、馬は水をはね上げて川に入った。したたり落ちた鮮血が川の中で渦を巻いて流れに溶けこみ、川下に消えていった。小川からなだらかな丘陵地帯に入り、ここからはグランヴィル家への道は見えない。籠をかけた天秤棒を肩にかついでいる男が道を歩いていた。蹄の音に気づくと、あわてて端によける。男は帽子を脱いであいさつしたが、サイラスはそれにうなずきもせず横を通りすぎた。

　グランヴィル家は、チューダー朝の時代からこのあたりの土地を所有していた。彼らはここで生まれ、ここで結婚し、ここで死んだ。弱き者もいたし、酒や女に溺れた者もいたが、そんなことはどうでもよい。重要なのは土地。土地こそがグランヴィル家の富と権力の礎――サイラスの力の源。何者にも――とりわけ、生まれの卑しい土地差配人などには――その礎を揺るがされることはない。わたしの目の黒いうちは、断じて。自分の領地の羊が死んだことによる金銭的損失はとるに足らぬことだが、プライドを傷つけられたこと――名誉を汚されたことは耐え難い。二〇年近く前、少年だったパイの顔に浮かんでいた尊大さを、サイラスはけっして忘れない。指を切り落とされたときでさえ、少年は彼の目をにらみつけて冷笑したのだ。パイは使用人のせがれらしく振る舞ったことが一度もなかった。サイラスにとって、罪を犯したハリー・パイに罰を下すところを見せつけることが重要なのだ。

巨大な石の門で曲がって敷地内に入ると、馬の腹を蹴ってまた速度を上げさせた。小高い場所にのぼると、グランヴィルの館《ハウス》が見えてきた。グレーの花崗岩でできた四階建ての屋敷は、周囲の田園を見下ろすように不気味に立ち、両翼が四角い中庭を囲っている。威圧的で厳格な屋敷だった。見るものすべてに、この館こそが権威の象徴であることを知らしめていた。

サイラスは正面玄関まで馬をゆっくりと走らせた。しかし、真紅と銀の衣装を身に着けた青年の姿を認めると、不愉快そうに口をすぼめた。

「トーマス。そんなものを着ていると、めめしい男に見えるぞ」サイラスは手綱を馬番の手に投げた。「その衣装にいくら払わされたと思っているんだ」

「おかえりなさい、父上」長男は頬を赤く染めた。「これはそれほど高価ではありませんでした」激しい息づかいで上下する馬の脇腹についた血液を見つめると、唇をぺろりとなめた。

「ちっ、まるで娘のように赤くなりおって」サイラスは青年のそばを通りすぎた。「来い、わたしといっしょに夕食を食べるのだ」

息子が後ろでためらっていると、サイラスはにやりと笑った。ふん、こいつには選ぶ余地などないのだ。一夜のうちに突然立派なタマが育ったりせんかぎりは。ダイニングルームに足を踏み入れ、テーブルが用意されていないのを知ってサイラスは意地悪い喜びを感じた。

「夕食のしたくはどうした？」

従僕は飛びあがり、メイドはあわてて走りまわり、執事はまことに申し訳ありませんと何度もわびた。あっという間に用意ができ、親子は座って食事をはじめた。

「それを少し食べるのだ」サイラスはフォークで、息子の皿の血だまりの中に置かれている生焼けの肉を指さした。「そいつを食べれば、胸毛が生えてくるだろう。ほかの場所にもな」

トーマスはサイラスの意地の悪い言葉に薄笑いで応えて、神経質に片方の肩をすくめた。

くそっ！　こいつの母親が立派な息子を産める女かどうかなぜ考えなかったのだろう？　わたしの息子、わが股間の産物であるこの息子――そのことに関しては、死んだ妻には不義を働くほどのしたたかさはなかったから、疑いはまったくない――は向かい側に座って肉をつついている。息子はサイラスから背の高さと茶色の目を受け継いだが、あとはまったく似ていなかった。高すぎる鼻も、薄い唇も、気弱な性格も母親譲りだった。サイラスは腹が立って、ふんと鼻を鳴らした。

「レディ・ジョージナにお会いになれましたか？」トーマスは牛肉を一口食べて、まるで口の中に糞でも入っているとばかりに、不愉快そうに嚙んでいる。

「ああ、会えたとも、お高くとまった雌狐にな。ワールズリーの書斎で対面したわ。それからハリー・パイにも。あのいけすかない緑目の下郎に」サイラスはロールパンに手を伸ばした。

トーマスは嚙むのをやめた。「ハリー・パイ？　昔ここに住んでいたハリー・パイのこと

ですか？　同姓同名の男ではなく？　そのレディ・ジョージナの土地差配人がパイだという
のですか？」

「そうだ、彼女の土地差配人だ」サイラスは最後のところを気取った裏声で言った。息子は
ふたたび顔を赤らめた。「あんな緑の目は忘れようと思ってもそう簡単に忘れられるもので
はないわ」

「そうですね」

　サイラスは目を細めて息子を見すえた。

「彼を逮捕させるおつもりですか？」トーマスは片方の肩を上げて、早口で言った。

「それについては、少々問題があってな」サイラスは上唇をねじった。「レディ・ジョージナは自分の土地差配人が逮捕されるのがお気に召さんらしい、愚かな女よ」ビールをもう一口ぐいっと飲む。「証拠が十分ではないとのたまった。おそらく死んだ家畜、わたしの死んだ家畜のことなど、どうでもいいのだろう。ロンドンの人間だからな」

「彫像を見せても納得しなかったのですか？」

「ああ、だめだった」サイラスは前歯にはさまった肉の筋を指でつまんで取った。「だいたいにおいて、女にあのように広大な土地を任せることがばかげている。女が持っていてなんになる？　領地のことより、手袋のことやロンドンの最新ダンスのほうに興味があるのだろう。あの老女は男にあの土地を残すべきだった。さもなくば、あの女を結婚させるか。そうすれば夫が領地を管理できただろう」

「あの……」トーマスはためらった。「ぼくに彼女と話をさせてもらえませんか？」

「おまえに？」サイラスは頭をのけぞらせて大笑いし、しまいにはむせはじめた。笑いすぎて涙まで出るしまつだ。ビールをがぶ飲みせずにはいられない。

トーマスはテーブルの向かい側で黙っていた。

サイラスは目の涙をぬぐった。「トミーよ、女の扱いがわかっているような口をきくじゃないか。おまえは、弟のベネットとは違うんだ。あいつはまだ家庭教師について勉強しているころに、初体験をすませたのだからな」

トーマスは顔を伏せた。両肩がぴくぴくと上下に動いている。

「だいたいおまえは女と寝たことさえないのだろう？」サイラスは物柔らかな声できいた。陰険に。「ふっくらと柔らかい胸にさわったことがあるか？　やりたがっている女のあそこのにおいをかいだことがあるか？」椅子の後方の二本の脚だけでうまくバランスをとりながら、後ろに体を傾け、息子を見た。「ほしがっている女にあれを突っこんで、女が泣き叫ぶまでたっぷりとかわいがってやったことはあるのか？」

トーマスはびくんとした。フォークがテーブルから滑り落ち、床の上にからんと転がった。

サイラスは体を前に戻した。椅子の前脚がどんと床に当たる。「ま、そんな経験はないだろうな」

トーマスが急に立ちあがったので、椅子が後ろに倒れた。「ベネットはここにはいないのです。そして、当面帰ってくる予定もない」

サイラスはその言葉に口をすぼめた。

「わたしは当家の長男です。この領地は、いつかはわたしのものになります。レディ・ジョージナと話をさせてください」

「なぜだ？」サイラスは顎をつんと上に向けた。

「父上が乗りこんでいって、パイを無理やり連れてくることはできます」トーマスは言った。「しかし、そんなことをすると彼女はわたしたちに悪い感情を抱くでしょう。彼女が隣人であるかぎり、よい関係を保つのは大事です。あの男はたかが土地差配人にすぎません。そんな者のために彼女が争いをはじめるとは思えないのです」

「なるほど。おまえが事態を悪化させることはなさそうだ」サイラスはビールを飲みほし、カップを勢いよくテーブルに置いた。「二日ばかりやろう。あの女に道理をわからせてやれ」

「ありがとうございます、父上」

サイラスは息子の感謝の言葉を無視した。「おまえが失敗したら、ワールズリーのドアをぶち壊して、ハリー・パイの首根っこをつかんで引きずりだしてやる」


鹿毛の雌馬に乗って自分の家へ向かいながら、ハリー・パイはぶるっと震えた。今朝は、グランヴィルの農夫たちに話を聞いてまわるために大急ぎで家を出たために、マントを着るのを忘れたのだった。もう日はとっくに暮れており、秋の夜は冷えこんでいた。頭上では、木々の葉が風に吹かれてかさこそと音を立てている。

今朝、もう少しあそこにとどまっているべきだった。そして、レディ・ジョージナに言いたいことを言わせるべきだった。しかし、だれかが故意に自分に羊殺しの罪を着せようとしていると知って、いてもたってもいられなかったのだ。いったいどうなっているのだ？　彼が犯人だという悪意に満ちた噂が何週間も前からささやかれていた。一カ月前、最初に死んだ羊が見つかった直後から噂ははじまった。とはいえ、ハリーは相手にしなかった。噂話で人を逮捕することはできない。だが、証拠があるとなると話は別だ。

彼の家はワールズリー・マナーへ向かう本道からはずれた林の中にあった。道の向かい側にはハリーの家よりもずっと大きい門番の家がある。彼がワールズリーに来たとき、門番をその家から追い出して、自分が住むこともできた。土地差配人は門番よりもずっと上級の使用人なのだから。しかし、門番には妻や家族がいたし、小さいほうの家は本道から離れた木々のあいだに隠れている。そちらのほうが私生活をのぞき見られずにすむ。彼は自分の生活をことのほか大切にする人間だった。

ハリーは馬からひらりと降りて、馬を家の後部の小さな差掛け小屋に導いた。ドアの内側にかけてあったランタンに火をつけ、鞍と手綱をはずした。心身の疲れのせいで手足が重かったが、丁寧に馬をなでてやり、水を与えて少し余分にオート麦をやった。幼いころに父親から、自分の家畜の世話をする重要性をたたきこまれていた。

すでに眠りはじめている馬を最後にもう一度軽くたたくと、ランタンを手に取り、厩をあとにした。踏みならされた小道を通って、家のまわりをぐるりと歩いて玄関に向かった。正面のドアに近づいたとき、彼ははっと歩みを止めた。家の窓からちらちらと光が漏れている。

ハリーはランタンを消した。小道の横の下ばえのところまで下がり、しゃがみこんで考えた。光の大きさから見て、一本のろうそくのようだ。移動していないということは、室内のテーブルの上に立てられているのだろう。ミセス・バーンズが、ハリーのために明かりを灯したままにしておいてくれたのかもしれない。門番の妻はときどきやってきて、掃除をしたり、食事を置いていったりしてくれる。しかし、ミセス・バーンズは倹約家だから、ハリーが使っているような獣脂ろうそくであっても、だれもいない部屋に灯しておくような浪費をするとは思えない。

だれかが中で彼を待っているのだ。

今朝グランヴィルと言い争ったあとだから、それもおおいにありうる話だ。だが、不意打ちを狙っているなら、暗い部屋で待つものではないか？　しかし、結局のところ、明かりを見るまで彼は侵入者がいることなどまったく予想していなかった。もし家が暗かったら、生まれたばかりの子羊よろしく何の疑いも抱かず家に入っていたことだろう。ハリーは軽く鼻を鳴らした。だから、やつらは――どんなやつらかは知らないが――自信たっぷりに、彼の家で待ち伏せしていたのだ。窓からあれほどあからさまに明かりが見えていても、愚かな、いや軽率なハリー・パイならまっすぐ家に入ってくるはずだと踏んだのだ。

そして、たぶん、やつらは正しかっただろう。

ハリーはランタンを置いて、ブーツからナイフを抜き取り、しゃがんだ姿勢から立ちあがった。家の壁に忍び寄る。腿のあたりで、左手にナイフを握り締めた。音を立てずに石の壁に体をつけてドアのところまで進んで行った。そっとドアのハンドルを握り、掛け金をゆっくりと押す。彼は息を止めてドアを開けた。

「ミスター・パイ、帰ってこないのではないかと思いはじめたところだったのよ」レディ・ジョージナは暖炉のそばでひざまずいていた。彼が突然入ってきたことにも動じたようすはない。「残念ながら、火をおこすのはわたしには無理みたい。そうじゃなければ、お茶でもいれていたのに」と言って立ちあがり、膝のほこりを払った。

「レディ・ジョージナ」ハリーは頭を下げ、左手でブーツの上端をさっとなで、ナイフを鞘におさめた。「わざわざお越しいただきまして、たいへん光栄に存じます。しかし、少々驚いてもおります。わが家でいったい何をなさっていたのですか?」彼はドアを閉め、燃えているろうそくを取って暖炉に向かって歩いていった。

彼が暖炉のそばでしゃがんだので、彼女は脇へ移動した。「なんだか、あなたの声には皮肉が感じられるけれど」

「そうですか?」

「ええ。そして、その理由がさっぱりわからないの。だって、今朝わたしの話も聞かずに出ていったのはあなたのほうなのよ」

彼女は腹を立てている。

ハリーは口をへの字に結んで、すでに用意がなされていたところに火をつけた。「ご無礼に対し、心からおわびを申し上げます」

「ふーん。心にもないことを言って」レディ・ジョージナの声のようすから、後ろで部屋の中を歩きまわっているらしいことがわかった。

彼女は何を見ている？　この小さい家は彼女の目にどんなふうに映っているのか？　心の中で、自分の家の内部を思い描いた。木製のテーブルと椅子。つくりはしっかりしているが、屋敷にあるクッションのついたぜいたくな家具類には遠くおよばない。仕事関係の記録簿や台帳をしまってある机。棚には粗末な食器類が置かれている。皿が二枚、カップが二個、ボウル、ティーポット、フォーク、スプーン、それから鉄鍋。隣の部屋へつづくドアは間違いなく開いている。細長いベッドや、衣類をかけてあるフックや、陶製の洗面器とピッチャーが置かれている洗面台が見えるはずだ。

彼は立ちあがって、体を回した。

レディ・ジョージナは寝室をじっとのぞきこんでいた。

彼は音を立てずにため息をついて、テーブルに歩いていった。皿でふたをした壺がのっている。皿を持ち上げて中を見ると、ミセス・バーンズが置いていってくれたマトンのシチューが入っていた。すっかりさめているがありがたい。

彼は暖炉に戻って鉄のやかんに水を満たし、火の上に下げた。「食事をしてもかまいませんでしょうか。夕食がまだなもので」

彼女は振り返って、彼を見つめた。心ここにあらずといった顔だ。「どうぞ、どうぞ。わたしのせいで食事ができないと苦情を言われたくないわ」

ハリーはテーブルについて、シチューを何さじかすくって皿に入れた。レディ・ジョージナはそばにやってきて、彼の夕食を好奇心たっぷりの目で見てからまた暖炉のほうに戻っていった。

食べながらハリーは彼女を観察した。

レディ・ジョージナはマントルピースに並んでいる動物の彫刻をじっくり見ている。「全部あなたがつくったの?」前足で木の実を持っているリスを身振りで示しながら、彼のほうをちらりと見る。

「はい」

「それでグランヴィル卿は、あなたがハリネズミをつくったことを知っていたのね。以前にあなたが彫刻しているところを見たことがあったというわけ」

「はい」

「でも、あなたとはずっと会っていなかったのでしょう? 少なくともずいぶん長いあいだ」彼女は体をこちらに向けて彼を見た。

そうだ、長いこと。ハリーはシチューのおかわりをした。

「だったら、彼は非常に長いあいだ、あなたの彫像も見ていなかったのよね? つまり、あなたが少年だったころ以来」彼女は顔をしかめて、リスを指でさわった。「わたしはグランヴィル卿が何を言っても気にしないわ。だって、一二歳といったら、まだ子どもよ」

「たぶん」やかんの湯がわきはじめた。ハリーは立ちあがって、食器棚から茶色のティーポットを降ろし、紅茶を四さじ入れた。やかんを火からおろすために布をつかむ。レディ・ジョージナは脇にどいて、彼が湯を注ぐのをじっと見つめた。

「たぶん、何？」彼女は眉をひそめた。「本当は、どの質問に答えるつもりだったの？」

ハリーはテーブルにティーポットを置いて、肩越しに彼女を見た。「あなたこそ、本当はどの質問をなさりたかったのですか？」彼は再び座った。

彼女はまばたきをした。どうやら考えているようだ。それからリスをもとの場所に戻し、食器棚のほうに歩いていった。カップを二つと砂糖の袋を持って、テーブルにやってきた。彼の向かいに座って紅茶を注ぐ。

ハリーは動きを止めた。

レディ・ジョージナが自分に紅茶をいれてくれている、おれの家で、おれのテーブルで。まるで田舎の婦人が、つらい仕事を終えて帰ってきた夫にするように。今朝、彼女の居間で会ったときとはまったく違う。まるで妻であるかのようだ。愚かな考えだ。彼女は伯爵の娘なのだから。ただ、いまこの瞬間、身分ある淑女に見えないというだけだ。おれのカップに砂糖を入れ、おれのために紅茶をかきまぜていると、ただの女に見える。この手に抱きたくなるような女に見える。

くそっ。ハリーは股間の高まりを抑えようとしたが、体のこの部分だけは道理を説いても言うことをきいてくれない。彼は紅茶を飲んで渋面をつくった。たかが紅茶をいれてもらっただけで、興奮する男などいるだろうか？

「お砂糖を入れすぎたかしら？」彼女は心配そうに彼のカップを見た。

たしかにハリーには甘すぎたが、そんなことを言うつもりはない。「ちょうどいいです。いれていただいてありがとうございます」

「どういたしまして」彼女は自分の紅茶を少し飲んだ。「ところで、わたしが本当に尋ねたかったことだけど。あなたとグランヴィル卿には過去にどのようないきさつがあったのかしら？」

ハリーは目を閉じた。その話はしたくない。「あなたには関係のないことではありませんか？　どうせ、もうじきわたしを解雇なさるのでしょうし」

「どうしてそう思ったの？」レディ・ジョージナは顔をしかめた。それから、彼の目をとらえた。「まさかわたしが、あなたを羊殺しの犯人だと考えていると思っているのではないわよね？」彼女は目を見開いた。「そう思っているのね」

彼女はがたんとカップをテーブルに置いた。カップの縁から紅茶が少しこぼれた。「わたしがあまりまじめに見えないこともあるのは認めるわ。でも、わたしの目が節穴だと思うのだけはやめてほしいの」立ちあがって、彼をにらみつけ、ローマ帝国に反旗をひるがえしたイケニ族の女王ボアディケアのように両拳を腰にあてた。

「ハリー・パイ、あなたが羊に毒を与えたというのなら、わたしがそうした可能性だってあるんだわ！」

4

大げさな身振りも、長くつづくと効果が薄れてくる。

パイは片方の眉を上げた。「あなたが家畜を毒殺したというのはありえないことですから」と例のひどく乾いた調子で言った。「きっとわたしも無実に違いありません」

「ふん」威厳を必死に保ちながら、ジョージは暖炉に向かって歩いていき、ふたたび木彫りの像に見入るふりをした。「あなたはまだわたしの質問に答えていないわ。とぼけようとしてもだめよ」

いつものジョージなら、このあたりで軽薄でばかげたことを言うのだが、なぜか彼に対してはそうしたくなかった。仮面を脱ぎ捨てることは難しかったが、彼の前では愚かな女を演じたくなかった。自分という人間をもっと認めてもらいたかった。

パイはとても疲れているように見えた。口のまわりにはしわが深く刻まれ、髪は風に吹きさらされていた。こんなに疲れ果てるまで、午後中ずっと何をしていたのだろう？ 彼が家に入ってきたときのようすを彼女は見逃していなかった。いきなり背中を丸めて入ってきて、グリーンの目は挑戦的だった。その姿は追い詰められた野生の猫を連想させた。しかし、すぐに背筋を伸ばし、ブーツの中に何かを隠した。そしてそのときにはもう、いつもの冷静な土地差配人に戻っていた。彼の目に狂暴さを見たというのは、彼女の想像にすぎないのかもしれないが、そうではなかったような気がしてならない。

ハリー・パイはため息をついて、皿を押しのけた。「わたしの父の名前はジョン・パイといいます。わたしが子どもだったころ、父はサイラス・グランヴィルの猟場管理人をしていました。わたしたちはグランヴィルの地所に住んでおり、わたしはそこで成長しました」

「本当に？」ジョージは振り向いた。「猟場管理人の息子からどうやって土地差配人になったの？」

彼は体をこわばらせた。「あなたはわたしの紹介状をご覧になったはずです。わたしは間違いなく——」

「いいえ、いいえ」彼女はいらだって頭を横に振った。「わたしはあなたの資格を疑っているのではないのよ。ただ不思議に思ったの。猟場管理人に比べて土地差配人はかなり上の身分だわ。あなたはどうやってその階段をとび越えたのかしら？」

「身を粉にして働いたのです」彼の肩はまだこわばっている。

ジョージは眉を上げて待った。

「一六歳のときに大きな領地の猟場管理人の仕事をもらいました。そこの土地差配人が、わたしが読み書きや算術ができることに気づき、見習いとして使ってくれるようになったのです。近隣のもっと小さい領地で土地差配人の職に空きができたとき、彼はわたしを推薦してくれました」パイは肩をすくめた。「そこからは自力でここまでやってきたのです」

彼女は指でマントルピースをこつこつとたたいた。この話にはもっと裏があるはずだわ。ミスター・パイの年齢でわたしの土地ほど広い領地を管理している者はめったにいるものではない。それに彼はどうやって教養を身に着けたのか？　でも、その件は後回しにしておこう。いまはもっと火急の疑問がある。彼女はウサギの像をつまみあげ、滑らかな背中をなでた。

「一二歳のとき、何があったの？」

「父とグランヴィルとのあいだに不和が生じたのです」とパイは言った。

「不和？」ジョージはウサギを置いて、代わりにカワウソを手に取った。何十個もの小さい木彫りの像がマントルピースの上に所狭しと置かれている。それぞれが細かなところまで繊細に彫りあげられていた。大部分が野生動物だったが、牧羊犬も一頭いる。彼女は木彫りの動物たちに魅了された。こんなものをつくる人っていったいどんな人物なのだろう。「グランヴィル卿は、あなたのお父さんに殺されそうになったと言っていたわ。それをただの不和で片づけられるとは思えない」

「父は彼をなぐりました。でも、それだけです」パイはまるで慎重に言葉を選ぶかのように、ゆっくり話した。「父がグランヴィルを殺そうとしたとはとても思えないのです」

「なぜ？」彼女はウサギの横にカワウソを置いて、カメとトガリネズミとで、小さな円を作った。「なぜあなたのお父さんは雇い主である貴族に暴力をふるったりしたの？」

沈黙。

ジョージはじっと待ったが、彼は答えなかった。三本の脚で立ち、もう一本の脚はあたかも逃げ出そうとするかのように上げている雄ジカに彼女は触れた。「そして、あなたは？　あなたは、一二歳のときにグランヴィル卿を殺そうとしたの？」

ふたたび沈黙がつづいたが、ようやくハリー・パイは言った。「はい」

彼女はゆっくり息を吐きだした。いくら子どもであろうと、平民が貴族に手をかけようとしたら、絞首刑になることもある。「グランヴィル卿はどうしたの？」

「彼は父とわたしを鞭で打たせました」

その言葉は池に落ちる小石のように静寂の中に落ちていった。感情も飾り気もない言葉だ。彼らは鞭打ちが少年の体に、彼の心に、どのような痛手を与えるか知っていたのだ。

ジョージは目を閉じた。ああ、なんということだろう。それについて考えてはだめ。過去の話よ。現在にだけ目を向けるの。「では、あなたにはグランヴィル卿の羊を殺す動機があるわけね」彼女は目を開けて、アナグマをじっと見つめた。

「はい、そうです」

「そして、この話はこのあたりではよく知られているのね？　他の人々も、あなたがわたしの隣人に敵意を抱いていると思っているのでしょう？」彼女は雄ジカと対にしてアナグマを置いた。小さな動物は頭を上げて歯をむきだしている。これから恐ろしい闘いがはじまりそうな雰囲気になった。

「ワールズリーの土地差配人として戻ってきたとき、わたしは自分の過去も素性も隠しませんでした」パイは立ちあがってティーポットを手にドアのところへ行き、外の植えこみに茶がらを捨てた。「一八年前の事件を覚えている者もいます。当時、いろいろと取りざたされましたから」乾いた声の調子が戻っていた。

「どうして故郷に戻ってきたの？」彼女は尋ねた。何らかの方法で報復するつもりだったのだろうか？「自分が育った領地の隣で働くようになるというのは、偶然とは思えないわ」

ティーポットを片手に持ち、彼はためらった。「偶然ではありません」わざと彼女に背中を向けて食器棚に向かった。「ここの土地差配人の席に空きがあると聞くとすぐに、わたしは職を求めました。おっしゃるとおり、わたしはここで育ったのです。ふるさとなのです」

「グランヴィル卿のこととは関係なしに？」

「そうですね」パイは肩越しに彼女を見た。グリーンの目が悪魔のようにきらりと光る。「グランヴィルがここでわたしに会って、いらだつのも悪くないとは思いましたした」

ジョージは自分の唇がとがるのを感じた。「みんな、あなたの木彫りの像のことを知っているの？」と尋ねながら動物たちを手で示す。

彼は洗い桶と石鹸を持ってきたが、立ち止まって、マントルピースの上に並ぶ動物たちをちらりと見た。

「たぶん、それほど知られてはいないでしょう。少年時代ここにいたときは、いくつか彫ったことがあっただけでした」彼は肩をすくめて、茶器を洗いはじめた。「父は彫刻で知られていました。父に習ったのです」

彼女は棚から布を取って、パイがすすいだカップを拭きはじめた。彼が横目でさっと見る。どうやらびっくりしたみたいね。よろしい。

「ということは、死んだ羊のそばにハリネズミを置いた人間は、以前のあなたを知っているか、またはあなたが舞い戻ってからこの家に来たことがあるかのどちらかね」

彼は頭を横に振った。「わたしの家にやってきた人間はバーンズ夫妻だけです。わたしはミセス・バーンズにわずかばかりの金を払って、掃除をしてもらったり、ときどき食事を届けてもらったりしているのです」そう言って夕食が入っていた鍋を顎で指さした。

ジョージの心に満足感が広がった。彼はここに女性を連れてきてはいなかったのね。しかし、すぐに彼女は眉をひそめた。「もしかして、おつきあいしている女性に話してしまったとか？」

彼女は顔をしかめた。あからさまにききすぎた。きっとばかな女と思われたわ。よく見ないで別のカップに手を伸ばすと、ハリー・パイの石鹸のついた温かい手とぶつかった。顔を上げると、エメラルドグリーンの目がこちらを見ていた。

「つきあっている女性はいません。とにかく、あなたのところで雇っていただいてからは」

彼は洗うために鍋をとりあげた。

「ああ、そう。わかったわ。では、少し範囲がせばまるわね」もうちょっと踏みこんだら、もっとばかに見えるかしら？「では、だれがそのハリネズミを盗んだのかしら？　暖炉の上から持ち去られたのでしょう？」

彼は鍋をすすいで、洗い桶を持ち上げた。ドアまでそれを運んで、水を外に捨てる。ドアを手で押さえて開けたまま言った。「だれでも盗めるのです」ドアハンドルに錠前はなかった。

「まあ」ジョージはつぶやいた。「これでは範囲をせばめられないわね」

「そうです」彼はテーブルに戻ってきた。暖炉の火が顔の半分を照らし、もう半分は闇に溶けこんでいる。彼の唇がねじ曲がった。わたしのことをおかしいと思ったかしら？

「あなたは今朝、どこに行ったの？」

「死んだ羊とわたしの彫像を見つけた農夫たちのところに質問しに行ったのです」彼は三〇センチばかり離れたところで止まった。

触れているわけではないのに、彼の胸のぬくもりが感じられた。わたしの唇を見つめているの？

実際、彼はジョージの唇を見つめていた。「彼らの中のだれかがハリネズミを置いたのではと思ったのですが、彼らはわたしが知らない者たちでした。それに嘘をついているようには見えませんでした」

「なるほど」彼女は喉の渇きを感じて、唾を飲みこんだ。この人は、うちの土地差配人なのよ、まったくもう。こんなふうに感じるのは、不適切きわまりないわ。「では」ジョージは布を折りたたんで棚に片づけた。「明日、わたしたちはもう少し調査をしなければならないわね」

「わたしたち、とおっしゃいましたか、マイ・レディ？」

「ええ。わたしもいっしょに行くわ」

「今朝、グランヴィル卿に脅されたばかりではないですか」ハリー・パイはもう彼女の唇を見ていなかった。顔をしかめて彼女の目を見つめていた。

ジョージはがっかりした。「あなたにはわたしの助けが必要よ」

「あなたの助けは必要ありません。あなたはこんな田舎をぶらついてはならないのです……」突然、ある考えが浮かび、彼は言葉を途中で切った。「この家までどうやって来られたのですか？」

おっと、まずいことになったわ。「歩いてだけど？」

「まさか……ここからワールズリーまで二キロ以上あります！」女性がとても愚かなことを言ったときによく男たちがするように、パイはしゃべるのをやめて、大きく息を吸いこんだ。

「散歩はよい運動になるの」ジョージはなごやかな顔で説明した。「それにここはわたしの土地だし」

「とはいえ、マイ・レディ、どうかこれからは、おひとりでこのあたりを歩きまわったりなさらないと約束していただけますか？」彼は口元を引き締めた。「この一件が片づくまで――」

「いいわ、ひとりで出かけないと約束します」ジョージはほほえんだ。「その代わり、あなたはわたしを調査に同行させると約束して」

ハリー・パイは目を細くした。

ジョージは背筋を伸ばした。「わたしはあなたの雇い主なのよ、ミスター・パイ」

「わかりました、マイ・レディ。あなたをお連れします」

心から承諾しているようには見えないけど、まあいいわ。

「よろしい。では、明日の朝からはじめましょう」ジョージは肩にかかっているマントを揺らした。「九時ごろでいいかしら？　わたしの一頭立ての無蓋馬車《ギグ》を使いましょう」

「お気に召すまま」パイは彼女の先に立ってドアへ進んだ。「お屋敷までお送りします」

「いいのよ。九時ごろに馬車をここにまわすよう言いつけておいたの。もう来ていると思うわ」

そして実際、パイが家のドアをさっと開けると、従僕が道端に控えめに立っていた。土地差配人は男をじっと見た。首を縦に振ったので、相手がだれかを認めたのがわかった。「では、ここで失礼いたします」

「また明朝」ジョージはフードをかぶった。「おやすみなさい」

彼女は従僕のところまで行ってから、肩越しに振り返った。ハリー・パイは戸口に立っていたが、後ろから暖炉の火明かりで照らされ黒い影になっていた。彼の表情を読むことはできなかった。

「こんなに朝早く、何をしているの？」ヴァイオレットは姉のジョージを見つめて言った。ジョージはすでに着替えをすませ、急いで階段を下りていく途中、時間をたしかめるために妹の部屋をのぞいたのだった。まだ午前八時だ。

「まあ、おはよう」ジョージは階段で少し体をひねり、妹を見上げた。「えーと、ちょっと馬車で出かけようと思ってね」

「馬車で出かける？」ヴァイオレットは繰り返した。「ひとりで、こんな朝っぱらから？」

ジョージはつんと顎を上げたものの、頬はピンクに染まっていた。「ミスター・パイがお供をしてくれることになっているの。領地のあちこちでいくつか見せたいものがあるそうよ。小作人とか、石壁とか、作物とか、そんなものだと思うわ。とっても退屈そうだけど、必要なことだから」

「ミスター・パイとですって！　ジョージ、彼と二人きりで出かけるなんてだめよ」

「なぜ？　彼はわたしの土地差配人よ。領地のことで、報告を受けるのは当然だわ」

「でも」

「行かなければ。遅くなったら、置いていかれてしまうわ」そう言うと、ジョージは階段を駆け下りようとした。

ヴァイオレットは眉をひそめて考えこみながら、ゆっくりと姉のあとから階段を下りた。ジョージはいったいどういうつもり？　まだ土地差配人を信じているはずはないわよね？だって、彼の容疑については聞いているのだし、きのうはグランヴィル卿が屋敷に押しかけてきたのよね？　きっと自分でミスター・パイのことを調べようとしているのだ。でも、だったらなぜ、赤面したのかしら？

ヴァイオレットは、朝食が用意されている朝食室に入って従僕に向かってうなずいた。その金色と薄いブルーで彩られた部屋には彼女しかいなかった。ユーフィーは田舎に来ても午前九時より前に起きたことはない。サイドボードに行って、丸パンとスライスした燻製ハムを自分で取り、美しい金箔のテーブルに座った。そのときになってようやく、自分の皿の横に手紙があるのに気づいた。文字が極端に右側に傾いた独特の筆跡だった。

「これはいつ届いたの？」あわてて紅茶を飲んだため、口をやけどしてしまった。

「今朝でございます」従僕のひとりが答えた。

ばかげた質問だったし、尋ねるまでもなかった。しかし、すぐに封を開ける勇気がでなかったのだ。彼女は手紙を手に取り、裏返してバターナイフで蠟の封を開けた。紙を広げる前にゆっくり息を吸いこんで、やっとのことでそれを吐き出した。使用人の前では感情を表に出さないことが肝要だが、それは難しい。一番恐れていたことが起こってしまった。二カ月の猶予があったのだが、もうそれも終わった。

彼はわたしを見つけたのだ。

女の困った欠点のひとつは、男の仕事の邪魔をしても何とも思わないことだ。ハリー・パイは八時半にレディ・ジョージナの馬車を見たとき、父親がそう言っていたことを思い出した。

彼女は――ハリーの雇い主は――用心深いたちだった。彼の家につづく脇道と交差するワールズリー通りを古いギグでやってきた。彼女に見つからずに領地から出ることは不可能だ。しかも、約束の九時よりも三〇分早くやってきた。ハリーが彼女を置いていこうとしているのではないかと恐れているかのように。しかも、実際そうするつもりだったのだから、彼女の姿を見たときにはよけいに腹が立った。

「おはよう」レディ・ジョージナは明るく手を振った。

彼女は赤と白の柄もののドレスを着ていた。赤毛には似合わなそうな柄だが、そうでもなかった。つばの広い帽子をかぶり、おしゃれに前につばを下げている。髪は後ろでまとめられていた。帽子に巻いた赤いリボンが微風にはためいている。田舎へピクニックに出かける、可憐な貴族の娘に見えた。

「料理人に言いつけてランチを包ませたわ」彼が近づくとレディ・ジョージナは叫んだ。彼の最悪の予感は当たったわけだ。

ハリーは立ち止まり、天を仰ぎそうになるのをこらえた。神よ、助けたまえ。「おはようございます、マイ・レディ」

今日も灰色の陰鬱な日だった。午後になる前に雨が降りだすだろう。

「あなたが手綱を握る?」彼女は座ったまま座席の上で体を滑らせ、彼の席を空けた。

「それでかまわないとおっしゃるなら」ハリーが乗りこむと、特大の車輪に支えられているギグが揺れた。

「わたしはまったくかまわないわ」ハリーは手綱を握る自分の手に彼女の視線を感じた。「わたしだって、馬車を御することくらいできるのよ。でなければ今朝ここまで来られなかったでしょう。でも、馬やら道やらのことを気にせず、風景を楽しむほうがずっといいとわかったの」

「たしかに」

レディ・ジョージナは身を前に乗りだして座っている。風を受けて頬が赤く染まっていた。おやつを楽しみにしている子どものように口がわずかに開いている。パイは自分の口元にも微笑が浮かびそうになるのを感じた。

「今日はどこに行くの？」と彼女は尋ねた。

彼は目を道に戻した。「羊を殺された別の農夫を訪ねようと思っています。どんなふうに羊が死んだのか、正確に知る必要があります」

「毒草ではなかったの？」

「それはそうなのですが」彼は答えた。「わたしが話を聞いたかぎりでは、どのような種類の毒草なのかだれも知りません。複数の種類が使われたかもしれない。トリカブトは有毒ですがこのあたりではあまり見かけません。ジギタリスやベラドンナを庭で育てている者もいます。どちらも人や羊を殺せます。それから、ヨモギギクのような牧草地によく生えている植物もあって、そういう草を食べすぎれば羊は死にます」

「田舎にそんなに多くの毒草が生えているとはまったく知らなかったわ。なんだか恐ろしい。メディチ家の人々は何を使ったのかしら？」

「メディチ家？」

レディ・ジョージナは座席の上で小さな腰をもぞもぞ動かした。「あの華々しくも恐るべきイタリアの一家よ。彼らは毒をしこんだ指輪をはめていて、うさんくさい目つきをした者をつぎつぎと毒殺したのよ。どんな毒を使ったと思う？」

「わかりません」彼女の考えることときたら、まったく。

「そう」彼女はがっかりした声で言った。「砒素《ひそ》はどうかしら？　とても強力なのでしょう？」

「毒には違いありませんが、毒草ではありません」

「違うの？　じゃあ、いったい何なの？」

彼も知らなかった。「貝殻か何かを挽いて粉にしたものだと思います」

レディ・ジョージナはしばらく黙って、それについてじっくり考えた。

ハリーは息を止めた。

視界の隅で、彼女が目を細めてこちらをにらんでいるのが見える。

「作り話でしょう」

「は？」

「砒素が貝殻か何かからできるというところ」彼女は声を低めて彼の言い方をまねた。

「本当ですとも」とハリーは温和な声で言った。「アドリア海だけで採れるピンクの貝殻で、地元の村人は長い熊手とふるいでその貝を採るのです。年に一度、収獲を祝う祭りが催されます」彼は唇を引きつらせないようがんばった。「アドリア砒素祭りって言うんですが」

沈黙。彼には十分な確信があった。彼女はあっけにとられて黙ってしまったのだ。ハリーはむくむくと誇らしさがこみあげてくるのを感じた。レディ・ジョージナのおしゃべりをやめさせることができる男はめったにいない。

とはいえ、それは長くはつづかないのだが。

「あなたには気をつけることにするわ、ミスター・パイ」

「え？」

「あなたは油断ならないから」しかし、まるで笑いをこらえているかのように、彼女の言葉は震えていた。

ハリーはほほえんだ。こんなに朗らかな気持ちになったことは久しくなかった。グランヴィルの土地との境を流れる川に近づいたので、彼は馬の速度をゆるめた。ぐるりとあたりを見る。彼らの馬車以外、乗り物は見あたらない。

「いくらグランヴィル卿でも、ここでわたしたちを襲うほど軽率ではないでしょう」

彼は眉を上げて、彼女をちらりと見た。

彼女はいらだって眉をひそめた。「川に近づいて以来、あなたは山のほうばかり見ているわ」

そうか。彼女は気づいていたのだ。いくら軽薄な貴族を演じていても、見くびってはならないのだと、ハリーはあらためて肝に銘じた。「もし襲ってくるなら、グランヴィルの頭がどうかなってしまったとしか思えないわ」理屈ではそうでも、彼が襲ってこないとは保証できない。

右側の畑で農夫たちは刈り入れをしていたが、収穫はほとんどないようだった。通常なら、歌いながら作業するのだが、みんな黙りこくっている。

「グランヴィル卿はこんな霧の深い日にも農夫たちを働かせるのね」とレディ・ジョージナは言った。

ハリーは、グランヴィルの農業のやり方について何も言わないよう、口をぎゅっと結んだ。

突然、ある考えが彼女の心に浮かんだ。「ワールズリーに到着して以来、うちの畑で働いている人を見たことがないわ。もしかして、みんな熱病か何かにかかっているの？」

ハリーはレディ・ジョージナを見つめた。彼女は知らないのだ。「穀物は湿りすぎていて、貯蔵できないのです。こんな朝に、刈り取りを命じるのはばか者だけです」

「でも」彼女は眉間にしわを寄せた。「霜がおりる前に刈り入れなければならないのではなくて？」

「そうです。しかし、穀物が濡れていると、取り入れても役に立たないだけでなく、もっと悪いことになるのです。貯蔵庫の中で腐ってしまうだけですからね」彼は頭を横に振った。

「どっちみち腐る穀物のために、あの働き手たちは力を使いはたしているのです」

「なるほど」彼女は一分間ばかりそれについて考えているようだった。「では、あなたはワールズリーの収穫をどうするつもり？」

「なすすべはありません。雨が止んでくれることを祈る以外には」

「でも、穀物がだめになってしまったら……」

彼は座ったままの姿勢で背筋を少し伸ばした。「残念ながら、マイ・レディ、あなたの領地からの収入は今年かなり少なくなるでしょう。もしも天気がよくなれば、まだ作物の大部分を、もしかすると全部を収穫できるかもしれません。しかし、日に日にその可能性は少なくなっていきます。小作人は、あなたに土地代を支払うだけでなく、家族を食べさせるためにも、この作物を必要としているのです。農夫にはたいした蓄えはありませんから――」

「わたしはそんなつもりで言ったんじゃないわ！」彼女は侮辱されたとばかりに、顔をしかめて彼を見つめた。「あなたはわたしがそんな人間だと……自分の収入のほうが、農夫が家族を食べさせられるかどうかよりも大事だと考えるくだらない人間だと思うの？」

ハリーは何と答えたらいいかわからなかった。これまでの経験では、地主というのは実際に、領地で働く者たちの幸福よりも、自分の収入のほうを気にかけていた。

彼女はつづけた。「もちろん、今年収穫に失敗したら、わたしに支払われるべき借地代をとりたてるつもりはないわ。そして、冬を越すためにお金が必要な者がいれば、貸してあげるわ」

ハリーは突然、心が軽くなって、目をしばたたいた。レディ・ジョージナの申し出は寛大すぎるほどで、彼の肩から重荷を取り除いてくれたのだった。「ありがとうございます」

彼女は手袋をはめた手を見下ろした。「お礼なんてよして」とつっけんどんに言う。「わたしが気づくべきだったわ。それなのに、あなたに腹を立てて、ごめんなさい。自分の領地のことをほとんど知らなくて恥ずかしいわ。わたしのこと、まぬけだと思ったでしょう」

「いいえ」彼は静かに答えた。「ただ、都会育ちの方なのだと思っただけです」

「ミスター・パイったら」彼女がほほえむと、ハリーは胸がぽっと温かくなったような気がした。「いつも口がうまいんだから」

坂を上るとハリーは馬車の速度を落として、わだちのついた小道に曲がった。穴にはまって車輪がはずれなければいいが。小道は小作人の家につづいていた。かや葺き屋根の長くて低い小屋だ。彼は手綱を引いて馬を止め、ギグから飛び降りた。

「だれが住んでいるの?」ハリーがレディ・ジョージナの側にまわって助け降ろそうとすると、彼女は尋ねた。

「サム・オールドソンです」

毛むくじゃらのテリアが建物の中から走り出て、ほえはじめた。

「サム!」ハリーは叫んだ。「おい、サム! いるか?」

犬が激しく唸り声をあげているので、彼は家に近づこうとしなかった。小型犬は咬みつく癖がある。

「何だ?」刈り入れ用の麦わら帽をかぶった頑丈そうな男が、小屋から出てきた。「黙れ、犬！」まだほえているテリアを怒鳴りつける。「おとなしくするんだ！」

犬は尻の下に尾を隠して座った。

「ごきげんよう」レディ・ジョージナがハリーの横で明るくあいさつした。

サム・オールドソンはさっと帽子をとった。ぼさぼさの黒髪があらわれる。「失礼しました。おいでになっていることに気づかなかったもので」指を髪に通したが、さらに乱れただけだった。途方に暮れて、家のほうを見る。「女房はちょうど出かけておりまして。母親のところへ行っているのです。あいつがいれば、お茶と何かお口に入れるものをお出しできるんですが」

「ミスター・オールドソン、お気になさらないで。突然お邪魔したのですから」彼女は男にほほえんだ。

ハリーは咳ばらいした。「こちらはワールズリーのレディ・ジョージナ・メイトランドだ」彼は自己紹介しないのが一番だと考えた。とはいえサムはばかではない。すでに、顔をしかめはじめていた。「わたしたちが来たのは、あんたのところの死んだ羊に関して少し尋ねたかったからだ。毒を食べさせられた羊だ。あんたが死んだ羊を見つけたのか？」

「そうだ」サムは足元の土に唾を吐いた。テリアは彼の声の調子にすくんだ。「二週間ほど前のことだ。わしはせがれに羊を集めに行かせた。するとせがれはすぐに走って戻ってきて、わしに見に来てくれと言う。行ってみると、うちのもっともよい雌羊が三頭、横向きに倒れていた。口から舌を垂らし、緑の葉の一部がまだ口の中に入っていた」

「何を食べたかわかっているのか？」ハリーは尋ねた。

「ニセパセリだ」サムの顔は怒りで紫色に変わった。「人でなしがニセパセリの葉をわしの羊にやったのだ。わしはせがれに言った。うちの羊を殺した悪人を捕まえたら、この手で八つ裂きにしてやるとな。生まれてきたことを後悔させてやるさ」

いとまを告げる時だ。ハリーはレディ・ジョージナを抱き上げて、馬車の座席に乗せた。彼女はきゃっと声をあげた。

「ありがとう」サム・オールドソンを見すえたまま、ハリーは馬車の前方を急いでまわった。犬がふたたび唸りはじめた。

「おい、なぜあんたは質問して歩いてるんだ？」サムがこちらに近づいてきた。

犬が突進してきたが、ハリーはさっと馬車に乗りこみ手綱をつかんだ。「邪魔をしたな、サム」

ハリーは馬の向きを変え、鞭を与えて速歩で走らせた。背後でサムが女性の耳には入れたくないことをわめいていた。ハリーは顔をしかめて、レディ・ジョージナをさっと見たが、彼女は憤慨しているというより深く考えこんでいるように見えた。きっと、言葉の意味がわからなかったのだろう。

「ニセパセリって？」彼女が尋ねた。

「湿地に生える雑草です。草丈は人の背ほどで、てっぺんに白い小さな花をつけます。パセリや野生のニンジンのように見えるのです」

「いままで一度も聞いたことがないわ」レディ・ジョージナは眉をひそめた。

「たぶんお聞きになったことがあるはずです」とハリーは言った。「一般にはドクニンジンと呼ばれています」

5

「最初にあなたに会ったとき、わたし、あなたのことが好きになれなかったの。知ってた？」レディ・ジョージナはぼんやりと尋ねた。古いギグは道に開いた穴の上を通って、がくんと揺れた。

彼らを乗せた馬車はトム・ハーディングの家に向かう小道をゆっくり走っていた。ハーディングは先週、二頭の羊を失った。あまり長いことグランヴィルの土地にいて、まずいことにならなければいいがとハリーは願った。そしてドクニンジンと死んだ羊のことはいったん忘れて、彼女を見つめた。そんな質問になんと答えたらいいのだ？

「あまりにも厳格で、堅苦しい感じに見えたから」彼女はパラソルを振りまわした。「それに、あなたもわたしのことが好きでなくて、わたしのことを内心見下しているような印象を受けたの」

彼は何カ月も前の、レディ・ジョージナのロンドンのテラスハウスでの面接を思い出した。美しいピンクの居間で一時間以上も待たされたのだった。すると突然、彼女はすっとあらわれて、まるで既知の間柄であるかのように、ぺちゃくちゃしゃべりはじめた。おれは彼女をにらみつけたのだろうか？　覚えていないが、そうだったかもしれない。あのときの彼女は、貴族の女に対する彼の先入観にぴったり合う女性に見えた。

あれ以後、レディ・ジョージナに対する評価がこれほど変わったとは、不思議なものだ。

「だから、ヴァイオレットはあなたのことをあれほど嫌うんだわ」と彼女は語っている。

「は？」話の流れについていけない。またしても。

彼女は手を振った。「厳格さ、堅苦しさ。そういうあなたの見かけのことよ。だからヴァイオレットはあなたにあまり好意を持てないのだと思うの」

「申しわけありません」

「いいえ、違うの、あなたが謝る必要はないわ。あなたのせいではないもの」

彼は片眉を上げた。

「父のせいなの」彼女は彼の顔をさっと見た。当惑を読み取ったに違いない。「父も厳格で、ひどく堅苦しい人だった。たぶんヴァイオレットはあなたを見て父を思い出すのよ」

「レディ・ヴァイオレットが、わたしを見ると父上を思い出すとおっしゃっていたのですか？　伯爵様を？」

「いいえ、とんでもない。あの子が、うわべの類似に気づいているとは思えないわ」

彼は口をひねった。「うわべだけであろうと、お父上に似ていると言っていただいて、たいへん光栄です」

「ほら、また、そんなふうにものすごく冷静な言い方をする」

ハリーは驚いたまなざしを彼女に向けた。

レディ・ジョージナは目を見開いた。「もしもそんなことを言われたら、わたしなら崖から飛び降りてしまうかも。あるいは部屋の隅にそっと隠れて、人から見えないように姿を消してしまいたいと思うかも」

彼女は人の目に触れないでいることなどぜったいにできない人だ。少なくとも彼の目には。姿がなくとも、エキゾチックな香りでわかる。彼は背筋を伸ばした。「わたしは――」

「もういいの、気にしないで」と彼女は彼の言葉をさえぎった。「謝るべき人がいるとすれば、それはわたし。わたしの父は恐ろしい人で、そんな人とあなたを比べるべきじゃなかった」

なんと答えたらいい？「ふーむ」

「といっても、そんなに頻繁に父と会うことはなかったのよ、もちろん。一週間に一度くらい、乳母が点検のために階下にわたしたちを連れていったの」

点検だと？　金持ちのすることは理解に苦しむ。

「それは本当に恐ろしかったわ。その前には食事が喉を通らなかった。だって、気分が悪くなって食べた物をもどしてしまい、父のブーツを汚したりしたらたいへんなことになるもの」彼女は考えただけで恐ろしいとでもいうように身震いした。「わたしたちきょうだいは全員一列に並ばされた。体をきれいにして、服装をきちんと整え、じっと黙って、父によしと言ってもらえるのを待ったわ。とても、とてもつらい時間だった」

彼は彼女を盗み見た。つらい話をしているにもかかわらず、レディ・ジョージナの顔は柔和でなにげない表情だ。しかし、その声には隠しきれない感情がかすかにあらわれていた。一週間前なら気づかなかっただろうが、今日の彼は緊張を見抜いた。彼女の父親はひどく嫌な人物だったに違いない。

彼女は膝の上に重ねている自分の手を見下ろしていた。「とはいっても、少なくともわたしたちはひとりじゃなかった。点検のときは、弟たちといっしょだったの。でもヴァイオレットは末っ子で、きょうだいがみんな成長したあとも、たったひとりで点検を受けなくてはならなかったのよ」

「伯爵様はお亡くなりに？」

「五年前になるわ。キツネ狩りに行ったときに——父は自分のフォックスハウンドをとても自慢にしていたものよ——馬が生垣のところで急に止まってしまい、父だけが前に飛ばされて首の骨を折ったの。家に連れ帰ったときにはもう亡くなっていたわ。母はヒステリーの発作を起こして、それから一年床に伏せていた。起きられなくなって、葬儀にも出なかったの」

「お気の毒に」

「ありがとう。ヴァイオレットのことを考えると本当にかわいそうになるわ。母は昔から、母の言葉を借りれば、虚弱なの。新しい病気をつくりだしては、妙な治療法にはまることにほとんどの時間を費やしている」彼女はいきなり言葉を切って、息を吸いこんだ。

曲がり角をまわる馬の手綱をさばきながら、ハリーは待った。

しばらくしてレディ・ジョージナは静かに言った。「ごめんなさい。ひどいことを言うと思ったでしょう？」

「いいえ。レディ・ヴァイオレットはあなたのような姉上を持ってお幸せだと思います」

するとすると彼女はにっこり笑った。その明るいくったくのない笑顔を見て、彼の下半身は緊張し、息が止まった。「ありがとう。でも、いま、妹はそう思っていないのじゃないかしら」

「なぜですか？」

「はっきりとはわからない」彼女はゆっくりと言った。「でも、何かおかしい気がするの。わたしに腹を立てているような……いいえ、そんな単純なことじゃない。距離を感じるというか、自分の一部を見せないようにしているみたい」

こういう話になると手も足も出ないが、とにかく何か言ってみる。「もう子どもではなくなったということでは？」

「そうかもしれないわ。でも、ヴァイオレットはこれまでずっと愉快で、あけっぴろげな娘だったの。そしてわたしたちはとても仲がよかった。母がそんなふうだから、わたしがあいだに入らなければならなかったの。そのおかげでわたしたちはふつうの姉妹よりも親密なのよ」彼女はいたずらっぽくほほえんだ。「それで、あの子があなたを信用しない理由がよくわかるの」

「あなたのおっしゃるとおりだと思います」門に近づくと、彼は手綱を引いて馬を止めた。

「だが、別のことで、あなたは間違っている」

「どんなこと？」

ハリーは手綱を縛って、ギグから飛び降りるために立ちあがった。「わたしはあなたを嫌ったことは一度もありません」


戸外のピクニックを成功させるためのものは、すべて包みの中に入っていた。ジョージは枝編み細工のかごをのぞきこみ、うーん、いいわ、とつぶやいた。クリームケーキのような柔らかい食べ物は、いくら慎重に持ち運んでもぐちゃぐちゃになる運命にある。彼女はスモークハムを取り出して、チーズと皮が厚い堅パンとともにまな板の上に置いた。大事な道具を忘れると、手でちぎらなければならなくなる。彼女はパイに栓抜きを手わたした。それから、食べ物が傷んでいないことも大前提だ。次に出てきたのは洋梨のタルト。そして、本当にすてきなピクニックにするには細かな点も手を抜いてはならない。彼女は、キュウリのピクルスの入った小さい瓶を取り出して満足のため息をついた。

「わたしはピクニックが大好きなの」

白ワインのボトルのコルクを抜くのに奮闘していたパイは、目を上げてほほえんだ。「そのようですね」

一瞬、ジョージはそのほほえみにどきっとした。初めて彼の顔に浮かんだ本物のほほえみだ。

軽いぽんという音とともにコルクが抜けた。パイは半透明の液体をグラスに注いで、彼女に手わたした。彼女は一口飲んで、そのぴりっとした味を舌で味わってから、グラスを二人が座っている敷物の上に置いた。敷物に止まっていた白いチョウがひらひらと飛んでいった。

「見て」ジョージはチョウを指さした。「何というチョウかしら？」

「キャベツチョウ（モンシロチョウ）です」

「まあ」彼女は鼻にしわを寄せた。「なんてひどい名前かしら。あんなにかわいいチョウなのに」

「おっしゃるとおりです」彼の口調はまじめくさっていた。わたしのことを笑っているの？最後に訪ねた農夫は留守で、そのぽつんと立つ家からの帰り道、彼女は馬車を停めて昼食にしましょうと言い張ったのだった。パイは道の横に草の茂った小高い丘を見つけた。丘の頂上からの眺めはすばらしかった。こんな曇りの日でさえ、何キロも先まで、おそらく隣の郡まで見わたせた。

「どうしてこの場所を知っているの？」と彼女は尋ねて、フォークでピクルスを刺した。

「子どものころよく来たのです」

「ひとりで？」

「ときどき。わたしは子どものころ小さいポニーを飼っていたので、弁当を持ってよくあちこちへ出かけたのです。もちろん、こんなに豪華な昼食ではありませんでしたが、子どもにとっては十分でした」

彼女は、フォークで刺したピクルスを宙に泳がせたまま聞き入っていた。「楽しそう」

「ええ、楽しかったです」彼は目をそらした。

彼女はピクルスに向かってしかめっ面をしてから、それを口に放りこんだ。「ひとりで？

それとも友だちといっしょに？」目を細めて、彼の背後を凝視する。馬に乗った人がこちら
にやってきているようだ。

「たいていは、友だちといっしょでした」

たしかに、だれかがこっちへやってくる。「どんなお友だちだったのかしら」

彼は体をねじって後ろを見た。その背中がこわばった。「ちぇっ」

「知っている人？」

馬が近づいてきた。肩幅が狭いところを見るとグランヴィル卿ではなさそうだ。

「たぶん」パイはまだ見つめていた。

乗り手は丘のふもとまで来て、彼らを見上げた。

「くそったれ」とパイが言った。

ジョージはその罵りの言葉にショックを受けるべきだと思ったが、どうやら彼は彼女の前
で一度ならず二度も、汚い言葉を使ってしまったことに気づいていないようだ。ゆっくりと、
彼女はピクルス瓶を下に置いた。

「ごきげんよう」男が叫んだ。「ごいっしょさせていただいてもよろしいですか？」

パイがこの親しげなあいさつに拒絶の返事をしそうに思えたので、彼女が代わりに答えた。

「もちろんかまいませんわ」

男は馬から降りて手綱をつなぐと、斜面を登りはじめた。ミスター・パイと違ってこの人は息を切らしながら丘を登ってくるのだわ、とジョージは思わずにいられなかった。

「ふう！　かなりきついですね」彼はハンカチを出して、顔の汗を拭いた。

ジョージは興味津々の目で男を見つめた。装いも言葉遣いも紳士らしかった。背が高くて手足が長く、薄い唇に愛想のよいほほえみを浮かべている。そして、その茶色の目には見覚えがあった。

「お邪魔して申しわけありません。そこで馬車を見かけたものですから、自己紹介させていただこうと思ったのです」彼はお辞儀をした。「トーマス・グランヴィルと申します。そして、あなた様は……？」

「ジョージナ・メイトランドですわ。こちらは――」

しかし、ミスター・グランヴィルは彼女の言葉をさえぎった。「やはりそうでしたか……というより、そうあってほしいと願っておりました。座ってもかまいませんか？」彼は敷物を身振りで示した。

「どうぞ」

「ありがとうございます」彼は慎重に腰を下ろした。「じつは、昨日の父の振る舞いについておわびを申し上げたかったのです。父から、昨日あなたの屋敷を訪問し、意見の食い違いがあったと聞いております。しかし、父のことですから、さぞかし――」

「ありがとうございます」

「われわれは隣人どうしですから」ミスター・グランヴィルはあいまいに手を振った。「わたしはこの問題を平和に解決できる道があるはずだと思うのです」

「どのようにして？」パイのひとことが会話の流れを断ち切った。

ジョージはきっとパイをにらんだ。

グランヴィルは話を始めようと顔をパイのほうに向けて、咳をした。

パイはワイングラスを彼に手わたした。

「ハリー」グランヴィルは息を吸いこもうとしてむせた。「おまえだとは気づかなかった――」

「どのようにして」パイはたたみかけた。「血を流さずに問題を解決するつもりだ？」

「もちろん、あれをやめさせなければならない――羊の毒殺を。そのほかの悪さもだ」

「まったくだ。だが、どうやって？」

「残念ながら、ハリー、おまえはここを去らなければならないだろう」グランヴィルは、ぐいっと片方の肩をあげた。「羊の代金と父の厩の修理代を返済しても、父はおまえを許さない。おまえも知っているだろう、父がどんな人間かを」

グランヴィルの視線は、膝の上のパイの右手に落ちた。一本の指は途中で切断されている。ジョージも彼の視線を追った。パイの残っている指が曲がるのを見て、彼女の背筋に冷たい震えが走った。

「もしわたしがここから出ていかなかったら？」パイは、まるでいま何時か尋ねるように、恐ろしいほど冷静な声できいた。

「おまえに選択の余地はない」グランヴィルは、同意を求めてジョージのほうに視線を投げた。

彼女は眉を吊り上げた。

グランヴィルの視線はまたパイに戻った。「ハリー、それが一番いいのだ。おまえが立ち去らないとどうなるか、ぼくの口からは言えない」

パイは返事をしなかった。グリーンの目に冷酷な色が浮かぶ。

三人とも黙りこみ、かなり居心地の悪い時間が過ぎていった。

グランヴィルが突然ぴしゃりと手で敷物をたたいた。「うるさいやつめ」その手を上げたので、ジョージは彼がモンシロチョウをたたきつぶしたのがわかった。

たぶん、彼女は声をたてたに違いない。

二人の男は彼女を見たが、話したのはグランヴィルだった。「チョウですよ。こいつらは作物をむさぼり食う虫から生まれるのです。いやらしいやつらです。農夫たちはみな嫌っている」

ジョージとパイは黙っていた。

グランヴィルは顔を赤くした。「さて、そろそろ行かなくては。おもてなしをありがとうございました」彼は立ちあがり、丘を下りて馬のほうに向かった。

パイは目を細めて、彼が去るのを見ていた。

ジョージは傍らにあるピクルスの瓶を見下ろした。食べる気がすっかり失せていた。最高のピクニックは台無しになってしまった。


「あなたは彼が好きではないのね」レディ・ジョージナはピクニックの毛布を見下ろしながら眉をひそめた。毛布を折りたたもうとするが、うまくいかない。

「だれのことですか？」ハリーは彼女から毛布を受け取って、ぱっぱっと振ってから、毛布の隣り合う二つの角を彼女に持たせた。

「トーマス・グランヴィルのことよ、もちろん」彼女はどうしたらいいかわからないとでもいうように、ぼんやりと毛布を持っている。これまで広い布地を折りたたんだことがないのだろうか？「あなたは彼を見たとき、失礼な言葉をつぶやいていたし、ピクニックに誘おうともしなかったし、彼が割りこんでくると、ずいぶんぶっきらぼうだったわ」

「ええ、トーマス・グランヴィルは好きではありません」ハリーは後ろに下がって、長方形の毛布が二人のあいだでぴんと広がるようにしてから、自分が持っている二つの角を重ねた。レディ・ジョージナも要領がわかってそのとおりにした。もう一度折ってから、彼は歩み寄って彼女の持っていた角を自分の角と重ね合わせた。二人の目が合った。

二人の距離はわずかだった。「なぜ？　ミスター・グランヴィルのどこが問題？」

やつはあの男の息子だ。「信用できないのです」

「彼はあなたを知っていたわ」彼女は好奇心の強いツグミのように首をかしげた。「お互いに知っていた」

「ええ」

彼女は口を開いた。また質問が来るかと構えていると、ふたたび口を閉じてしまった。彼らは黙って、後片づけをした。彼がかごを持ち、二人はギグが停めてあるところまで下りていった。ハリーは座席の下にかごを入れてから、顔をこわばらせて彼女のほうに体を向けた。このごろではレディ・ジョージナのそばにいると感情を抑えにくかった。

彼女は考えこむような青い目で彼を見た。「だれが羊を毒殺したのだと思う?」

彼はレディ・ジョージナの腰を手で抱えた。「わかりません」コルセットの堅さと、その下の温かみを手に感じた。彼女を抱え上げてギグに乗せ、隣の席に飛び乗って、手綱を解いた。目に浮かんだ欲望を彼女に見られる前に目をそらす。

「きっとトーマス・グランヴィルだわ」レディ・ジョージナは言った。

「なぜそう思うのですか?」

「あなたがやっているように見せかけるため? 父親を怒らせるために? 濡れた羊毛のにおいが嫌いだから? わからないわ」

彼女の視線を意識しつつも、ハリーは前をまっすぐに見て、馬を道へと誘導した。この馬はいたずらをするのが好きだったので、御者が注意を向けていなければならなかった。彼は彼女の言葉について考えた。トーマス? なぜ、トーマスが――。

ふたをした鍋から漏れる蒸気のような音がレディ・ジョージナの口から発せられた。「彼が恩着せがましい言い方をしたからって、わたしを責めないでね。わたしは、あなたが羊を殺したと思っていないと、前に言ったはずよ」

彼女はこちらをにらみつけている。今度は何をしてしまったのだ？「すみません。考えごとをしていたので」

「じゃあ、声に出して考えてみて。こういうぴりぴりした沈黙が苦手なの。落ち着かない気分になるというか」

彼は唇を震わせた。「覚えておきます」

「そうしてちょうだい」

四〇〇メートルばかり黙って馬車を走らせていると、やがて彼女がふたたび話しはじめた。

「子どものとき、ほかに何をしたの？」

ハリーは彼女をちらっと見た。

レディ・ジョージナはその視線をとらえた。「それなら答えられるでしょう？　子ども時代のすべてが秘密であるはずがないもの」

「そうですね。でも、たいしておもしろい話はありません。ほとんどが父親の手伝いでした」

彼女は彼のほうに身をのりだした。「それで……？」

「領地を歩きまわり、罠を調べ、密猟者がいないか見張りました。そういうのが猟場管理人の仕事です」罠を器用にしかける父親の強くて革のような手が思い出された。顔ではなく、手を覚えているというのは、なんと奇妙なことか。

「あなたは密猟者を見つけたことがあるの？」

「ええ、もちろんですとも」冷静な声が出せて内心ほっとする。「密猟者はどんなときにもいるものです。しかもグランヴィルはごうつくばりで、小作人からたくさんとりたてていましたから、多くの者が食料のために密猟を行っていました」

「お父さんはそういうときどうしたの？」膝の上に置かれていたレディ・ジョージナの手が滑り落ちて、いまは彼のふとももの横にあった。

ハリーは視線を前方に固定し、肩をすくめた。「たいていは知らんぷりでした。ただし、彼らがやりすぎると、よそでやるようにと注意していました」

「でもそれでは雇い主とのあいだに問題が起こったでしょうね？　あなたのお父さんが密猟者を見逃すことがあったとグランヴィル卿が知ったら」

「そうだったかもしれませんね。もしもばれていたなら。しかし、どうやらそういうことはなかったようです」ほかのことに目がいっていたからだ。

「あなたのお父さんとお知り合いになりたかったわ」彼女は物思いにふけった。その指が自分の腿に押しつけられていると感じるのは錯覚ではないだろう。

彼は不思議そうな目でレディ・ジョージナを見た。「知り合いに？　猟場管理人と？」

「ええ。ほかには子どものとき、何をしていたの？」

彼女は何が聞きたいのだ？　なぜこんなふうに質問攻めにする？　なぜ脚に手をあてる？　彼女の指がズボンを焼け焦がして素肌に触れているような気がした。

「それだけです。領地を歩き、罠を調べ、鳥の卵をさがし――」

「鳥の卵？」

「ええ」ハリーは彼女を、それから彼女の手をさっと見た。「子どものころは鳥の卵を集めたものです」

彼女は顔をしかめた。彼の視線には気づいていないらしい。「でも、どこで卵を見つけるの？」

「鳥の巣で」彼女がまだ納得できない顔をしているので、ハリーは説明した。「春に鳥を観察するのです。鳥たちがどこに行くかを見る。すると遅かれ早かれ、彼らはみな自分たちの巣に戻ります。コクマルガラスは煙突に、チドリはヒースの上に、ハトは曲がった木の枝に、ツグミは生垣の枝にカップのような巣をつくります。辛抱強く待って、観察していれば、どこに卵があるかわかります。そうなれば卵を取ることができるのです」

「ひとつだけ？」

彼はうなずいた。「ひとつより多く取ることはけっしてありません。父親に巣から卵を全部盗むのは罪だと言い聞かされました。鳥のようすを見ながら、ゆっくりゆっくり巣に近づき、卵をひとつ取るのです。たいていは親鳥が巣から離れるまで待たなければなりませんが、ときどき慎重にやると親鳥がいるところでかすめ取ることも――」

「うそよ!」レディ・ジョージナは彼を見上げて笑った。青い目の脇にしわが寄っている。突然、彼は胸がきゅっと締めつけられた気がした。たぶん、彼女が自分に質問する理由など、本当はどうでもいいのだろう。彼女が問いかけてくれさえすれば、それでいいのだ。「わたしをからかっているんでしょう?」

「本当のことです」彼は自分の口元に笑みが浮かぶのを感じた。「鳥の下に手を入れて、羽毛で覆われた小さな体に触れ、その温かさを感じながら、鳥が抱いている卵を巣から直接いただいたものです」

「本当?」

「事実です」

「たぶんまたわたしをかついでいるのでしょうけど、でも、ミスター・パイ、なぜか信じる気になったわ」レディ・ジョージナは頭を左右に振った。「ところで、盗んだ卵をどうしたの? 食べたの?」

「食べる? まさか!」彼女はおもしろがっているように見えた。ハリーが目を見開いておそれおののいたような顔をしたからだろう。なんとなくそれが嬉しかったが、困惑も感じた。こんなたわいもない会話をした覚えは一度もなかった。男たちは彼に対して非常にまじめに接した。女たちは少々彼を恐れていたようだった。彼の言葉にくすくす笑ったりした人はいなかった——。

「じゃあ、卵をどうするの?」彼女の笑った目がふたたび向けられた。

ハリーはもう少しで罵りの言葉を口にするところだった。それほど驚いたのだ。レディ・ジョージナが、伯爵の娘である彼女が——ちくしょう——自分とまるで恋人どうしのようにたわむれているというのか？

頭がおかしくなったに違いない。「ピンで卵の両端に小さい穴を開けて乾燥させ、ベッドの横の棚に並べておきました。茶色や白やあざやかなブルーの卵をずらりとね。その青さときたら……」彼の言葉がとぎれた。あなたの目のようだ、と言いかけたのだが、彼女が雇い主で自分はその使用人であることを突然思い出したのだった。その事実を忘れるとは。自分に腹が立って、ふたたび前方に顔を向けた。

レディ・ジョージナは彼が途中で言葉を切ったことに気づいていないようだった。「まだ卵を持っている？　見たいわ」

角を曲がると、からまりあった木の枝が行く手をさえぎっていた。木が一本、道を横切るように倒れていた。

「おっと！」彼は顔をしかめた。道はギグがやっと通れるほどの幅しかない。馬車の向きを変えるのは至難の業だ。

いきなり四人の男がからまりあった枝の後ろからあらわれた。大柄で人相が悪く、それぞれが手にナイフを握っていた。

くそっ。

6

ジョージは悲鳴をあげ、ハリー・パイは勇敢にも馬の向きを変えようとした。だが、道が狭すぎた。男たちはすぐさまパイに襲いかかった。彼はブーツでひとり目の男の胸を蹴った。二人目と三人目は、パイを馬車から引きずり下ろし、四人目が彼の顎にすさまじい一撃を与えた。

まあ、どうしましょう！　あの人が殺されてしまう。ジョージの喉元に二度目の悲鳴がこみあげてきた。馬が前脚を上げたので、ギグががくんと揺れた。馬はおびえて、どこかへ逃げだそうとしている。どこへも行けはしないのに、愚かなことを。ジョージは座席に頭をぶつけ、小声で悪態をつきながら、ギグの床の上に落ちている手綱をやみくもにかき集めた。

「気をつけろ！　やつはナイフを持っている！」

パイの声ではなかった。ジョージがおそるおそる顔を上げると、本当にパイの手にはナイフが握られていて彼女ははっとした。左手にきらりと輝く細身のナイフを握っている。これだけ離れたところから見ても、凶悪な雰囲気だった。道の上で両手を前に出し、不思議なほど優雅に闘いの構えをとっている。しかも彼は、闘いのやり方を心得ているように見えた。

襲ってきた男たちのひとりは頬から血を流していた。しかし、ほかの三人はパイのまわりを回りながら、横から攻めようとしている。分は悪いように見えた。

ギグがふたたび揺れた。彼女は転んで肩を座席にぶつけ、乱闘のようすが見えなくなった。

「ちょっとじっとしてて、おばかさん」とジョージは馬にささやいた。

手綱は前方に滑っていく。もしここで手綱を手放したら、馬を御することはできなくなる。叫び声や唸りが闘っている男たちのほうから聞こえてくる。ときおり、げんこつが肉にあたる恐ろしい音もまざった。彼女はもう一度顔を上げた。片手で座席をつかんで体を支え、もう片方の手を滑っていく手綱に伸ばした。もう少し。指先が革に軽く触れたとき、がくんと馬車が揺れ、彼女はまた座席に引き戻された。もう一度。馬がじっとしていてくれたら。

一度目。

失敗。

二度目。

彼女は体をぐっと前に出し、手綱をさっと握り取った。すばやく手綱を上下に振って、馬の口に合図を送ってから、手綱を座席に縛りつけた。ちらりと男たちのほうを見ると、ハリー・パイは額から血を流していた。ならず者のひとりが彼の右側から突進してきた。パイは力強い動きで体を回し、相手の脚を蹴りつけた。二人目のならず者がパイの左腕に爪を立てた。パイは体をねじって何かしたようだったが、動きが速すぎて何が起こったのかわからなかった。男は悲鳴をあげ、手を血で染めて、よろめきながら後ろへ下がった。しかし、最初の男がこの隙に乗じてパイの胴を何発も殴りつけた。パイは打たれるたびにうめきながら、体を二つに折り、必死にナイフを振りまわした。

ジョージは馬車の制動装置をかけた。

三人目と四人目の男が進み出た。ひとり目がもう一度パンチを繰り出すと、パイは吐きそうになりながら膝をついた。

ミスター・パイが死んでしまう。

どうしよう、どうしよう、どうしよう！　ジョージは座席の下を手で探り、麻布でくるまれたものを取り出した。布を振り払い、右手で決闘用のピストルを握って、腕をまっすぐ伸ばし、パイの前に立ちはだかっている男に狙いを定めて発砲した。

バーン！

爆音でジョージの耳はほとんど聞こえなくなった。目を細めて煙越しに見ると、男は脇腹を押さえてよろめきながらあとずさりしていく。仕留めたわ！　彼女はぞくっとする残忍な喜びを感じた。ハリー・パイを含む残りの男たちは、さまざまな度合いのショックと恐怖を顔に浮かべて彼女のほうを見た。彼女はもう一丁あったピストルを掲げて、別の男に狙いを定めた。

男はひるんで、身をすくめた。「なんてこった！　女はピストルを持っているぞ！」

どうやら彼らは、ジョージが危険な存在になりうるとは思ってもみなかったらしい。

ハリー・パイは立ちあがり、静かに体を回転させて一番近くにいた男に切りつけた。

「うわあ！」血だらけの顔に手をあてて、男は叫んだ。「引け、引け！」暴漢たちはくるりと背中を見せると、やってきたほうへと逃げていった。

道は急に静かになった。

ジョージは体中の血管がどくどくと血を送る音を聞いた。慎重に座席の上にピストルを置く。

パイはまだ男たちが消えた方角を見ていた。どうやら、彼らが逃げ去ったと判断したらしく、ナイフを持った手を下ろした。腰をかがめてブーツの中にナイフを滑りこませ、それから彼女のほうを向いた。額の傷から流れ出た血は汗と混ざって、こめかみから流れ落ちている。後ろに束ねた髪からほつれ出た一筋が、血のりにはりついていた。鼻孔を膨らませて大きく呼吸をし、なんとか息を鎮めようとしていた。

ジョージは不思議な、ほとんど怒りにも似た気持ちに襲われた。

彼は彼女に向かって歩いてきた。ブーツが道に落ちている石に当たって音を立てる。「ピストルを持って来たことをなぜ黙っていたのですか？」彼の声は低くかすれていた。謝罪を、譲歩を、いや服従さえ要求するような声だった。

ジョージはいずれも与えるつもりはなかった。

「わたし——」彼女は断固とした態度で、むしろ高慢にさえ見えるほど強い態度で話しはじめた。

しかし、その言葉をつづけることはできなかった。彼が目の前に迫っていたからだ。彼女のウエストに手をかけて、馬車から下ろす。パイとぶつかりそうになったジョージは、転ばぬように彼の肩を手でつかんだ。パイはひしと彼女を抱き寄せた。胸の膨らみが彼の胸に押しつぶされ、それはなぜかとてもここちよかった。いったいどういうつもりなのかときくために、ジョージは顔を上げ——。

パイは彼女にキスをした！

硬く甘美な唇。昼食のピクニックで飲んだワインの味がした。彼の唇は執拗なリズムで彼女の唇をまさぐる。ジョージはちくちくする伸びはじめた髭の感触を味わった。彼の舌が彼女の唇の割れ目を何度も行き来する。彼女は口を開いた。そして……ああ。だれかがうめいている。それはきっとわたし。だって生まれてから一度も、こんなふうにキスされたことがないんだもの。彼の舌はわたしの口の中にあって、わたしを味わい、からかっている。溶けてしまいそう——ううん、もうすでに溶けてしまっているかも。完全にとろけてしまったように感じる。すると今度は、パイはジョージの舌を自分の口の中へ誘いこみ、吸いはじめた。彼女はすべての自制心を失って、彼の首に腕をまわし、自分からもキスを返した。

ところがちょうどそのときを選んで、馬が——ばかな、ばかな馬が——いななきだした。

パイはさっと顔を離し、まわりをうかがった。「こんなことをしてしまうなんて、信じられない」

「わたしも」とジョージは言った。彼女はキスを再開させるために彼の頭を引き戻そうとした。

しかし彼は、唐突にジョージを抱え上げて馬車の座席に乗せた。彼女がまだ目をぱちくりさせているあいだに、馬車の反対側に歩いていって自分も飛び乗った。

パイは彼女の膝の上にまだ弾がこめられているピストルを置いた。「ここは危険です。やつらが戻ってこないともかぎらない」

「まあ」

これまでずっとジョージは、男性は欲望のとりこであり、自分の衝動を抑えられない生き物だと教えられてきた。女性というものは——とくに淑女は——火薬ともいえる男性の愛欲に火をつけないよう自分の行動には十分すぎるほど注意しなければならない、と。女性の不注意の結果、どんなことが起こるのかははっきりと説明されなかったが、言葉のはしばしから本当に恐ろしいことになるということだけはうかがい知れた。ジョージはため息をついた。でも、ハリー・パイがそういう危ない男性の例にあてはまらないとわかって、がっかりだわ。

馬をしかりつけたり、ほめたりを交互に繰り返しながら、彼はギグを回転させた。ようやく馬車を来た方向に向けることができると、馬を全速力で走らせた。ジョージはパイを見た。いかめしい表情を浮かべている。ほんの少し前、彼女にキスしたときの情熱は、かけらほども見られなかった。

いいわ、あなたが大人の対応をするなら、わたしだって。「サイラス・グランヴィル卿があの者たちにわたしたちを襲わせたのだと思う?」

「彼らはわたしだけを襲ってきました。だから、わたしもサイラスのしわざではないかと思います。一番怪しいのは彼です」パイは考えこんでいるようだった。「しかし、トーマス・グランヴィルはわたしたちがこの道を通るほんの数分前にここを通ったはずです。トーマスが彼らに金をやって、わたしたちがここを通ることを教えた可能性もある」

「トーマス・グランヴィルは謝罪していたのに、父親と共謀していると思うの？」

パイはハンカチを内ポケットから取り出して、片手でそっと彼女の頬を拭いた。ハンカチには血液がついていた。キスしたときに、彼の血がついたに違いない。「さあ、どうでしょう。しかし、ひとつだけ言っておくことがあります」

ジョージは咳ばらいをした。「何なの、ミスター・パイ？」

彼はハンカチをしまった。「これからはハリーと呼んでください」


ハリーがコック・アンド・ワームという名の居酒屋のドアを押し開けると、むせかえるような煙が彼を迎えた。ワールズリー・マナーにもっとも近い村であるウェストダイキは居酒屋が二軒あるのが自慢の小さな村だった。一軒目のホワイト・メアは、半分木造の建物で、いくつかの部屋を備えた宿屋とも呼べる店だった。食事も出していたから、旅人や地元の商人、そしてときには紳士たちを相手に、きちんとした商売ができた。

一方コック・アンド・ワームはそれ以外の人々が行く店だった。

ずらりと並んだすすけた部屋は梁がむきだしになっていて、客たちはよく頭をぶつけた。窓という窓はパイプの煙でいつも黒ずんでおり、ここに座っていては、兄弟が来ても見分けることができないほど薄暗かった。

ハリーは人々をかきわけてカウンターに向かった。労働者や農夫たちが座っているテーブルの横を通り抜けようとしたとき、その中のひとり、マロウという名の農夫が顔を上げてハリーに会釈した。ハリーは驚いたが、うれしくなって会釈を返した。六月にマロウに助けを求められたことがあった。隣家の牛がしょっちゅう囲いを抜け出し、彼の菜園のレタスを二度ほど踏みつぶしていたのだ。ハリーは、年とった隣家の主人を助けて新しい囲いをつくってやり、いさかいをおさめた。しかし、マロウは無口な男で、ひとことも礼を言わなかった。ハリーはマロウのことを恩知らずなやつだと思っていたが、どうやらその判断は間違っていたらしい。

カウンターにたどりついたときには、心が温かくなっていた。今夜はジャニーがカウンターに立っていた。居酒屋の主人ディック・クラムの妹で、ときどき店を手伝っている。

「何がいい？」とジャニーはつぶやいた。視線は彼の右肩の上あたりを泳いでいる。爪でカウンターを不規則なリズムでたたいていた。

「ビールを」

目の前にビールが置かれると、彼は銅貨を何枚か、傷だらけのカウンターの向こう側に滑らせた。

「今夜、ディックは？」ハリーは静かに尋ねた。

ジャニーには聞こえたはずだが、表情を変えず、また爪でカウンターをたたきはじめた。

「ジャニー？」

「何？」今度は彼の左肘を見て言った。

「ディックは中にいるのか？」

彼女はくるりと背中を向けて、奥へ入っていった。

ハリーはため息をつき、何ものっていないテーブルを壁際に見つけた。ジャニーのことだ、ハリーが来ているとディックに知らせに行ったのか、ただビールを取りに行ったのか、あるいは質問にうんざりしたのかはわからない。いずれにせよ、待つしかない。

先ほどはどうかしていた。頭が完全にいかれてしまったのだ。ハリーはビールを少し飲み、口についた泡を拭いた。それ以外に今日の午後、レディ・ジョージナにキスしてしまった理由は思いつかない。おれは彼女に近づいていった。顔からは血が流れ、殴られた腹が痛んだ。キスしようなどとは思ってもいなかった。ところが次の瞬間にはなぜか、彼女は腕の中にいた。世界中の何をもってしても、彼女の唇を味わうことを止められはしなかった。ふたたび襲撃される可能性も、手足の痛みも、彼女が貴族であるという事実も、そして、くそっ、いまわしい記憶に関係するすべてのものをもってしても。

頭がおかしくなっていたのだ。そう、理由はそれしかない。次には素っ裸で大通りを走り抜けるに違いない。彼は不機嫌にもう一口ビールを飲んだ。それは大した見ものだろう。

彼は正常な男だった。以前にも、女に欲望を感じたことはあった。だがそういうときには、相手にその気があればその女と寝たし、そうでなければ自分の手で慰めた。それで終わり。

これほどの痛みを感じたことはなかった。いてもたってもいられないような感情、ぜったいに手に入れることができないとわかっているものへの渇望。ハリーはマグカップに向かって顔をしかめた。もう一杯ビールが要るな。

「よう、おれに向かってそんな顔をするなよ」二つのマグカップがハリーの正面にどんと置かれた。泡がマグカップの縁からあふれ出る。「店のおごりだ」

ディック・クラムは染みのついたエプロンで覆われた腹をテーブルの下に滑りこませ、自分のマグカップからビールを飲んだ。ビールがのどを通っていくと、豚のように小さな目を満足そうに閉じた。フランネルの布を取り出して、口と顔とはげ頭を拭く。ディックは大柄な男で、年中汗をかいており、つるつるの頭は脂ぎって赤く光っていた。頭の横や後ろにまだ少し残っている脂っこい白髪を集めて細いお下げにしている。

「あんたが来ているとジャニーが教えてくれた」とディックは言った。「ずいぶんごぶさただったじゃないか」

「今日、四人の男に襲われた。グランヴィルの土地で。何か聞いているかい？」ハリーはマグカップを持ち上げて、縁越しにディックを見た。豚のような目に何かがちらついているか？　安堵？

「四人も？」ディックはテーブルの濡れた場所を指でこすった。「命が助かってよかったな」

「レディ・ジョージナがピストルを二丁持っていた」

ディックの眉は、かつて毛の生え際だったはずのところまで吊り上がった。「そうだったのか。ということは、レディといっしょだったというわけだ」

「ああ」

「そうか」ディックは椅子の背にもたれて顔を天井に向けた。またフランネルを取り出して頭を拭きはじめた。

ハリーは黙っていた。ディックは考えている。彼をせかすのは得策ではない。ビールを一口飲んで待った。

「あのなあ」ディックは体を前に倒した。「ティモンズ兄弟がよく夜ここにやってくる。ベンとヒューバートだ。しかし、今夜はベンしかいなかったし、なんだか足を引きずっているようだった。馬に蹴られたと言っていたが、怪しいもんだ。ティモンズの家には馬がいないからな」彼は満足そうにうなずいて、ふたたびマグカップをあおった。

「ティモンズがだれのために働いているか、知っているか？」

「うーん」ディックは頭をかきながら言葉を伸ばした。「やつらはなんでも屋だからなあ。だが、ヒッチコックのところで働いていることが多い。グランヴィルのとこの小作だ」

ハリーは驚きもせず、うなずいた。「やはり裏にはグランヴィルがいたのか」

「おれはそんなことは言ってないぞ」

「ああ、だがわざわざ言う必要はなかった」

ディックは肩をすくめてマグカップを上げた。

「では」ハリーは静かに言った。「グランヴィルの羊を殺したのはだれだと思う？」

ちょうどビールを飲んでいたディックはその質問を聞いてむせた。フランネルがまた出てきた。「それに関しては」やっとしゃべれるようになって、あえぎながら言う。「おれも、このあたりのみんなと同じく、あんたのしわざだと思っていた」

ハリーは目を細めた。「そうだったのか?」

「理屈に合うからさ。グランヴィルがあんたと、あんたの親父さんにしたことを思えば」

ハリーは黙りこんだ。

ディックは気まずさを感じたに違いない。はたはたと手を振った。「だが、ちょっと考えてみると、だんだんそうではない気がしてきた。おれはあんたの親父のジョン・パイを知っているが、彼は他人の飯の種を奪うような男じゃなかった」

「グランヴィルに対しても?」

「親父さんは地の塩と言えるほど立派な人間だった。虫一匹殺せない人間さ」ディックは乾杯するかのようにマグカップを上げた。「地の塩に」

ハリーはディックが父に捧げた酒を飲む姿を黙って見ていた。それから体を揺すった。

「おれが犯人でないとすると、あんたはだれがやったと思っているんだ?」

ディックは顔をしかめて空になったマグカップの底を見つめている。「グランヴィルは、あんたも知っているとおり、ひでえ男だ。やつの背中には悪魔がとりついていると言う人もいる。人を不幸に突き落とすことに人生の喜びを感じているかのようだ。ここ数年のあいだに、あいつにひどい目に遭わされた人間はあんたの親父さん以外にも何人もいる」

「だれだ?」

「たくさんの農夫が、何十年にもわたって一家で耕してきた畑を追い出された。グランヴィルは凶作でも容赦なく金を取り立てる」ディックはゆっくりと言った。「それから、サリー・フォートライト」

「どういうことだ?」

「ワールズリーの門番の女房、マーサ・バーンズの妹だ。噂では、グランヴィルにもてあそばれ、泉に身を投げたそうだ」ディックは頭を振った。「まだ一五にもなっていなかった」

「そういう娘なら、ほかにもたくさんいるだろう」ハリーは自分のマグカップの底をのぞきこんだ。「グランヴィルのことだから」

「ああ」ディックは顔を横に背けてフランネルで拭いた。深くため息をつく。「ひどい話よ。口にもしたくない」

「おれもだ。しかし、だれかが羊を殺している」

ディックは突然テーブルの上に身をのりだし、ひそひそ声で話しはじめた。ビールくさい息がハリーにかかった。「ならば、グランヴィルの屋敷にちっとばかり目を配ることだな。グランヴィルは長男をひどく軽んじているらしい。息子はあんたと同じくらいの年だな、ハリー。三〇年もあの父親といたらどうなるか、想像がつくだろう」

「ああ」ハリーはうなずいた。「トーマスのことは頭に入れておく」彼はビールを飲みほし、マグカップを置いた。「思いつくのは、それで全部かい?」

ディックは三つのマグカップを片手でつかんで立ちあがった。彼は少しためらってから言った。「アニー・ポラードの家族にあたってみるといいかもしれん。何があったか知らんが、とにかくたいへんなことがあった。グランヴィルがからんでいることはたしかだ。それからな、ハリー」

ハリーはすでに立ちあがり、帽子をかぶっていた。「なんだい？」

「貴族の女にゃ近づいちゃならん」豚のような目は悲しげで年老いて見えた。「かかわるとろくなことにはならん」

すでに真夜中をすぎていた。ハリーがその晩、ワールズリーの門を通ったときには、よく肥えた青白いカボチャのような満月が高々と上っていた。最初に見たものは、道に停車しているレディ・ジョージナの馬車だった。馬たちは頭を垂れて眠っており、御者はハリーが自分の家に向かう道へと曲がるのを不機嫌な目つきで見ていた。ずいぶん長いこと待たされていたらしい。

ハリーは頭を振った。二晩もつづけて、いったい彼女はおれの家で何をしているのだ？おれを苦しめて早死にさせようとでもいうのか？　それとも、このおれのことを田舎での退屈しのぎと見なしているのか？　最後の考えに顔をしかめながら、彼は馬を厩に入れた。家に入っていったときも顔をしかめたままだった。しかし目にした光景に、彼は立ち止まり、ため息をついた。

レディ・ジョージナは背もたれの高い椅子に座ったまま眠っていた。

彼女の横の暖炉の炎は燃え尽きて、いまは赤々と輝く石炭だけになっていた。御者が彼女のために火をおこしたか、あるいは、今回は彼女ひとりでできたのか？　頭を後ろへ傾けて、長く細い喉が無防備にさらされていた。最初はかけていたらしいマントが、いまは足元に滑り落ちている。

ハリーはふたたびため息をついてマントを拾い、そっとかけてやった。レディ・ジョージナは微動だにしない。彼は自分のマントを脱いでドアのそばにかけ、石炭をかきまわそうと暖炉に近づいた。マントルピースの上では、木彫りの動物たちがまるでダンスをしているかのように、二つずつ向かい合って置かれていた。彼は動物たちをしばらく見つめ、彼女はどれくらい長いあいだ待っていたのだろうと考えた。薪をくべて立ちあがる。遅い時刻にもかかわらず、そしてビールを二杯飲んだのに、眠くなかった。

棚から箱を下ろし、テーブルに運んだ。中には、真珠がはめこまれた柄のついた短いナイフと、手のひらの半分ほどの桜材が入っていた。ハリーは座って手の中で木片をひっくり返し、親指で木目をこすった。最初はそれでキツネを彫るつもりだった。その赤みがかったオレンジ色がキツネの毛皮の色に似ていたからだ。しかし、いまは何を彫るか心が決まっていない。ナイフを握って、最初の切りこみを入れた。

暖炉の火がぱちっと音を立て、薪が崩れた。

しばらくして顔を上げると、レディ・ジョージナが頬杖をついて、こちらを見ていた。二人の目が合ったが、彼はまた彫刻のほうに視線を戻した。

「そうやって全部の動物をつくったの？」彼女の声は低く、寝起きのためにかすれていた。朝ベッドで目覚めるときの声もそんなふうなのだろうか。絹のシーツにくるまり、体は温かくほわっと湿り気がある。彼はその想像を押しやって、うなずいた。

「美しいナイフね」彼女は体を動かして彼のほうを向き、膝を曲げて椅子の上に足を乗せた。

「別のナイフよりずっといいわ」

「別のというと？」

「ブーツに入っている恐ろしげなナイフ。わたしはこっちのほうが好き」

ハリーが浅く木を削ると、薄い木くずが丸まってテーブルの上に落ちた。

「お父さんにもらったの？」彼女はゆっくり眠たげに話す。その声に自身が硬くなった。握っていた手を開いて、真珠の柄を見つめ、思い出す。「いいえ、マイ・レディ」

それを聞いて、彼女は頭を少し上げた。「わたしはあなたをハリーと呼ぶことになったのだから、あなたもわたしをジョージと呼んでくれるはずじゃなかった？」

「そうは言っておりません」

「不公平だわ」彼女は顔をしかめていた。

「人生とはそういうものです」緊張をほぐすために、彼は肩をすくめた。もちろん、緊張しているのは下半身で、肩ではない。だから肩をすくめても役に立つわけもなかった。

レディ・ジョージナは一分ほどハリーをじっと見ていたが、それから視線を暖炉の火に移した。

彼女の視線が自分から離れた瞬間を感じる。

彼女は息を吸いこんだ。「前に話したおとぎ話を覚えている？　不思議なヒョウがじつは人間の男だったという話」

「はい」

「首に金の鎖を巻いていたと言った？」

「ええ、うかがいました」

「じゃあ、鎖に小さいエメラルドの王冠がついていたことは？　話したかしら？」レディ・ジョージナはしつこくきいた。

彼は桜材に向かって眉をひそめた。「覚えていません」

「ときどき、細かいことを忘れちゃうの」彼女はあくびをした。「さて、彼は本当に王子で、首の鎖には、ヒョウの王子の瞳の色と同じグリーンのエメラルドがはめこまれた小さな王冠がついていた――」

「先日うかがった話にそのくだりはありませんでした」とハリーは割りこんだ。「目の色の部分は」

「ときどき、細かいことを忘れちゃうと言ったばかりよね」彼女は無邪気な顔で彼に向かってまばたきした。

「ふむ」ハリーはふたたび彫刻をはじめた。

「とにかく、若い王は、ヒョウの王子を邪悪な鬼のもとに送って黄金の馬を手に入れようとしたわけ。そこは覚えているわよね？」彼女は返事を待たずにつづけた。「するとヒョウの王子は人間の男の姿に変わった。金の鎖にはエメラルドの王冠が……」

彼女の言葉が途切れたので、ハリーは顔を上げた。

レディ・ジョージナは炎を見つめて、指で唇をたたいていた。「彼が、それしか身につけていなかったと思う？」

くそっ、彼女はおれを殺すつもりか。ようやくおとなしくなりかけていた彼自身がまたぴんといきり立った。

「つまりね、彼が変身前はヒョウだったのなら、服を着たりできないはず。だから、人間に姿を変えたときは裸だったと思うの、違うかしら？」

「間違いなく」ハリーは椅子の上で体を動かした。テーブルが脚のあいだを隠してくれていて助かった。

「そうよねえ」レディ・ジョージナは、少しのあいだじっくり考えてから、頭を振った。

「彼は王冠を握って――明らかに素っ裸で――そこに立ち、こう言った。『刃を通さない鎧と、世界で一番強い剣を』次に、何が起こったと思う？」

「鎧と剣を手に入れた」

「ええ、まあそういうこと」レディ・ジョージナは三歳の子どもでも思いつくようなことを彼が答えたので、ちょっとむっとしたように見えた。「でも、ふつうの武器じゃなかったの。

鎧冑《よろいかぶと》は純金で、剣はガラスでつくられていた。あなたはそれをどう思う?」

「実用的だとは思えませんね」

「どういうこと?」

「この話をつくったのは女性だと賭けてもいい」

彼女は眉をアーチ形に吊り上げ、ハリーを見た。「なぜ?」

彼は肩をすくめた。「剣は振り下ろしたとたん、折れてしまうでしょうし、鎧は軽く突かれただけでも曲がってしまう。金は柔らかい金属なのです」

「考えたこともなかったわ」彼女はふたたび唇をたたいた。

ハリーはまた彫刻に戻った。女というのはしょうがないな。

「きっと、鎧や剣にも魔法がかかっていたんだわ」レディ・ジョージナは弱い武器の問題をそれで片づけた。「そうして彼は出かけていって、黄金の馬を手に入れた」

「え? そんなにあっさりと?」彼は彼女を見つめた。なんだか消化不良のようで胸がもやもやする。

「どういう意味?」

「壮絶な闘いがなかったのですか?」ハリーは木を握った手で闘うかっこうをしてみせた。

「このヒョウの王子と邪悪な鬼のあいだに死闘が繰り広げられたのでは? 鬼はきっと強そうな鳥の姿をしていたのに違いない。でなければもっと前にだれかが宝を盗ろうとしたでしょうからね。われらが英雄は、どこがそんなにすぐれていて、鬼をやっつけることができたのでしょう?」

「鎧と――」

「それから、ばかげたガラスの剣。まあ、いいでしょう。でもほかの者たちだって魔法の武器を持っていただろうに」

「彼は魔法にかけられたヒョウの王子なのよ!」このころには、レディ・ジョージナは怒っていた。「ほかの人たちよりすぐれていて、強いの。一撃で鬼なんかやっつけられるんだから」

ハリーは顔が熱くなるのを感じた。言葉が矢継ぎ早に出てくる。「それほど力があるのなら、なぜ彼は自分を自由にできないのです?」

「わたし――」

「わがままな王たちやくだらない仕事からなぜ逃れないのです? そもそもなぜ奴隷にされたのか?」彼は彫っていた木片を放り投げた。ナイフがすうっとテーブルの向こう側に滑っていき、床に落ちた。

レディ・ジョージナは腰を曲げてナイフを拾った。「ハリー、わたしにはわからないわ」彼女は手のひらにナイフをのせて彼に差し出した。「わからないの」

彼はその手を無視した。「もう遅い時間です。お屋敷に帰られたほうがいい」

彼女はナイフをテーブルに置いた。「お父さんにもらったのではないとすると、だれがこれをあなたに?」

レディ・ジョージナがするのは、困った質問ばかりだ。どの質問にも答えるつもりはない。自分のためにも、彼女のためにも、答えられないのだ。なのに、質問をやめようとしない。なぜ彼女はこんなゲームをしかけてくるのか？

ハリーは黙ってマントを拾い上げ、彼女に着せるためにそれを広げた。彼女は彼の顔をじっと見てから、背中を向けて、肩にマントをかけさせた。髪にふりかけた香水のにおいが彼の鼻孔に達する。苦痛に似た感情に襲われ、ハリーは目をつぶった。

「キスしないの？」とレディ・ジョージナはささやいた。背中を彼に向けたままだ。

彼はさっと手を引いた。「いいえ」

大股で彼女を通り越し、ドアを開けた。手に何か握っていなければ、彼女をつかんで引き寄せ、夜通しキスをしてしまいそうだった。

彼女の視線が向けられた。その目は深いブルーの泉のようだった。男なら溺れるのもかまわず、そこに飛びこんでしまうだろう。「わたしがキスしてほしいと思っていても？」

「たとえそうでも」

「わかったわ」彼女は彼の前を通りすぎ、外に出た。「おやすみ、ハリー・パイ」

「おやすみなさい」彼はドアを閉めてそれにもたれた。彼女の残り香を吸いこむ。

それから背筋を伸ばし、ドアから離れた。遠い昔には、運命を呪ったこともあった。頭もモラルもない男たちに従わなければならない運命を。だがそんなことをしても無駄なのだ。

もう運命を呪うのはやめていた。

7

「ティグル、なぜ紳士は女性にキスをすると思う？」ジョージはドレスの襟元にたくしこんだガーゼ地のスカーフを直した。

今日着ているのは、ターコイズブルーと深紅の鳥の柄がついたレモンイエローのドレスだった。小さな深紅のひだ飾りがスクエアネックのまわりについていて、袖の肘のあたりからは幾層ものレースが流れている。全身をながめて、うーん、とてもいいわ、と彼女は心の中で言った。

「男性が女性にキスする理由はひとつしかございません」ティグルは数本のヘアピンをくわえてジョージの髪を結っている最中だったので、言葉は少し不明瞭だった。「ベッドに誘いたがっているのです」

「いつも？」ジョージは鏡の中の自分に向かって鼻にしわを寄せた。「ただ、なんというか、友情とかそういうたぐいの感情を示すためにキスすることもあるんじゃない？」

ティグルは鼻を鳴らして、ジョージの髪にヘアピンを刺した。「まずないですね。その人が、ベッドも友情の一部と考えているなら別ですが。いいですか、わたしの言葉をしっかり覚えておいてくださいませよ。男性の心の半分は、どうやって女性をベッドに誘いこむかということで占められているのです。そして、あとの半分は」ティグルは、結い上げた髪を吟味するために一歩退いた。「たぶんギャンブルや馬のことでいっぱいなのです」

「本当？」ジョージは自分の知っている男性たちのことを考えた。執事、御者、弟たち、牧師、鋳掛け屋……そうした人たちがすべて女性をベッドに誘うことばかり考えているなんて。「でも、哲学者とか学者は？　そういう人たちは別のことにたくさん時間を使っているみたいだけど？」

ティグルはまじめくさって首を横に振った。「ベッドのことを考えない男性は、哲学者であろうとなんだろうと、どこか問題があるのです」

「まあ」ジョージは洗面台の上にヘアピンをジグザグに並べはじめた。「でも、男性が一度女性にキスしたのに、もう一度キスするのを拒否するときは？　女性のほうがそれを望んでいるのに」

背後で沈黙が降りた。ジョージが目を上げると鏡の中でティグルがじっとこちらを見ていた。

メイドの眉間には先ほどまではなかった二本のしわが寄っていた。「きっと彼には、キスしてはならないとても重要な理由があったのですわ、お嬢様」

ジョージは肩を落とした。

「わたしの経験では」とティグルは慎重に言った。「男性というものは、誘われれば簡単にキスをしてしまうものですから」

ジョージは大きく目を見開いた。「そうなの？　気が進まなくても？」

ティグルはうなずいた。「意思に反することでも。なにしろ、彼らは我慢できないのですからね、哀れなことに。男なんてそんなものです」

「そうなの」ジョージは立ちあがって、いきなりメイドを抱きしめた。「ティグル、あなたって、とても興味深いことを知っているのね。この会話がどれくらい役に立ったか言いあらわせないくらいよ」

ティグルは心配そうな顔をしている。「お嬢様、お気をつけくださいませ」

「ええ、もちろん」そう言うと、ジョージは寝室を出ていった。

ジョージはマホガニーの階段を急いで降り、朝食が用意されている日当たりのよい部屋に入った。ヴァイオレットは金箔のはられたテーブルでもう紅茶を飲んでいた。

「おはよう」ジョージは部屋を横切ってサイドボードの前へ行った。料理人がバター風味の薫製ニシンをつくってくれたのでうれしくなった。

「ジョージ？」

「なあに？」朝のはじまりは上々。そして薫製ニシンを食べれば、今日という日はそんなに悪い日ではないはず。

「昨夜はどこにいたの？」

「昨夜？　家にいたに決まっているじゃない」ジョージはヴァイオレットの向かいに座って、

フォークに手を伸ばした。

「家に帰ってくる前のことよ。午前一時にね」ヴァイオレットはほんの少し口やかましい調子で言った。「それまでどこにいたの？」

ジョージはため息をついて、フォークを下ろした。哀れな薫製ニシン。「ちょっと用事をすませていたの」

ヴァイオレットの目つきは、ジョージに昔の家庭教師――五〇歳をとうに越していたはずだ――を思い出させた。やっと家庭教師の手を離れたばかりの若い娘に、そんな厳格な顔つきができるなんて。

「用事？ 真夜中に？」ヴァイオレットは尋ねた。「いったいどんな用事だったというの？」

「どうしても知りたいと言うのなら教えるけど、ミスター・パイと相談していたのよ。羊の毒殺事件について」

「ミスター・パイと？」ヴァイオレットは金切り声をあげた。「羊を毒殺したのはミスター・パイじゃないの！ それなのに、どうしてあの人に相談するの？」

ジョージは激しい反応に驚きながら、妹を見つめた。「昨日、わたしたちは農夫のひとりに話を聞いたの。その人はドクニンジンが使われたと言っていたわ。そこで別の人にも話を聞こうとしていたときに、道で事件が起こったのよ」

「事件？」

ジョージは顔をしかめた。「ミスター・パイが何人かの男に襲われて、わたしたち、ちょっと難儀をしたの」

「ミスター・パイを襲った？」ヴァイオレットはその単語に飛びついた。「あの人といっしょにいたときに？　お姉様も怪我をしたかもしれないじゃないの」

「ミスター・パイはしっかり身を守ったわ。それにわたしはクララおばさまが残してくれたピストルを持っていたの」

ヴァイオレットは、「ああ、ジョージ」とため息まじりに言った。「彼があなたを面倒に巻きこんでいるのがわからないの？　早くグランヴィル卿に彼を引き渡して、ちゃんと罰を受けさせなければ。先日、彼を捕まえに来たグランヴィル卿を、お姉様がどんなふうに追い返したか聞いたわ。お姉様はただへそを曲げているだけ。自分でもわかっているでしょう？」

「でもわたし、ミスター・パイが毒を盛ったとは思っていないの。あなたもわかっていると思っていたわ」

今度はヴァイオレットが姉を見つめる番だった。「どういう意味？」

ジョージは立ちあがって、自分のカップに紅茶を注いだ。「ミスター・パイのような性格の人は、こういう犯罪に手を染めないと思うの」

テーブルのほうを向くと、妹が唖然とした顔でこちらを見ていた。「まさか、ミスター・パイに夢中になっているんじゃないでしょうね？　お姉様くらいの年の女性が男の人にぼうっとなるとたいへんなことになるわ」

ぼうっとなるですって？　ジョージは顔をこわばらせた。「あなたの意見とは相いれないけれど、二八歳は別にもうろくする年じゃないわよ」

「もちろんそうよ。でも、もっと分別をもつべき年代よ」

「何が言いたいの？」

「その年になったら、適切なふるまいとはどんなものかをわきまえているべきなのよ。もっと威厳を保たなければ」

「威厳を保つですって！」

ヴァイオレットがテーブルをどんとたたいたので、銀器がかたかた音をたてた。「お姉様は、他人の気持ちなんてどうでもいいんだわ。お姉様は――」

「いったい何の話？」混乱してジョージは尋ねた。

「どうしてわたしにこんなことをするの？」ヴァイオレットは泣き叫んだ。「こんなのずるいわ。クララおばさまが大金と土地を残してくれたので、お姉様は自分のやりたいことは何でもできると思っている。まわりの人のことを考えたり、自分の行動がまわりにどんな影響を与えるかを考えたり、立ち止まったりすることはけっしてないのだわ」

「いったい、どうしちゃったの？」ジョージはカップを置いた。「わたしに恋人がいようがいまいが、あなたには関係ないと思うわ」

「お姉様のすることが、家族に、わたしに、影響してくるなら、わたしにだっておおいに関係があるのよ」ヴァイオレットが急に立ちあがったので、彼女のカップがひっくり返った。醜い茶色の染みがテーブルクロスに広がっていく。「ミスター・パイのような男性と二人きりになるのが適切でないことくらいお姉様だってよく知っているのに、夜更けに彼と薄汚い密会をしているんですもの」

「ヴァイオレット！　もうたくさんよ」ジョージは自分自身の怒りにたじろいだ。これまで妹に声を荒らげたことはめったになかった。すぐに手を伸ばして、仲直りをしようとしたが、遅すぎた。

ヴァイオレットは顔を真っ赤にし、目には涙を浮かべていた。「もういい！」彼女は叫んだ。「生まれの卑しい田舎者を相手に、恥をさらせばいいんだわ！　どうせ、彼はお姉様のお金に興味を持っているだけなんだから！」最後の言葉は寒々と宙に漂った。

ヴァイオレットはちょっと傷ついたように見えた。だがすぐに、さっと背を向けるとドアから走り出ていった。

ジョージは皿を脇にどけて、両腕の上に頭を突っ伏した。結局、今日は薫製ニシンの日じゃなかったんだわ。

ヴァイオレットは階段を駆け上った。視界は涙で曇っている。なぜ、ああ、なぜ、ものごとは変化していくの？　なぜすべては同じままでいられないの？　階段の一番上に着くと右に曲がり、なるべく早足で歩いていった。行く手のドアが開いた。さっと通りすぎようとしたが、うまくいかなかった。

「お顔が真っ赤ですよ。どこか具合でも悪いのですか？」ユーフィーは心配そうにヴァイオレットを見た。ユーフィーに道をふさがれたため、ヴァイオレットはその先にある自分の部屋へ行くことができなくなった。

「軽い頭痛がするの。だから、横になろうと思って」ヴァイオレットはほほえもうとした。

「どれくらいひどい頭痛なのですか？　額を冷やすために、メイドに冷たい水を持ってこさせますわ。濡らした布を額にあてて、一〇分ごとにそれを必ず取り換えるのですよ。さて、粉薬をどこへ置いたかしら？　あれは頭痛によく効くのです」

ヴァイオレットは、ユーフィーが何時間もつづくかと思われるほど長々と心配しだしたので、叫びだしそうになった。

「ありがとう。でも、ただ横になれば大丈夫だと思うわ」身をのりだしてささやいた。「月のもののせいだと思うの、だから」

ユーフィーのおしゃべりを止めたいなら、女性の問題に触れさえすればいい。彼女は真っ赤になり、まるでヴァイオレットが月のものの印を身につけているかのように、目をそらした。

「ええ、わかりましたとも。では、横におなりなさいませ。わたくしは粉薬をさがしますわ」そして手で口を半分隠してひそひそ声で言った。「それにも効きますのよ」

ユーフィーの助けを受け入れずにこの場から逃げることはできないとわかって、ヴァイオレットはため息をついた。「ご親切にありがとう。見つけたらわたしのメイドにわたしてくださる？」

ユーフィーはうなずいた。それから、あれにどう対処したらよいか、こと細かな説明を受けた後、ヴァイオレットはようやく解放された。部屋に入ると、ドアを閉めて鍵をかけ、窓のそばの椅子に腰かけた。彼女の部屋はワールズリーの屋敷の中で一番大きいとはいえないものの、もっとも美しい部屋だった。くすんだ色あいの黄色と青のストライプの絹布が壁にかかっており、床には青と赤の古いペルシャ絨毯が敷かれていた。ふだんなら、ヴァイオレットはこの部屋が大好きなのだが。また雨が降りだし、風が窓に雨粒を吹きつけ、窓枠をがたがた鳴らしている。ヨークシャーに来てから太陽が輝いたことがあっただろうか？　額をガラスにつけ、息で窓が曇るのを見つめた。暖炉の火は消え、部屋は薄暗く寒々として、いまの陰鬱な気分にぴったりだった。

わたしの人生はもうめちゃくちゃ。しかもそれは全部自分のせいだ。また涙がこみあげてきて目が痛みだし、乱暴に目をたたいた。ここ二カ月間、船隊を浮かべることができるくらいたくさんの涙を流した。でも、泣いたって何の足しにもならなかった。ああ、時計を逆戻りさせて、もう一度やり直すチャンスを得られれば。二度とあんなことはしやしない。あのときに感じた、せっぱつまったやむにやまれぬ激情は、すぐに消えてしまうことがいまではもうわかっているから。

彼女は青い絹のクッションをぎゅっと胸に抱きしめた。涙があふれ、目の前の窓がかすんでいく。逃げ出しても無駄だった。レスターシャーを離れさえすればすぐに忘れるだろうと、彼女は考えた。しかし、忘れることなどできなかったし、いまや、すべての問題がヨークシャーまで追いかけてきた。しかもジョージが――あの楽しくて愉快な姉、きまじめなオールドミス、おとぎ話を愛するふわふわ髪のジョージが――このごろちょっとおかしい。わたしのことなどまったく気にもかけず、あの恐ろしい男といつもいっしょにいる。お姉様はとても純真だから、きっと気づいていないのだ。あのいやらしいミスター・パイはお姉様の財産を狙っていることに。

それよりももっと悪い魂胆があるのかも。

でも、それならば、少なくともわたしにもできることがある。窓際の椅子から立ちあがり、小走りで書き物机のところに行った。引き出しを開けて、中をさぐり、便箋を取りだす。インク壺の蓋を取って、彼女は座った。ジョージはわたしの言うことには耳を貸さないだろうけれど、ひとりだけ逆らえない人がいる。ヴァイオレットは羽根ペンをインクに浸して書きはじめた。

「ミスター・パイ、なぜ一度も結婚したことがないの？」レディ・ジョージナはわざと姓で呼んだ。おれをいら立たせるためだな、とハリーは思う。

今日の彼女は、黄色の地に見たこともないような鳥の柄がついたドレスを着ていた。鳥の中には三つも翼を持つものもいた。とても似合っていると、彼も認めざるをえない。レディ・ジョージナは、最近女性たちがよく襟元にたくしこんでいるスカーフとかいう代物をつけていた。ほとんど透明な薄い布地で、彼をからかうかのように、乳首を連想させた。それも彼をいらつかせた。そして、ハリーが強く反対したにもかかわらず、彼女は今日もギグの隣の席に腰かけているという事実もやっかいだった。とはいえ、少なくとも今日は、あの容赦のない雨が少しやんでいる。空はまだ陰鬱な灰色ではあるものの。びしょ濡れになる前に最初の家に着ければいいが、と彼は願った。

「わかりません」ハリーはぶっきらぼうに答えた。一週間前ならレディ・ジョージナの前でけっしてそんな口調で話すことはなかっただろう。馬は敏感に雰囲気を感じ取り、横に走りだそうとしたので、ギグががくんと揺れた。ハリーは手綱を強く引いて、馬を道に戻した。

「おそらく、これという女性に出会わなかったからでしょう」

「どういう人がいいの？」

「わかりません」

「理想の女性像があるはずよ」と彼女は貴族特有の独断的な言い方をした。「金髪の女性にあこがれる？」

「わたしは――」

「それとも黒髪？　昔、こんな人がいたわ。背の低い、黒髪のレディとしか踊らないの。そういう女性たちがみんな、彼と踊りたがっていたわけじゃないんだけど、彼はそんなこと気づいてもいなかったみたい」

「わたしは髪に関してとくに好みはありません」彼女が息継ぎのために言葉を切ると、彼はすかさず口をはさんだ。レディ・ジョージナはまた話しはじめようとしたが、もうたくさんだった。「そちらこそ、どうして結婚なさらないのですか？」

そうだ。少し困らせてやればいいんだ。

ところが敵もさる者、ひるんだりはしない。「結婚したいと思うような紳士を見つけるのは難しいの。ときどき、金の卵を産むガチョウを見つけるほうが簡単なのじゃないかしらと思うわ。だって、社交界の紳士たちって、おつむが空っぽな人が多いのよ。狩りや猟犬に関して博識であれば十分と思っているらしくて、ほかのことにはぜんぜん興味がない。でも、朝食のテーブルでは何か話をしなければならないわけでしょう。結婚して、ぎこちない沈黙ばかりつづくようだったら、恐ろしくない？」

彼はそんなことを考えたこともなかった。「あなたがそうだとおっしゃるなら」

「わたしはそう思うの。銀のスプーンが磁器のカップとぶつかる音と、紅茶をすする音しか聞こえないとしたら、ぞっとするわ。しかも、コルセットを着て、口紅やつけぼくろをつける男性までいるのよ」彼女は鼻にしわを寄せた。「唇にルージュを塗っている男性にキスをするのがどれくらい興ざめか、あなたにわかる？」

「いいえ」ハリーは顔をしかめた。「あなたは？」

「わたしだってわからないわ」とレディ・ジョージナは認めた。「でも、たしかな筋から聞いたところでは、もう一度したいとは思えない体験だそうよ」

「はあ」それ以外の反応は思いつかなかったが、どうやらそれでよかったらしい。

「わたしは一度、婚約したことがあるの」彼女は通りすぎていく牛の群れを見つめた。

ハリーは背筋を伸ばした。「本当ですか？　それでどうなったのです？」どこぞの貴族の息子にでも捨てられたのか？

「まだ一九歳だったの。思うに、一九というのは危険な年ごろなのよ。かなりいろいろなことを知っている年齢ではあるけれど、自分が知らないことがたくさんあるということを悟れるほど賢くはない」レディ・ジョージナは言葉を切って、あたりを見まわした。「今日はいったいどこへ行くの？」

彼らは境界を越えてグランヴィルの領地に入った。

「ポラードの家です」と彼は言った。婚約してから何があったんだ？「一九歳のときの話をなさっていましたよ」

「気づいたらポール・フィッツシモンズと婚約していたの。それが彼の名前よ」

「それくらいわたしにもわかりますよ」彼は唸るような声で言った。「しかし、どんなふうに婚約して、どんなふうに終わったのですか？」

「なんだかぼんやりしていて、どうやって婚約したのか、よく覚えてないの」

ハリーは眉を吊り上げて彼女を見た。

「だって、本当のことなのよ」レディ・ジョージナが弁解がましく言う。「舞踏会の日、ポールとテラスを散歩しながら、ミスター・ヒューリーのかつらについて話していたの。ピンクのかつらよ、想像できて？　そしたら、突然、ばーん！　わたしは婚約していたの」これでよくわかったでしょうといわんばかりに彼を見た。

彼はため息をついた。彼女にはかかわらないのが一番なのだろう。「そして、どんなふうに解消したのですか？」

「間もなく、わたしの親友のノーラ・スミスフィールディングがポールに恋していることが判明したの。そうとわかったら、彼もノーラに恋していることに気づくのは簡単だった。もっとも」レディ・ジョージナは顔をしかめた。「彼は明らかにノーラに恋していたのに、どうしてわたしに結婚を申しこんだのかがわからないの。きっと、気持ちが混乱していたのね、かわいそうな人」

　かわいそうな人だと、くそったれめ。フィッツシモンズって野郎は、うすらばかのとうへんぼくらしい。「それであなたはどうしたのですか？」

　彼女は肩をすくめた。「もちろん、わたしから婚約を解消したわ」

　もちろん、ね。おれがそばにいれば、そいつに礼儀というものを教えてやれたのに、残念だ。そういう輩は、一発鼻をへし折ってやったほうがいいんだ。ハリーは鼻を鳴らした。

「あなたがそれ以来、男を信じられなくなったのも当然ですね」

「そんなふうに考えたことはなかったわ。でもね、クララおばさまの遺産のほうがずっと大きな障害になっていると思うの。夫さがしの」

「遺産がどうして障害に？　カラスが死骸に群れるように、男どもが集まってきそうに思えますが」

「愉快な比喩ね、ミスター・パイ」レディ・ジョージナは目を細めて彼をにらんだ。

彼は顔をしかめた。「わたしが言いたかったのは――」

「わたしが言いたかったのは、クララおばさまの遺産のおかげで、経済的理由で結婚する必要がなくなったということなの。だから、結婚相手としてどうかという観点で男性を見なくてもよくなったのよ」

「なるほど」

「でも、別の観点からは見ているのよ」

別の観点？　ハリーは彼女を見た。

彼女は赤面していた。「結婚相手以外、ということ」

彼はその理解しがたい言葉について考えてみようとしたが、ギグはすでにわだちのついた小道に入っていた。みすぼらしい家の前で馬を止める。ここに人が住んでいると知っていなければ、空家だと思っただろう。オールドソンの小屋と形は同じだが、まったく別物のようだった。かや葺き屋根は黒く朽ちていて、一部が陥没していた。道の脇の雑草は伸び放題で、ドアは傾いていた。

「馬車でお待ちください」ハリーはそう言いかけたが、彼女はすでに、彼の助けなしギグから降りようとしていた。

彼は歯をくいしばり、肘をすっと差し出した。するとレディ・ジョージナは素直に指を巻きつけてきた。上着を通して彼女の体温が感じられ、なぜかそれに癒される気がした。彼らは家の前まで歩いていった。家が崩れてしまわないことを祈りながら、ドアをたたく。

家の中で人が動く音が聞こえたが、すぐにやんだ。だれもノックに応えない。ハリーはもう一度ドアをどんどんとたたいて待った。再度ノックするために腕を上げたとき、古い木のドアがきしみながら開いた。八歳くらいの少年が無言で戸口に立っていた。脂ぎって伸びすぎた髪が茶色の目にかかっている。裸足で、着古したグレーの服を着ていた。

「お母さんは家にいるか？」ハリーは尋ねた。

「だれなの？」という声が奥から聞こえた。耳障りな声だったが、悪意は感じられない。

「旦那さんだよ、ばあちゃん」

「なんだって？」老女が少年の後ろにあらわれた。男と見間違うほど背が高くて痩せており、高齢にもかかわらずしっかりとして見えた。しかし、その目は、いきなり天使が戸口にあらわれたとでもいうように、うろたえて不安げだった。

「いくつかお尋ねしたいことがあって来ました。アニー・ポラードに関することです」ハリーは言った。老女はじっと彼を見つめている。まるで彼がフランス語でもしゃべっているかのように。「ここはポラードさんの家ですよね？」

「アニーのことは話したくない」老女は少年を見下ろした。少年はまだハリーの顔を凝視している。突然、老女は少年の後頭部を軽くたたいた。「ほらお行き！　何かやることを見つけておいで」

少年はまばたきすらせず、ただ、彼らの前を通りすぎて家の角を曲がって姿を消した。おそらくいつも祖母からそんなふうに言われているのだろう。

「アニーがどうしたって？」老女は尋ねた。

「彼女はグランヴィル卿とかかわりがあったと聞きました」ハリーは用心深く切りだした。

「かかわりがあった？　ふん、ずいぶん気取った言い方だね」老女が唇をねじ曲げると、抜けた前歯の隙間があらわになった。そこからピンクの舌が突き出している。「なんでそんなことを知りたいんだね？」

「だれかが羊を殺しています。アニーか、彼女と親しいだれかがそれに関係しているのではないかという噂を耳にしました」

「羊のことは何も知らないよ」老女は扉を閉めようとした。

ハリーは隙間にすかさずブーツをはさみこんだ。「アニーはどうでしょう？」

老女は震えはじめた。

ハリーは老女を泣かせてしまったのかと思った。ところが、頭を起こした彼女の顔に浮かんでいたのは不気味な笑いだった。

「きっとそうさ、あの子がやったんだ。アニーがね」彼女はあえぎながら言った。「あいつらに地獄の劫火の中で生きるということがどんなか、教えてやりたいよ」

「では、彼女は亡くなったのですか？」レディ・ジョージナが初めて口を開いた。

彼女の歯切れのよい口調で、老女ははっと我に返ったように見えた。「ま、そんなところさ」疲れてドアにもたれた。「あの子の名前はアニー・ベイカーっていうんだよ。結婚していたのさ。少なくともあいつが、あの子のまわりをうろつくようになるまでは」

「グランヴィル卿？」レディ・ジョージナはつぶやいた。

「ああ。あの悪魔さ」老女は上唇を吸いこんだ。「アニーはベイカーを捨てて、グランヴィルの女になった。それもあいつに飽きられるまでさ。そう長いことはなかった。腹が大きくなって戻ってきて、子どもを産むまでここにいた。それからまたどこかへ行ってしまったよ。最後に聞いた噂では、ジン一杯のために股を広げているということだった」急につらそうな顔になる。「売春婦に身を落としたら、長くはないだろうね」

「ええ」ハリーは静かに言った。

レディ・ジョージナは唖然として言葉をなくしているように見えた。ハリーは、なんとしてでも彼女を説き伏せてワールズリー・マナーに置いてくるべきだったと後悔した。自分がこんな忌まわしい話に彼女を引きずりこんだのだ。

「ミセス・ポラード、アニーの話を聞かせてもらって感謝します」ハリーはやさしく老女に言った。つっけんどんな態度をとっているが、古い傷について話すのはさぞかしつらいことだっただろう。「あとひとつだけきかせてください。そうしたらもうお邪魔はしません。ミスター・ベイカーはどうしたのですか？」

「ああ、ベイカーね」ミセス・ポラードは、ハエを追い払うかのように手を振った。「あいつは別の女とくっついた。結婚もしたらしい。ただし、アニーと結婚しているから教会できちんと式をあげることはできないが。アニーは気にしやしないさ。いまとなっちゃ」老女は扉を閉めた。

ハリーは顔をしかめたが、もう十分に老女から話を聞いたと判断した。「行きましょう」レディ・ジョージナの肘に手をかけて、もと来た道を戻る。ギグに彼女を乗せながら、彼はちらりと後ろを見た。

さっきの少年が家の角にもたれていた。うつむいて、裸足の足をもう一方の足の上にのせている。少年はおそらく祖母が自分の母親について語った言葉をすべて聞いていたのだろう。世の中の疑問をすべて解くには、一日の時間は短すぎる。ハリーが子どものころ、父親からいやというほど聞かされた言葉だった。

「少しのあいだお待ちください」ハリーは大股で少年に近づいた。

少年はハリーが近寄ると用心するように目を上げたが、体は動かさなかった。

ハリーは少年を見下ろした。「おばあさんが死んだら、あるいはひとりぼっちになったら、わたしのところへ来い。わたしの名前はハリー・パイだ。言ってみろ」

「ハリー・パイ」と少年は繰り返した。

「よし。これでおばあさんに服を買ってもらえ」

ハリーは少年の手に一シリングを握らせると、礼を待たずにギグに戻った。それは感傷的な行動だったし、たぶん役に立ちはしないだろう。老女は少年に新しい服を買ってやる代わりに、その一シリングでジンを買うことだろう。彼は、レディ・ジョージナのほほえみを無視してギグに乗りこみ、手綱を取った。もう一度少年のほうをちらりと見ると、彼は手の中のコインを見つめていた。ハリーたちは出発した。

「なんてひどい話かしら」彼女のほほえみは消えた。

「ええ」ハリーは横目で彼女を見た。「こんな話をお聞かせして申しわけありませんでした」

彼は馬を急がせた。できるだけ早く、グランヴィルの領地から出たほうがいい。「あの家の人が羊を毒殺したとは思えない。おばあさんは年をとって臆病になっているようだし、少年はまだ小さいし、アニーの夫も自分の生活を送っているようだわ。アニーが戻ってでもこないかぎり」

彼は頭を横に振った。「酒場にいりびたっていたとすれば、彼女には人に被害を与えるようなことはできないでしょう」

雲が垂れこめ、風が強まっているにもかかわらず、道の両側で草を食む羊たちの姿は平和そのものだった。ハリーはあたりを入念にうかがった。昨日のことがあって以来、不意打ちに備えて用心していた。

「今日は、別の農家も訪ねるつもり?」レディ・ジョージナは片手で帽子を頭にかぶせた。

「いいえ、今日は――」馬車は小高い場所にさしかかった。ハリーは反対側の斜面の光景を見て、いきなり手綱を引いた。「ちくしょう」

ギグは停止した。ハリーは道を縁取る乾いた石垣のすぐ内側に横たわる三つの羊毛の塊を見つめた。

「死んでいるの?」レディ・ジョージナはささやいた。

「はい」ハリーは手綱の端を結んで、制動装置をかけ、ギグから飛び降りた。

羊を見つけたのは彼らだけではなかった。艶のある栗色の馬が壁につながれ、神経質に頭を振っていた。馬の所有者は背中をこちらに向け、うつぶせに倒れている一頭の羊の上にかがみこんでいる。すっと立ちあがると背の高さが明らかになった。髪は茶色で、風にはためいている上着の仕立ては紳士のものだった。トーマスに先を越されるとは、何と運の悪い。

男が振り返った。ハリーの頭は真っ白になった。しばらくのあいだ、何も考えることができなくなった。

男はトーマスよりも肩幅が広く、髪はわずかに明るめの色で、耳のあたりでカールしていた。顔の幅は広く、ハンサムで、官能的な唇の端に笑いじわがあり、まぶたは重そうだ。まさか、そんなはずは。

男は近づいてきて、軽々と石垣を飛び越した。さらに近づくと、グリーンの瞳が燐《りん》のように輝いた。ハリーは、レディ・ジョージナが隣に寄ってくるのを感じた。そういえばギグから彼女を助け降ろすのを忘れたと、ぼんやり思い出す。

「ハリー」彼女の声が聞こえた。「兄弟がいるなんて教えてくれなかったわね」

8

いつもそれがジョージの失敗のもとだった。よく考えずにしゃべってしまうのだ。二人の男が驚愕の表情でさっと彼女のほうを見たとき、ジョージはそれを強く実感した。それが口に出してはならない暗い秘密だったなんて、わかるはずがないでしょう？　彼女はハリーの瞳のようなグリーンの瞳を見たことがなかったが、なんとまあここにもう一組あったのだ。別の男性の同じグリーンの瞳がこちらを見つめている。たしかに、こちらの男性のほうが背は高いし、顔立ちも違う。しかし彼らの目を見たら、だれだって同じ結論にたどりつくのではないか。彼らが兄弟であると。だから、これは彼女のせいというわけではない。

「ハリー？」見知らぬ男は前へ進み出た。「ハリーか？」

「こちらはベネット・グランヴィルです」ハリーはもうひとりの男よりも早く立ち直り、すでに表情を消していた。「グランヴィル、こちらはレディ・ジョージナ・メイトランドだ」

「ごきげんよう」グランヴィルは礼儀正しくあいさつをした。「お目にかかれて光栄です」

彼女もお辞儀をして、お決まりの社交辞令をつぶやいた。

「それから、ハリー」一瞬、グランヴィルのグリーンの瞳の奥に感情がきらめいたが、すぐに彼は自制した。「し……しばらくぶりだな」

ジョージはもう少しで鼻を鳴らすところだった。一年かそこらで、彼もハリーと同じく気持ちをうまく隠せるようになるだろう。「正確に言うと、何年くらいですの？」

「え？」グランヴィルは驚いたようだった。

「一八年」ハリーは体の向きを変えて羊を見た。明らかにその話題を避けようとしている。

「毒殺か？」

グランヴィルはまばたきをしたが、すぐに答えた。「そのようだ。自分でたしかめるか？」

後ろを向いて、また壁によじ登る。

まあ、なんということでしょう！　ジョージは目をくるりとまわして天を仰いだ。どうやら、二人ともわたしの失言と、一八年間お互い会わずにいたという事実を無視するつもりなんだわ。

「レディ・ジョージナ？」ハリーは石垣を乗り越える助けをするために彼女のほうに手を差し伸べた。

「ええ、いま行くわ」ハリーは不思議な目つきで彼女を見た。彼女が手を彼の手のひらに置くと、彼はその手を握るかわりに、ぐっと引いて自分のほうに彼女を引き寄せ、持ち上げて石垣の上に座らせた。ジョージはあやうくきゃっと叫びそうになった。胸のすぐ下に彼の親指があたっていた。乳首が突然、敏感になる。彼は警告するような視線を送ってきた。

どういうつもり？　彼女は自分の顔が赤くなっているのを感じた。

ハリーは石垣をまたぎ越し、グランヴィルのところまで歩いていった。ひとり放っておかれたジョージは脚をぶらぶら揺らして、石垣の牧草側に飛び降りた。男たちはしおれた草の山を見ている。

「それほど古くない」ハリーは濡れた茎につま先で触れた。「たぶん夜のあいだにここに置かれたのだ。またドクニンジンだな」

「また？」草の横にしゃがんでいたグランヴィルはハリーを見上げた。

「そうだ。もう数週間、こんなことがつづいている。聞いてないのか？」

「ぼくはロンドンから着いたばかりだ。グランヴィル・ハウスにさえまだ行っていない。だれのしわざなんだ？」

「おまえの父親は、わたしがやったと考えている」

「きみが？　なぜ父が――？」グランヴィルは途中で言葉を切り、軽く笑った。「父上もようやく罪の代償を払わされているのか」

「そう思うか？」

いったいどうなっているの？　底意をさぐろうと、ジョージは男たちをかわるがわる見つめた。

グランヴィルはうなずいた。「父と話してみるつもりだ。ハリーが犯人と決めつけずに、真犯人に目を向けるよう説得してみる」

「話を聞くかな？」ハリーは皮肉っぽく唇をねじった。

「たぶん」二人の男は視線を交わした。背の高さや顔立ちが違うにもかかわらず、その表情は驚くほど似ていた。どちらも険しさを発散している。

「ミスター・グランヴィル、お父様をなんとか説得してください」とジョージが言った。

「グランヴィル卿はハリーを逮捕すると脅かしているのです」

ハリーはジョージをにらみつけたが、グランヴィルは魅力的な笑みを浮かべた。「ハ、ハ、ハリーのために、最善をつくすつもりです」

ジョージは自分が不適切にも、土地差配人をハリーと名前で呼んでいたことに気づいた。ああ、しまった。鼻を上に向けると、雨粒が当たった。

グランヴィルはふたたびお辞儀をした。「レディ・ジョージナ、お会いできて光栄でした。今度はもっと適切な場所でお会いできることを願っております」

ハリーはジョージの近くに寄り、背中の下あたりに手を置いた。ジョージは、ハリーがグランヴィルをにらみつけているような気がした。

彼女は隣人に明るくほほえみかけた。「そうですわね」

「ハリー、会えてうれしかったよ」とグランヴィル。

ハリーはうなずいただけだった。

若者は少しためらってから、くるりと背中を向け、石垣を飛び越した。彼は馬にまたがり、半円を描くように馬を歩かせて手を振ってから、走り去った。

「これみよがしな」ハリーはつぶやいた。

ジョージはふうっと息を吐いて、彼のほうを向いた。「一八年ぶりに兄弟に会って、言うことはそれだけ?」

彼は眉を吊り上げ、黙って彼女を見つめた。

彼女は不快感を示すように両手を振り上げ、石垣に登ろうとした。が、どこに足をかけたらよいかわからず、躊躇していると、力強い手に後ろからつかまれた。またしても胸の下だ。今度はきゃっと声を出した。

ハリーはジョージを持ち上げ、彼女の体を自分の胸につけた。「彼はわたしの兄弟ではありません」と耳元でうなるように言った。彼女の首筋から全身へ、ぞくぞくするような興奮の波が伝わっていく。首の神経があそこにつながっているなんて知らなかったわ——。

彼はしっかりと彼女を石垣にのせた。ジョージは石垣から下りて、ギグに向かった。「では、あなたと彼の関係は?」

ハリーは手を貸すかわりに、またしても彼女を抱きあげて馬車にのせた。そのうちこれにも慣れるだろう。

「少年時代の遊び仲間です」彼女を座席に座らせた。

彼の手が離れ、ジョージはがっかりした。

「幼いころ、あなたはトーマスやベネットと遊んでいたの?」首を伸ばして、ギグをまわるハリーの姿を追う。

雨粒が勢いを増しはじめた。

「ええ」彼は馬車に乗りこみ、手綱を取った。「屋敷で育ったと言いましたよね。トーマスはだいたい同じ年ごろで、ベネットは何歳か下でした」彼は馬を道に導き、速歩で進ませた。

「それなのに、グランヴィルの領地を出て以来、彼らと一度も会っていなかったの？」

「わたしは猟場管理人の息子です」顎の筋肉が緊張しているのがわかる。「わたしたちが会う理由などありません」

「まあ」彼女はそれについてじっくり考えた。「あなたたちは仲がよかったの？　つまり、あなたはベネットとトーマスが好きだった？」

雨が強くなった。ジョージはマントを体にまきつけ、ドレスがだめにならないことを祈った。

非常にばかげたことを尋ねられたかのように、ハリーは彼女を見た。「わたしたちはいっしょに育ったのです。お互いを好きかどうかなど、どうでもよかった」しばらく馬を見つめてから、いやいやながらという感じでつけ加えた。「トーマスのほうが年は近かったが、気が合うのはベネットのほうだったとは言えます。トーマスはいつも軟弱なやつに見えました。服が汚れるのがいやで、釣りや探検などふつうの少年がやりたがることはしなかった」

「だからいま、あなたはトーマスを信じないの？」

「子どものころ、彼が軟弱だったから？　いいえ。わたしを見くびらないでください。彼は若いころ、いつも父親の歓心を得ようと必死だった。大人になったからといって、彼が大きく変わったとは思えないのです。そして、グランヴィル卿がわたしを憎んでいるので……」

彼は最後まで言わずに、肩をすくめた。

父親の歓心。長男はふつう、努力せずともそれを得られるものだ。トーマス・グランヴィルがそうでなかったというのはじつに奇妙だ。しかし、彼女にはもっと興味をひかれることがあった。「ということは、あなたとベネットは子どものころ二人で多くの時間をすごしたのね？」

雨のしずくがハリーの三角帽の縁からぽとぽとと落ちている。「わたしたちはいっしょに遊び、家庭教師の機嫌がいい日には、そしてグランヴィル卿がいないときには、いっしょに勉強させてもらいました」

ジョージは顔をしかめた。「グランヴィル卿がいないときには？」

彼は陰気にうなずいた。「彼は当時からわたしを憎んでいたのです。猟場管理人の息子のくせにプライドが高すぎると言って。だが、家庭教師も、自分の雇い主を嫌っていたのです。思うに、わたしに勉強を教えることは、グランヴィル卿に対するちょっとした復讐だったのじゃないかな」

「だから読み書きができるようになったのね」

ハリーはうなずいた。「ベネットは年下でしたが、読み書きはわたしよりよくできました。でも、算術はわたしのほうが得意だった。ええ、そうです。彼とはずいぶんいっしょにすごしました」

「それで何が起こったの？」

彼は彼女を見た。「グランヴィル卿がわたしの父親を鞭で打ったのです。わたしが一二歳で、ベネットが一〇歳でした」

自分が一二歳のときに、親しい人を失ったらどんな気持ちになるだろうとジョージは考えた。毎日いっしょにいた人。喧嘩したり遊んだりした相手。いつもそばにいるものと思っていた友だち。きっと腕を一本切り落とされたように感じることだろう。

そういう傷をいやすのには、いったいどのくらいの努力がいるのだろう?

彼女は身震いして顔を上げた。二人は彼女の領地とグランヴィルの土地の境界になっている川に来ていた。浅瀬にさしかかったので、ハリーは馬の速度をゆるめた。雨がひどくなり、泥水をはね上げている。下流を見ると、水かさが増し、渦を巻いている。何かが浮いていた。

「ハリー」ジョージは彼の腕に触れて、その物体を示した。

彼はくそっとつぶやいた。

馬はなんとか流れをわたりきった。彼は馬車を止めると、急いで手綱の端を結んだ。彼女をギグから降ろしてから、先頭に立って土手のほうに歩いていった。彼女はぬかるみに靴を沈みこませながら、彼のあとを追った。追いついたときには、ハリーはじっと動かずに立っていた。その理由はすぐにわかった。羊の死体が水の中でゆっくり回転していたのだ。毛皮に激しく降り注ぐ雨が、それをまるで生きているかのように揺り動かしていた。

ジョージはぞっとして震えた。「なぜ流れていかないの?」

「つながれているからです」ハリーは険しい面持ちで、水面に向かって垂れ下がっている枝を顎先で示した。

　枝に巻かれたロープの先が水の中に消えていた。おそらくそのロープの端は羊の体のどこかに結びつけられているのだろう。「でも、どうしてこんなことを？」彼女は悪寒が背筋を伝わっていくのを感じた。

「川の水を汚すためでしょう」彼は座って、ブーツを脱ぎはじめた。「頭がおかしいんだわ」

「何をしているの？」

「ロープを切るんです」彼は上着のボタンをはずした。「川下の遠い土手に流れ着くでしょう。そうすれば農夫が引き上げてくれる。流れ全体を汚さずにすみます」

　そのころにはハリーは雨でびしょ濡れになったシャツ一枚という姿になっていた。ナイフをブーツから抜き取り、土手を滑り降りて川に入った。水深は腿のあたりだったが、彼がゆっくりと流れの中を進んでいくとすぐに胸のあたりまで沈んだ。雨が、ふだんは静かな流れを荒れ狂わせている。

「気をつけて」ジョージは叫んだ。もし流れに足をとられたら、川下に流されてしまうかもしれない。泳げるのかしら？

　彼は返事をせずに、歩を進めていく。ロープに手が届くと、水の上に出ているところを握り、ナイフで切りはじめた。あっという間に子縄がほぐれて切れ、羊は突然自由になって、回転しながら川下に流れていった。ハリーは体をこちらに向けて、またゆっくりと歩きはじめた。怒り狂った水が渦巻いて彼を取り囲む。彼は足を滑らせ、頭が音もなく水の中に消えた。

まあ、どうしましょう。ジョージの心臓は跳ね上がり、ずきんと痛んだ。どうしたらよいかもわからず、土手に向かって歩きだす。しかし、そのとき彼はふたたび姿をあらわした。ずぶ濡れの髪が頬にはりついている。水の中から出てくると、シャツの前の部分を絞った。胸にはりついたびしょ濡れのシャツはほとんど透けていた。

「いつか、男の人の裸を見てみたいわ」と彼女は言った。

ハリーは凍りついた。

彼はブーツをはいてから、ゆっくりと体を起こした。グリーンの目と彼女の目が合う。彼女はそこに炎が燃えている気がした。「それは命令ですか?」彼がきいた。その声は低く、まるで喉を鳴らす猫の暗い唸り声のようだった。

「わたし――」ええ、ええ、もちろん、そうよ! ジョージの心の一部は、ハリー・パイがシャツを脱ぎすてた姿をどうしても見たいと思っていた。裸の肩やお腹はどんなふうなのか。胸には本当にカールした胸毛があるのか。それから、もしもズボンも脱いでくれたら……ああ、我慢できない。彼女の視線は、いかなる場合であっても、絶対に、ぜったいに目をやってはならない場所へと下りていった。うまい具合にズボンがびっしょり濡れているおかげで両脚がくっきりと浮き出て見えた。

ジョージは息を吐いた。そして口を開こうとした。

するとハリーは罵りの言葉をつぶやいて、顔を背けた。荷馬車とポニーが道をやってきた。

なんて間の悪い。

「まさかハリー・パイが父上の羊を毒殺していると、本気で思っていらっしゃるわけではないですよね」ベネットは強い口調で問いかけた。

家に着いてたった二分でもう父親に楯突いている。しかし、息子はいつでもパイの味方だった。サイラスは鼻を鳴らした。「思っているのではない。わたしは、パイのしわざだと知っているのだ」

ベネットは顔をしかめて、自分でウイスキーをグラスに注いだ。そしてそのデカンターを高く掲げた。

サイラスはかぶりを振って、書斎机の後ろに置かれた革張りの椅子の背に深くもたれた。あらゆる調度が男らしさを感じさせる。この部屋はお気に入りの場所だ。台にとりつけられたいくつもの枝角が、天井のすぐ下の壁にぐるりと部屋を取り囲むように飾られている。部屋の奥の壁は、黒い暖炉が占領していた。その上には古典派の絵画、『サビニ人の女の略奪』が掛かっている。浅黒い男たちが悲鳴を上げる色白の娘たちから衣服をはぎとっている光景が描かれている。彼はこの絵を見るだけで、下半身がいきり立つこともあった。

「しかし、毒殺とは？」ベネットは椅子にどさりと座り、椅子の腕を指でたたきはじめた。

次男にはいらいらさせられる。しかし、いまでも、サイラスはベネットを誇りに感じずにいられなかった。この息子こそ自分の後継ぎにすべき者だ。トーマスには父親に逆らう度胸がない。サイラスは、母親の腕の中で真っ赤な顔をして泣いているベネットを見た瞬間、それを悟った。赤ん坊の顔をのぞきこんだそのとき、内なる声がささやいたのだ。この子だ――長男ではなく、この子こそ、わたしが、このサイラス・グランヴィルが誇りに思える息子となる。そこで彼は、その女の腕から赤ん坊を奪い取り、屋敷に連れ帰った。彼の妻は口をとがらせて反対し、めそめそ涙を流したが、サイラスは気持ちが変わらないことを彼女にわからせ、それを受け入れさせた。ベネットが正妻の息子ではなく、猟場管理人の女房に産ませた子どもだということをまだ覚えている者もいるだろうが、彼らはあえてそれを口にしたりはしない。

少なくともサイラス・グランヴィルがこの土地を支配しているあいだは。

ベネットは頭を左右に振った。「たとえハリーがあなたに復讐しようとしているとしても、彼は毒を使ったりはしません。彼は土地と、それを耕す農夫たちを愛していますから」

「土地を愛するだと」サイラスは嘲笑った。「そんなことをして何になる。一辺の土地さえ所有していないのに。あの者は虫けら同然の、雇われ管理人にすぎん。やつが手入れをし、働いている土地は地主のものだ」

「しかし、農夫たちはそれでも彼のところにやって来るのですよね？」ベネットは目を細めて物静かに言った。「農夫たちはハリーに意見をきく。彼の指導に従う。父上の小作人たちの中にも、問題が起こるとハリーのところに行く者は多い。少なくとも、この一連の事件がはじまる前まではそうだった。彼らは父上のところにやってこようとはしません」

サイラスの左のこめかみにつんと痛みが走った。「来るはずもない。わたしは農夫どもの愚痴を聞いてやる居酒屋の亭主ではないのだ」

「ええ、あなたは他人の問題になど興味を持っていらっしゃらないから」ベネットはゆっくりと言った。「しかし、彼らの尊敬や忠誠心となると、話は違ってきませんか？」

地元農民の忠誠は得ていた。彼らがわたしを恐れていないと？　愚かな、汚らしい農民たちめ。ほんの少しなり上がったというだけで、しょせんはあいつらと同じ下賤な身のあの男に相談に行くとは。サイラスは汗が首を伝って下に流れ落ちるのを感じた。「パイは上流の人間に嫉妬しているのだ。自分が貴族であったらと願っている」

「たとえ彼が嫉妬していたとしても、父上がおっしゃるところの、上流の人間に報復する手段に毒は選ばないでしょう」

「手段だと？」サイラスは机をばんと平手でたたいた。「まるであいつが権謀術数の王子であるようなことを言う。あいつはただの土地差配人にすぎん。売春婦と泥棒の息子だ。こそこそ忍び歩いて羊を毒殺する代わりに、いったいどんな手段をあいつが使うと思っておるのだ？」

「売春婦」ベネットは口を引き結び、もう一杯ウイスキーを注いだ。おそらく彼はロンドンでもこうして時をすごしていたのだ。酒と女で。「ハリーの母親が——ぼくの母親でもあるわけですが——売春婦だというなら、身を落とさせたのはだれだったのでしょうね？」

サイラスは顔をしかめた。「いったい何のつもりだ。わたしに対してそんな口のきき方をして。わたしはおまえの父親だ。ゆめゆめ忘れるでないぞ」

「あなたの子だということを、まるでぼくが忘れるとでもいうような口振りですね」ベネットは大笑いしはじめた。

「おまえは誇りに思うべき――」とサイラスは言いかけた。

息子は冷笑して、グラスを空けた。

サイラスはさっと立ちあがった。「きさま、わたしはおまえを救ってやったのだぞ！　もしわたしがいなかったら――」

ベネットはグラスを火床に投げ入れた。ガラスは砕け、破片がきらめきながら絨毯に飛び散った。「あなたがいなかったら、わたしには母親がいたはず。誇りが高すぎて一片の愛情も示してくれなかった氷のように冷たい養母ではなく！」

サイラスは机の上の紙を腕で払いのけた。「それがおまえのほしいものか？　母親のおっぱいがほしかったのか？」

ベネットの顔が青ざめた。「父上にはけっしておわかりにならない」

「わからんだと？　ごみための中での暮らしと、邸宅での暮らしの違いがわからんと？　腹をすかせた父なし子と、どんなものでも手に入れることができる貴族の違いが？　わたしはそれをおまえにやったのだ。おまえにすべてを与えたのだ」

ベネットは頭を左右に振りながら、大股でドアに向かった。「ハリーには手を出さないでください」

そして彼は後ろ手にドアを閉めた。

サイラスは、唯一机の上に残っていたインク壺をはたき落とそうと手を上げた。しかし、自分の手を見て、動きを止めた。手はぶるぶる震えていた。ベネット。彼は椅子に深々と腰掛けた。

ベネット。

サイラスはベネットを強く育てた。悪魔のような馬の乗り手に、男らしく闘える男に育てた。つねに二番目の息子をひいきし、それを隠そうともしなかった。それが悪いか？　あいつこそ父親が誇りにできる息子だということはだれの目にも明らかではないか？　その見返りとして望んでいるのは……何だ？　好意や愛ではない。尊敬だ。しかし、次男坊は父親を屁とも思っていない。グランヴィル・ハウスに来るのは金をせびるためだけだ。そして今度は、父親を差し置いて、生まれの卑しい使用人の肩を持つ。サイラスは机に腕をついて立ちあがった。ハリー・パイを片づけなければならん。あやつがこれ以上こちらを脅かす存在になる前に。パイのせいで、自分とベネットのあいだに溝ができることは許せない。

ドアがかちゃりと開いて、トーマスが臆病な少女のように部屋をのぞきこんだ。

「何の用だ？」サイラスはくたびれていて、大声を出す元気がなかった。

「ベネットが急いで通りすぎるのを見ました。戻ったのですね？」トーマスは部屋にするりと入ってきた。

「ああ、戻ってきているとも。だからおまえはこの書斎にやってきたのだろう？　弟が帰ったことを知らせるために」

「ベネットと父上の会話が少し聞こえました」トーマスは、野生の猪に近づくかのようにそろりそろりと前に数歩進んだ。「わたしは父上のお手伝いをしたいのです。つまり、ハリー・パイに罰を与える件についてですが。あの男が今回のことを企んだことはわかりきっています。だれの目にも明らかです」

「すばらしい」サイラスは口をねじ曲げて長男をじっと見た。「それでおまえは、わたしのために何をしてくれるというのだ？」

「先日、レディ・ジョージナと話をしました。それを申し上げたかったのです」トーマスの右目の下の筋肉がひきつりはじめた。

「それであの女は、パイを引きわたすと言ったのだな。わたしたちのためにきれいなリボンをかけて差し出すと？」

「い、いいえ、どうやら彼女はあの男にすっかり魅せられてしまっているようでした」トーマスは肩をすくめた。「しょせん女ですから。しかし、もっと証拠が上がれば、そして、男たちに羊を見張らせれば……」

サイラスはしわがれた声でふっふっと笑いした。「毎晩、この土地の羊全部を見張るほど人手があるような口ぶりだな。何が助けだ、話にならん」サイラスはウイスキーのグラスを取りにいった。

「しかし、彼に結びつく証拠があれば」

「あの女はパイの署名つきの告白書でもないかぎり受け入れんだろう。証拠はある。死んだ羊のそばで見つかった、パイのつくった木彫りの像だ。それでもあの女はまだやつが潔白だと考えている。状況が変わるとすれば、死んだのが羊ではなくて、人か、あるいは――」サイラスは途中で言葉を切り、新たにウイスキーが注がれたグラスをぼんやり見つめた。それから頭を後ろにのけぞらせて笑いはじめた。激しいばか笑いに体が震え、グラスのウイスキーがこぼれた。

トーマスは頭がおかしくなってしまったのかと疑うように父を見た。

サイラスは息子の背中をぴしゃりとたたいた。トーマスはあやうく倒れそうになった。

「よし、あの女に証拠をつきつけてやろう。無視できない証拠をな」

トーマスは美少年さながら、震えながらほほえんだ。「しかし、父上、証拠がありません」

「おお、トミー、わが息子よ」サイラスはウイスキーをぐいと飲み干すと、ウインクした。

「証拠をつくることはできないと思うのか?」

「もういいわ。今夜は下がってちょうだい」ジョージはさりげなく見えることを願ってにっこりと笑った。まるで毎日、夕食の前にティグルを下がらせているかのように。

だがどうやら、うまくはいかなかったようだった。

「もうご用はすべて済んだと?」リネンの山を片づけていたメイドはすっと体を起こした。

「どういうことです? あとでお着替えをなさいますでしょう?」

「ええ、もちろん」ジョージは顔が熱くなるのを感じた。「でも、今夜は自分でやるわ」

ティグルがじっと見ている。

ジョージは自信たっぷりにうなずいた。「ひとりでできますとも。だからあなたは下がっていいわ」

「何を企んでおいでです？」ティグルは両手を腰にあてた。

これだから長年同じ使用人を使っているのは問題なのだ。主人の威厳などこれっぽっちもない。

「夕食にお客様を招いたの」ジョージは朗らかに手を振った。「だから、長い時間待つのはいやだろうと思って」

「お嬢様をお待ちするのがわたしの仕事です」ティグルは疑り深げに言った。「レディ・ヴァイオレットのメイドも今夜は早く下がらせていただいているのですか？」

「じつは」ジョージは指先を鏡台の上に滑らせながら言った。「個人的な夕食会なので、ヴァイオレットは同席しないの」

「まさか――」

メイドの驚嘆の声はノックで中断された。いやだわ、この前にティグルを下がらせてしまいたかったのに。

ジョージはドアを開けた。「わたしの居間に」廊下の従僕に命じる。

ジョージがつづき部屋に向かう途中、「お嬢様」とティグルは鋭くささやいた。

ジョージはティグルを無視してドアを開けた。居間では、従僕たちが家具の配置を変えて、持ちこんだテーブルの準備をしていた。暖炉の火が揺らめいている。

「何ごと……？」ティグルは居間までジョージについてきたが、ほかの使用人がいるのですぐに口を閉じた。

「このような具合でいかがでございますか？」従僕のひとりがきいた。

「ええ、それでいいわ。では、ミスター・パイが到着したら、必ず料理人に伝えてちょうだい。すぐに夕食をはじめたいから」

従僕たちはお辞儀をして出ていった。残念ながら、これでメイドは自由に口がきけるようになってしまった。

「ミスター・パイを夕食に招いたのですか？」ティグルはあきれ果てたといった声で言った。

「二人きりでございますか？」

ジョージはつんと顎を上げた。「ええ、そうよ」

「まあ、なんてことでしょう。どうしてわたしに言ってくださらなかったのですか？」ティグルはいきなり背中を向けて、寝室に走りこんだ。

ジョージはティグルの後ろ姿をじっと見つめた。メイドはドア枠から頭をのぞかせ、せっかちに手招きをした。「お嬢様、お急ぎになって！　時間がありませんわ」

ジョージはせっつかれているような気分で、メイドのあとから寝室に入った。

ティグルはすでに鏡台の前にいて、たくさんの瓶の中から何かをさがしていた。ジョージが近づくと、小さいガラス瓶をつまみ上げた。「これがいいわ。エキゾチックだけれど、仰々しくない」と言いながら、女主人の首からスカーフをひったくった。

「いったい何を――」ジョージは突然むきだしにされた、広く開いた襟元に手をやった。

メイドはその手を払いのけ、瓶のガラス栓を取って、ジョージの首筋と胸の谷間をその栓でこすった。ビャクダンとジャスミンの香りがあたりに漂った。

ティグルは栓を瓶に戻し、数歩下がってジョージの姿を吟味した。「ガーネットのイヤリングのほうがいいと思いますわ」

ジョージは言われたとおり宝石箱の中をさがした。

背後でティグルがため息をついた。「おぐしを結い直す時間がないのが残念ですわ」

「ついさっきまで、これでいいと言っていたじゃないの」ジョージは鏡をのぞきこんでイヤリングをつけ替えた。

「さっきまでは、お嬢様が紳士とお会いになるのを知らなかったからです」

ジョージは体を起こして振り向いた。

ティグルは眉をひそめて主人の姿を点検した。

ジョージは神経質に自分の緑色のベルベットのドレスをなでまわした。前身ごろと肘に黒い蝶結びにしたリボンが並んでいる。「これでいいかしら？」

「はい」ティグルはしっかりとうなずいた。「お嬢様、大丈夫でございます」そしてさっとドアに向かって歩いていった。

「ティグル」とジョージが声をかけた。

「何でございますか？」

「ありがとう」

ティグルは顔を赤くした。「ご幸運を祈ります」にっこり笑って、姿を消した。

ジョージは居間へゆっくりと歩いていき、寝室へのドアを閉めた。暖炉のそばの肘掛け椅子に座ったが、またすぐに立ちあがった。マントルピースに近づき、置時計で時刻をたしかめる。七時五分すぎ。きっと彼は時計を持っていないのだ。それとも、いつも遅れてやってくるたちなのかしら。もしかすると来ないつもりかも——。

だれかがドアをノックした。

ジョージは身をこわばらせてドアを見つめた。「どうぞ」

ハリー・パイがドアを開けた。彼はためらっていた。まだドアを開けたまま彼女をじっと見つめている。

「入らないの？」

彼は部屋に入ったが、ドアは開けたままだった。「こんばんは」その表情はまったく読めない。

ジョージはぺちゃくちゃおしゃべりをはじめた。「静かに夕食をいただきながら、毒殺のことやこのあいだの襲撃事件のことなどを話し合ったらどうかと思って——」

そこへ従僕たちがあらわれて、食事のしたくをはじめた——あら、まあ！　つづいて召使たちが蓋つきの皿やワインを持ってやってきた。彼らは忙しく立ち働いている。ジョージとハリーは使用人たちが食事の準備をするのを黙って見つめた。ついに、ほとんどの召使は下がり、給仕をする従僕がひとりだけ残った。彼はまずジョージのために、それからハリーのために、椅子を引いた。二人は席につきスープを飲みはじめた。部屋は死んだように静まりかえっている。

ジョージは従僕とハリーを見た。「あとは自分たちでやるわ、ありがとう」

従僕はお辞儀をして出ていった。

彼らは二人きりになった。ジョージはハリーを盗み見た。彼はスープをにらみつけていた。コンソメが嫌いなのかしら。

彼女がロールパンをちぎると、その音は静けさの中で雷鳴のように響いた。「今日の午後に川に入ったせいで風邪をひいていない？」

ハリーはスプーンを持ち上げた。「はい」

「川がとても冷たそうに見えたので」

「大丈夫です。ありがとうございます」

「よかった。ええ……よかったわ」ジョージは噛みながら、何か話すことはないかと必死に考えた。しかし、頭は空っぽだった。

ハリーは突然スプーンを置いた。「なぜ今夜、ここにわたしをお呼びになったのですか？」

「さっき言ったように――」

「毒殺と襲撃事件のことを話したいとおっしゃいました。ええ、それはわかっています」ハリーはテーブルから立ちあがった。「しかし、あなたの胸は裸同然にあらわです。そして使用人を下がらせた。わたし以外の使用人ということですが。ここへ呼んだ本当の理由は何ですか?」威嚇するような姿勢で、ぐっと顎に力を入れ、両手を握りしめている。

「わたし……」心臓の鼓動が速くなった。彼が胸と言った瞬間、乳首がきゅっと引き締まった。

ハリーの視線がそのあたりに漂う。彼は知っているのだろうか。

「わたしはあなたが考えているような男ではありません」彼はテーブルをまわってジョージに近づきながら、抑揚のない声で言った。「わたしはあなたが命ずればさっと従う使用人ではない。言われるままにあなたと寝て、使い捨てにされるような人間ではない」彼の声は低くなった。「わたしは、あの従僕たちや、この屋敷で働くすべての使用人たちのように、あなたがあっさり切り捨てられるような人間ではない。わたしは血の通った男です。もしも、わたしとの関係をはじめるつもりなら、わたしがあなたの命令に喜んで従う愛玩犬に変わるなどと期待しないほうがいい」ハリーは彼女の二の腕をつかみ、自分の硬い体に引き寄せた。「わたしがあなたの召使になるとは思わないでいただきたい」

ジョージは目をしばたたいた。この人を、この危険な香りがぷんぷんする人を、愛玩犬と勘違いするなんて、ありえないことだ。

彼はゆっくりと指をドレスの襟元に滑らせ、彼女の反応を見た。「さあ、わたしに何を求めているのですか？」

ジョージは自分の胸が膨らんだように感じた。「わたし……」ハリーに触れられているあいだは、何も考えることができなかった。何と言ったらいいのかわからない。いったい彼はわたしに何を言ってほしいのだろう。ジョージは助けを求めて室内をぐるりと見まわしたが、食べ物と料理の山だけしかなかった。「じつのところ、よくわからないの。こういう経験がまったくないから」

彼は二本の指をドレスの中に入れ、乳首をなでた。彼女はぶるっと震えた。まあ、どうしましょう。ハリーに乳首をつかまれると、火花がずっと下の秘密の場所まで届いた。ジョージは目を閉じた。

彼の息が頬をなでるのを感じた。「それがわかったら、わたしに言ってください」

彼は部屋を出て、静かにドアを閉めた。

9

ベネットはその夜、真夜中をほんのわずかすぎたころにコック・アンド・ワームに入ってきた。その時間の居酒屋は混雑していて、やかましく、無数のパイプから立ち昇る煙が天井付近に雲のように充満していた。暗い隅に座っていたハリーは、グランヴィルの息子がすでにひどく酔っぱらっておぼつかない足取りでやってくるのを見ていた。すっかり感覚が麻痺している状態でコック・アンド・ワームのようないかがわしい場所にやってくるのは感心できないが、そんなことをハリーが心配してやる必要はない。貴族が命の危険をおかそうと、自分には関係がない。昔もいまも。

ハリーはマグカップから一口ビールを飲み、商売熱心な二人の地元の売春婦に視線を移した。若いほうの金髪の娘は、赤ら顔の男の膝にのっていた。男の目が近視でよく見えないと困るとでもいうように、乳房を男の顎の下あたりに突き出している。男の目はどんよりとしており、娘は男のズボンの前のあたりで怪しく手を動かしている。商売が成立するまでにそれほど長くはかからないだろう。

赤毛のもうひとりの売春婦は、ハリーの視線をとらえると、顎をつんと上げた。すでに彼を誘惑しようと試みていたが、すげなく拒絶されていたからだ。もちろん、彼が財布をちらつかせれば、すぐににっこりとほほえむことだろう。ビールを飲めば飲むほど、赤毛の誘いを断ったことを考え直す気持ちになっていく。ここ数日、彼はみだらな欲望に悩まされていた。だが、あの女が何をしてくれようと、下半身のうずきはおさまりそうになかった。

ハリーは顔をしかめてマグカップをのぞきこんだ。おれを居間に招き入れたとき、レディ・ジョージナはいったい何を求めていたのだ？　そんなことは考えたくもなかった。それはたしかだ。彼女は処女だ。そして貴族の娘にとって一番大切な規則は純潔を守りとおすこと。どんなことがあっても、雇った相手に、それを差し出してはならない。あの人は、こっそりキスをするスリルを味わいたかっただけだ。彼女にとって、おれは禁断の果実。甘い言葉に負けないでよかった。あれにあらがえる男はそう多くはない。彼はうなずいて、自分の賢明さに乾杯した。

しかし、今夜、レディ・ジョージナがどんなふうに見えたかが思い出されてくる。広く開いた胸元の誘惑とは裏腹に、彼女の目はとても青くて、純真だった。胸は暖炉の火に照り映えているように見えた。彼女のことを思うといまでも、敏感になっている下半身がいきり立ってくる。自分の弱さにうんざりして、顔をしかめた。いや、実際には、あれにあらがえる男はひとりもいないに――。

がしゃん！

ハリーははっとして振り返った。若いグランヴィルがテーブルの上に頭から倒れこみ、ビールがなみなみと注がれたマグカップをつぎつぎに床に落としていた。床にマグカップが落下するたびに、がしゃんと音を立ててガラスの破片が飛び散る。

ハリーは自分のマグカップからもう一口ビールを飲んだ。おれには関係ない。

テーブルに座っていた男たちはおもしろくない。腕がハムほどの太さの男がベネットのシャツの胸元をひっつかんで立たせた。ベネットはもうひとりの男に殴りかかったが、逆に側頭部にパンチをくらった。

おれには関係ない。

別の男が二人、ベネットの手首をつかんでぐいっと後ろにひねった。前方の男がベネットの腹に拳を沈める。ベネットは体を二つに折った。蹴ろうともがくが、腹を打たれたせいで胃の中のものを吐きだした。いくら蹴っても足は空振りだ。彼らの後ろで、背の高い酔っ払った女が頭をのけぞらせて大笑いしている。どこかで見たことがある女じゃないか……？

大柄の男がまた拳を振りかざした。

おれには関係ない。おれにはは……ええい、くそっ！

ハリーは立ちあがって、さっとブーツからナイフを引き抜いた。だれも彼には注意を向けていなかったので、気づかれることなくベネットを殴ろうとしていた男にとびかかった。この角度からなら、手首をねじりあげ、横腹を刺せば、男は倒れる前に絶命するだろう。しかし、殺すつもりはなかった。代わりに男の顔に切りつけた。血が吹き出し、男は目が見えなくなった。ぎゃっと叫ぶと、ベネットを放した。ハリーはベネットの手首をつかんでいる男に切り傷を負わせ、もうひとりの目の前で刃を振った。

その男は両手を上げた。「待て！　おい、待てよ！　おれたちゃ、こいつに礼儀を教えてやっていただけだ！」

「もう気が済んだだろう」ハリーはささやいた。

男の視線が揺らめいた。

ハリーはさっと身をすくめた。頭は無事だったが、振り降ろされた椅子が肩にあたった。椅子は彼の横で粉々に砕けた。くるりと身をひるがえし、背後の相手を突き刺す。男は血の噴き出した腿を押さえて、大声をあげた。またしても物が砕ける音、そして拳が肉に食いこむ音。ハリーは背中合わせにベネットが立っていることに気づいた。貴族のぼんぼんは見かけほど酔ってはいなかったのだ。少なくとも喧嘩はできるようだ。

三人の男がいっせいに飛びかかってきた。

ハリーはさっとよけると、すれ違いざまに男にパンチを浴びせて、突き倒した。ナイフを握った黄色い髪の男が向かってくる。いくらかナイフでの闘いの経験があるようだ。ナイフを握っていないほうの手でマントをつかみ、それでハリーの短剣をよけようとした。だが、彼はハリーが闘ってきたような場所で闘ったことはなかった。

命をかけて闘ったことも。

ハリーは男のマントをつかむと、強く引いた。男はつまずき、体勢を立て直そうとしたときには、後ろ髪をつかまれていた。ハリーは男の後頭部をぐいっと引っ張って首をアーチ形にそらし、男の目すれすれのところにナイフの先をつきつけた。睾丸と眼球。その二つは男がもっとも失うことを恐れるものだ。どちらかを脅かせば、相手は言うことを聞く。

「ナイフを捨てろ」ハリーは鋭く言った。

汗と尿のにおいがつんと鼻をつく。黄色い髪の男は失禁していた。ナイフも落とした。ハリーがそれを蹴ると、テーブルの下を通って床をすうっと滑っていった。居酒屋は静まりかえっていた。唯一聞こえるのは、ベネットの激しい息づかいと売春婦のひとりが泣きじゃくる声だけだった。

「放してやれ」ディック・クラムが奥から出てきた。

「やつらに手を引けと言え」ハリーは、まだ身構えている三人の男たちに向かって顎をしゃくった。

「もうやめておけ。ハリーがこういう気分のときは、かかわらんほうが身のためだ」

だれも動かない。

ディックは声をあげた。「ほら、行け！　ビールでも飲めや」

ビールという言葉には魔力があった。男たちはぶつぶつ言いながらも、背中を向けた。ハリーは手を下ろした。黄色い髪の男はべそをかきながら崩れ落ち、膝をついた。

「ここからグランヴィルを連れ出したほうがいい」ディックはマグカップを抱えて通りすぎるときにそうささやいた。

ハリーはベネットの腕をとり、ドアに向かって押した。若者の足取りはふらついていたが、少なくとも立って歩くことはできた。外の空気は冷たく、ベネットはあはあとあえいでいた。居酒屋の壁に手をついて、倒れないように体を支えている。嘔吐するつもりなのかとハリーは思ったが、すぐにベネットは体をまっすぐに起こした。

ハリーの鹿毛の雌馬は、ひとまわり大きい栗毛の去勢馬の横につながれていた。「行こう。やつらが酒を飲み終える前に消えたほうがいい」

二人は馬にまたがり、出発した。また霧雨が降りはじめた。

「礼を言わなければならないな」ベネットが唐突に言った。「グランヴィルの人間に加勢するとは意外だったよ」

「いつも助っ人なしで喧嘩をはじめるのか?」

「いや」ベネットはしゃっくりをした。ハリーは、「今回は衝動的にやってしまったが」

彼らは黙ったまま馬を進めた。ベネットが眠ってしまったのではないかと思った。馬たちは道の水たまりを通って水をはね上げた。

「あんな闘い方ができるとは知らなかったよ」ベネットのろれつのまわらない声が雨の音を切り裂いた。

ハリーはうなった。「あんたの知らないことがたくさんある」

「どこで身につけたんだ?」

「救貧院」

ハリーはこの荒涼とした言葉を聞いて相手が黙るだろうと思ったが、ベネットはふふんと笑った。「ぼくの父はなかなかいかすだろう?」

それに答える必要はなかった。彼らは坂を上り、川に出た。

「これ以上来ないほうがいい。グランヴィルの土地は安全ではない」ベネットは暗闇でハリーをじっと見た。「父はきみを殺したがっている。知っていたか?」

「ああ」ハリーは雌馬の向きを変えた。

「もう二度と、ぼくを名前では呼んでくれないのか?」ベネットは悲しげな声で言った。おそらく酔いがしめっぽい気分にさせているのだろう。

ハリーは馬の腹をそっと突いて、歩かせはじめた。

「ハリー、ずっと会いたかった」ベネットの声は背後の夜気に漂い、やがて幽霊のように闇に溶けこんだ。

ハリーは応えなかった。

コック・アンド・ワームの外では、身をひそめていたサイラスが物陰から姿をあらわし、最愛の息子が世界一嫌いな男と馬で立ち去るのを苦々しい思いで見つめていた。

「あんたの息子は、ワールズリーの土地差配人がいなければ死ぬところだった」近くから酔っ払いのろれつのまわらぬ声が聞こえた。

サイラスは振り向いて、コック・アンド・ワームと隣の建物のあいだの暗い路地をのぞきこんだ。「おまえはだれだ? このわたしにそんな口のきき方をするとは」

「ただの小鳥だよ」耳障りな女のしのび笑い。

サイラスはこめかみのあたりが締めつけられる気がした。「出てこい。さもないと――」

「どうする？」あざ笑うような声。物陰から幽霊のような顔があらわれた。しわだらけのくたびれた顔は、サイラスには見覚えのない老婆のものだった。「どうするんだい？」老婆は繰り返して、悪霊のように甲高く笑った。「あの男は何週間もあんたの羊を殺している。それなのにあんたは何もしない。あんたはただの老人さ。年寄りのグランヴィル、力なき支配者！　若造にしてやられるのは、どんな気持ちかね？」

老婆はくるりと背中を向け、片方の手を壁につけてバランスをとりながら、よろよろと歩いていった。

サイラスは二歩で女に襲いかかった。

「ああ、今朝の半熟卵のおいしいこと」ジョージは心の中で、自分の愚かしい行動にあきれていた。

朝食のテーブルについているのは彼女とヴァイオレット、そしてユーフィーだった。昨日の朝から妹は軽い雑談以外の会話を拒絶しているため、ジョージは卵の話くらいしかできなくなっていた。

「うーん」ヴァイオレットは片方の肩をすくめた。

少なくとも彼女はまだ生きていた。あの活発な妹に何が起こったか？　どんな小さなことにでも感嘆の声をあげずにはいられない性分のあの子に何があったのだろう？

「わたくしは半熟卵が好きでございますわ」ユーフィーがテーブルの反対側から言った。

「もちろん、黄身がぱさぱさにならず、とろりと半熟状態であることがとても大切でございますけど」

ジョージは紅茶を少しずつ飲みながら顔をしかめた。ユーフィーは自分が面倒をみている娘が死んだように黙りこくっていることに気づいていないのかしら？

「腎臓もおいしゅうございますわ」ユーフィーはつづけた。「バターで焼いてあればですけれど。でも、燻製ハムは朝食にはちょっと。あんなものを食べられる人の気がしれませんわ」

そろそろ、ヴァイオレットにはもっと若いお目付け役を見つけてやったほうがいいのだろう。ユーフィーは人柄はよいのだが、ぼんやりしていることがよくある。

「今日、乗馬に出かけない？」とジョージはきいた。新鮮な空気を吸えば、きっとヴァイオレットも元気が出るだろう。「このあいだ、美しい景色の場所を見つけたの。鉛筆を持っていって、スケッチをしたらどうかしら。トニーが言うには――」

「ごめんなさい」ヴァイオレットはさっと席を立った。「わたし……今日は出かけられないの」

妹は部屋から走り出ていった。

「若い人って、ふるまいが突飛ですわよねえ」ユーフィーは当惑顔だ。「少女のころ、母に口を酸っぱくして言われましたわ。『ユーフィー、急いではなりませんよ。本物の淑女というものは、いつも落ち着いたふるまいができるものです』と」

「とても立派な教えねえ」ジョージは言った。「ところで、ヴァイオレットは何を悩んでいるのかしら？」

「悩んでいる？」ユーフィーは鳥のように首をかしげた。「レディ・ヴァイオレットに悩みがあるとは思えませんわ。ふるまいがいつもと違うのは、若さと、月のもののせいでございましょう」顔を赤らめ、急いで紅茶を飲む。

「そうね」ジョージは考えこむように年配のお目付け役を見つめた。彼女はお母様のお目付け役として雇ったほうがいいわね。いくらぼんやりしていても、それなら何の害もおよぼさないもの。「貴重な意見をありがとう。お先に失礼していいかしら？」ジョージは、ユーフィーが返事をつぶやいているあいだに朝食室をあとにした。

急いで階段を上り、ヴァイオレットの部屋に向かう。

「ヴァイオレット？」ジョージは妹の部屋のドアをノックした。

「何の用？」妹の声は不機嫌だった。

「あなたがよければ、話がしたいのだけど」

「来ないで。だれにも会いたくないの。お姉様にはわからないのよ」鍵がかけられた。

ヴァイオレットは姉を部屋に入れないつもりだ。

ジョージはドアを見つめた。それならいいわ。厚い木のドア越しに話をするつもりはないもの。彼女は廊下をずんずん歩いていった。ユーフィーは自分自身の小さい世界に住んでいる。ヴァイオレットはすねて、ハリーは……ジョージがあまりに勢いよく寝室のドアを開けたので、ドアがばたんと壁にぶつかった。ハリーの姿はどこにも見当たらない。今朝七時にギグでハリーの家に行ってみたがすでに彼は出かけていた。臆病者！　なのに男たちは、女はいくじがないと考えている。彼はたぶんしなければいけない仕事をしているつもりなのだろうが、そんなのはまやかしだ。本当はわたしを避けているのよ。ふんだ！　でもね、それならわたしにだって考えがある。彼女は昼用のドレスを脱いで、乗馬服に着替えた。くるりとまわって、背中のホックをかけようとしたが、やがてあきらめてベルを鳴らし、ティグルを呼んだ。

ティグルがやってきた。悲惨な前夜からずっと、半分悲しげで、半分慰めるような表情だ。ジョージはその顔を見て、もう少しで自制心を失うところだった。「ホックをとめてくれる？」と言って背中をティグルに向ける。

「乗馬にお出かけですか？」

「ええ」

「このお天気で？」ティグルは疑ぐるように窓を見た。ぬれた木の枝が窓を揺らしている。

「ええ」ジョージは木の枝に向かって眉をひそめた。少なくとも雷は鳴っていない。

「そうでございますか」ジョージの背後でティグルは腰を折って、ウエストのあたりのホックを止めた。「昨夜のことは残念でした——ミスター・パイに招待を断られてしまって」

ジョージは体をこわばらせた。すべての使用人が彼女を気の毒に思っているのだろうか？

「断られたわけじゃないの。厳密には」

「というと？」

ジョージは顔が熱くなってくるのを感じた。色白だと本当に困る。「彼に、何を求めているのかときかれたの」

脱ぎ捨ててあったドレスを拾っていたティグルは、動きを止めて主人を見つめた。「で、何とお答えになったのです？ そんなことをおききして、お気にさわったのなら申しわけありません」

ジョージは両手を上げた。「何と答えたらいいかわからなかったの。それで、こういうことは初めてだからとつぶやいているうちに、彼は行ってしまったのよ」

「まあ」ティグルは眉をひそめた。

「彼はわたしにどう言ってほしかったのかしら？」ジョージは窓際に歩いていった。「『わたしはあなたの裸が見たいの、ハリー・パイ』とか？ ふつうはもっとすんなりいくものなのでしょう？ それに、なぜわたしの気持ちを聞きたがるの？ 情事って、こんなふうに弁護士の答弁みたいに堅苦しくはじまるものだとは思ってもみなかったわ。文書で提出しろと言われなかったのが不思議なくらい。『わたくし、レディ・ジョージナ・メイトランドはミスター・ハリー・パイが非常にすばらしい愛人となることを要求する』とかなんとか！」

背後の沈黙に、ジョージはひるんだ。きっとティグルにショックを与えてしまったのだ。

今日はいいことが起こりそうもない——。

ティグルが笑いだした。

ジョージは振り向いた。

メイドは体を折って笑い転げ、必死に息をつこうとしている。「まったく、お嬢様ったら」

ジョージは口元をひきつらせた。「そんなに笑うことじゃないでしょう」

「ええ、もちろんですとも」ティグルは唇を噛んで、笑いをこらえようとしている。「ただ、『あなたの裸が見たいの、ハ、ハ、ハリー・パイ』だなんて」そう言うと、また笑いだした。

ジョージはベッドの縁に腰を下ろした。「わたしはどうしたらいいかしら？」

「すみません、お嬢様」ティグルはドレスを抱えたまま彼女の隣に座った。「お嬢様はミスター・パイにそれを望んでいらっしゃるのですか？　情事を？」

「そうよ」ジョージは鼻にしわを寄せた。「よくわからない。舞踏会で彼と出会ったなら、情事を持ちたいと思ったりしないでしょうけど」

まずは彼とダンス。それから少したわむれて、機知に富んだ冗談を言い合う。彼は翌朝花束を贈ってきて、公園へ遠乗りに出かけませんかと誘う。それからおつきあいがはじまる。

「でも、土地差配人は、お嬢様が行かれる舞踏会には招待されませんわ」ティグルは冷静に言った。

「その通りよ」なぜか、この単純な事実に涙がこみあげてきて、ジョージはまばたきでそれをこらえた。

「それでは」ティグルはため息をついて立ちあがった。「他に選択の余地がないようですから、さっきおっしゃったことを、彼に言うしかありませんね」ジョージと目を合わせずにほほえんで部屋を出ていった。

ジョージはどすんとベッドにあおむけに倒れこんだ。わたしが望んでいるのは……彼女はため息をついた。望むだけならだれでもできるが……。

ハリーは我が家のドアを閉め、それに頭をつけて寄りかかった。雨が木をたたく音が聞こえる。穀物は畑で腐りはじめているのに、自分にはなすすべがない。レディ・ジョージナが親切にも小作人たちに金を貸すと言ってくれているにもかかわらず、収穫に失敗すれば、彼らは多額の金を、大量の食糧を失うだろう。それだけではなく、今日は死んだ羊がさらに何頭もグランヴィルの領地で発見された。犯人は大胆になっている。先週、犯人は三回毒をしかけ、一ダース以上の羊を殺した。ワールズリーに住む、もっとも彼に好意的な村人たちでさえ、いまでは自分を疑いの目で見ている。それもしかたのないことだろう。多くの人にとって、彼はこの土地の人間ではないのだ。

ドアから離れ、テーブルにのっている今朝開封した手紙の横にランタンを置いた。ミセス・バーンズは夕食を置いていってくれたが、ハリーはそれに手をつけなかった。代わりに、暖炉の火をおこして、やかんを置いた。

彼は夜明け前に出かけ、作物を調べるなどして一日中働いた。もう自分の体のにおいに我慢できなくなっていた。すばやく上半身だけ裸になり、たらいにやかんの水を注いだ。まだ生ぬるいと言えるほど温まっていなかったが、その水で、腋、胸、背中を洗った。最後にきれいな水をたらいに満たし、頭と顔を浸けた。冷たい水が顔を伝い、顎先からぽたぽたと流れ落ちた。一日の汚れだけでなく、欲求不満、怒り、そして無力感といった心のよどみも洗い流されるようだ。ハリーは布をとって、それで顔を拭いた。

ドアをたたく音がした。

彼は凍りついた。布をまだ握ったままだ。グランヴィルの手下がとうとう捕まえにきたのか。彼はランタンを消して、ナイフを抜き、ドアに忍んでいった。ドアの横に立ち、一気に開ける。

外に立っていたのはレディ・ジョージナだった。雨のしずくがフードから垂れている。「入ってもいい？」視線を下ろし、彼の裸の胸を見た。青い目がはっと見開かれた。

ハリーは、彼女の反応を見て、自身が硬くなるのを感じた。「わたしの許可など必要ないのでは？」背を向けてテーブルに行き、シャツを着た。

「皮肉はあなたに似合わないわ」彼女は家に入りドアを閉めた。

彼は夕食の覆いをとり、座って食べはじめた。豆のスープだった。

レディ・ジョージナはマントをばさりと椅子に置いた。ハリーは彼女の視線を感じた。彼女はハリーをじっと見てから暖炉のほうに歩いていくと、動物の彫刻のひとつひとつに指先で触れ、また彼のところに戻ってきた。

彼はスープをさじですくった。もう冷めていたが、まだうまかった。

彼女は指をテーブルの上に滑らせた。手紙のところで指を止め、手紙を手にとった。「スウォーティンガム伯爵を知っているの？」

「よくロンドンのコーヒー店でいっしょになります」ハリーは自分でビールをマグカップに注いだ。「ときどき、農業に関することで手紙をくださるのです」

「そうなの」レディ・ジョージナは手紙を読みはじめた。「でも、あなたのことを友人と考えているみたいね。言葉づかいがざっくばらんだもの」

ハリーはうっと喉をつまらせ、彼女の手から手紙をひったくった。スウォーティンガム卿の手紙にはときとして下品な言葉が使われていることがある。淑女に見せるべきものではない。「いったい何のご用ですか？」

レディ・ジョージナはふらりとテーブルから離れた。なんだかいつもとようすが違って、やや挙動不審に見える。ハリーがその意味を理解するのに一分ほどかかった。

彼女は神経質になっている。

ハリーは目を細めた。彼女がどぎまぎしているところなど見たことがない。

「このあいだの物語、最後まで話させてくれなかったわね」彼女は言った。「ヒョウの王子の話」暖炉の前で立ち止まり、不思議なほど傷つきやすそうな顔を彼に向けた。

冷たい言葉ひとつで、彼女を、自分よりはるかに身分が上のこの女性を傷つけることができる。これまで貴族に対し、それほどの力を持ったことがあっただろうか？　いや、ないだろう。しかし、先週のあいだ、ときどきだが、彼女が単なる貴族のひとりとは感じられなくなっていることがあった。問題はそこだった。彼女を……女として見ていた。レディ・ジョージナを。

おれの女《マイ・レディ》と。

「どうぞ聞かせてください、話のつづきを」ハリーはミセス・バーンズのスープをもう少し食べ、マトンをくちゃくちゃと嚙んだ。

彼女は少し緊張がとけたようで、暖炉のほうに行き、木彫りの動物をいじりながら話しだした。「ヒョウの王子は鬼をやっつけて、黄金の馬を持ち帰った。そこは話した？」ちらりと彼を見る。

ハリーはうなずいた。

「そう、それで……」レディ・ジョージナは鼻にしわを寄せて考えこんだ。「若い王は——あなた、彼を覚えている？」

「ええ、まあ」

「さて、若い王はヒョウの王子から黄金の馬を取りあげ、たぶん、ありがとうとさえ言わずに馬車で姫のところにそれを届けさせた」彼女は手を振った。「というより、彼女の父親のもとへ。つまり、もうひとりの王に。だって、姫は父親のいいなりですものね？」

彼は肩をすくめた。それは彼女のおとぎ話で、彼にはわからない。

「そういうものなのよ。お姫様って。いつも年老いた竜とか巨人とかに売られちゃうんだわ」レディ・ジョージナは木のアナグマに向かって眉をひそめた。「雄ジカはどこに?」

「え?」

「雄ジカ」彼女はマントルピースを指した。「なくなっている。火の中に落としたんじゃないわよね?」

「違うと思いますが、そうかもしれません」

「ここに置いておくのは危険だわ。別の場所をさがさなきゃ」彼女は動物たちをマントルピースの奥のほうに並べはじめた。

「どうぞ、ご自由に」

「とにかく」レディ・ジョージナはつづけた。「若い王は、姫の父親の王に黄金の馬を持っていき、『馬を持ってまいりました。これで、あなたの美しい姫をいただけますか?』と言った。でも、若い王は知らなかったのだけど、黄金の馬は話すことができたのよ」

「金属の馬がしゃべるのですか?」

彼女は聞こえないふりをした。「若い王が部屋を出ていくとすぐに、黄金の馬は、もう片方の王、つまり姫の父親のほうを向いた。わたしの話、わかる?」

「んー」彼の口の中はいっぱいだった。

「よかった。ここらへんがこみいっているから」彼女はため息をついた。「そして、黄金の馬は言った。『あれはわたしを解放した男ではない。閣下、あなたはだまされているのです』

そして、それを聞いた父親の王は怒り狂ったの」

「どうしてです？」ハリーはビールを飲んだ。「とにかく黄金の馬が手に入ったんだ。だれが実際にそれを盗みだしたかなど、気にしたりしないでしょう」

彼女は腰に両手をあてた。「だって、姫の父親は、黄金の馬を盗めるかどうかを試したのよ。彼はそれができる男に娘を嫁がせたかったの」

「なるほど」すべてがばかばかしく聞こえた。身分の高い父親は、強い男よりも、金持ちの男に関心を持つものではないか？「では、じつは彼はそれほど黄金の馬をほしがっていなかったのですね」

「たぶん黄金の馬もほしかったのでしょう。でも、実は、そんなことどうでもよかったの」

「しかし――」

「重要なことはね」レディ・ジョージナは彼をにらみつけた。「父王はすぐに若い王のところへ行って、『黄金の馬はたいへんすばらしいが、わたしが本当にほしいのは、邪悪な魔女が持つ黄金の白鳥なのだ。だから、姫がほしければ、それを持ってこい』と言ったことなの。どう思う？」

最後の言葉が自分への問いかけであることにハリーが気づくまで、ちょっと時間がかかった。彼は唾を飲みこんだ。「このおとぎ話にはたくさんの黄金の動物が出てくるようですね」

「そ、そうね」レディ・ジョージナは言った。「わたしもそう思ったの。でも、ほかのものだとちょっと困るんじゃない？　銅の馬とか、鉛の白鳥というんじゃねえ」しかめっ面をして、スズメとモグラの位置を入れ替えた。

ハリーはじっと彼女を見た。「それでおしまいですか?」

「え?」レディ・ジョージナは小さい動物たちから顔を上げずに言った。「いいえ、まだまだ先があるの」しかし、それ以上話そうとしない。

彼は夕食の残りを押しのけた。「つづきは聞かせてもらえないのですか?」

「ええ、いまはね」

ハリーはテーブルを離れて一歩近づいた。彼女をおびえさせたくなかった。まるで、彼自身の金色の白鳥が手の届くところにいるかのようだ。「では、どうしてここへ来たのか、本当の理由を話してもらえますか?」と尋ねた。彼女の髪にふりかけられた香水のにおいをかぐ。遠い異国の香辛料のようなエキゾチックな香りだった。

レディ・ジョージナはツグミを猫の横に置いた。鳥はひっくり返った。彼女がそれを慎重に起こすまで、彼は待った。「言いたいことがあったの。おとぎ話のほかに」彼女の顔は半分背けられていたが、頰に涙のあとがきらめくのが見えた。

やさしい男なら——高潔な男なら、レディ・ジョージナを放っておくだろう。涙は見なかったふりをして、素知らぬ顔で背中を向ける。彼女の恐れと欲望につけこむようなことはしない。しかし、ハリーは遠い昔に、わずかに持っていたすべての誇りを失った。

しかも、やさしい人間だったことはない。

指先で彼女の髪に触れ、柔らかい感触を味わう。「何が言いたいのです?」

彼女は振り向いて彼と顔を合わせた。その瞳は暖炉の火を反射して輝いている。心もとなげでありながら希望に満ち、同時にとても魅惑的だった。「わたしがあなたに何をもとめているか、いまならわかるの」

10

ハリーはとても近くに立っていたので、息がジョージの顔をなでた。「それで、わたしに何をお望みですか、マイ・レディ?」

心臓がのどのあたりまでせりあがっているかのように、どくんどくんと打っている。ワールズリーの自分の部屋で想像したよりはるかに難しい。彼の前に魂を差し出そうとしている気がした。「あなたがほしいの」

ハリーは体を少し倒して、顔を近づけた。彼の舌が自分の耳に触れているように思われた。

「わたしを?」

彼女は息を飲んだ。これがわたしを突き動かしているものだ。恥ずかしくても、恐ろしくても、この人がほしい。

「ええ。わたし……このあいだみたいにキスしてほしいの。あなたの裸の姿が見たい。あなたにわたしの裸身を見てもらいたい。ほしいの……」

しかし、もうなにも考えられなくなっていた。なぜなら、想像ではなく、本当にハリーの舌が、ジョージの耳の縁をたどっていたから。このような愛撫を思い描くことはやや奇妙に思えるが、実際にそうされてみると、極上の感触だった。彼女はぶるっと震えた。

ハリーの忍び笑いが彼女の濡れた耳に吹きかかる。「いろいろほしいものがあるのですね、マイ・レディ」

「ああ」ジョージは新たに心に浮かんだ考えを飲みこんだ。「そして、マイ・レディと呼ぶのをやめてほしい」

「しかし、あなたはわたしのご主人様ですから」彼は彼女の耳たぶを歯ではさんだ。

ジョージは自身の興奮をこらえるために両膝を合わせた。「たとえそうだとしても――」

「では、あなたの妹のように、ジョージと呼びましょうか」彼のキスは耳からこめかみまで上がってきた。

ハリーの言葉に意識を集中しようと彼女は眉をひそめた。だが、それはそれほど簡単でなかった。「そうね――」

「といっても、あなたの妹と同じ気持ちであなたを見ることができるかどうかは自信がない。ジョージというのは、ずいぶん男っぽい名前だな」彼の手が彼女の胸のほうへさまよっていく。「だが、わたしには、少しも男っぽさは感じられない」片方の親指で彼女の乳頭をなでる。

ジョージの呼吸は止まりそうになった。

彼はドレスの上から、円を描くように胸の先端をなでた。ああ、神様。そんな微妙な触れ方で、これほどの快感が得られるとは知らなかったわ。

「ジョージナと呼んでもいいが、長すぎる」ハリーは自分の手を暗い目で見つめた。

どうしたの？

「ジーナという愛称もあるが、あなたには月並みすぎる」彼がぎゅっと乳頭を握ると衝撃が体の芯まで走った。

彼女はやるせなくうめいた。

ハリーはさっと彼女の目を見上げた。その顔はもうほほえんでいなかった。「だから、いいですか、これからもあなたをわたしの恋人《マイ・レディ》と呼びつづけようと思います」

彼は頭を下げた。考える間もなく、彼女の唇は彼の口で覆われていた。嚙み、なめ、吸う。彼のキス――これを、貪欲に彼女をむさぼるこれをキスと呼べるなら――は彼女の感覚を圧倒した。ジョージは指を彼の髪に通して、夢中でしがみついた。ああ、なんてすばらしいの！　二度と彼を味わうことができないとばかりに、舌を吸い、喜びの声をもらした。

ハリーは唸りに似た声をあげ、ためらいもなく彼女の尻に手をあてて、ぐっと引き寄せた。下腹を突いてくるこの硬いものこそが男性の証なのだわ、とジョージは思った。たしかめるために、彼女はそれに体をこすりつけた。いまや意識のすべてが彼のものに集中している。彼はそれに応えて、膝を彼女の脚のあいだに滑りこませた。その刺激があまりにもすばらしかったので、ハリーの下半身のことすら忘れてしまいそうになった。彼はどういうわけか、あの場所を知っていた。ジョージに無上の快感を与えるその小さな場所を。何度も彼女の口の中に舌を突き入れながら、脚でその場所をこすった。

彼女は快感のあまりもう少しで泣きべそをかくところだった。彼は知っていたの？　すべての男性は、女性のあの場所のことをこっそり理解しているの？　ジョージがハリーの髪を強く引っ張ったため、彼の唇が離れた。膝はあの物狂おしい動きをつづけている。彼は彼女の目をのぞきこんだ。重たいまぶたの下の瞳は緑色に燃えていた。そして彼女は、恐るべきことに気づいた。ハリーは自分が彼女に何をしているのかをよく知っているのだ。そんなのずるいわ！　わたしが彼のすべてを見る前に、欲望の池に溺れさせられてしまう。

「やめて」

命令というよりも、あえぎ声にしか聞こえなかったが、それでもハリーはすぐに動きを止めた。「マイ・レディ？」

「あなたを見たいと言ったのよ」ジョージは彼の膝から下りた。それしか言う言葉がなかった。

ハリーは両腕を大きく広げた。「さあ、どうぞ」

「裸になって」

初めて、彼の顔に困ったような表情がかすかに浮かんだ。「どうぞお好きなように」と言ったが、動こうとしない。

ジョージは彼の目から事実を読み取った。自分で服を脱がせなければならないのだ。彼女は唇を嚙んだ。興奮すると同時に、どうしていいかわからず不安でもあった。「そこに座って」火のそばの肘掛け椅子を指し示した。

ハリーはおとなしく従って、背もたれに寄りかかり、脚を広げて座った。

彼女はためらった。

「どうぞ、お気に召すままに」彼は猫がのどを鳴らすような声で言った。まるで巨大な猫が、さあ、なでてもいいぞと彼女に許しを与えたかのようだった。

いまここでやめたら、これから先、男性の裸体を見ることはないだろう。ジョージはひざまずいて、ハリーのシャツのボタンを慎重にはずした。彼は手をだらりと椅子の腕にかけたまま動かず、手伝う気配はまったくない。彼女は最後のボタンをはずし、身ごろを大きく左右に開いて、彼の体をじっくりながめた。首の腱がぴんと張って滑らかに肩の盛り上がった部分まで下りている。その下には小さな茶色の乳首があり、彼女のものと同じくしわが寄っていた。指先で一方の乳首に触れ、それから黒っぽい乳輪のでこぼこの縁をたどった。

ハリーは声をもらした。

ジョージはさっと彼に視線を走らせた。半分まぶたが下りた目は輝き、鼻孔が広がっている。しかし、それ以外はじっと動かずにいた。彼女は裸の胸に視線を戻した。胸の真ん中には黒い毛が生えている。そっとなでて感触を味わった。滑らかで、付け根のほうは汗で湿っていた。胸毛はそのまま腹のほうまでつづいていて、へそのまわりにもぐるりと生えていた。なんて不思議。そしてその毛はさらに下へと。きっとあそこまで……彼女はズボンの前あてをさぐってボタンをさがした。下腹部は硬く布地を突き上げている。視界の隅で、ハリーが椅子の腕をつかむのが見えたが、彼女のやりたいようにさせていた。彼女はボタンを見つけた。手が震える。ボタンがひとつはずれた。息を殺して、前あてのボタンをはずし、ゆっくりとめくった。

それは自らすっくと立っていた。彼女が想像していたよりも大きい。彫像は偽りだったのね。これが、あのちっちゃなイチジクの葉で隠せるはずがない。顔を近づけると——まあ、なんてこと——彼のにおいがした。濃厚な男らしい麝香の香り、ああ、うっとりさせられる。どうしたらいいかわからない。これでおしまいなのか、まだなのか。とにかく、ジョージは手を伸ばした。明日死んで、永遠の命を請うために天国の門の前で弁明しなければならないとしても後悔しないだろう。彼女はハリー・パイのそれに触れた。

彼はうめいて、腰を上げた。

しかし彼女は自分の発見に気をとられていた。その皮膚はもっとも上等なキッド革の手袋のように柔らかく、その下の筋肉とは別に動いた。手のひらを上に滑らせると、割れ目からしずくが漏れているのに気づいた。これが命の種なの？

彼はふたたびうめいた。彼女はハリーにつかまれて膝にのせられてしまったので、彼の身体のもっとも興味深い部分が見えなくなった。

「わたしを殺す気かい、マイ・レディ」彼はドレスの背中のホックをはずしている。「父の墓の前で誓う。わたしの裸身を何時間でも、とにかくわたしが耐えられるあいだいくらでも長く見せると約束する。ただし、あとでだ。いまは」ジョージのドレスの背中が大きく開き、彼はそれを体から引きはがした。「あなたの裸身を見なければならない」

彼女は眉をひそめて抵抗しようとしたが、すでに上半身からドレスがはぎとられ、彼は顔を下ろして乳首を吸いはじめていた。彼女はショックを受けて、彼の頭を見下ろした。だが、すぐに快感に襲われ、息を吸いこんだ。男の人が乳房に魅かれることは知っていたけれど、まさかこんなことをするなんて。

ああ、これって、ふつうなのかしら？　いいえ、そんなこと、どうでもいい――ハリーは舌を滑らせて、もう一方の乳首に移動し、そちらも吸いはじめた――だって、とてもエロチックに感じるのだもの。なんて扇情的。彼女は自分のリズムで腰を回転させはじめた。彼が笑ったので、その息の振動が乳房を伝わっていくのが感じられた。

すると今度は、彼はそっと嚙みついてきた。

「ああ、お願い」彼女は自分のハスキーな声に驚いた。自分が何を願っているのかわからなかった。

しかし、ハリーは知っていた。彼女の体からドレスを滑り下ろして脱がせると、片方ずつ上履きを引っ張り、床に落とした。ジョージは奴隷のように靴下と靴下留めだけの姿で、彼の膝に抱きかかえられている。彼のものは、彼女の腰に押しあてられていた。恥ずかしがるべきだとわかっていた。淑女なら悲鳴をあげて逃げだすだろう。だいぶ前から自分でも疑っていたことだが、ジョージは節度などという感覚をすべて失っていた。ハリーが頭を上げて、ゆっくりと、とてもゆっくりと彼女の裸体をじっくりながめているあいだ、自分の体を見せつけるかのように体を弓なりに反らしさえしたのだ。

「あなたはとても美しい」ハリーの声は低くかすれていた。「ほら、ここは」彼は腫れあがった乳首に触れた。「まるで雪の中に落ちた赤いイチゴのようだ。そして、ここは」手で彼女の腹の曲線をなでる。「羽毛のように柔らかい。そして、ここは」彼は指で、秘密の丘を覆う赤褐色のカールをすいた。丘の上で手が一瞬こわばった。火明かりに照らされた彼の顔には欲望が浮かび、くっきりとしわが刻まれ、唇は引き結ばれていた。長い中指を、ひだのあいだに滑りこませる。

ハリーに触れられているあいだ、彼女は目を閉じた。

「やさしく触れてほしいかい？」彼の指がジョージにそっと触れる。「それとも強く？」彼女をこすった。

「そ、そんなふうに」彼女はため息をつき、もう少し脚を広げた。

「キスしてくれ」彼はささやき、頭を回して、彼女の唇に羽根のような軽いキスをした。

ジョージはハリーの口にうめき声をもらした。手を彼の髪にからませ、肩の温かい肌をさぐった。そのあいだずっと、彼の指は愛撫をつづけ、やがて耐えられないところまで緊張が高まった。口に舌を差し入れられると、ジョージは体を弓なりにした。心臓が胸から飛び出すほど激しく鼓動し、温かい感触が体の中心から全身にしみわたるように広がっていった。全身が震えた。もう引き返せない場所へ旅立ったかのようだった。

彼はジョージを優しく慰めるようになでた。ジョージがまどろみはじめると、彼女を抱いて立ちあがり、寝室に歩いていった。幅の狭いベッドに寝かせ、わざと数歩下がる。ハリーは彼女をじっと見つめながら――欲望に逆らおうとして？――残っていた服を脱いだ。ジョージはぐったりと横たわり、彼が次にすることを待つ。それから彼はベッドによじのぼり、四つん這いになって一瞬動きを止め、彼女を見下ろした。餓えた獣が獲物をこれからまさにむさぼりくおうとするかのように。

喜んで身を差し出そうとしている獲物を。

「痛いかもしれない」彼女と目を合わせようとする。

「かまわないわ」ジョージはハリーの頭を引き寄せた。彼は唇を重ね、自分の脚で彼女の脚を開かせた。彼が入ってくるのを感じた。彼は頭を上げ、片手で自分の体を支えて突き上げた。少なくとも、彼女にはそう思われた。ハリーはいったん少し抜いて、ふたたび突いた。今度はもっと深くまで中に入ってきた。ああ、彼のあれが全部……？　再度突かれて、彼女は喘いだ。痛かった。きつくて焼けるようだ。彼はジョージの顔をちらりと見て、歯をくいしばり、また力強く突いた。二人の骨盤がぶつかった。

彼女はすすり泣いた。もういっぱいよ――いっぱいすぎるわ。

彼女の上で、ハリーは動かない。汗のしずくが顔の横を伝い、彼女の鎖骨の上に落ちた。

「大丈夫か？」うめくような声だった。

大丈夫じゃないけど……ジョージはうなずき、なんとかほほえんだ。

「恐れ知らずなお嬢さんだ」ハリーはささやいた。

彼は体を下ろして彼女にキスをし、ゆっくり腰を動かしはじめた。ジョージは汗でじっとり濡れているハリーの背中や、筋肉が盛り上がった肩や、背骨の谷間を手でさぐった。手をさらに下に移したとき、彼がついに一番奥へ進もうとして尻の筋肉が収縮するのが感じられた。痛くはなかったが、先ほどの指のときのほどはよくなかった。彼女は舌をからませあうことに心を集中させた。それから、彼の尻の筋肉を指で押すのも、なんだかとても楽しかった。いま、ハリーを背後から見ることができたらいいのに。ジョージはとてもやさしい気持ちになった。彼はポンプのように動いている。彼のものが滑りながら自分の体を突いたり、また出ていったりする感触はなかなかおもしろい。

ジョージは、自分たちはいったいどんな姿をしているのだろうと思った。

つぎの瞬間、すべての思考が吹っ飛んだ。ハリーが手を彼女のあの部分にあててきたからだった。指の動きと、彼のものが突き上げてくる感触が合わさると、完璧だった。ジョージは彼の腰をつかんで、自分自身も動きはじめた。リズムなど皆無だったが、そんなことはどうでもいいように思われた。ほとんど……ああ、天国！　彼女は実際に火花が散るのを見た。いままで感じたこともないような快感に、口を彼の口から引きはがし、体を弓なりにそらして頭を枕に押しつけた。

彼はいきなりジョージの体から自身を引き抜いた。彼女は温かいしぶきが腹にかかるのを感じた。目を開けると、ハリーが頭を後ろにのけぞらせ、叫んでいるのが見えた。首の腱がくっきり浮き出し、上半身は汗で光っていた。

彼女はこんなにすばらしい肉体を見たことがなかった。

驚くべきことだ。なんと簡単なのだ、人を殺すことは。

サイラスは、エニシダの中に横たわっている女を見下ろした。彼は一日以上、女を監禁した後、ここまで引きずってこなければならなかった。女が羊と同じ方法で死ぬことが重要だったからだ。そして毒草も用意しなければならなかった。かなり長くかかった。女は断末魔に体を痙攣させ、身をよじって苦しんだ。死ぬ前に嘔吐し、さらに腹もゆるんで、いたるところに便をまき散らした。彼は唇をゆがめた。全体としてあまりにも時間がかかり、おまけに汚らしいことこのうえない。

しかし、簡単ではあった。サイラスは自分の領地の羊の牧草地を選んだ。夜になるとだれも近づかないが、道からそれほど離れていないので、体が完全に腐る前に女は見つけられるだろう。これを羊の毒殺事件と結びつけることが肝心だった。ここの農夫たちは頭の回転が遅い。だから、彼らが関連に気づかなければ、明らかな事実も見いだされないかもしれない。

女に毒を混ぜた酒をだまして飲ませるという方法もあったが、むりやり喉に流しこむほうが手っ取り早かった。それから座って、じっと待った。女はひどいことをしやがると呪いの言葉を吐いて、泣き叫んだ。女は会ったときからすでに酔っ払っていた。そして、しばらくすると、腹をつかんで苦しみだした。嘔吐し、糞便を垂れ流した。

そして、ついに死んだ。

サイラスはため息をついて、伸びをした。湿った石に長い時間座っていたために、筋肉がひきつっていた。彼は立ちあがって、ポケットからハンカチを取り出した。悪臭を放つ死体のところまで歩いていって、雄ジカの彫像の包みを開ける。慎重にそれを女から数歩離れたところに置いた。人に見つかるくらい近い場所で、しかもうっかり落としたと思われるくらい遠いところに。自分がつくりあげた現場をじっくり吟味し、これでよしと確認した。

彼はひとりほほえんで、歩み去った。


胸の上に重みがあった。ハリーは目を開けたが、動かなかった。ふわりと雲のような赤い髪が胸と右腕の上に漂っているのが見えた。

彼女はここで一晩明かしてしまったのだ。

彼はさっと窓を見て、声に出さず、くそっとつぶやいた。すでに夜が明けていた。一時間前には起きていなければならなかった。そしてレディ・ジョージナはそれよりもずっと前にここを出ているべきだったのだ。しかし、この小さすぎるベッドに、マイ・レディと横になっているのはすばらしかった。脇腹に彼女の胸の膨らみを感じ、肩に息がかかる。彼女は、ハリーは自分のものだと見せつけるかのように、腕を彼の胸に投げ出していた。そしておそらく、自分は彼女のものにされてしまったのだ。彼女のおとぎ話に出てくる魔法をかけられたヒョウの王子のように彼女のとりこになり、心の扉を開ける鍵は彼女に握られている。

魂の扉を開ける鍵を。

彼はふたたび目を閉じた。自分のにおいとまじりあったレディ・ジョージナのにおいがする。彼女がかすかに動き、その手が腹のほうへ滑っていった。寝起きでぴんと立つハリーの下腹部に触れるすれすれのところまで。彼は息を殺したが、彼女の手は止まった。

ハリーは用を足す必要があったし、今朝、彼女はひどい痛みを感じるだろう。そっと彼女の手をはずし、上半身を起こした。レディ・ジョージナの顔にはもつれた髪がかかっていた。それを彼がそっと後ろに戻すと、彼女は眠ったまま鼻にしわを寄せた。彼はほほえんだ。まるで野育ちのロマの娘のようだった。ハリーは体を倒して、むきだしの胸にキスしてから立ちあがった。暖炉の火をかき立てて、ズボンをはき、用を足すために戸外に出た。戻ってから、やかんを火にかけて、ふたたび小さい寝室をのぞいた。彼のレディはまだ眠っていた。

ハリーがティーポットを棚から下ろしていると、だれかが家のドアを強くたたく音がした。即座に寝室のドアを閉める。ナイフを握り、ドアをわずかに開けた。

紳士が外に立っていた。とび色の髪で、背が高い。見知らぬ男は骨ばった手で乗馬用の鞭をぴしりと鳴らした。馬は彼の後ろにつながれている。

「はい?」ハリーは頭の上のかもいに右手をついた。ナイフを握った左手は体の横に隠している。

「レディ・ジョージナ・メイトランドをさがしている」見知らぬ男の上流階級特有の早口に、ほとんどの人は凍りつくだろう。

ハリーは片方の眉を上げた。「あなたはどなたですか?」

「メイトランド伯爵だ」

「ああ」ハリーはドアを閉ざしはじめた。

メイトランドはそれを防ぐために戸口に鞭をはさみこんだ。「どこにいるか知っているのか？」声に警告の響きが加わっている。

「はい」ハリーはきっぱりとメイトランドを見つめた。「すぐにお屋敷に戻られるでしょう」

相手の目は怒りできらりと光った。「一時間以内だ。でないと、このあばら家を蹴り倒してやるからな」

ハリーはドアを閉めた。

振り向くと、レディ・ジョージナが寝室から顔を出しているのが見えた。髪は肩の上に垂れ、シーツを体に巻いている。

「だれだったの？」彼女の声は眠そうにかすれていた。

ハリーは彼女を抱きかかえて、またベッドに連れていき、今日という日を忘れさせてしまいたかった。しかし、世界が、そしてそれに付随するすべてが待っている。

彼は棚にティーポットを戻した。「あなたの弟だ」

弟は、恍惚の夜をすごしたばかりの女にとって、一番会いたくない相手だった。ジョージは首のリボンをいじくった。

ティグルは髪に最後のピンを留めた。「お嬢様、できましたわ。おしたくは完璧です」少なくともメイドはもう悲しみに沈んだ顔でジョージを見ることはなくなっていた。

代わりに、哀れむような表情をしている。皆は、昨夜何が起こったかを知っているのかしら？　あちらで夜をすごしてしまうようなへまはするべきじゃなかった。ジョージはため息をつき、頭痛のふりをしようかと考えた。しかし、トニーの頑固さは半端ではない。姉を部屋から引きずり出して問い詰めるようなことはしないだろうが、彼女が部屋から出ようとするのを外で待ち構えているに違いない。いやなことは早くすませたほうがいい。

ジョージは胸を張り、非常に気が立っているライオンに会いにいくクリスチャンのように、雄々しく階段を下りていった。朝食室のドアを彼女のために開けて押さえてくれたグリーヴズは同情的な視線を送ってきた。

部屋の中では、トニーがマントルピースのそばに立って、鼻先を見下ろすように炎をじっと見つめていた。サイドボードの食べ物には手を触れていないようだった。トニーは死んだ父親に生き写しだ。背が高く、角張っていて、高い頬骨と太い眉が印象的な顔立ちだった。唯一の違いは母親から受け継いだとび色の髪だった。それから、父親よりもはるかにやさしい性格であること。

とにかく、ふだんはそうだ。

ジョージは、ヴァイオレットがその場にいないことに気づいた。理由はわかっていた。あとでとっちめてやるから、あのおてんば娘。

「おはよう、トニー」ジョージはサイドボードに近づいた。バターで味つけした薫製ニシン。料理人も知っているんだわ。彼女は食事をたっぷり皿に盛った。力をつけなくちゃならない。

「おはよう」トニーは冷ややかにあいさつした。そしてすばやくドアのところへ歩いていき、さっと開けた。二人の従僕が驚いて彼を見た。「おまえたちに用事はない。だれも近づけないようにするのだ」

従僕はお辞儀をした。「はい、旦那様」

トニーはドアを閉ざし、ベストを引っ張ってしわを伸ばした。

ジョージは目をぐるりとまわした。弟がこんなに堅苦しい人間になっていたなんて。きっと夜のあいだに、自分の部屋で練習を積んできたのだわ。

「朝食を食べないの？」彼女は座りながら尋ねた。「料理人がおいしい薫製ニシンを作ってくれたわ」

トニーは姉の軽口を無視した。「いったい何を考えていたんだ？」彼の声は信じられないほど陰鬱だった。

「じつはね、あなたが真実を知りたいというなら言うけれど、わたしは何も考えていなかったの」彼女は紅茶を一口飲んだ。「つまり、最初にキスをしてから。彼はキスがとてもうまいの」

「ジョージ！」

「聞きたくないなら、なぜ尋ねたの？」

「わたしが何を言いたいかわかっているのだろう。ばかげたことを言って話をはぐらかそうとしないでくれ」

ジョージはため息をついて、フォークを下に置いた。どうせ薫製ニシンは灰のような味しかしない。「あなたには関係ないわ」

「もちろん、関係がある。あなたはわたしの姉で、未婚なのだから」

「わたしがあなたの恋愛沙汰に首を突っこんだりする？　ロンドンでおつきあいしている女性たちについて尋ねたりする？」

トニーは腕組みをして、大きな鼻越しに彼女を見下ろした。「わたしとは事情が違う。わかっているだろう」

「ええ」ジョージは燻製ニシンをつついた。「でも、同じであるべきだわ」

彼はため息をついて、姉の向かい側の椅子に座った。「おそらくそうだろう。しかし、世の中とはそういうものだ。わたしたちは社会がどうあるべきかではなく、社会とはこういうものだと観念して対処していかなければならない。そして、社会はあなたをかなり厳しく糾弾するだろう」

彼女は唇が震えるのを感じた。

「わたしといっしょにロンドンに戻ろう」トニーは言った。「忘れることだ。何人かいい相手を紹介できるし――」

「馬を選ぶのとは違うのよ。鹿毛を栗毛に替えるというわけにはいかないわ」

「なぜ？　自分と同じ階級の人間から見つけたらいいだろう？　あなたと結婚して、あなたに子どもを産ませることができる男を」

「なぜなら」ジョージはゆっくり言った。「ほかのどんな男性もいやだからよ」

トニーが、ばんと激しくテーブルをたたいたので、彼女はびくっとした。彼は姉のほうに身をのりだした。「そして、家族全員を不幸のどん底に突き落とすというのか。あなたはそういう人ではないはずだ。ヴァイオレットにどんな影響を与えるか考えてみてくれ。妹にも同じことをしてほしいのか?」

「いいえ。でも、妹の手本になるために、一生を送ることはできないわ」

トニーは口をすぼめた。

「あなただってそうでしょう」ジョージは非難した。「自分が何かするたびに、立ち止まって考える? 『これは弟たちにとってよい見本となるかどうか』と。正直に答えて」

「ジョージ——」

ドアがぱっと開いた。

二人は驚いて顔を上げた。トニーは顔をしかめた。「だれも入れるなと言ったはず——」

「失礼いたします」ハリーはいらだった顔の二人の従僕を外に残してドアを閉め、部屋の中に入ってきた。

トニーは椅子から立ちあがった。彼はハリーよりも頭半分背が高かったが、身長ではかなわぬ男はひるまず進んだ。

「大丈夫ですか、マイ・レディ?」ハリーはトニーと目を合わせたまま、ジョージに話しかけた。

「ええ、ありがとう、ハリー」彼の家で、弟がわたしを傷つけることはないとしっかり説明してきたのだが、ハリーは自分でたしかめようとやってきたのだろう。「薫製ニシンはいかが？」

ハリーの口の端がわずかに上がったが、トニーが代わりに答えた。「きみに用事はない。下がりなさい」

「トニー」ジョージは喘ぎながら言った。

「失礼いたしました」ハリーは頭を下げた。表情はふたたび慎重に隠された。

ジョージは心臓が粉々に砕けるような気がした。こんなの、だめよ。彼女は立ちあがろうとしたが、ハリーはすでに背中を向けてドアに向かっていた。

彼女の恋人は部屋を出ていった。ふつうの召使と同じように下がれと命じられて。

自分の女を守ることができないという事実ほど、男を落ちこませることはない。ハリーは三角帽とマントをひっつかむと、ブーツのかかとで砂利を蹴り上げながら、大股で厩に向かった。しかし、レディ・ジョージナは本当は自分のものではないのではないか？ 彼女は法律的にも、社会的にも、彼と結ばれてはいない。彼女は、自分と寝ることを彼に許しただけなのだ。それも一度だけ。

そして、たぶん、あれでおしまいだろう。

レディ・ジョージナにとって初めての体験だったから、当然、彼は痛みを与えた。その前に喜びを与えはしたが、あとの痛みを相殺できるほどの喜びだっただろうか？　痛いのは最初のときだけだと知っていただろうか？　彼女の中にある自分の肉体が、彼女に喜びを与えることができることを証明する機会はおそらく与えられないだろう。

ハリーはくそっと心の中でつぶやいた。馬の頭を押さえていた馬番の少年が用心深く彼を見た。彼は少年をにらみつけて、手綱を取った。自分もレディ・ジョージナがほしかったという事実も気分を明るくはしなかった。いまは。彼女の身分が自分より上でも下でも関係ない。ただ、彼女の中に自らを沈め、世界が砕け散るのをもう一度感じたいだけだ。

「ミスター・パイ！」ハリーは肩越しに後ろを見た。メイトランド伯爵が屋敷の階段から呼んでいた。ちくしょう、今度は何だ？

「ミスター・パイ、わたしの馬を連れてこさせるから、待ってくれるか？　いっしょに行こう」

伯爵に逆らうことなどできようか？「かしこまりました」

馬番たちが命令を受けて走っていくあいだ、伯爵がゆっくり歩いてくるのをハリーは見つめた。今朝、自分の家で、この貴族が名乗らなかったとしても、すぐに彼がだれかわかっただろう。彼の目は姉のものと同じく、鋭く澄みきったブルーだった。

鞍をつけた馬が引かれてきて、二人の男はそれに乗った。彼らは黙ったまま厩を出た。少なくとも伯爵は慎重だった。

暗い雲が空を低く覆い、これ以上降ってほしくない雨が降りだす気配が濃厚だった。

門の近くまで来て、ようやく伯爵は話しだした。「金目当てなら、たっぷりやるから速やかに出て行ってくれ」

ハリーは伯爵を見た。トニー、と彼女は呼んでいた。石のように無表情だったが、唇の端がわずかにねじれているところを見ると、こういう話をすることに嫌悪を感じているらしい。ハリーは同情を感じそうになった。「金目当てではありません」

「わたしの目を節穴と思うな」伯爵の鼻孔が開いた。「わたしはきみが住む家を見た。そしてその服装からも、裕福とはほど遠い身分だということは明らかだ。姉の金を狙っているのだ」

「レディ・ジョージナに近づくのに、金以外の理由はないとお考えなのですか?」

「わたしは――」

「それではマイ・レディを侮辱することになりませんか?」ハリーは言った。

相手の頰に赤みが広がった。ハリーは伯爵がレディ・ジョージナの弟であることを思い出した。歳は、二五か六くらいだろう。威厳のせいで実際の年齢よりも老けて見えた。

「金を受け取って、姉に今後近づかないと約束しないなら、わたしはきみを紹介状なしで解雇する」とトニーは言った。

「わたしはあなたの姉上に雇われているのです。あなたではなく」

「きみにはプライドというものがないのか?」トニーは馬を急に止めた。「孤独な女性をえじきにするとは、なんと下卑た野良犬の根性だ」

ハリーも馬を止めた。「あなたは、姉上が自分を利用しようとする男の魂胆を見抜けないと本気で思っていらっしゃるのですか？」

トニーは顔をしかめた。「きみは姉を危険にさらした。きみといっしょにいるときに、姉が暴漢に襲われたとヴァイオレットから聞いた」

ハリーはため息をついた。「レディ・ジョージナが暴漢に向けてピストルを撃ったということもレディ・ヴァイオレットからお聞きになりましたか？」伯爵は目を見開いた。「また、そもそもわたしの思いどおりにできたなら、レディ・ジョージナがわたしといっしょにギグに乗っていることもなかったということも？」

トニーはひるんだ。「むりやり同行したのだな。姉はこうと思ったらきかない人だ」

ハリーは片方の眉を上げた。

トニーは咳ばらいをして馬を走らせた。「それはそれとして、紳士たるもの、自分に関心を払わない相手に執心しつづけるものではない」

「ならば、二つの問題がございます」とハリーは言った。

トニーは目を細めた。

「ひとつ、そのレディご自身がこちらに関心をお持ちであること。二つ――」ハリーは振り返って伯爵と目を合わせた。「わたしは紳士ではありません」

11

「ヴァイオレット、ドアを開けなさい！」ジョージは息を殺して、ドアに耳をつけた。物音はしない。「部屋にいるんでしょう。わかっているのよ。息をする音が聞こえるわ」

「嘘よ」妹のすねた声が中から聞こえてきた。

やっぱり！「ヴァイオレット・エリザベス・サラ・メイトランド。すぐにこのドアを開けなさい。さもないと、グリーヴズに蝶番をはずさせるわよ」

「できないわ。蝶番は内側だもの」ヴァイオレットは勝ち誇ったように言った。

そうきたのね、このお転婆娘。ジョージは息を吸いこんで、歯ぎしりをした。「では彼にドアを打ち壊させるわ」

「そんなことしないくせに」ヴァイオレットの声が近づいた。

「わたしを甘く見ないほうがいいわよ」ジョージは腕を組んで、片足をコツコツと鳴らした。

反対側からこすれるような音が聞こえ、かちゃりとドアが開いた。隙間から涙に濡れた片目がこちらをのぞいた。

「まったく、もう」ジョージはドアをいっぱいに開けて部屋に入り、後ろ手にドアを閉めた。

「さあ、いったいどういうわけなのか言いなさい。なぜ、トニーに手紙なんか書いたの？」

ヴァイオレットの下唇が震えはじめた。「あの男に、お姉様がとりこにされているからよ。彼は甘い言葉と肉体の罠でだましているんだわ」

甘い言葉と肉体の罠？　ジョージは眉をひそめた。「肉体の罠って、あなたはいったい何を知っているの？」

ヴァイオレットは目を見開いた。「別に何も」返事が早すぎた。「ええと、みんなが耳にするようなことだけよ」

ジョージは妹の顔が赤くなっていくのを見つめた。色白の娘が嘘をつくのは難しい。「ヴァイオレット」ジョージはゆっくり言った。「そのことなの？　あなたがわたしに話したがっていたことは」

ヴァイオレットは悲痛な声をあげて、ジョージの腕の中にとびこんだ。まあ、そういうこと。

「ほら、ほら、泣かないで」ジョージはよろけて後ろに下がり――ヴァイオレットは姉よりも数センチ背が高かった――クッションのついた窓際の椅子に座った。「そんなに思いつめなくても大丈夫よ」

ヴァイオレットは話そうとしたが息をつまらせ、また泣きだした。ジョージは妹を揺さぶりながら、泣きじゃくる子どもをあやすときに使うような言葉をささやきかけ、妹の湿った眉にかかっていた髪を後ろになでつけてやった。

　ヴァイオレットは震えながら息を吸いこんだ。「お、お姉様にはわからないのよ。わたし、本当にひどいことをしてしまったの」ヴァイオレットは手で目をこすった。「わ、わたし……わたしは罪を犯したのよ、ジョージ！」

　ジョージは口元に笑みが浮かびそうになるのをこらえることができなかった。ヴァイオレットはいつも大げさなのだ。しかし、すぐに唇を引きしめた。「話してちょうだいな」

「わたし……わたし、男の人と寝てしまったの」ヴァイオレットは頭を埋めていたので、言葉は不明瞭だったが、間違いなくそう聞きとれた。

　いきなり冷水を浴びせられたようにのんきな気分は吹き飛んだ。恐怖がのどを締めつける。

「何ですって？」ジョージは妹を胸から引き離した。「わたしを見て。どういう意味？」きっと、妹は事態を誤って理解しているのだ。抱きしめられたりしたことを、もっと深刻なことと捉えているに違いない。

　ヴァイオレットはくしゃくしゃになった顔を上げた。「処女をある男性にあげてしまったの。血が出ていたわ」

「まあ、なんてこと」まさかヴァイオレットが、幼い妹のヴァイオレットが。ジョージの目にもちくりと涙が浮かんできたが、意志の力でそれを止め、妹の顔を両手ではさんだ。「無理やりされてしまったのでしょう？　ひどいことをされたの？」

「い、いいえ」ヴァイオレットはすすり泣きながら、息を詰まらせた。「それよりももっと悪いの。だって、自分の意思でしてしまったのよ。わたしは尻軽女なんだわ。売春婦なのよ」ヴァイオレットはふたたび泣き崩れ、ジョージのスカートに顔を隠した。

ジョージは妹の背中をなでて、泣きやむのを待ちながら考えた。最初が肝心だわ。この件にうまく対処するには。ヴァイオレットがまた落ち着いてきたのでジョージは言った。「売春婦とまでは言えないと思うわ。だってお金を取っていないんでしょう?」

ヴァイオレットは頭を振った。

ジョージは手を上げた。「それから尻軽女については……相手はひとりなのでしょう?」

「え、ええ」ヴァイオレットは下唇を震わせた。

「それなら、こう言ってても差し支えないのじゃないかしら。それはあなたと同様、その紳士の犯した過ちでもあると。彼はいくつなの?」

ヴァイオレットは尻軽女にもあたらないと言われたせいで、少し態度が反抗的になったようだった。「二十五」

二十五ですって! 手の早い、好色な若者……ジョージは息を吸いこみ、「わたしの知っている人?」と冷静に尋ねた。

ヴァイオレットは姉から離れた。「教えないわ! 彼と結婚させようとしてもだめよ」

ジョージは妹をまじまじと見つめた。心臓が止まったような気がする。「妊娠しているの?」

「とんでもない!」ヴァイオレットのぞっとしたそぶりは嘘ではなかった。助かった。

ジョージはほっとして息を吐きだした。「ではなぜ、わたしがあなたを彼と結婚させようとすると思うの？」

「お姉様でなく、たぶん、トニーが」ヴァイオレットは立ちあがって部屋の中を歩きまわった。「何通も手紙が来ているの」

「トニーから？」

「違うわ！」ヴァイオレットは振り返って姉をにらみつけた。「彼よ」

「ああ、彼ね」ジョージは顔をしかめた。「何と言ってきているの？」

「結婚してほしいと。わたしを愛していると言うの。でも、ジョージ――」ヴァイオレットが枕元から燭台を取り上げ、それを振りまわしながら言った。「わたしは彼を愛していないの。以前にはそうだったけど。つまり、愛していると思っていた。だからよ、ね、お姉様ならわかるでしょう？」

「よくわかるわ」ジョージは自分の顔が赤くなるのを感じた。

「でもね、そのあと、彼の目が離れすぎていることに気づいたの。それから話し方が妙に気取っていると思いはじめた」ヴァイオレットは肩をすくめて、鏡台の上に燭台を置き直した。

「そうしたら、すっかり冷めてしまったの。愛だか、なんだかわからない気持ちが。嫌っているというわけではないけれど、彼を愛していないの」

「わかったわ」

「ミスター・パイに対して、お姉様も同じように感じているでしょう？」ヴァイオレットは尋ねた。「もう、彼から気持ちが離れたのではなくて？」

ジョージはハリー・パイの姿を思い浮かべた。頭をのけぞらせて彼女の上で震えている彼の首にはくっきりと腱が浮かび上がっていた。体の芯にゆっくりと熱が集まりはじめる。まぶたが閉じていくのに気づいてはっとする。

ジョージはぱっと目を開き、すっと背筋を伸ばした。「うーん、ちょっと違うわ」

「まあ」ヴァイオレットは見放されたような顔をした。「では、わたしが悪いのね、きっと」

「ヴァイオレット、そうじゃないわ。それはあなたがまだ一五歳だからよ。あるいは」妹が口をとがらせたので、ジョージはあわててつけ加えた。「たぶん、彼があなたにぴったりの男性ではなかったからよ」

「ああ、ジョージ！」ヴァイオレットは背中からベッドに倒れこんだ。「別の相手を見つけることはけっしてできないわ。だって、わたしが純潔を失ったことをどう説明すればいいの？　彼と結婚するべきなのね、きっと。他の男性は、わたしと結婚しようとは思わないでしょうから」ベッドの上の天蓋を見つめる。「彼が嗅ぎ煙草を吸うしぐさに、一生耐えられる自信がないわ」

「ええ、きっと拷問のようでしょうね」ジョージはつぶやいた。「だから、わたしは断固として、あなたがその人と結婚するのに反対しなければならないわ。そうすれば、あなたは救われるもの」

「お姉様は本当にやさしいわね」ヴァイオレットはベッドからにっこりほほえんだ。「でも、わたしが花嫁にならないなら、すべてを公にすると彼は言っているの」

「ふーん」そのろくでなしの恐喝者に、この手で制裁をくだすことができるなら……。「だったらなおさら、その人の名前をわたしに教えてくれなければならないわ」言い返そうとしたヴァイオレットを、両手を上げて黙らせる。「それしか道はないのよ」

「どうするつもり？」妹は小声で尋ねた。

ジョージは妹と目を合わせた。「トニーにその人の名前を告げて、あなたに結婚の意思がないことを相手にしっかりと伝えてもらいましょう」

「トニーに言うの、ジョージ？」ヴァイオレットは両腕をベッドの上で広げ、無意識のうちに殉教者のようなかっこうになった。「トニーは人をさげすむように冷たい目でじっと見るのよ。知っているでしょう。まるで虫になったような気持ちになるわ。押しつぶされた虫に」

「ええ、彼の目つきのことは知っているわ」とジョージ。「わたしも今朝、そんな目つきで見られたばかりだから。あなたのおかげでね」

「ごめんなさい」ヴァイオレットは深く罪を悔いているような顔をしてから、また自分のジレンマに戻った。「トニーはわたしを彼と結婚させるわ！」

「いいえ、トニーのことをそんなふうに言ってはだめよ」ジョージは言った。「爵位を継いでから、たしかに彼はすべてのユーモアのセンスを失ってしまったかもしれないけれど、だからといって、妹を無理に結婚させるとは思えない。とくにまだ一五歳の妹を」

「わたしが過ちを犯したとしても――」

「そのとおり」ジョージはほほえんだ。「その紳士を説得するのに、トニーがどれくらい役立つか考えてごらんなさい。伯爵をきょうだいに持つことの利点なんて、これくらいしかないんだから」

その夜、ジョージはぶるぶる震えながら、マントのフードを顔のまわりに引き寄せた。真夜中に近い時間だったが、ハリーの家は暗かった。もう寝てしまったのだろうか？ ほかの時なら、そして別の理由だったなら引き返しただろう。しかし、強い衝動に彼女は突き動かされていた。どうしてももう一度彼に会わなければならなかった。ただし、こんな夜更けにやってきたのは、ただ彼に会うためではなかったけれど。頬骨あたりから顔が熱くなってくる。ハリー・パイに会うだけでなく、もっと別のことがしたかった。そして、その衝動の裏にある理由をあまりつきつめて考えたくはなかった。

彼女はドアをたたいた。

まるで待ち構えていたかのように、すぐにドアが大きく開いた。「マイ・レディ」彼のグリーンの瞳は重く沈んでいた。ハリーは上半身裸だった。彼女の視線はあらわな胸に引きつけられた。「かまわないかしら」おずおずと、彼の左の乳首に向かって言った。

彼は長い腕を伸ばして、ジョージを中に引き入れた。ドアをばたんと閉め、彼女をドアに押しつけた。フードを後ろに押し、彼女の唇をとらえる。彼女の頭を後ろに傾けて、顔を斜めにして唇を重ね、舌を差し入れてきた。おお、なんてすてき、これがほしかったんだわ。

たった一度味わっただけで、わたしは奔放な女になってしまったのかしら？　彼の両手に後頭部をつかまれる。ヘアピンが抜き取られ、背中に髪が流れ落ちた。両手を彼の背中にさまよわせ、その感触を味わう。彼の舌はビールの味がして、麝香のような香りをかぐことができた。

ハリーは口を開けて、唇をジョージの首筋へと滑らせていく。「こちらはちっともかまわない」ハスキーな声で答える。

いったいハリーはわたしのどんな言葉に返事をしたのかしらと彼女が思い出そうとしていると、彼はドレスの身ごろに手をかけた。乱暴にそれを引き下げると繊細な布地は裂け、胸があらわになった。ジョージは息を飲み、脚のあいだが濡れてくるのを感じた。彼は口を乳房にあて、軽く嚙みはじめた。本当に嚙みつかれるのではないかと心配になる。彼は野獣と化していた。女である彼女をむさぼる男に。乳首に達し、それを口に含むと歯を立て、鋭くはさんだ。

ジョージは思わず頭をそらし、うめき声をあげた。

いま、ハリーの手はスカートの下に侵入している。彼女の中心をさがして、もどかしげにスカートを押し上げる。その手が目的の場所に達したとき、彼女は彼の肩にしがみついた。彼は指で彼女に触れ、こすり、その感触を味わう。

彼は頭を上げて、にやりと笑った。「もうしっとりと濡れている」その声は低く、セクシーだった。

ハリーは両手を脚の下に入れてジョージを持ち上げ、背中をドアにもたせかけて支えた。彼女の全体重は彼にかかっていた。彼が体を太腿のあいだに入れてきたので、彼女の脚は大きく開かれた。ズボンがそこをこするのを、それから、彼自身がそこをこするのを感じる。大きく見開かれた彼女の目と、肉食獣のようにぎらりと輝くグリーンの目が合った。

おお、なんてこと。

ハリーは腰を、ほんの少しだけ動かした。ジョージはそれが入ってくるのを感じた。幅広い頭部が、彼女の唇を押し分けて入ってくる姿を想像した。彼女はあえぎ、目を半分閉じた。彼はふたたび腰を揺すり、さらに奥へと侵入してくる。

「マイ・レディ」彼の息が唇に吹きかかった。

ジョージはがんばって目を開けた。「何?」とあえぎながらきく。目がくらんで、酔っ払っているみたいな感覚だった。まるで不思議な白昼夢をさまよっているよう。

「わたしの大胆さを」彼は腰を揺する。「かまわないと言ってくれるといいのだが」

何?「ええ、わたしは、ああ、かまわないわ」その言葉を口にするのがやっとだった。

「本当か?」彼に――この悪魔に――乳首を吸われ、彼女はびくんとした。

あまりに敏感になっているため、その感触は痛いほど強烈だった。いつかお返ししてあげるわ。

彼は腰を揺すった。

また、いつか。「まったく、かまわないわ」彼女はべそをかくような声をあげた。

彼はにやりと笑ったが、汗のしずくがこめかみを伝っていく。「許しを得たとあれば」ハリーはジョージがうなずくのを待たず、ずぶりと自身のすべてを押し入れた。彼女をドアに押しつけ、絶妙の精度でその場所を刺し貫く。ジョージは脚と腕と心をハリーに巻きつけた。彼はじれったいほどゆっくりと引き抜くと、またずぶりと刺し貫いてきた。今回は少し回転させながら一番奥まで突き上げる。その衝撃で砕けたエクスタシーの破片が全身に伝わっていった。

あまりの快感に死んでしまうのではないかとジョージは思った。

ハリーはふたたび自身を引いた。敏感な肉体の上を彼のものが滑っていく感触をジョージはたっぷりと味わった。そして待つ。時空に宙づりにされたまま、彼がふたたび交わってくるのを。彼はやってきた。彼女を刺し貫き、骨盤が彼女のあらわになった中心をこする。すると、彼は自制を失ったかのように、性急に動きはじめた。短く小刻みに。でも、これもすばらしい。まったくハリーときたら。そして彼女の中で果てしなく波が広がりはじめた。息もできず、見ることも聞くこともできず、原始のうめき声をあげるしかない。口を開けて、彼の塩辛く温かい肩にあてる。

彼女はハリーに噛みついた。

彼は達した。突然ジョージの中から自身を引き抜いたが、彼女を抱きしめたまま、体を痙攣させながら果てた。彼女にのしかかるように寄りかかり、その体重で彼女の体は壁に釘づけにされている。二人は震えるような不規則で深い呼吸をつづけた。ジョージは全身がだるく、体がぐったり重くなったように感じた。もう二度と手足を動かすことができない気がした。彼の肩をさすり、自分のつけた歯形をなでた。

ハリーは彼女の髪に向かってため息をついた。彼女の足を床につけ、ちゃんと立てるように支える。「ベッドまで運んでやりたいが、あなたにすっかり精気を抜かれてしまった。つまり――」彼女の目をのぞきこめるくらい体を離す。「あなたがここに泊まるつもりならということだが?」

「ええ」ジョージは足がどれくらいしっかりしているか確かめた。ふらつくがちゃんと歩ける。彼女は小さい寝室へ向かって歩きだした。「泊まるつもりよ」

「だが、あなたの弟君は?」ハリーは後ろから尋ねた。

「弟にはわたしの生活に口出しさせないわ」ジョージは尊大に言った。「それに使用人の出入り口からこっそり抜け出してきたし」

「なるほど」ハリーは寝室までついてきた。水の入ったたらいを抱えている。彼女は眉を上げた。

「昨夜もこうしなくてはならなかった」彼は恥ずかしがっているの?

ハリーはベッドの横にたらいを置いて、ジョージがドレスとシュミーズを脱ぐのを手伝い、それからひざまずいて靴と靴下を脱がせた。「横になって、マイ・レディ」

ジョージはベッドにあおむけに横たわった。激しく愛し合っていたときには感じなかった恥じらいを、なぜかいまは感じている。ハリーは布を取って、水に浸し、ぎゅっと絞った。

それからその布で彼女の首を拭いた。彼女は目をつぶった。濡れた布が触れたあとはひんやりと冷たく、鳥肌が立った。また布を水に浸して絞る音が聞こえる。静寂に包まれた部屋の中では、水滴のしたたる音はなぜか官能的に響く。彼は彼女の胸、乳房、そして腹へと濡れた布で拭き下ろし、冷たい熱の道を残していく。

次に来ることを予測して、ジョージの呼吸は速まった。

しかし、今度は足から拭きはじめ、ふくらはぎへと拭き上げてくる。そっと彼女の太腿を広げて、内側のカーブを拭いた。彼は布を濡らした。丘にひんやりとした感触。布がひだのあいだをこする。彼女は息を止めた。すると、彼の重みがベッドを離れた。

ジョージは目を開け、ハリーがズボンを脱ぐのを見つめた。素っ裸になった彼はじっと彼女を見つめながら、布を取って自分の胸を拭きはじめた。布を水に浸し、絞る。腕の下を拭き清め、それから腹を。

彼女は視線を下げ、唇をなめた。

ハリーのものが跳ね上がった。ジョージが目を上げると、彼の視線が待っていた。ハリーは下腹部をぴんと立てたまま、ベッドに近づいた。ジョージは彼から目を離すことができない。

彼が片膝をつくと、ベッドが沈み、スプリングがきしんだ。「おとぎ話のつづきを聞かせてくれないのかい？」

彼女は目をしばたたいた。「おとぎ話？」

「ヒョウの王子、若い王」彼は唇で彼女の鎖骨をそっとなでた。「美しい姫君、黄金の白鳥」

「ああ、あれね」ジョージはあわてて考えた。ハリーの口は左の乳房の下側をさまよってい

る。「どのへんまで話したかしら。姫の父親の王が若い王に――」彼女は悲鳴を上げた。

彼は乳首に達していた。先ほど愛し合ったばかりなので、彼女の胸はひどく敏感になって

いた。

ハリーは頭を上げた。「黄金の白鳥は邪悪な魔女が持っていた」冷たい息を濡れた乳首に

吹きつける。

ジョージはあえいだ。「ええ、そう、だからもちろん、若い王はそのあと、ヒョウの王子

を送りこんだの」

「だろうね」ハリーはもう片方の乳首に向かってつぶやいた。

「そして、ヒョウの王子は変身して……ああ……」

彼はその乳首を吸った。

ハリーは口を離し、「人間にね」とうながしてから、ふっと乳首に息を吹きかけた。

「うーん」ジョージは数秒間何も言えなくなってしまった。「ええ。そして、ヒョウの王子

は手にエメラルドの王冠を握っていた……」

彼はキスのあとを残しながら、腹のほうへ移動していく。

「そして願った……」

「何を？」

彼はわたしのおへそをなめている？「姿を消せるマントがほしいと」

「本当に？」ハリーは両腕を彼女の骨盤に休め、顎を下腹にのせた。

ジョージは首を伸ばして彼を見た。彼は彼女の広げた脚のあいだに横たわっており、顔はあの場所から数センチのところに……。そして、彼女の話に真剣に聞き入っているような表情をしていた。

「ええ、本当に」彼女はまた頭を枕につけた。「そして、マントを身につけて、邪悪な魔女のところへ行き、魔女に気づかれないうちに黄金の白鳥を盗みだした。戻ったとき——」ハリーは下で何をしているの？「彼は黄金の白鳥を……ああ、だめ！」ハリーはのんびりと秘密の場所の縁をなめ上げていたが、ついにそこにキスをし、頭を上げた。「それも、話の一部なのですか、マイ・レディ？」彼は丁重に尋ねた。

ジョージは彼の絹のような髪に指を通した。「いいえ。お話は、今日はここまでにするわ」

彼女は彼の頭をまた下ろした。「やって。やめちゃだめ」

振動を感じたので、もしかしたら彼が笑ったかもしれないと彼女は思った。だがすぐに、ハリーは口を下ろして、小さな蕾にかぶせ、吸いはじめた。

そして、はっきり言えば、そのあと彼女は、もう何もかもどうでもよくなってしまった。

「夜はどんな夢を見るの？」だいぶ経ってから、レディ・ジョージナは彼に尋ねた。

「ん？」ハリーは心の焦点を合わせようとした。体はくたくただった。手足は鉛のように重く、疲労のせいで力が入らない。なんとか眠らないようにがんばっていた。

「ごめんなさい。眠っていた？」レディ・ジョージナは眠っていなかったらしい。胸毛をすく指の動きが感じられる。

彼は雄々しく努力した。「いや」大きく目を開ける。「何と言ったんだい？」

「あなたは夜、どんな夢を見るか？」

ネズミの夢だ。彼は身震いを抑えた。「夢は見ない」と答えて顔をしかめる。これは生まれのよい女性が聞きたがる答えではない。「あなたの夢のほかには」急いでつけ加えた。

「だめよ」彼女は彼の肩をたたいた。「わたしはお世辞を聞きたいんじゃないの。あなたがどんなことを考えるか知りたいのよ。どんなことを求めている？　どんなことが好き？」

好きなことだと？　夜のこの時刻にこの質問か？　一度ではなく、二度も愛を交わしたあとで？「うーん」まぶたが閉じてきたので、また必死で開く。こういう質問に答えるには疲れすぎていた。「残念ながら、わたしはつまらない男で、たいてい収穫のことを考えている」

「どんなことを考えるの？」レディ・ジョージナの声は熱心だった。

いったい彼女は何を求めているのだ？　胸にのっている彼女の頭をなでながら考えようとするが、あまりに疲れていてしっかりと考えることができない。ハリーは目を閉じて、思い浮かんだことをそのまま口にした。「さあ、雨の心配かな。今年は収穫の時期が終わるまで降りやまないかもしれない。そうしたら作物は台無しになる」ため息をついたが、彼女はハリーの手の下で静かにしていた。「それから、来年、何を植えるか。これほど北の土地でも、ホップを試すべきかどうか考える」

「ホップ？」

彼は大きなあくびをした。「ビール用だ。しかし、植えるとなれば、作物を買ってくれる市場を見つけなければならない。よい換金作物になるだろうが、農夫たちが冬を越せるほど十分に儲けることができるだろうか？」彼女は彼の胸骨に指で円を描いた。少しくすぐったい。農業の問題について考えはじめたせいで、目が覚めてきた。「農夫たちに新しい作物の栽培を教えるのは難しい。自分たちのやり方をもっているから、革新的な方法を好まない」

「では、どのように彼らを納得させるの？」

ハリーは考えるあいだ一分間ほど黙りこんだが、レディ・ジョージナはじっと待った。この考えについてはいままでだれにも話したことがなかった。「ときどき、ウェストダイキの学校が役に立つのではないかと考える」

「そうなの？」

「ああ。農夫やその子どもたちが読み書きをできるようになれば、あるいは何らかの形で少し教育を受ければ、革新的なやり方を受け入れやすくなるだろう。そして、次の世代はもう少したくさん学ぶようになり、そうすれば徐々に新しい考えややり方に心を開くようになっていくだろう。数年ではなく、何十年単位で行う改善だが、地主の収入だけではなく、農夫たちの生活も変わっていくはずだ」いまやハリーはすっかり目覚めていたが、恋人は黙っていた。おそらく、彼女は農夫を教育するなどばかげた考えだと思っているのだろう。

するとレディ・ジョージナはこんなことを言いだした。「わたしたち、教師を見つけないと。子どもに対して辛抱強く接することのできる紳士がいいわ」

わたしたちという言葉はハリーの心を温かくした。「ああ。田舎が好きで、季節を理解する人がいい」

「季節？」彼の胸の上にあった手が止まった。

ハリーは自分の手でその手を覆い、親指で手の甲をなでながら話した。「春は寒くてじめじめしているが、種まきをしなくてはならない。だが、あまり早すぎても霜が降りる。雌羊がいっせいに子を産みはじめる。実際には、少し時期がずれているのだろうが。夏は長くて暑い。広い青空の下で羊の世話をし、穀物の生長を見守る。秋、収穫がうまくいくように、太陽が輝いてくれることを願う。天気に恵まれれば、人々はそれを祝い、祭りを行う。日が照らなければ、人々はげっそりとやつれた表情になる。そして、長くもの寂しい冬には、農家の人々は小さな火を囲み、物語を語りながら春を待つ」彼は照れたように彼女の肩をぎゅっとつかんだ。「季節とはそういうものだ」

「いろいろなことを知っているのね」と彼女はささやいた。

「ヨークシャーのこの地域のことだけだ。取るに足りない知識だと多くの人は言うだろう」

彼女は頭を振った。弾力のある髪がハリーの肩をこすった。「でも、あなたは気づいている。まわりの人々がどのように考えるかを知っている。彼らがどう感じているかを。わたしはまったく気づいていなかったわ」

「どういう意味だ？」彼はレディ・ジョージナの顔を見ようとしたが、彼女は顔を彼の胸に伏せていて見えなかった。

「ドレスのデザインや新しいイヤリングといった、愚かしいことにばかり目がいっていた。自分のまわりの人のことに心を配らなくなっていたの。ティグルが新しい従僕とつきあっているかどうかや、トニーがひとりでロンドンでどう暮らしているかなど、まったく考えなくなっていた。トニーの外見を見ただけではわからないけれど——だって、とても大きくて強そうで、自制心たっぷりに見えるから——本当は孤独なところがある。そして、ヴァイオレット……」彼女はため息をついた。「ヴァイオレットは今年の夏にレスターシャーのわたしたちの屋敷で誘惑されてしまったの。それなのに、わたしは気づかなくて。疑いも持たなかったわ」

ハリーは顔をしかめた。「では、どうしてわかったんだ？」

「今朝、妹が告白したの」

レディ・ジョージナの顔はまだ隠されていて、彼は彼女の目から髪を払いのけようとした。

「彼女がそれを秘密にしていて、いままであなたに話したくないと思っていたなら、知りようがないことだ。あの年ごろの少女は不可解なことが多い」

レディ・ジョージナは唇を噛んだ。「でも、わたしは姉なのよ。あの子にとって一番近い人間であるわたしが、気づいてあげるべきだった」彼女はふたたびため息をついた。その小さく悲しげな声を聞いて、ハリーは世界中の心配ごとから彼女を守ってやりたいと思った。

「彼に、結婚を迫られているの」

「彼？」

「レナード・ウェントワース。一文なしのろくでなしよ。妹と結婚するために近づいただけ」

ハリーは唇をレディ・ジョージナの額に滑らせた。何と言うべきかわからない。彼女は妹の状況が自分自身の状況ととても似ていると思っているのか？　そして、自分もまた、おれと寝たことの代償に結婚を迫られるのではないかと恐れているのか？

「わたしたちの母親は……」彼女は少しためらってから先をつづけた。「わたしたちの母親は健康がすぐれないことが多いの。お母様は、いろいろな病気や苦しみを訴えていらっしゃるけれど、ほとんどは気の病だと思う。大部分の時間を次の病気を見つけることに費やしていらっしゃるから、まわりの人間のようすに気づかないことが多いわ。だから、わたしは母に代わってヴァイオレットの親になろうとした」

「かなりの重荷だ」

「それほどでもないわ。そういうことはさして重要ではないの。ヴァイオレットを愛することが問題なのじゃない」

彼は顔をしかめた。「では何が？」

「わたしはいつもお母様をとても嫌っていた」レディ・ジョージナの声が低くなったので、

聞き取るために彼は息を殺した。「世間と交渉を絶って、冷淡で、ひどく自分勝手な人だから。自分が母に似ているとは思ったこともなかったけれど、じつはそうだったのかも」彼女はようやく彼を見た。その目には水晶のような涙が光っていた。「たぶん、そうなんだわ」

ハリーは胸の中の何かがきゅっとねじれた気がした。頭を下げて、彼女の頰の塩辛い涙をなめた。そっとキスをすると、唇に震えを感じた。彼女を慰める言葉を知っていたら、と思った。

「ごめんなさい」彼女はため息をついた。「すべての苦悩をあなたの肩に背負わせるつもりはないの」

「妹を愛しているんだね」と彼は言った。「そして、マイ・レディ、わたしはあなたの苦悩を受け入れる。それが何であろうと」

彼は鎖骨に彼女の唇が触れるのを感じた。「ありがとう」

彼はじっと耳を傾けたが、レディ・ジョージナはそれ以上何も言わなかった。しばらくして、彼女の呼吸は規則正しい寝息に変わった。しかし、ハリーは長いこと眠らず、恋人を抱きしめたまま暗闇を見つめていた。

12

レディ・ジョージナの滑らかで柔らかい尻が、朝のせいでぴんと立っている彼のものにしっくりと触れている。ハリーは目を開けた。彼女はまたしても夜を明かしてしまった。目の前に、彼女の肩の線がぼんやりと見える。腕は彼女の腰にまわしてあり、手をそっとカップのように丸めて彼女の腹にあてた。

彼女は動かず、ゆっくりと軽い寝息をたてている。

ハリーが頭を前に傾けると、彼女の髪が鼻をくすぐった。エキゾチックな香りをかいだ瞬間、訓練された犬が主人の合図でさっとお座りするように、彼のものがどくんどくんと脈打ちはじめた。髪をどけてうなじをさがしだす。睡眠のせいで肌は温かく湿っていた。彼は口を開けて、彼女を味わった。

レディ・ジョージナは何かつぶやいて、背中を丸めた。

ハリーはほほえんで、少しずつゆっくりと、ずる賢く手を下に動かしていき、指に彼女の茂みを巻きつけた。真珠に触れる。女性の肉体にそのような秘密が隠されていることを、若き日に知ったときには大きな驚きだった。その神秘に打ちのめされた。最初の恋人の顔は覚えていないが、女性の体がそんなふうにつくられているのだという畏怖の念に打たれたことはいまでも覚えていた。

愛する人の真珠を軽くつつく。力は入れず、ほとんど羽根で触れるがごとく軽く。レディ・ジョージナが動かないので、彼はさらに大胆になって、軽く押した。愛撫のように。彼女の腰がぴくっと動いた。ハリーは彼女のうなじをなめた。昨夜とほとんど同じ味がする。彼の指が遊んだ場所の味。そこにキスをし、なめて吸うと、彼女は快感に身をよじらせた。背中を弓なりにそらし、あまりに大声でうめくので、声を出して笑いたくなった。いま彼はゆっくりと、柔らかく滑らかなひだをこすっている。そこが徐々に濡れていくのがわかる。彼のものは痛いほどいきり立っている。これほど硬くなったことがあっただろうか。横向きの彼女の上になっているほうの脚を持ち上げて、自分の腰にかける。はっと彼女が息を吸いこむのが聞こえ、彼は自分の顔にほほえみが浮かぶのを感じた。

ハリーは下腹部を自らの手で握って、その温かく濡れた場所へと導いた。腰を曲げてそれを滑りこませる。なんと滑らかで、なんと引き締まっていることか。彼は痛みと喜びでうめきそうになった。さらに進む。やさしくたしかに、もっと奥へと滑りこむ。もうひと押しすると、根元の毛が、彼女の茂みと交わった。レディ・ジョージナはあえいでいる。彼は、彼女の脚を下ろし、ついに自分もうめかざるをえなくなった。完璧だ。手をまわしてふたたび真珠を見つけた。そっと押す。おお、彼女が自分を締めつける。彼は突くかわりに、腰をまわし、ふたたび真珠をこすると、彼女はまたぎゅっと締めつけた。

「ハリー」レディ・ジョージナはうめいた。

「しいっ」彼はささやき、うなじにキスをする。

彼女が腰を押しつけてくる。とても性急に。彼はにやりとして、自身をまた彼女にこすりつけた。

「ハリー」

「ダーリン」

「突いて、わたしを、ハリー」

彼は、驚きと純粋な性欲にかられて強く突いた。まったく、彼女がそんな言い方をするとは思ってもみなかった。

「ああ、すてき」レディ・ジョージナは喘いだ。

ハリーはいまや、ほとんど制御しきれないほど激しく突いていた。彼女のうめきはえもいわれぬほどエロチックだった。毎回、さらによくなっていく。レディ・ジョージナをもういいというほど十分味わうことは無理なのではないかと思えてくる。彼女に飽きることなどありえない。そのとき、自分を包む彼女の肉体が痙攣しはじめるのを感じた。彼女の腰をつかむと、その考えは消しとんだ。それは苦しみに近いほどの快感だったために、もう少しで忘れるところだった。あやういところで、彼は自身を引き抜き、果てた。彼女の横のシーツの上で身をぶるぶる震わせる。

ハリーは彼女の尻をなでて、息づかいを鎮めようとした。「おはよう、マイ・レディ」

「うーん」彼女は体を返して彼と顔を合わせた。頬は赤く染まり、眠そうで、満足しきっていた。「おはよう、ハリー」レディ・ジョージナは彼の顔を引き寄せてキスをした。

軽くて、やさしい接触だったが、胸がぎゅっと締めつけられる気がした。ハリーは突然、自分は彼女のためなら、マイ・レディのためなら、どんなことでもするだろうと思った。嘘もつく。盗みもする。人殺しさえするだろう。

プライドなど棄てる。

父さんも同じ気持ちだったのか。彼は上半身を起こして、ズボンをつかんだ。

「あなたは朝からいつもこんなに元気なの？」彼女が背後で尋ねた。「これを美徳と考えない人もいるから」

彼は立ちあがって、シャツを着た。「すまない、マイ・レディ」と言って彼女に顔を向ける。

彼女は片肘をついていた。シーツがウエストのあたりにまとわりついている。もつれてくしゃくしゃになった赤毛が白い肩に滝のようにかかっていた。乳首は薄いローズブラウンで、先端はそれよりも濃いピンクだ。彼はこんなに美しい女性を見たことがなかった。

ハリーは顔を背けた。

「がっかりしたわけじゃないの。というより疲れてしまって」レディ・ジョージナは言った。「あなたは朝寝はしないのでしょう？」

「ああ」彼はシャツのボタンをかけ終えた。

隣の部屋に行こうとすると、かすかに何かがこすれるような音が聞こえた。彼は立ち止まった。

またその音が聞こえた。

ハリーは彼女を振り返った。

「あなたの弟は気にしないのだと思っていたが」

レディ・ジョージナは素っ裸でいるとは思えぬほど憤慨しているように見えた。「まさか」

ハリーは片眉を上げただけで、寝室のドアを閉じた。入口まで歩いていき、ドアを開ける。すると、階段のところに小さなぼろきれの塊がうずくまっていた。何だ？　もじゃもじゃの頭が起きた。顔をのぞきこむとポラードの家で会った少年だった。

「ばあちゃんが飲みに行ったきり戻らない」少年はあっさりと言った。まるでいつか捨てられるのを予想していたかのように。

「中に入ったほうがいい」ハリーは言った。

少年は少したためらってから立ちあがり、中にさっと入った。

レディ・ジョージナが寝室の戸口の横から頭を突き出した。「ハリー、だれなの？」彼女は小さな姿を見た。「まあ」

少年とレディ・ジョージナは見つめあった。

ハリーは紅茶をいれるためにやかんを火にかけた。

先に落ち着きを取り戻したのは彼女だった。「わたしはレディ・ジョージナ・メイトランドよ。あなたの名前は？」

少年はただ見つめるだけ。

「レディに話しかけられたら、うなずくくらいはするものだぞ」ハリーは言った。

彼女は顔をしかめた。「それは必要ないと思うけど」

しかし少年は前髪を引っ張って、頭を下げた。

レディ・ジョージナは部屋に入ってきた。シーツを昨夜のドレスの上にかけている。ハリーは自分がドレスの身ごろを引き裂いたのを思い出した。「彼の名前を知っている？」彼女はハリーの耳元でささやいた。

彼は首を横に振った。「紅茶を飲むか？　ほかには少々のパンとバターくらいしかない」

レディ・ジョージナは顔を輝かせた。彼が食べ物を出そうとしたからか、あるいは何かやることができたからかはわからなかったが。「トーストにしましょう」彼女は言った。

ハリーは眉をひそめたが、彼女はすでにバターとパン、ナイフ、曲がったフォークを見つけていた。それからパンにナイフを入れ、ぶかっこうな塊を切り取った。

三人全員が、それを見つめた。

レディ・ジョージナは咳ばらいした。「切るのは男の人にまかせたほうがいいみたいね」ハリーにナイフを手渡す。「今度はあまり厚切りにしないでね。でないとトーストしても真ん中にふかふかの部分が残ってしまうもの。でも、薄すぎるのもだめ。焦げてしまうから。焦げたトーストは最悪よね？」彼女は少年のほうをむいた。少年はうなずいた。

「最善をつくそう」ハリーは言った。

「よろしい。ではわたしはバターを塗るわ。そして——」彼女は少年を吟味するように見た。「あなたはパンを焼く。正しいトーストの焼き方は知っているわよね？」

少年はうなずいて、アーサー王の剣であるかのようにうやうやしくフォークを手に取った。すぐに、テーブルの中央にはバターを塗ったぱりぱりのトーストの山ができた。レディ・ジョージナは紅茶を注ぎ、三人は朝食をとるために座った。

「ずっとここにいたいけど」彼女は指についたバターをなめながら言った。「一度屋敷に帰らなくては。少なくともちゃんとしたドレスに着替えてこないと」

「馬車の迎えをよこすように、伝言を残してきたのか？」ハリーがきいた。そうでないなら自分の馬を彼女に貸すつもりだった。

「今朝、馬車を見ました」少年が甲高い声で言った。

「道で馬車が待っていたというの？」レディ・ジョージナは尋ねた。

「いいえ」少年はがぶりとトーストに嚙みついた。「すごい速さで道を走って行きました。まるで飛ぶように」

レディ・ジョージナとハリーは顔を見合わせた。

「黒に赤い縁取りがあった？」彼女は尋ねた。トニーの馬車の色だ。

少年は五枚目のトーストに手を伸ばし、頭を左右に振った。「青です。全部が青でした」

レディ・ジョージナはうっと、紅茶にむせた。

ハリーと少年は彼女を見つめた。

「オスカーだわ」彼女はあえぎながら言った。

ハリーは眉を上げた。

「真ん中の弟」

ハリーはティーカップを置いた。「いったい何人兄弟がいるんだ？」

「三人よ」

「まいったな」


「土地差配人だって、ジョージ？」オスカーは料理人が用意した冷やしたパンをトレイからつまんだ。「そういうものじゃないんだよ。つまり――」彼はパンを振った。「自分の階級の人間を選ぶか、あるいは、わざわざ屈強な馬番を誘惑するか、どちらかを選ぶというものじゃない」

オスカーは糖蜜みたいな薄茶色の目の端にいたずらっぽくしわを寄せて、ジョージににやりと笑いかけた。彼の髪は、トニーの髪より色が濃く、ほとんど黒に近かった。日光を浴びたときだけ、赤い筋がまざっているのがわかることがある。

「変なちゃちゃを入れるな」トニーは人差し指と親指で鼻梁をはさんだ。

「そうだよ、オスカー」一番年下のラルフが言わずもがなの同意を口にした。大柄でひょろりと痩せていたが、徐々に男らしくたくましい体つきになってきていた。「ジョージナがだれかを誘惑したりできるはずないじゃないか。姉さんは結婚していないんだ。男のほうから迫ったに違いない。女たらしめ」

オスカーとトニーはしばらくあっけにとられてラルフをじっと見つめた。弟がわかりきっていることをさも重要な事実であるかのように述べるのにあきれているようだった。

ジョージはこの書斎に入ってから何回目かのため息をついた。ばか、ばか、ばか。オスカーの馬車を見かけたらすぐに、しっぽを巻いて山の中に逃げこむべきだった。運がよければ、数日、あるいは数週間、見つからないでいられたかもしれない。星空の下で野宿して、野イチゴを食べ、露を飲んで耐えるのだ。ま、九月に野イチゴがあるかどうかは、このさいおいておいて。しかし彼女はそうするかわりに、もっとも控えめなドレスに身を包み、三人の弟の前にあらわれたのだった。

三人そろって彼女をにらみつけていた。「実際には、互いに誘惑しあったってところかしら。そのことがそれほど重要だというなら、言っておくけど」

ラルフは当惑しているように見えた。トニーはうめき、オスカーは笑いだし、口いっぱいに入っているパンでむせそうになった。

「いや、それは重要でない」トニーは言った。「重要なのは——」

「すぐに男と別れることだ」オスカーが兄のかわりに言った。彼はジョージに向かって指を振ろうとしたが、まだパンを持っていたことに気づいた。彼はきょろきょろとまわりを見まわして皿をさがし、パンを置いた。「適当な紳士と結婚したあとなら、だれでも好きな男と——」

「ありえない！」ラルフが勢いよく立ちあがった。一番身長が高いので効果的な動作だ。「ジョージナは、兄さんがつきあっているふしだらな女や売春婦とは違うんだ。姉さんは──」

「おいおい、ぼくは生まれてから一度もふしだらな女とつきあったことなどないぞ」オスカーはぐっと眉を吊り上げて弟をにらんだ。

「いいかげんにしてくれ」とトニー。「ふざけるのは後にしろ。姉さんはその土地差配人とどうしたいんだ？　結婚したいのか？」

「おい！」

「トニー！」オスカーとラルフが同時に言った。

トニーは手を上げて二人を黙らせた。「ジョージ？」

ジョージは目をしばたたいた。わたしはハリーに何を求めているの？　彼のそばにいたいのはたしかだけれど、それ以上となると話が複雑になる。ああ、どうしていつものように相手を煙に巻くことができないのだろう？

「なぜなら」トニーが続けた。「オスカーとラルフが正しいことを認めるのはくやしいが、姉さんは別れるか、彼と結婚するかのどちらかを選ばなければならない。姉さんはこんなことをつづけていられるような人ではない」

ああ、どうしよう。まるでだれかが後ろに忍び寄ってコルセットの紐をぎゅっと引っ張ったかのように、胸が苦しくなった。結婚のことを考えるといつもこんな感じになる。何と言えばいいの？」「ええと……」

「彼は羊を殺しているのでしょう。ヴァイオレットが手紙に書いてきました」ラルフは腕を組んだ。「姉さんを頭のおかしな男と結婚させることはできない」

ヴァイオレットが隠れているのも当然ね。あの子は、三人の兄全員に手紙を送ったに違いない。ジョージは眉をひそめた。妹はたぶんいまごろ山の中に隠れているだろう。そして、どうやったら露を飲んで生き延びられるか考えているに違いない。

「おまえはまたぼく宛の手紙を読んだんだな」オスカーは、どうやらパンのことは忘れたらしく、トレイからタルトをつまんで、ラルフに向かってそれを振った。「あれはぼく宛の手紙だった。おまえのには羊のことは書いてなかった」

ラルフは口を開いてはまた閉じる動作を数回繰り返した。まるで歯のあいだに何かはさまっているのではないかとラバがたしかめているようだ。「兄さんがぼくの手紙を読んでいないのだとしたら、どうしてそれを知っているんだい？」

オスカーは不愉快そうにつくり笑いを浮かべた。いつか、だれかに殴られるだろう。「ぼくはおまえより年上だ。影響を受けやすい弟を絶えず見守るのがぼくの義務だ」

がしゃん！

一同はびくっとして暖炉のほうを振り返った。炉辺にガラスの破片が飛び散っていた。トニーがマントルピースにもたれて、厳しく顔をしかめてにらみ返している。「クリスタルの花瓶を壊したこと、気にしないだろうね、ジョージ？」

「ああ、いいえ、ちっとも」

「よし」トニーはそっけなく言った。「さて、と。うるわしき兄弟愛の披露には感服するが、論点がずれてきているように思う」彼は手を上げて、節くれだった指で数えはじめた。「ひとつ、姉さんは、ハリー・パイが野原をうろつき、グランヴィルの羊を殺してまわっている変質者だと思うか？」

「いいえ」それだけは、ジョージははっきりと答えられた。

「よろしい。ああ、ああ」トニーは首を左右に振って、反論しようとするラルフを制した。「おまえたち二人はジョージの判断を信じるか？」

「もちろん」ラルフは言った。

「あたりまえだ」オスカーは返答した。

トニーはうなずき、また彼女のほうを向いた。「二つ、姉さんはハリー・パイと結婚したいのか？」

「だが、トニー、ただの土地差配人だぞ！」オスカーが叫んだ。「金目当てなん……」と言いかけて、あわてて口をつぐんだ。「ごめん、ジョージ」

ジョージはさっと顔を背けた。何かがのどに詰まって、息ができなくなった気がする。

トニーだけがその反対意見に単刀直入に切りこんだ。「ジョージ、彼が金目当てだと思うのか？」

「いいえ」ひどいわ。弟たちったら、ひどすぎる。

トニーは眉を上げて、オスカーを鋭く見つめた。

オスカーは両手のひらをトニーに向かって押しだした。「わかったよ!」彼は食べ物の皿を持って、窓際に歩いていった。

「彼と結婚したいのか?」トニーは食い下がった。

「わからないわ!」彼女は息ができなくなった。いつ結婚の話になったの? 結婚というのはふわふわの上掛け布団のようなものだ。頭からそれをすっぽりかぶると、最初はいいが、だんだん息苦しくなって、やがて窒息死する。すでに自分たちが死んでいたことに気づきもしないで。

トニーはしばらく目をつぶってから、また開いた。「これまで姉さんは結婚を避けてきた。その気持ちはわかる。みんなわかっているんだ」

窓際で、オスカーが肩をすくめた。

ラルフは自分の足元を見た。

トニーはただ彼女を見つめるだけだった。「すすんであの男に自らを与えたのなら、姉さんはすでに選択をしたということじゃないのか?」

「そうかもしれない」ジョージは立ちあがった。「違うかもしれない。いずれにせよ、強要されたくないの。考える時間をちょうだい」

オスカーは窓から顔をそらし、トニーと視線を交わした。

「時間をやろう」トニーは言った。その同情に満ちた目を見たジョージは泣きたくなった。

唇を噛んで、壁一面に設けられた書棚に顔を向ける。彼女は本の背に指先を滑らせた。背後でラルフが「遠乗りにでも行かないか、オスカー?」と言うのが聞こえた。

「何だって?」オスカーはいらだった声で言った。口の中はまたしても食べ物でいっぱいだ。

「頭が変になったか? 雨が降りはじめているぞ」

ため息。「とにかく、行こう」

「なぜだ? おお、そうか。よし、わかった」二人の弟は静かに部屋を出ていった。

ジョージは思わず表情をゆるめた。兄弟の中でオスカーはいつも一番鈍感だった。振り返ると、トニーが顔をしかめて炎を見つめていた。ジョージははっと眉をひそめた。そうだった、きのう、トニーに話すのを忘れていた。

トニーは後ろに目がついているかのように、さっとジョージを見た。「何だい?」

「うーん、いい話じゃないの。すぐに言うつもりだったんだけど……」彼女は手のひらをひっくり返した。「もうひとつ、あなたが対処しなければならない問題があるの。姉妹に関する」

「ヴァイオレットか?」

ジョージはため息をついた。「ヴァイオレットはちょっと困ったことになっているの」

彼は眉を上げた。

「今年の夏、誘惑されてしまったのよ」

「なんてことだ」トニーは怒鳴らんばかりに声を張り上げた。「なぜすぐに言わなかったんだ？　ヴァイオレットは大丈夫なのか？」

「ええ、大丈夫よ。話すのが遅くなって悪かったわ。でも、わたしも昨日初めてあの子から聞いたの」ジョージはふうっと息を吐き出した。すっかり疲れきっていたが、こういうことは早くすませてしまったほうがいい。「ヴァイオレットはあなたに知られるのをいやがっていたわ。きっとその人と結婚させられると言って」

「良家の娘が汚された場合、それが通常の対応だ」トニーはいかめしく眉を寄せて姉を見た。「ふさわしい相手なのか？」

「いいえ」ジョージは唇を引き結んだ。「彼はヴァイオレットを脅しているの。自分と結婚しないなら秘密をばらすと」

彼はしばらく暖炉の前に立ち、大きな手をマントルピースにかけた。ゆっくりと人差し指で大理石をたたく。彼女は息を殺した。トニーは、時に、信じられないほど堅苦しく型にはまった行動をとる。それはおそらく、後継ぎとして育てられたからだろう。

「気に食わんな」彼が唐突に言ったので、ジョージは息を吐きだした。「だれなんだ？」

「レナード・ウェントワース。ヴァイオレットから名前を聞きだすのには難儀したわ。無理やり結婚させたりしないようあなたを説得すると約束したら、ようやく教えてくれたの」

「怒りっぽい父親役をやらせてくれて感謝するよ」トニーはぶつぶつ言った。「ウェントワースなんて聞いたことがないな。何者だ？」

ジョージは肩をすくめた。「わたしもすぐにはわからなかったの。でも、夏にラルフが連れてきた若者たちのひとりだと思うわ。狩猟のパーティを催したでしょ、六月に」

トニーはうなずいた。「ラルフの友人が三、四人いた。そのうち二人は知り合いだ。アレクサンダー兄弟、レスターシャーの古い家柄だ」

「それからフレディー・バークレーもいたわ。ライチョウを一羽もしとめられず、みんなに情け容赦なくからかわれていた」

「しかし、一〇羽も撃った者がいた」トニーは考えこみながら言った。「ラルフの仲間たちよりも年長で、わたしに近い年齢だった」

「ヴァイオレットは二五歳だと言っていたわ」ジョージは顔をしかめた。「その年齢の男性が、まだ家庭教師がついているような少女をたぶらかすなんて想像できる？　しかも、結婚を迫っているなんて」

「財産目当てだ」トニーは言った。「くそっ！　ラルフを問い詰めて、その悪党がどこにいるかつきとめてやる」

「ごめんなさい」ジョージは謝った。最近、することなすことが悪い方向にいくようだった。

トニーのいかつい口元がほころんだ。「いや、わたしこそ悪かった。悪いのはその男なのに、姉さんにあたってしまって。オスカーとラルフとわたしで、この件はなんとかする、心配しなくていい」

「どうするつもり？」ジョージは尋ねた。

トニーは太い眉をよせて渋面をつくった。そういう顔は父にそっくりだった。しばらく返事がなかったので、きっと聞こえなかったのだろうと彼女は思った。すると彼は顔を上げた。その青い目は鋼のように鋭く輝いていて、ジョージははっと息を吸いこんだ。

「どうするつもりかと？　メイトランド家を脅かすことがいかに愚かであるかを、思い知らせてやる」と彼は言った。「二度とヴァイオレットを苦しめるようなことはさせない」

ジョージは詳しくきこうと口を開いたが、考え直してやめた。これは弟に任せて、自分のことを考えたほうがよさそうだ。「ありがとう」

彼は眉根を寄せた。「家族の面倒を見るのはわたしの義務のひとつだ」

「お父様はそうしなかったけれど」

「ああ」トニーは言った。「そうだな。まったく、あの父と母に育てられて、わたしたちきょうだいが無事に育ったのは驚異だ。まあそれもあって、自分はもっとしっかりやると誓ったわけだが」

「あなたは立派にやっているわ」自分も、きちんと責任を果たしてさえいればこんなことにはならなかったのに。

「そうするよう努めている」彼は姉に笑顔を見せた。口の両端が少年のように大きく上がった。ジョージは、弟がめったにほほえまなくなったことに気づいていた。すぐに、彼の微笑は消えた。「ヴァイオレットの問題は任せてくれ。しかし、姉さんがどっちの方向に行くのかを決めてくれなければ、そちらの件はどうすることもできない。ハリー・パイのことは、どうするつもりか心を決めてほしい。それもなるべく早く」

「パイよ、あのあまのあそこは絶品かい?」

ハリーは体をこわばらせ、ゆっくりと話し手のほうを向いた。拳を固めて脇にかまえる。レディ・ジョージナが家を出たあと、彼は朝の見まわりに少年を連れていき、その足でウェストダイキに向かった。少年に靴を買ってやろうと思っていた。

話しかけてきたのは、先日コック・アンド・ワームで喧嘩をした、拳のでかいうすのろだった。ハリーが彼の顔につけたナイフの傷は、赤黒く浮き上がっていた。額の片側からはじまって、鼻梁を横切り、反対側の頬の下のほうまで届く傷だった。別の図体のでかい男が二人両側からはさむように立つ。彼らは襲うのに恰好の場所を選んだ。路地といっていいような、人気のない道だった。道の真ん中を流れる下水は日を浴びて強烈な悪臭を放っていた。

「膏薬でも貼ったほうがいいぞ」男の顔の傷跡を顎で示して、ハリーは言った。傷口から膿が染み出している。

もうひとりの男はにやりと笑って、自分の頬の傷の端を引っ張った。傷口が裂けて血がにじみだした。「あの女は、あんたにたっぷりいいことしてくれるのか?」

「たぶん、やつのあれに金の指輪をはめてくれるのさ」仲間のひとりがくっくっと笑った。

横で少年が緊張するのを感じたハリーは小さな肩に右手を置いた。「傷口を開いてやろうか」と静かに言う。「毒を出してやる」

「毒とな。そうだ、あんたは毒についちゃ詳しいからな、パイ?」傷のある男は自分の気のきいたせりふに満足してにやりとした。「あんたが羊だけじゃなく、こんどは女まで毒殺したって聞いたぜ」

ハリーは顔をしかめた。何だって?

相手はハリーの表情を正しく読み取った。「そいじゃあ、あんたは知らなかったか?」男は首をかしげた。「今朝、女の死体が牧草地で見つかった」

「だれの死体だ?」

「縛り首の刑さ。人殺しはな。あんたの首はもうすぐ縄で吊るされるって言っているやつもいる。しかし、あんたは女としけこんでて、忙しかったんだろ?」

大男は体を傾けてきた。ハリーは左手をブーツに伸ばした。

「いついくか、女に指図されるのかい、パイ? それともいかせてもらえないのか? あの白い体はうめえか? 男めかけのひとりになった気分はどうだ? おっと、やめとけや」男はナイフに近づけたハリーの手を身ぶりで示した。「おれはな、男の売春婦と喧嘩はしねえのよ」

笑いながら三人の男は立ち去った。

ハリーは凍りついた。売春婦。遠い昔、母もそう呼ばれた。

少年が体を動かすのを手に感じる。見下ろしてはじめて、自分が彼の肩を強くつかんでいたことに気づいた。少年は何も言わず、ただ少し肩をすくめただけだった。

「名前は?」ハリーは尋ねた。

「ウィル」少年は彼を見上げて、鼻の下を手でこすった。「おれの母ちゃんも売春婦だ」

「そうか」ハリーはウィルの肩を放した。「わたしの母もだ」


その晩、ジョージは書斎の中を歩きまわっていた。窓は外の暗闇を映して、黒い鏡のようだった。一瞬、窓の前で立ち止まり、幽霊のようにガラスに映る自分の姿を見つめた。髪は完璧だった。まれなことだったが、ティグルが夕食の後に直してくれたのだ。お気に入りの一着であるラベンダー色のドレスを着て、真珠のイヤリングをつけていた。うぬぼれかもしれないが、そのドレスはとてもよく似合っていて、美人にさえ見えるような気がした。

心の中身についても、これくらい自信を持てたらいいのだけれど。

彼と会う場所として、書斎は適切ではなかった気がしてきた。しかし、ほかにどんな選択肢があっただろうか？　ワールズリーの屋敷内に弟たちが滞在しているときに、自分の部屋にハリーを招くわけにはいかない。そして、最後の二回は、彼の家……頬が熱くなってくる。あそこでは、ほとんど話はしなかったのではないかしら？　だから、ここしかなかったのだ。それでも、やはり書斎ではいけないような気がする。

廊下にブーツの足音が響いた。ジョージは背筋を伸ばして胸を張り、ひとりドラゴンの到来を待って、ドアに体を向けた。いや、おそらく、ヒョウだ。

「こんばんは、マイ・レディ」ハリーは書斎にぶらりと入ってきた。やっぱりヒョウだ。うなじの毛が立つ。今夜のハリーはいまにも爆発しそうなエネルギーを発している。

「こんばんは。おかけにならない？」彼女は長椅子を身振りで示した。

彼は彼女が示した方向にさっと目をやったが、また視線を戻した。「いや、けっこう」

ああ、どうしよう。「ええと……」ジョージは息を吸いこみ、どう話すつもりだったかを思い出そうとした。自分の部屋で練習したときには筋が通っていた。けれど、ハリーがじっと見つめているいま、それは濡れた薄紙のようにばらばらになってしまった。

「ん？」彼は彼女の考えをよく聞こうとばかりに、首をかしげた。「長椅子がいいか、それとも床でしたいのか？」

ジョージは混乱して目を見開いた。「いえ、わたしは――」

「椅子か？」ハリーは尋ねた。「どこでやりたいんだ？」

「ああ」彼女は頬が燃えあがるのを感じた。「そのためにあなたに来てもらったわけじゃないの」

「違う？」彼は眉を上げた。「本当に？　だが、何か用事があって来るようにと命じたのだろう？」

「命令したんじゃないわ」彼女は目を閉じて頭を左右に振ってから、もう一度話しはじめた。「話さなければならないことがあるの」

「どうぞ」そっけない言い方だった。「ここを辞めてほしいのか？」

「いいえ。なぜそんなふうに考えるの？」

「マイ・レディ」ハリーは耳障りなしわがれ声で笑った。「わたしはあなたの使用人にすぎないかもしれないが、多少の知性はあるんだ。あなたは一日中、三人の貴族の弟と屋敷にこもっていた。そして、わたしをこの書斎へ呼び出した。解雇を言いわたす以外に、何の話があるというのだ?」

彼女はどう話をつづけたらいいかまったくわからなくなり、途方に暮れて両手を広げた。

「わたしは、ただあなたと話したかっただけよ」

「マイ・レディ、いったいどんな話がしたいんだ?」

「わたし……よくわからないの」ジョージはぎゅっと目をつぶって必死に考えようとした。彼はよけいに話しにくくさせている。「トニーはわたしたちの関係について、きちんと決断するようにと強く言うの。でも、わたしはどうしたらいいかわからなくて」

「わたしに、どうしたらいいのか教えろというのか?」

「わたし……」彼女は息を吐いた。「ええ」

「わたしのような、貧しい平民にとっては、しごく簡単なことに思える」とハリーは言った。「いまのままの関係をつづければいい」

ジョージは自分の手を見下ろした。「でも、そこが問題なの。わたしにはそうすることができない」

ふたたび顔を上げたとき、死人の目を見つめているのかと思うほど、ハリーの表情は虚ろだった。ああ、彼のそんな無表情な顔を見るのはいやだ。「では、明日の朝、わたしはここを辞める」

「いいえ」彼女は手をもみしぼった。「わたしはそんなことを求めているんじゃないの」

「しかし、あなたは両方を手に入れることはできない」ハリーは突然疲れたように見えた。彼の美しいグリーンの目は絶望に近い何かによって濁っていた。「あなたの恋人でいるか、ここを辞めるか、そのどちらかだ。わたしは厩につながれている馬のように、あなたに便利に使われるためにここにとどまるつもりはない。あなたはワールズリーにいるあいだは、その馬に乗るが、ここを離れたらすっかり馬のことなど忘れてしまう。馬の名前さえ知らないだろう？」

心が空白になった。たしかに、彼女は馬の名前を知らなかった。「それとこれとは違うでしょう」

「そうかな？　では、どういうことなのかな、マイ・レディ？」怒りがハリーの無表情の仮面を破り、頬骨がみるみる赤く染まっていった。「わたしは雇われた男娼か？　ベッドでいちゃつくにはいいが、お楽しみが終われば、家族に紹介するのも恥ずかしい男」

ジョージは自分の頬も紅潮しているのを感じた。「なぜそんなひどいことを言うの？」

「ひどいか？」ハリーはいきなり彼女の正面にやってきた。ものすごく接近して立っている。「マイ・レディ、どうかお許しいただきたい。だが、平民の男を、ひどい男を恋人にするというのはこういうことなのだ」彼は両手でジョージの顔をはさんだ。熱い親指が彼女のこめかみに触れる。彼に触れられて、彼女の心臓はどきどき鳴りはじめた。「処女を捨てるときにわたしを選んだのは、それがほしかったからじゃないのか？」

彼の息は酒くさかった。お酒のせいでこんなに冷淡なことを言うのだろうか？　酔っ払っている？　そうだとしても、ほかには酔っているようすはまったくない。彼女は深く息を吸いこんで気持ちを落ち着かせ、彼の痛烈な悲しみと対峙しようとした。「わたし——」

しかし、ハリーにはジョージに話をさせるつもりはなかった。かわりに、厳しく残酷な声でささやいた。「ドアに押しつけて、あなたを犯すようなひどい男がほしかったんだろう？あなたが達するときに絶叫させるようなひどい男が？　もう必要とされなくなっても、そう簡単には引き下がらないようなひどい男が？」

ジョージはその言葉に震えながらも、なんとか返事をしようとした。しかし、もう遅かった。ハリーは彼女の唇を奪い、下唇を吸った。乱暴に抱き寄せて、腰を彼女にすりつける。野蛮でやるせない欲望の高まりがそこにあった。片手でスカートをつかみ、まくりあげた。布が裂ける音がしたが、ジョージにとってそんなことはもうどうでもよかった。

彼はスカートの下に手を入れ、容赦のない正確さでジョージの丘をさぐりあてた。「平民の恋人を持つということはこういうことだ」二本の指で彼女を突く。

ジョージは突然の侵入に息を飲んだ。ハリーの指が彼女をこすりあげながら押し広げるのが感じられる。感じてはいけない。反応してはだめ。彼がこんなときに——。

ハリーは親指でジョージのもっとも敏感な場所を押す。「洗練されてもいないし、美辞麗句もない。あるのは、硬いペニスと熱い谷間だけだ」舌を彼女の頬に走らせる。「マイ・レディ、そして、あなたの谷間は熱く燃えている」彼は彼女の耳元でささやいた。「しずくがわたしの手に垂れてきそうだ」

ジョージは思わずうめいてしまった。彼は唇を口にかぶせ、彼女のむせび泣きを飲みこみ、狂喜へ反応せずにはいられなかった。彼が怒りにかられて触れているとわかっていても、といざなった。ついに彼女は達し、喜びの波が全身に広がった。その波はあまりに速くて、めまいがしそうだった。ジョージは絶頂のあとの痙攣に身を震わせ、ハリーにしがみついた。彼は腕で弓なりにそった彼女の体を抱え、口づけをした。彼は指を抜いて、なだめるように彼女の尻をなでた。

ハリーの口はやさしかった。

それから彼はさっと体を引き、彼女の耳に鋭くささやいた。「言ったはずだ。わたしのところへ来る前に、心を決めるようにと。わたしは、かわいがりたいときに抱き上げてかわいがり、飽きたらどこかへやってしまえる愛玩犬とは違う。簡単にわたしが消えると思うな」

ジョージはよろめいた。彼の言葉と、彼がいきなり手を離したせいで。彼女はよろめき、椅子の背をつかんだ。「ハリー、わたし――」

しかし、彼はすでに部屋を出ていた。

13

眠りから覚めるとすえたようなビールの味が口に残っていた。ハリーはしばらく待ってから、目を開けた。最後に酔いつぶれてから長い時が経っていたが、日光と二日酔いの拷問のような苦しみは忘れられるものではない。ようやく乾いてくっついたまぶたをこじるようにして開くと、部屋は早朝にしては明るくなりすぎていた。寝過ごしたのだ。うめきながら起き上がり、頭を手で支えて、しばらくベッドの縁に座っていた。なんだか急に老けこんだ気がした。

くそっ、昨夜は愚かにも、酒を飲み過ぎてしまった。牧草地で毒殺された女の噂のもとをたぐろうと、最初はホワイト・メアへ、それからコック・アンド・ワームに行った。しかし、ディックが店に出ていなかったので、だれもハリーと話したがらなかった。どの顔にも疑惑が浮かんでおり、ありありと嫌悪を示している者もいた。そのあいだ、ウェストダイキで会った傷のある男の声が、頭の中で鳴り響いていた。男の売春婦、男の売春婦、男の売春婦。昨夜、ビールの大ジョッキを何杯も飲んだのは、おそらくその言葉を溺れさせてしまいたかったからだろう。

隣の部屋からかたんという音が聞こえてきた。

ハリーはゆっくり慎重にその方向に頭を向けてため息をついた。ウィルはたぶん腹をすかせているのだ。彼はよろめく足でドアまで行って、のぞいた。

火は燃えていて、ティーポットがテーブルに置かれていた。

ウィルは床にしゃがみ、じっとしている。「スプーンを落としてしまいました。ごめんなさい」小声で言った。なるべく小さくなろうというのか、あるいはすっかり消えてしまおうとしているかのように、背中を丸めていた。

ハリーはその姿勢を知っていた。少年はたたかれると思っているのだ。

ハリーは首を横に振った。「気にするな」砂利の上をシャベルがこするような、がらがら声だった。彼は咳ばらいをして座った。「お茶をいれてくれたんだな？」

「はい」ウィルは立ちあがって、カップに紅茶を注ぎ、慎重に彼に手わたした。

「ありがとう」ハリーは少しずつ飲んで、のどを潤した。顔をしかめてしばらく待ったが、胃の具合はよくなってきたので、もう一口飲んだ。

「トーストにしようと思って、パンも切りました」ウィルは皿を持ってきてハリーに見せた。

「あなたみたいに上手には切れなかったけど」

ハリーは白目の黄ばんだ目で、不ぞろいなスライスを見た。胃が固形物に耐えられるか確信はなかったが、少年をほめてやらなければならない。「レディ・ジョージナのよりはずっとましだ」

ハリーは苦痛をこらえて笑みを浮かべたが、昨夜自分が彼女にしたことを思い出すと、そのほほえみは消えた。視線を炎へ移す。今日中に謝りに行かなければならない。彼女がまだ口をきいてくれればの話だが。

「パンを焼きます」ウィルは、いきなりぎこちない沈黙が訪れることに慣れているに違いない。曲がったフォークでパンをくし刺しにして、ちょうどいい場所を見つけて、炎の上にパンをかざした。

ハリーは少年を見た。ウィルには父親がいない――グランヴィルのせいだ――そして、母親も。あの老婆だけしかいなかった。祖母であるあの女は、孫をほとんど愛することもなく、家にもあまりいなかった。だがいま、ウィルはここにいて、二日酔いでげっそりしている大人の面倒を見ている。おそらく、前夜に深酒をした祖母を介抱しなければならなかったのだろう。考えていると、口に苦い味がした。

ハリーは紅茶をもう一口飲んだ。

「さあ、できた」年配の女のような口調でウィルは言った。テーブルの上にバターを塗ったトーストを積み上げ、せかせか動きまわってもうひとつの椅子に座った。

ハリーはトーストにかじりつき、親指についた溶けたバターをなめた。ウィルが自分を見ているのに気づき、うなずいた。「上出来だ」

少年は上歯の隙間を見せてほほえんだ。

彼らはしばらくなごやかにトーストを食べた。

「あの人と喧嘩したんですか?」ウィルはしたたり落ちるバターを指ですくってなめた。

「あなたのレディのことですけど」

「まあ、そんなところだ」ハリーは自分で紅茶のおかわりをして、今度は砂糖をスプーンに山盛り一杯入れてかきまぜた。

「おれのおばあちゃんは、上流の人たちは悪人だと言ってます。平民たちが死のうが生きようが、自分たちが金の皿で食事ができるうちは、まったく気にかけないって」ウィルは脂ぎった指でテーブルの上に円を描いた。「でも、あなたのレディは親切だった」

「そうだな、レディ・ジョージナはふつうの貴族とはちょっと違う」

「それにきれいです」ウィルは自分の言葉にうなずいて、もう一枚トーストを取った。

そうだ、きれいでもある。ハリーは窓の外を見た。だんだん不安がつのってきた。彼女は謝罪を受け入れてくれるだろうか?

「もちろん、料理のほうはだめみたいですけど。まっすぐにパンを切れませんでした。そういうことは、あなたが助けてあげなければなりませんね」ウィルは眉間にしわを寄せて考えた。「彼女は金の皿で食べるんでしょうか?」

「さあね」

まるでハリーが大事な秘密を隠しているかのように、ウィルは疑わしげな目を向けた。それから急に哀れむような表情になった。「じゃあ、夕食に招待されたことがないんですか?」

「そうだ」彼女の部屋で夕食に呼ばれたことがあったが、それに関してはウィルに話すつもりはなかった。「お茶ならいっしょに飲んだことがある」

「お茶の食器は金でしたか?」

「いや」なぜこんな話をしているんだ、おれは?

ウィルはまじめぶってうなずいた。「金の皿を使っているか知るには、夕食に行かなければならないですね」トーストを食べ終えると、「彼女に贈り物を持っていったことがありますか?」と尋ねた。

「贈り物?」

ウィルはまた哀れむような顔になった。「娘たちはみんな贈り物を喜ぶんです。ばあちゃんが言ってました。ばあちゃんの言うことは正しいと思います。おれも贈り物をもらえばうれしいから」

ハリーは手に顎をのせた。針金のように硬い無精ひげのざらつきが感じられる。また頭が痛くなってきたが、ウィルは贈り物が大事だと思っているようだ。そして、彼が前日ここにあらわれて以来、こんなに熱心に話したのは初めてだった。

「どういう贈り物がいいんだ?」ハリーはきいた。

「真珠とか、金の箱とか、お菓子とか」ウィルはトーストを振った。「そういうものです。馬もいいけど。馬は持っていますか?」

「一頭だけだ」

「そうか」ウィルはがっかりしたような声を出した。「では、彼女にあげるわけにはいきませんね」

ハリーは首を左右に振った。「それに彼女のほうは何頭も持っている。わたしは一頭しかないが」

「じゃあ、何をあげたらいいでしょう？」

「わからんよ」

レディ・ジョージナが自分から何をほしがっているのか、ハリーにはわからなかった。紅茶のかすに向かって顔をしかめる。おれみたいな男が、彼女みたいな女性に何をやれる？金も、家もだめだ。彼女はすでに持っている。おれが与えた肉体的な喜びは、たいした男でなくとも与えられるものだ。彼女がまだ持っていないもので、贈れるものといえば？おそらく、そんなものはない。それに昨夜の出来事があったからなおさらだが、きっとすぐにもうおれとは二度と会わないことを選ぶべきだと気づくだろう。

ハリーは立ちあがった。「贈り物よりも大事なことがある。今日レディ・ジョージナと話をしなければならない」食器棚からひげそり道具を取り、かみそりを革で研ぎはじめた。

ウィルはテーブルの汚れた皿を見た。

「おれ、これを洗います」

「よし、頼んだぞ」

ウィルは紅茶をいれた後、やかんに水を足しておいたらしい。すでに湯はわいていた。ハリーは湯を、自分の洗面用と、少年の皿洗い用に、半分ずつ分けた。ひげを剃るために小さい鏡をのぞくと、無精ひげの生えた疲れた顔が映っていた。眉間にしわを寄せ、頬のひげを剃りはじめた。かみそりは古いが非常に鋭利だったため、顔に小さな切り傷がついてしまった。後ろからウィルが皿を洗う水音が聞こえる。

ウィルが皿を洗い終えるころには、ハリーもすっかり準備ができていた。顔を洗い、髪をとかし、清潔なシャツに着替えた。頭はまだずきずき痛んでいるが、目の隈は消えかけていた。

ウィルは点検するようにハリーをながめた。「大丈夫だと思います」

「ありがとう」

「おれは、ここで待っていましょうか？」

少年はまだ幼いのに我慢強すぎる顔をしている。

ハリーはためらった。「わたしが彼女と話しているあいだ、ワールズリーの厩を見ていたいか？」

ウィルはすぐに立ちあがった。「はい、ぜひ」

「じゃあ、行こう」ハリーは先に外に出た。少年を後ろに乗せて馬で行こうと考えた。

空は雲に覆われている。しかし、今日まだ雨が降っていないし、馬に鞍をつけるのには時間がかかる。なぜかわからないが、とにかく早くレディ・ジョージナに会いたくてたまらなかった。

「歩いていこう」

少年は黙って後ろからついてきたが、期待に胸を膨らませているのがわかる。ワールズリーにつづく広い道にもうすぐ着くというとき、馬車の車輪ががたがたと鳴る音が聞こえてきた。ハリーは歩みを速めた。音はどんどん近づいてくる。

ハリーは走りはじめた。

雑木林を抜けて道に出たちょうどそのとき、地面を揺らして馬車が通りすぎ、土の塊をはね上げて走り去った。レディ・ジョージナの赤毛がちらりと見え、馬車は角を曲がって見えなくなった。あとは、遠くなっていく車輪の音が聞こえるだけ。

「今日はあの人と話すことはできないみたいですね」

ハリーはウィルのことを忘れていた。隣ではあはあ息をしている少年を、ぼんやりと見下ろす。「ああ、今日はだめなようだ」

大粒のしずくがハリーの肩の上で跳ねたと思ったら、ざあっと雨が降りだした。

トニーの馬車はがくんと揺れて角を曲がり、ジョージは揺さぶられながら窓の外を見た。ふたたび雨が降りはじめていた。すでにびしょ濡れの牧草地は水浸しになり、木の枝は大地に向かって垂れ下がり、すべてが均一な灰色がかった茶色に変わる。黒っぽい単色の水のベールがかかって風景はぼやけ、窓に水の筋が走る。馬車の中から見ると、世界全体が涙を流し、消えることのない深い悲しみに打ちひしがれているように見えた。

「たぶんやまないわ」

「え？」トニーは尋ねた。

「雨」とジョージは言った。「たぶんやまない。きっと、ずっとずっと降りつづけて、泥道は川になり、水かさがどんどん増して海になってわたしたちは流されてしまうの」彼女は曇った窓ガラスを指でこすってでたらめに線を描いた。「この馬車は浮かぶと思う？」

「いや」トニーは答えた。「しかし、心配することはない。いまは降りやまないように見えても、雨はいつかあがる」

「ふーん」彼女は窓の外を見つめた。「わたしが降りつづいてもかまわないと思っていたら？　流されてもいいかも。あるいは沈んでしまっても」

わたしは正しいことをしているのだ、とみんなは言う。ハリーのもとを去るしかないのだと。彼の身分は低く、彼はそうした階級の違いに憤慨している。昨夜、その憤りを醜い形であらわした。でも、彼を責める気持ちにはなれなかった。ハリー・パイはだれかの愛玩犬になるような人じゃない。ハリーの自由を奪うつもりはなかったけれど、彼は明らかに身を落としてしまったと感じているようだった。二人には将来はない。伯爵令嬢と土地差配人には。わたしたちはそれを承知していた。みんながそれを承知していた。そもそもはじめるべきでなかった関係には、これが一番自然な結論なのだ。

しかし、それでも、ジョージは自分が逃げだしているという後ろめたさを振り払うことができなかった。

まるで彼女の考えを読みとったかのように、トニーは言った。「正しい決断だった」

「そうかしら？」

「ほかに道はない」

「臆病者になった気分よ」窓の外を見たまま、彼女はつぶやいた。

「姉さんは臆病者ではない」トニーはやさしく言った。「この道が姉さんにとってなまやさしい道でないことはわかっている。臆病者は一番楽な道を選ぶものだ。もっとも困難な道ではなく」

「でも、ヴァイオレットがわたしをもっとも必要とするときに、あの子を見捨てるのよ」ジョージは言い返した。

「いや、違う」トニーはきっぱりと言った。「ヴァイオレットの問題はわたしに引きわたしたのだ。オスカーとラルフを先にロンドンへやった。わたしたちが到着するころには、下劣な輩の居場所をつきとめているだろう。さしあたり、あと数週間、田舎にひきこもっているのも彼女にとって悪いことではない。それにミス・ホープがついている。こういうときのために、われわれはミス・ホープを雇っているのだから」彼はそっけなく言い終えた。

でも、ユーフィーは今までだってヴァイオレットをちゃんと見ていなかったじゃないの。ジョージは目を閉じた。それに羊の毒殺の件は？　そもそもわたしがヨークシャーに来ることになったのは、このことが理由だったのでは？　以前よりももっと頻繁に事件が起こっている。出発しようとするときに、二人の従僕が、女性が毒殺されたことを話しているのを耳にした。そのとき立ち止まって、死んだ女性が羊の毒殺と関係があるかどうかたしかめるべきだったが、トニーにせかされて玄関を出てしまった。いったんワールズリーを離れると決めると、奇妙な虚脱感が体を占拠した。集中力がなくなって、どうしたらいいかよくわからなくなった。なんだか体の動きがぎこちないのに、どう直したらいいのか見当もつかないかのようだ。

「彼のことを考えるのをやめないと」トニーは言った。

その声の調子に、ジョージははっとして弟を見た。彼女の向かいのえんじ色の革張りの座席に座っているトニーは、心配そうに同情に満ちた目でこちらを見ていた。その目は悲しげで、毛深い眉は下がっていた。いきなり涙があふれてきて、彼女は顔を窓に向けた。視界が曇って、何も見えないけれど。

「ハリーはとても……すばらしい人だった。ほかのだれよりも、わたしという人間をわかってくれるような気がしたの。あなたや、クララおばさまでさえおよばないくらい。わたしは彼のことをわかってあげられなかったけど」彼女は小さな声で笑った。「たぶん、だからわたしは彼に惹かれたのよ。まるで難しいパズルみたいな人。一生かけてそれを解こうとしてもできなくて、いつまでも飽きることがない」橋をわたるとき馬車が揺れた。「そういう人とは二度と巡り会えないと思う」

「とても残念だな」トニーは言った。

ジョージは座席の背に頭をつけた。「あなたは弟たちにとてもよくしてやっているわ。わかっていた？」

「姉妹にも恵まれて、とても幸せだよ」トニーはほほえんだ。

ジョージはほほえみ返そうとしたが、できなかった。代わりにまた窓の外に視線を戻した。濡れそぼり、みじめな姿になった羊のいる野原を通りすぎた。羊は泳げるのだろうか？　牧草地が洪水になったら、きっと水たまりに浮く羽毛のかたまりのように、ふわりと浮くのだろう。

すでにジョージの領地を出ていた。明日になればヨークシャーのことはすべて過去になる。週末までにはロンドンで、まるでこの旅行などなかったかのように、いつもどおりの生活をまたはじめているだろう。そして三カ月か四カ月してからハリーが、彼女に雇われた土地差配人として領地に関する報告書を提出するため、ロンドンのお屋敷におうかがいしましょうかという手紙をよこすだろう。夜会からちょうど戻った彼女は、手紙を手にとって考える。ふーん、ハリー・パイ。そういえば、彼の腕の中で寝たことがあったわ。二人が結ばれたとき、暖炉の火に照らし出された彼の顔を見上げたっけ。あのときわたしは生気に満ちていた。それから彼女は手紙をぽんと机に投げて、また思う。でもあれはずいぶん昔の、いまとは違う場所での話。もしかするとただの夢だったのかも。

ジョージは目を閉じた。なぜか彼女には、ハリー・パイが思い出の人になる日はぜったいに来ないという確信があった。死ぬまで彼のことを一日中考えつづけることだろう。

思い出し、そして後悔するのだ。

「だから言ったろ、貴族のレディとかかわっちゃいかんと」ディック・クラムはその日の夕方、招かれもしないのにハリーの向かいの椅子にどっかりと座った。

すばらしい。今度はディックから恋愛についての助言を聞かされるというわけだ。ハリーはコック・アンド・ワームの亭主の顔をじっと見た。ディックは店の酒を味見しすぎたらしい。顔には不眠のせいでしわが寄り、わずかに残っている髪は、ますます薄くなったようだ。

「貴族ってのはな、やっかいなだけさ。それなのにあんたは、自分の領分じゃないところに突っこみやがった」ディックは顔を拭いた。

ハリーは横に座っているウィルをちらりと見た。やっと今朝、少年に新しい靴を買ってやることができた。居酒屋に入って以来、少年の目は自分の足に釘づけで、テーブルの下でずっと足をぶらぶらさせていた。ところがいまはディックを見つめている。

「ほら」とハリーはポケットから銅貨を何枚か出した。「パン屋に行って、甘いパンが残ってないか見てこい」

ウィルの注意は即座に銅貨に向いた。ハリーに笑顔を向けると、金をつかんで、だっと外に飛び出した。

「あいつはウィル・ポラードだな？」ディックがきいた。

「ああ」ハリーは言った。「ばあさんに置き去りにされたんだ」

「じゃあ、いまはあんたのところにいるのか？」ディックは当惑して広い額にしわを寄せ、布で汗を拭いた。「どんな具合だ？」

「寝る場所くらいはあるからな。近いうちにもっといい家を見つけてやるつもりだが、とりあえずはいいんじゃないか？」

「どうだろうな。彼女が来たとき、邪魔じゃないか？」ディックは身を寄せて、ひそひそ声で話したが、その声は部屋中に聞こえるくらい十分大きかった。

ハリーはため息をついた。「彼女はロンドンに戻った。だから、そういうことにはならないんだ」

「よかった」ディックは、ハリーのところにやってきたときにテーブルに置いたマグカップからビールをぐいっと飲んだ。「あんたは聞きたくないだろうが、それが一番だよ。庶民と上流の人間はまじり合えない。それは神様のおぼしめしだ。やつらは大理石の広間にふんぞりかえって、召使に尻を拭かせてりゃ――」

「ディック――」

「そしておれたちゃ、まじめに働き、家に帰って温かい飯を食う。運がよけりゃな」ディックはマグカップをどんと置いて、意見を強調した。「それが定められた生き方ってものさ」

「そうだな」ハリーはなんとかこの説教が終わってくれることを願った。

だが、今夜はついていない。

「彼女といっしょになったら、どうするつもりかね？」ディックは詰めよった。「一週間もしたら、彼女はあんたのなにをベッドの近くにぶら下がっている呼び鈴の紐みたいに使うようになるだろうよ。それであんたはピンクのかつらをかぶって、黄色の靴下をはき、紳士連中がやってるような、つま先立ちのダンスを習って、犬みたいに自分の小遣い銭をねだるんだ。だめだ――」ディックはもう一口ビールを飲んだ。「そんなのは、男の生き方じゃねえ」

「同感だ」ハリーはなんとか話題を変えられないものかと考えた。「妹はどこだ？　最近ジャニーを見ないが」

また布が取りだされ、ディックは丸い頭を拭いた。「おお、ジャニーを知っているのか。あいつは生まれつき少しおかしかったが、グランヴィルに捨てられてからは、さらにひどくなった」

ハリーはゆっくりとマグカップを置いた。「グランヴィルとジャニーのことは話してくれなかったぞ」

「そうだったかな」

「ああ。いつのことだ？」

「一五年前。あんたのおふくろさんが熱病で死んだあと、だいぶ経ってからのことだ」ディックはいまや、あたふたと顔やら首を拭いている。「ジャニーは二五くらいだった。もう大人の女よ。頭の中身は別としてな。グランヴィル以外の者はみな、それをよくわかってくれていて、妹に手を出したりしなかったんだ。だが、あいつだけは」ディックは足元の敷石に唾を吐いた。「あいつはジャニーを簡単にやれる女と見たのさ」

「無理強いしたのか？」

「たぶんはじめはな。おれは知らん」ディックは遠くを見つめた。布を持ったまま、手を頭のてっぺんで止めた。「おれは気づかなかったんだよ、長いことな。妹とおれは、いまもそうだが、いっしょに住んでいた。だがジャニーは一〇歳年下だ。親父は何年も前に死んでいたし、おふくろもジャニーを産んだときに死んだ」ディックはマグカップからビールを飲んだ。

話の流れを止めることを恐れてハリーは何も言わなかった。

「ジャニーは妹というより、姪か娘のようなもんだ」ディックは言った。手を頭から下ろし、ぼんやり布を見た。「そして、妹が夜こっそり抜けだしているのに気づいたときには、関係がはじまってからだいぶ経っていた」彼はうなるような声で笑った。「おれが止めると、ジャニーは、彼は結婚してくれると言った」ディックは少しのあいだ黙っていた。

ハリーは喉にたまった苦味を洗い流すためにビールをもう一口飲んだ。かわいそうな、かわいそうなジャニー。

「わかるか?」ディックは目を上げた。その目には涙が光っていた。「グランヴィルがやめになっていたので、ジャニーは自分と結婚してくれるものと思ってたんだよ。おれがいくら言っても、夜になると抜けだして、やつと会うのをやめようとしなかった。何週間もつづいて、頭がおかしくなりそうだった。もちろん、そのうちにジャニーは棄てられた。やつの精液をぬぐい取った汚いぼろ切れのようにな」

「それであんたはどうしたんだ?」

ディックはまた声を立てて笑い、とうとう布をしまった。「何もしなかった。できることなどないだろう？　妹は戻ってきて、ひとりおとなしくしていたさ。二、三カ月は、またしてもグランヴィルの隠し子が増えるんじゃないかと心配したが、ジャニーは運がよかった」彼はマグカップを口元へ運んだが、空だと気づいて、ふたたびそれを置いた。「たぶん、ジャニーが生涯で一番ついていたのはそのときよ。たいした幸運とは言えないがね」

ハリーはうなずいた。「ディック、あんたはどう思う――」

そのとき、肘を引っ張られ、ハリーは言葉を中断した。ウィルがいつの間にか戻っていたのを二人の男は気づいていなかった。

「ちょっと待て、ウィル」

少年はふたたび引っ張った。「死んだ」

「何だ？」二人は少年を見た。

「死んだんだ。おれのばあちゃんが。死んだんだ」少年の放心したような話し方は、その知らせそのものよりも、ハリーを不安にした。

「どうしてわかった？」とハリーは尋ねた。

「ヒースの荒野で見つかったんだ。農夫の親子が迷い羊をさがしていたときに見つけた。羊の牧草地で」ウィルは急に目の焦点をハリーの顔に合わせた。「羊を毒殺している犯人がばあちゃんを殺したと言っている」

ハリーは目を閉じた。ちくしょう、よりによって、なんで死んだ女がウィルの祖母でなくちゃならないんだ？

「いいや」ディックは首を左右に振った。「ありえない。羊の犯人がばあさんを殺すはずがない」

「ばあちゃんのそばに、ニセパセリがあったって。ばあちゃんは体をよじらせて……」ウィルは顔をくしゃくしゃにした。

ハリーはウィルの肩に腕をまわし、少年を近くに引き寄せた。「気の毒にな」少年はそれでも祖母を愛していたに違いない。孫をやっかい者のように放っておいた醜い老女だったが。

「よし、よし」少年の背中をなでているうちに、殺されてしまったウィルの祖母になぜだか腹が立ってきた。

「帰ったほうがいい」ディックの声が割りこんだ。

ハリーはけげんな顔で目を上げた。大柄の男は考えこんでいるように見えた。というよりも不安そうに。

ディックはハリーと目を合わせた。「連中が、あんたを羊殺しの犯人だと考えているなら、これもあんたのしわざだと信じるだろう」

「ディック、やめてくれ」ハリーが祖母を殺したとウィルが信じるかどうかは、本人の気持ちしだいだというのに。

ウィルはハリーのシャツから泣き顔を上げた。

「ウィル、わたしはおまえのおばあさんを殺してはいない」

「わかってます、ミスター・パイ」

「よし」彼はハンカチを取り出して、少年にわたしした。「これからはハリーと呼びなさい」

「はい」ウィルの下唇がまた震えはじめた。

「ディックの言うとおりだ。わたしたちは帰ったほうがいい。もう遅いしな」ハリーは少年をじっと見た。「大丈夫か？」

ウィルはうなずいた。

彼らは居酒屋の入り口へと向かった。すでに男たちが数名ずつ集まって話をしていた。二人が通りかかると、顔を上げて、にらみつけてくるように思えたが、ディックの言葉のせいで、そういうふうに見えているだけかもしれない。ウィルの祖母が本当に羊殺しの犯人によって殺されたのなら、みんなは不安にかられるだろう。このあたりの人々は自分の家畜が殺されるのではないかと心配している。そのうえ、いまや子どもや妻のことまで、いや自分自身の命まで心配しなければならないとしたら、どんなに恐ろしいことか？

二人が入り口に近づいたとき、だれかがハリーを押した。彼はつまずきそうになったが、ほぼ同時に手にナイフを握っていた。振り返ると、敵意に満ちたたくさんの顔が彼をにらんでいた。だれかが、「人殺し」とささやいた。しかし、動く者はいなかった。

「おいで、ウィル」ハリーはゆっくりとコック・アンド・ワームから出た。

すぐに自分の馬を見つけて、馬の背にウィルを乗せた。自分も馬にまたがり、まわりを見まわす。酔っぱらいが居酒屋の壁に小便をしていたが、暗くなりつつある通りにほかの人影はなかった。殺人の話題はすぐに広まるだろうが、たぶん、夜のおかげで少し遅れるだろう。

どう対処したらいいか考える時間が朝まではありそうだった。

深まる暮色の中、ハリーは馬にちっちっと声をかけ、背中にウィルをしがみつかせて出発した。家に向かう道へと曲がる。その道はグランヴィルの領地を通って、ワールズリーとの境界になっている川に出る。町の明かりが薄れていくと、暗闇が彼らを包んだ。道を照らす月は出ていない。何も見えない。

ハリーは馬の速度を速めた。

「縛り首にされてしまうのですか?」ウィルの声は暗闇の中でおびえているように聞こえた。

「いや。人を絞首刑にするには、噂だけじゃだめだ。ちゃんとした証拠がないと」

ひづめの音が背後から聞こえてきた。

ハリーは首をかしげて聞き耳を立てた。馬は複数いる。そして速度を上げて追いかけてきている。「ウィル、しっかりつかまれ」

腰にぎゅっと腕が回されたのをたしかめてから、ハリーは馬を駆けさせた。馬は道を疾走しているが、二人の人間を乗せている。おそらく後ろの馬はすぐに追いついてくるだろう。彼らは開けた牧草地にいた。隠れるところはどこにもない。道からはずれたところに馬を進ませてもいいが、暗闇では穴にひづめをとられて、乗り手ともども死んでしまう可能性が高い。それに、ウィルのことを考えなければならない。少年の小さな手はハリーの腰にしがみついている。馬の口から泡が飛んできた。ハリーは汗ばんだ馬の首に寄りそい、馬を励ます言葉をかけた。浅瀬まで行ければ、土手沿いに隠れられそうな場所がある。あるいは、必要とあらば、流れに入り、川下に向かってもいいかもしれない。

「もうすぐ浅瀬に着く。そうすれば大丈夫だ」ハリーは少年に叫んだ。

ウィルは怖がっていたに違いないが、声を立てなかった。また角を曲がる。馬の胸がふいごのように激しく上下する。背後の馬はさらに近づいて、ひづめの音が大きくなってきた。そこだ！　馬は小川に向かう道を疾走した。ハリーはほっとして息を吐きそうになった。もう少し。しかしそのとき、もともと望みなどまったくなかったことがわかった。小川の向こう岸にも暗闇の中で動く影があった。もっと多くの男たちが馬に乗って彼を待ち構えていた。はめられたのだ。

ハリーは肩越しに後ろを見た。追いつかれるまで三〇秒といったところだろう。彼は手綱を上に引いた。かわいそうに馬の口が切れてしまうが、この際しかたがない。馬は後ろ脚で立って、止まった。ハリーは腰からウィルの手をはぎ取り、手首をつかんで泣き叫ぶ少年を地面に下ろした。

「隠れろ、早く！」少年がすすり泣きながらいやだと言っても、ハリーは首を横に振った。「時間がない。たとえ何があっても隠れているんだぞ。そしてディックのところへ戻り、ベネット・グランヴィルを呼んでもらうんだ。さあ、走れ！」

ハリーは馬を蹴って、ナイフを抜いた。ウィルが指示どおりに動いたかどうか確認するためにも後ろを振り返ることはなかった。十分遠くまで行ければ、追っ手がわざわざ小さな子どものためにをさがしに戻るとは思えない。彼は流れの中に全速力で入った。にやりと笑みが唇に浮かんだそのとき、彼の雌馬は最初の馬に激突した。

突進してきた数頭の馬と、泡立つ水に囲まれた。一番近くの男が腕を上げた隙に、ハリーはナイフを男のむきだしになった脇の下に突き立てた。男はうめきもせず、水の中に倒れこんだ。彼のまわりでは、馬がいななき、男たちが叫んでいる。たくさんの手が伸びてきて、ハリーは激しく、やみくもにナイフを振りまわした。別の男が悲鳴をあげながら水の中に倒れた。ハリーは馬から引きずり下ろされた。だれかがナイフを握っている手をつかむ。ハリーは指が欠けている右手で拳をつくり、近くにいる者をめちゃくちゃに殴りつけた。しかし、しょせん多勢に無勢。蹴りと殴打の雨が降ってきた。

取り押さえられるのは時間の問題だった。

14

「たしかに、男性も役に立つことがあります」レディ・ベアトリス・ルノーは、まるで議論の疑わしき点をしぶしぶ認めるといったふぜいで言った。「でも、情事に関する助言はあてにできないわ」紅茶のカップを口元に運び、ちびりと飲んだ。

ジョージはため息をこらえた。ロンドンに戻って一週間。今朝まではなんとかベアトリス叔母を避けていられた。すべてはオスカーのせいだった。彼がヴァイオレットからの手紙を不注意にも置きっぱなしにしたりしなければ、われらがベアトリスおば様がハリーのことをかぎつけたりはしなかったはず。そして、ここへやってきて、ジョージに正しい情事のやり方を教示しなければという責任感にかられたりはしなかっただろう。実際には、オスカーは自分の机の引き出しにその手紙を入れておいたのだが、ベアトリスおばが訪問してきて、執事が彼女を書斎にひとりきりにしたとたん、一番最初にさがしまわるのがその場所であることくらい、どんな迂闊な人間でも知っている。

全部オスカーが悪いのだ。

「殿方は感傷的すぎるのですよ」レディ・ベアトリスはつづけた。ケーキにかじりつき、顔をしかめる。「ジョージナ、これにはプルーンが入っているの？　わたくしは、プルーンは口に合わないとわざわざ言いましたわよねえ」

ジョージはベアトリスを立腹させたケーキをちらりと見た。「それはチョコレートクリームだと思いますけれど、呼び鈴を鳴らして別のケーキを持ってこさせましょう」

ベアトリスは、ジョージのロンドンのタウンハウスにやってきて、きれいな青と白で統一された居間の金箔のいすに座り、お茶を所望した。突然の来客であるにもかかわらず、料理人はみごとにお茶の用意してくれたとジョージは思っていた。

「ふーむ」ベアトリスは皿の上のケーキをつついて、中身を出している。「プルーンに見えるけれど、あなたがはっきりそう言うなら」彼女はもう一口食べて、考えこみながらくちゃくちゃと噛んだ。「その結果、彼らは、国の政《まつりごと》はなんとか司ることができるのですが、家庭内の問題となるとまったくだめなのです」

ジョージは一瞬、話の筋がつかめず途方に暮れたが、おばがプルーンの前に男性について議論していたことを思い出した。「そのとおりですわ」

気分が悪くなったふりをしようかしら……でも、ベアトリスおば様のことだ、わたしの意識が戻るまで冷たい水を顔にかけて、それからまたお説教をはじめるだろう。じっと座っているのが一番だ。

「いいですか、殿方が言うこととは逆に」ベアトリスはつづけた。「淑女にとって、一度や二度の情事はよいことなのです。心が生き生きしてきますし、当然、頬が薔薇色に輝きますもの」マニキュアをほどこした爪で自分の頬に触れた。本当に薔薇色だったが、自然の色というより頬紅の色のようだった。さらに、三個の黒いベルベットのつけぼくろで飾られていた。星が二つと三日月がひとつ。

「女性が覚えておかなければならないもっとも重要な点は、慎重であること」ベアトリスおばは紅茶をすすった。「たとえば、同じ時期に二人以上の人と結婚の約束をしてしまったときには、彼らにぜったいにそれを知られてはなりません」

ベアトリスはリトルトン姉妹の末娘だった。ジョージに財産を残してくれたクララが一番年上で、ジョージの母親サラが真ん中だった。リトルトン姉妹は若かりし日にはその美しさを誇り、ロンドン社交界の花形だった。けれど三人とも不幸な結婚をした。クララおばの夫は異常に信仰心の強い人で、子どもをつくらないうちに若死にしたが、巨額の財産を妻に残した。ベアトリスおばが結婚した男性はかなり年上で、生きているあいだは妻をつねに妊娠させていた。悲劇的にも、すべての赤ん坊は流産か死産で失われた。

そしてわたしの母親であるサラは……ジョージは紅茶を少し飲んだ。いったいどうしてわたしたちの両親の結婚はうまくいかなかったのだろう？　たぶん、お互いを大切に思っていなかったということなのだろう。いずれにせよ、レディ・メイトランドは自分で勝手につくりあげた病気のせいで寝たきりになり、そういう状態が何年もつづいていた。

「もっとも洗練された男性でさえ、自分のおもちゃを人と共有できない小さい子どもと同じです」ベアトリスはしゃべりつづけていた。「三人までがわたしのモットーであり、三人でもかなりうまくつり合いをとらなければなりません」

ジョージは息を詰まらせた。

「ジョージナ、いったいどうしたの？」ベアトリスはいらだった顔で姪を見た。

「何でもありません」ジョージはあえぎながら言った。「ケーキのかけらがのどに」

「実際、わたくしは、イギリス人という人種について心配しているの――」

「おお、ひとりではなく、二人の美女を見つけることができるとは、なんたる幸運」居間のドアがばたんと開き、オスカーと金髪の若者が入ってきてお辞儀をした。

ベアトリスは眉をひそめ、頬を差し出してオスカーのキスを受けた。「取りこみ中ですよ。出てお行きなさい。あ、セシル、あなたのことじゃないの」もうひとりの若者はドアから出ようとしていた。「あなたはここにいてよろしいわ。あなたはわたくしが知るかぎりで唯一分別を持っている男性ですからね、それを認めてさしあげないと」

セシル・バークレーはほほえんで、ふたたびお辞儀をした。「ご厚意、痛み入ります」

彼は片眉を吊り上げて、長椅子で自分の横のクッションをぽんぽんとたたいているジョージを見た。ジョージはよちよち歩きのころからセシルや彼の弟のフレディーを知っていた。

「しかし、セシルがとどまるならば、ぼくにもお許しをいただきましょう」オスカーは座って勝手にケーキを取った。

ジョージは弟をにらみつけた。

オスカーは口だけ動かして、〝何だよ？〟と伝えた。

ジョージは怒って目をむいた。「セシル、お茶はいかが?」

「ええ、お願いします」セシルは言った。「オスカーに、今朝、タッターソールの馬市場に連れていかれましてね。彼は新しい馬車のために揃いの馬をほしがっているのですが、ロンドンでは見つからないと言い張っています」

「紳士のみなさんはあまりに多くのお金を馬に使いすぎるのですよ」ベアトリスはきっぱり言った。

「ではおば様は、ほかのどんな動物に金を使ったらいいとお考えですか?」オスカーは悪賢く薄茶色の目を大きく見開いた。

ベアトリスは彼の膝を扇でぴしりとたたいた。

「痛っ!」オスカーはたたかれた場所をさすった。「ところで、このケーキにはプルーンが入っているのかい?」

ジョージはまたしてもため息をつきそうになるのをこらえ、窓の外を見た。ここロンドンは雨こそ降っていなかったが、すべてを覆いつくし、べとつく煤を後に残す灰色がかった霧に包まれていた。やはり間違っていた。ハリーから、そしてヨークシャーから離れて一週間以上経ったいま、それがよくわかる。辛抱強く、彼に話をさせるべきだった……いや、彼が心を開いて話してくれるまで待つと、自分に言い聞かせて……いったい何を話してほしかったの? 彼の恐怖を? わたしの過ちを? 彼がどうしてわたしのことを思いやってくれないかを? それでおしまいになったとしても、少なくとも知ることはできた。もとの生活に戻ることもできず、かといって新しい生活をはじめることもできないこんな宙ぶらりんの状態でいることはなかっただろう。

「ジョージ、来るだろう？」セシルが話しかけていた。

「え？」彼女はまばたきした。「ごめんなさい、聞いてなかったの」

おばと紳士たちは、彼女の気持ちをわかってやらなくては、と目くばせしあった。

ジョージは歯をくいしばった。

「セシルは明日の晩、観劇に出かける予定なので、姉さんもいっしょにどうかと誘ってくれているんだ」オスカーが説明した。

「じつは、わたし――」ジョージは断ろうとしたが、執事が入ってきたので、言いわけをせずにすんだ。彼女は眉をひそめた。「何かしら、ホームズ？」

「失礼いたします。レディ・ヴァイオレットからの使者がいま到着いたしました」ホームズは少々泥で汚れた手紙をのせた銀のトレイを差し出した。

ジョージは手紙を取った。「ありがとう」

執事は頭を下げて部屋を出ていった。

ウェントワースが北までヴァイオレットを追いかけていったのかしら？　ヴァイオレットを社交界から遠ざけておくのがもっとも安全だろうと考えて、彼女をワールズリーに残してきたが、間違っていたのかもしれない。

「よろしいかしら？」ジョージは客たちの許可を待たず、バターナイフで手紙の封を切った。

ヴァイオレットの筆跡は激しく乱れており、ところどころインクのしみで読めなくなっていた。

お姉様……ハリー・パイが襲われて、つかまってしまい……グランヴィル卿のところに……面会はできず……どうか、すぐに戻って。

襲われた。

ジョージの手が震えだした。ああ、どうしましょう、ハリー。喉から嗚咽が漏れた。でも、ヴァイオレットはメロドラマが好きだから、きっと、と考えようとした。きっと誇張して、大げさに書いているのだ。しかし、ヴァイオレットは嘘はつかない。グランヴィル卿につかまったというなら、ハリーはすでに死んでいるかもしれない。

「ジョージ」彼女が顔を上げると、オスカーがすぐ目の前でひざまずいていた。「何と書いてあるんだ？」

ジョージは無言で手紙を差し出した。

それを読んでオスカーは眉間にしわを寄せた。「しかし、具体的な証拠はまったくなかったんだろう？」

ジョージは頭を左右に振って、震えながら息を吸いこんだ。「グランヴィル卿はハリーを憎んでいるの。証拠など必要としないわ」と言って目をつぶる。「ヨークシャーを出るべきではなかった」

「こんなことになるとは、だれも予想できなかった」

彼女は立ちあがって、ドアに向かった。

「どこに行くつもりだ？」オスカーは姉の肘をつかんだ。

ジョージはその手を払いのけた。「どこへですって？　ハリーのところよ」

「待てよ、ぼくが――」

ジョージは弟に食ってかかるように言った。「待てないわ。彼はすでに死んでいるかもしれないのよ」

オスカーは降伏するかのように両手を上げた。「わかっているよ、ジョージ。ぼくはいっしょに行くと言うつもりだったんだ。何かの助けになるかもしれない」オスカーはセシルに顔を向けた。「馬でトニーのところへ行って、事のしだいを知らせてくれるか？」

セシルはうなずいた。

オスカーはジョージの手から手紙を取った。「これをトニーにわたしてくれ。可能ならばトニーに来てもらわなければならないだろう」

「わかった、任せてくれ」セシルは好奇心に満ちた顔で手紙を受け取った。

「ありがとう」涙がジョージの顔を伝い落ちた。

「いいんだ」セシルはもう少し何か言いたげだったが、頭を振りながら出ていった。

「さて、いったいどういうことなのかはわかりませんけれど、わたくしとしては、すべてを許すと言うわけにはいきません」ベアトリスは黙って成り行きを見守っていたが、とうとう立ちあがった。「わたくしは、蚊帳の外に置かれるのは好きではありません。ええ、そうですとも。けれど、今回だけは待ちましょう。あなたたちがなぜ大騒ぎしているのか、聞かせてもらうのを」

「ありがとうございます、おば様」ジョージはほとんど話を聞かず、すでにドアから出かかっていた。

「ジョージナ」ベアトリスは姪の涙のあとが残る顔に手のひらをあてて、彼女を止めた。「いいですか、覚えておくのですよ。わたくしたちはつねに神様のご加護をえられるとはかぎりません。けれども、強くはなれるのです」ベアトリスは突然年を取ったかのように見えた。「わたくしたちにできるのはそれだけしかないと思うことがときどきあるわ」

「ポラードの婆さんが殺されたことは、赤子にもわかるほど明らかだ」サイラスは革製の肘掛け椅子にふんぞり返って、満足そうに次男を見た。

ベネットは若いライオンのように書斎の中を歩きまわっている。対照的に、兄は小さすぎるコーナーチェアに、膝が顎につくかと思うほど身を縮こまらせて座っている。そもそもトーマスはなぜこの書斎にいるのだ？　サイラスにはまったくわからなかったが、そんなことはどうでもよかった。彼のすべての注意が向けられているのは、弟のほうだからだ。

手下の者たちがハリー・パイを引き立ててきて以来一週間、ベネットは父親に対して毒づき、怒りをぶつけてきた。しかし、どんなにベネットががんばっても、ひとつの事実から目を背けることはできない。女が殺害された。年老いた、貧しい女だとしても。生きているときには、だれも洟もひっかけなかったような女でも。それでも彼女は人間だったから、いくら老婆とはいえ、死んだ羊よりもはるかに重要視された。

少なくとも巷の評価はそうだ。

実際サイラスは、パイをあれほど迅速に捕らえてしまったのは間違いではなかったかと思いはじめていた。地元の連中の気持ちは非常に高ぶっていた。殺人者が野放しになっていることを快く思う者はいない。パイを捕まえずに放っておいたら、だれかが自分たちの手で片をつけるべく、あの畜生をリンチしたかもしれない。そうしたらやつはいまごろ、すでに死んでいただろう。とはいえ、長い目で見れば、たいした違いはない。いまか、一週間後かの違いだけで、いずれにせよ、パイが死ぬことに変わりはないのだ。そうなれば、息子がパイのことで自分に逆らうことはなくなる。

「女は殺害されたかもしれないが、犯人はハリー・パイではない」ベネットは父親の机の正面に立った。腕を組み、目を燃え上がらせている。

サイラスはいらだちが増してくるのを感じた。ほかのだれもが、あの土地差配人の有罪を信じている。なぜ自分の息子だけは信じようとしないのか？

サイラスは身を乗り出して、マホガニー材に穴を開けられるとばかりに、人差し指で机の表面をたたいた。「羊と同じくドクニンジンで女は殺された。あいつの彫った木像が死体のそばで発見された。犯行が起こった場所で見つかった二つめの像だ」手のひらを上に向けて突き出す。「これ以上どんな証拠がいるというのだ?」

「父上、あなたがハリー・パイを憎んでいることは知っています。しかし、なぜ彼が死体のそばに自分の彫った像をわざわざ残しておくんです? 自分を犯人だと示すような証拠を?」

「おそらくあの男は頭がおかしいのだ」トーマスが部屋の隅から静かに言った。サイラスは彼に向かって眉をひそめたが、トーマスは弟の注意を引くことに気を取られている。「パイの母親はふしだらな女だったからな。あいつはその悪い血を引いているのだ」

ベネットはつらそうな顔になった。「トム――」

「その呼び方はやめろ!」トーマスは甲高く言った。「わたしは兄だ。後継ぎなのだぞ。それに値する敬意を示せ。おまえなどただの――」

「黙れ!」サイラスは怒鳴った。

トーマスはその声に縮みあがった。「しかし、父上――」

「口を閉じておけ!」サイラスににらみつけられ、長男の顔はまだらに赤く染まった。サイラスは椅子の背にもたれ、また注意をベネットに戻した。「わたしにどうしろと言うのだ?」

ベネットは答える前に、トーマスのほうをわびるようにちらりと見たが、トーマスはそれを無視した。「わかりません」

よし、はじめて戸惑いを見せたぞ。サイラスはそれですっかり気をよくした。「わたしはこの郡の治安判事だ。わたしが適切と考える法を執行しなければならない」

「とにかく、ハリーに会わせてください」

「いや、だめだ」サイラスは首を横に振った。「やつは危険な犯罪者だ。わたしの責任において、おまえをあいつに近づけることはできない」

わたしの手下が自供させるまではな。パイはどんなに殴られても、立っていることもできず、よろめいて地面に倒れこんでも、自供は拒んでいる。あのようすから見て、罪を認めさせるのにあと数日はかかるだろう。しかし、ぜったいに認めさせる。そうしたら、首に縄をかけて吊るし、息の根を止めてやる。そのときには王であろうと神であろうと、わたしに反論することはできないのだ。

そうだ、待つだけだ。

「ああ、どうか、お願いです」ベネットはいらいらと早足で歩きまわっている。「ぼくは子どものころからハリーを知っているんです。彼はぼくの――」彼は残りの言葉を手で払いのけるようなしぐさをした。「彼と話すだけでいいんです。お願いします」

息子が最後に何かをねだってから、長い長い時間が経っていた。懇願すれば、相手に弱みを見せることを、まだわかっていないらしい。

「だめだ」サイラスは残念そうに首を左右に振った。

「ハリーはまだ生きているのですか？」

サイラスはにやりとした。「ああ。生きているが、特別元気というわけではない」

ベネットは青ざめ、いまにも殴りかかりそうな顔で父親をにらみつけた。その殺気に、サイラスは身構えたほどだった。

「くそったれめ」ベネットは小声でつぶやいた。

「まったくそのとおりだ」

ベネットはすばやく書斎のドアに向かい、さっと開けた。痩せた小さな少年が転がるように中に入ってきた。

「何だ？」サイラスは顔をしかめた。

「この子はぼくの連れです。ウィル、おいで」

「使用人には立ち聞きをしないよう、教えておくのだぞ」サイラスは息子の背中に向かってゆっくりと言った。

なぜかベネットは、父のその言葉を聞いて立ち止まり、振り返った。サイラスと少年を交互に見る。「あなたはこの子がだれか、本当に知らないんですね？」

「知ってなくちゃならんのか？」サイラスは少年をじっと見た。彼の茶色の目には、たしかに見覚えがある気がするが、質問を手で払った。たいしたことじゃない。「そいつは虫けらだ」

「何ということだ、信じられない」ベネットは父を見つめた。「ぼくたちはみな、あなたの手駒にしかすぎないんですね？」

サイラスは頭を横に振った。「わたしが謎かけが好きでないことくらい知っているだろう」

ベネットは少年の肩に手をかけ、彼を連れて部屋を出ていった。ばたんとドアが閉じられる。

「恩知らずなやつだ」トーマスは部屋の隅から言った。「父上にこれほどよくしていただいて、わたしをこれだけ苦しめて、感謝の気持ちのかけらもない」

「おまえは何が言いたいのだ？」サイラスはうなるように言った。

トーマスは目をしばたたいて、妙にもったいぶったようすで立ちあがった。「わたしはいつもいつも父上を愛してきました。あなたのためならどんなこともいたします」そして彼も部屋を出ていった。

サイラスは少しのあいだ息子の後ろ姿をじっと見つめてから、また頭を振った。くるりと後ろを向き、机の後ろの木の羽目板にはめこまれた小さなドアをトントンとたたいた。理由はわからないが、先代のグランヴィルは書斎から地下室につづく通路をつくっていた。少し間があって、ドアが開いた。頑丈な男が首をすくめてあらわれた。上半身裸で、両腕は太く筋肉隆々だ。褐色の胸毛には、薄気味悪く血液の塊が飛び散っていた。

「どうだ？」サイラスがきいた。

「まだ自白しようとしません」巨漢は腫れあがった手を広げた。「あっしのげんこつは血だらけでさあ。今日は仲間のバッドもやってみたんですが」

サイラスは顔をしかめた。「だれか別の男を連れてこないとだめなのか？　相手はたったひとり、しかもおまえのほうがはるかに体格がいいじゃないか。いまごろは、おまえの言うがまま、すべて吐いているはずじゃなかったのか」

「へえ、しかし、あいつはタフな野郎でして。あんなことされりゃあ、たいていの野郎は赤子のように泣き叫ぶもんなんですが」

「口だけは達者だな」サイラスは嘲った。「手に包帯を巻いてつづけろ。もうすぐ落ちるだろう。口を割らせることができたら、褒美をやろう。だが明日までにできなければ、別の人間をさがす。おまえもおまえの仲間もクビだ」

「はい、旦那様」巨漢は怒りをくすぶらせた目でサイラスを見つめてから背中を向けた。よし、こいつは怒りをパイにぶつけるだろう。

ドアが閉まり、サイラスはにやりとした。あと少しだ、あと少し。


どこかで水がしたたる音がする。

ゆっくりと。

規則正しく。

やむことなく。

彼が最初にこの部屋で目覚めたときから、そのしずくの垂れる音は聞こえ、それ以来ずっと毎日聞こえつづけている。殴打に降参する前に、この音にまいってしまいそうだった。

ハリーは背中をまるめて上半身を起こし、つらそうに壁に背をもたせかけた。彼は小さな部屋に監禁されていた。ここに連れてこられてから少なくとも一週間は経っていると思うが、時を判断するのは難しかった。それに、何時間も、いやたぶん何日間も気を失っていることがあった。壁の高いところに子どもの頭ほどの窓があるものの、錆びた鉄の格子がはめられていた。雑草が窓の外から伸びてきているところを見ると、窓は地面の高さにあるのだろう。日が高くなると、この小部屋の中を照らすのに十分な光が入ってきた。壁は湿った石でできていて、土の床だった。部屋の中には彼のほかには何もなかった。

まあ、たいていは。

夜になると、あちこちで小さな足がかりかりとひっかく音が聞こえた。かさこそいう音やチューチュー鳴く声が突然はたとやんで、またはじまる。ハツカネズミ。あるいはもっと大きいクマネズミのたぐいだろう。

ハリーはネズミが大嫌いだった。

都会の救貧院に入ったとき、彼はすぐに悟った。配給された食べ物を闘って守らなければ、自分も父親も飢え死にしてしまうことを。だから彼は、襲われたら応戦することを学んだ。すばやく、情け容赦なく。それからあとは、男たちやほかの子どもたちは手を出さなくなった。

しかし、ネズミはそうではなかった。

夕暮れになるとネズミたちは出てくる。田舎の野生動物は人間を恐れるが、ネズミは恐れない。人のポケットに忍びこみ、パンの最後のひとかけらを盗む。パンくずをさがして、子どもの髪に鼻を突っこむ。そして、食べ物の残りをまったく見つけることができないときには、自分でなんとかする。飲みすぎか病気で寝こんでいれば、ネズミに肉をかじられる。足の指、手の指、あるいは耳から。救貧院には、耳がぎざぎざになっている男たちがいた。彼らがそう長くないことはわかっていた。そして、もしも男が朝になる前に眠りながら死んだなら、顔の判別ができなくなるほど食いちぎられていることもあった。

動きが敏捷な者なら、もちろんネズミを殺すこともできる。少年たちの中には火であぶって食べている者もいた。しかしハリーは、どんなに空腹でも――たしかに、腹がよじれるほど飢えている日もあった――ネズミの肉を自分の口に入れることだけは考えもしなかった。ネズミの体には悪が宿っており、それを食べたら、腹にその悪が移り、魂が悪に染まってしまう。それにどんなにたくさん殺したとしても、いつでもさらに多くのネズミがあらわれるのだ。

だからいま、夜になっても、ハリーは眠りこむことはなかった。あたりにはネズミがいることがわかっていたし、負傷した男にやつらがどんなことをするか知っていたから。

この一週間というもの、サイラス・グランヴィルの手下に毎日痛めつけられていた。ときには一日に二回。右目は腫れあがって開かなくなり、左目もほとんど同様だった。唇は治る暇もなく切れていた。あばら骨は少なくとも二本折れていた。何本かの歯はぐらぐらになっている。皮膚のほとんどに青あざができていて、あざのない部分は手のひらほどの面積もなかった。殴られすぎて、あるいは殴られた場所が悪くて、体がまいってしまうのは時間の問題だ。

そうなったら、ネズミが……。

ハリーは頭を左右に振った。わからないのは、サイラスがなぜすぐに自分を殺さなかったかということだ。小川で捕らえられた翌日目覚めた彼は、自分が生きていることに驚いたものだった。なぜだ？　サイラスは自分をぜったいに殺すつもりなのに、なぜ生かした状態で捕まえたのだ？　やつらはウィルの祖母を殺したと白状しろと言いつづけているが、実際のところ、そんなことはサイラスにとって重要ではないのだ。ハリーを絞首刑にするのに、自供など必要としない。ハリーが死んだからといって、おそらくウィル以外には、気にする人はだれもいないし、文句を言う者もいないだろう。

ハリーはため息をついて、痛む頭をカビだらけの石につけた。いや、それは違う。彼女は気にかけてくれるだろう。どこにいようと、そう、ロンドンの高級なタウンハウスにいようが、ヨークシャーの屋敷にいようが、生まれの卑しい恋人の死を知れば、彼女は嘆き悲しむだろう。あの美しい美しい青い目から光が消え、顔はくしゃくしゃになるだろう。

この狭い部屋の中で、ハリーには考える時間が何時間もあった。人生には後悔することがたくさんあったが、その中でもっとも残念に思うのは、自分がレディ・ジョージナに苦しみをもたらすことだった。

外から、つぶやく声とブーツを引きずりながら歩く音が聞こえてきた。ハリーは首をかしげて聞き耳を立てた。またしても、痛めつけにやってきたのだ。彼は顔をしかめた。いくら心が強くとも、体は痛みを覚えていて、痛みを恐れている。彼らがドアを開けて、またすべてがはじまる前のその瞬間、目をつぶり、レディ・ジョージナを思った。別の時代、別の場所で出会ったなら、彼女がそれほど高貴な生まれではなく、自分が平民の出でなければ、二人はうまくいったかもしれない。結婚して、小さな家を持つ。彼女は料理を覚え、毎晩帰宅すると、甘いキスに迎えられる。夜は彼女の横で眠り、彼女の胸が息をするたびに上下するのを感じる。そして、彼女の体に腕をかけて、深い眠りに落ちていく。

おれは彼女を愛していたのかもしれない。マイ・レディを。

15

「ハリーは生きているの？」ジョージの顔は、くしゃくしゃに丸められてからまた平らに伸ばした紙のように見えた。グレーのドレスはしわだらけだった。おそらくロンドンからの道中、それを着たまま眠っていたに違いない。

「ええ」ヴァイオレットは姉を抱きしめた。姉の容姿のあまりの変わりようにショックを受けたことを見せないよう気をつける。ジョージがワールズリーを発ってからまだ二週間も経っていなかった。「ええ、わたしが知っているかぎりでは、ハリーは生きているわ。グランヴィル卿は、だれも彼に会わせないの」

ジョージの表情は明るくならなかった。目はまだ見開いたままで、まるでしばたたいたりしたら何か重要なものを見逃してしまうと思っているかのようだった。「では、彼は死んでいるかもしれないわ」

「いいえ」ヴァイオレットも目を大きく見開き、必死にオスカーを見る。助けて！「そんなことはないと思うわ――」

「ハリー・パイが死んでいるならわれわれの耳に入っているはずだ、ジョージ」オスカーが助けに入った。「グランヴィルは大喜びで吹聴するだろうから。彼がそうしていないところを見ると、パイはまだ生きている」彼はまるで病人を支えるかのように、ジョージの腕を取った。「屋敷に入ろう。座って、お茶を一杯飲もう」

「いいえ、わたし、彼に会わなければ」ジョージは、しおれた花を売りつけようとするしつこい行商人を振り払うように、オスカーの手をはねのけた。

オスカーは少しも動じない。「気持ちはわかるが、パイに会いたいなら、グランヴィル卿に断固とした態度で立ち向かう必要がある。そのためには、休んで元気を回復したほうがいい」

「トニーは手紙を受け取ったと思う?」

「ああ」オスカーはもう一〇〇ぺんも同じ答えをしたかのように言った。「ぼくらのすぐあとに出発しただろう。トニーが到着したときに備えておこう」ふたたびジョージの肘に手をかける。ジョージも、今度は素直に彼に導かれて屋敷の正面入口の階段を上った。

ヴァイオレットはひどく驚いて、彼らのあとにつづいた。ジョージはどうしてしまったの? 姉が動揺しているだろうと、いや、泣いてさえいるだろうとは予想していた。しかし、これは——これは、涙すら出ないほど痛ましい悲しみようだ。もしも今日、夏の恋人であったレナードが死んだと聞いたら、もの悲しい気分になるだろうし、涙の一粒でもこぼして、一日か二日ふさぎこむだろう。しかし、いまのジョージのように打ちのめされることはない。しかも、知るかぎりでは、ミスター・パイはまだ死んでさえいないのだ。

まるで彼を本気で愛しているかのようだ。

ヴァイオレットは立ち止まって、弟にもたれている姉の後ろ姿をじっと見つめた。そんなはずはない。ジョージは恋をするには年を取りすぎている。それに、もちろん情事を楽しむにも年を取りすぎていた。けれども、真実の愛ならば話は別だ。ジョージがミスター・パイを愛しているなら、彼と結婚したいと思うかもしれない。そして、二人が結婚したら……彼は家族の一員になる。とんでもないわ！　彼はたぶん魚料理にどのフォークを使ったらいいかも知らないだろう。それから、男爵として生まれて退役した将軍を何と呼んだらいいかも知らないだろうし、女性が片鞍で馬に乗るのを助ける適切な方法だって……ああ、どうしよう！　変ななまりでしゃべったら！

ジョージとオスカーは客間に着いた。彼は姉を部屋に導き、あたりを見まわした。ヴァイオレットを見て、顔をしかめる。

客間に入るとオスカーはジョージを座らせた。ヴァイオレットは急いで二人に追いついた。「お茶と軽い食事を用意するよう言いつけたか？」とヴァイオレットにきいた。

ヴァイオレットは自分の迂闊さに真っ赤になった。あわててドアから体をのりだし、従僕にお茶の用意をするよう命じた。

「ヴァイオレット、あなたはどんなことを知っているの？」ジョージはじっと妹を見つめる。「手紙にはハリーが逮捕されたと書かれていたけれど、その理由や、状況については書かれていなかったわ」

「ええと、女の人の死体が見つかったの」ヴァイオレットは座って考えをまとめようとした。「牧草地で。名前は、ピラーとか、ポラーとか——」

「ポラード？」

「そう」ヴァイオレットはびっくりして姉を見つめた。「どうして知っているの？」

「彼女の孫を知っているのよ」ジョージは手で中断を拒んだ。「つづけて」

「羊と同じ方法で毒殺されたんですって。死体のそばで草が見つかったの。羊を殺した草が」

オスカーは眉間にしわを寄せた。「だが、女が愚かにも羊のように毒草を食べるだろうか」

「近くにカップがあったそうよ」ヴァイオレットは身震いした。「中に何かかすのようなものが残っていて、人々は、彼が、つまり犯人が、彼女に無理やり飲ませたのだろうと思っているの」ヴァイオレットは心配そうに姉を見た。

「それはいつのこと？」ジョージは尋ねた。「わたしたちが発つ前に死体が発見されていたら、だれかから事件のことを聞いていたはずだわ」

「それが、そうではなかったようなの」とヴァイオレットは返事をした。「お姉様が出発する前の日に地元の人は発見したのだけど、わたしが聞いたのはみんなが発ったあとだった。それから木彫りの像が落ちていたの。動物の。人々は、それはミスター・パイがつくったものだから、彼がやったに違いないと言っているのよ。つまり、女の人を殺したのだと」

オスカーはさっとジョージを見た。ヴァイオレットは先をつづけるのをためらった。姉が何か反応するだろうと待ったが、ジョージは眉を上げただけだった。

それでヴァイオレットはまたつづけた。「そしてお姉様が出発した日の夜、ミスター・パイは捕らえられたそうよ。でも、だれも逮捕の顛末については詳しく話してくれないの。七人がかりでようやく捕まえて、そのうちの二人はひどい怪我をしたとだけ。だから――」彼女は息を吸いこみ、慎重に言った。「彼はかなり激しく抵抗したに違いないわ」姉を見つめ、反応を待った。

ジョージは唇を嚙みながら、視線を宙にさまよわせた。「ミセス・ポラードは、わたしがいなくなる前の日に死んだということ？」

「それが、違うの」ヴァイオレットは言った。「実際には、三日前の夜だったのではないかと言われているわ」突然ジョージは妹に焦点を合わせた。

ヴァイオレットは急いでつづけた。「彼女はお姉様が出発する四日前の晩は生きていたの。ウェストダイキの居酒屋で何人かの人が見たそうよ。けれどある農夫が、彼女がウェストダイキにいた晩の翌日の朝には、死体は発見された場所にはなかったと断言しているの。農夫はその朝羊を連れて牧草地を通ったことをはっきり覚えていたのよ。そして、死体が発見された場所に農夫がふたたび訪れたのは数日後で、死体の状態から見て……えーと」嫌気感もあらわに鼻にしわを寄せた。「腐りかげんから見て、牧草地に二晩以上横たわっていた。うっ！」彼女は身震いした。

運ばれてきた紅茶を、ヴァイオレットは吐きそうな顔で見た。料理人は、ピンクのフィリングが染み出しているクリームケーキが紅茶のお菓子にはぴったりだと思ったのだろうが、こういう状況では見るのもおぞましかった。

ジョージは紅茶を無視した。「ヴァイオレット、これはとても重要なの。わたしが出発した日の朝から三日前の夜に、彼女が殺されたと思われるというのはたしかなのね？」

「うーん」ヴァイオレットはつばを飲みこみ、気味の悪いクリームケーキから目をそらした。「ええ、たしかだと思うわ」

「神様、ありがとうございます」ジョージは目を閉じた。

「ジョージ、彼のことを思う気持ちはわかるが、それはだめだ」オスカーの声には警告が含まれていた。「ぜったいにだめだ」

「ハリーの命がかかっているのよ」ジョージは自分の情熱を弟に注ぎこもうとするかのように、体を彼のほうに傾けた。「これに知らん顔するようなら、わたしはいったいどういう人間なの？」

「どういうこと？」ヴァイオレットは二人の顔を見比べた。「わたしにはわからないわ」

「とても簡単なこと」ジョージはようやく湯気を立てているティーポットに気づき、カップに注ぐために手を伸ばした。「ハリーはその夜、ミセス・ポラードを殺すことはできなかった」ジョージはヴァイオレットにカップを手わたして、妹を見つめた。「彼はわたしといっしょにいたのだから」

ハリーは夢を見ていた。

醜い鬼と、若い王と、美しい姫のあいだで議論が交わされていた。醜い鬼と若い王は夢の中でそれらしい姿に見えたが、姫は真紅の唇も濡れ羽色の黒い髪も持っていなかった。彼女は赤毛で、唇はレディ・ジョージナの唇にそっくりだった。別にかまわない。しょせん夢なのだから。それに、夢の中の姫を自分の好きな姿にする権利がある。彼としては、くせの強い赤毛のほうが、滑らかな黒髪よりもはるかに美しいと思えた。

若い王は法だとか証拠だとかについてぺちゃくちゃしゃべっており、その上流階級特有の鼻につく発音を聞いていると、歯がうずいてくるようだった。ハリーは鬼がなぜ返答をするときに、がなり立てるのかわかる気がした。若い王のひとりごとのようなおしゃべりをかき消そうとしているのだ。あのいやな野郎を怒鳴りつけることができるなら、ハリーもそうするだろう。若い王は鬼が持っている錫《すず》の雄ジカをほしがっているようだ。ハリーは笑いをこらえた。錫のシカはクズ同然だと若い王に教えてやりたかった。雄ジカの枝角はとうの昔にほとんどの部分がもげていて、脚は三本しか残っていなかった。そのうえ、魔法の動物でもないから話すこともできない。

しかし、若い王は頑固だった。どうしても雄ジカをほしがり、ぜったいに手に入れるつもりで、それをよこせと鬼を困らせているのだ。この地球上に住む者はすべて、上流階級の人間のブーツをなめてきれいにすることを無上の喜びとしているかのような、貴族ならではの横柄な態度だ。ありがとうございます、旦那様、お役に立てて心からうれしゅうございます、と言われるのがあたりまえと思っている。

ハリーは当然、鬼の味方をしたいところだが、待てよ、何かが変だ。ジョージナ姫がしくしく泣いている。大きな涙の粒が透き通るような頬を伝って落ち、やがて金に変わった。黄金の粒はちりりんと音を立てて石の床に落ち、転がっていった。

ハリーは魅了された。彼女の悲しむようすから目を離すことができなかった。若い王に大声で言いたかった。ほら魔法だ！　あなたの隣のレディを見ろ。だが、もちろん、話すことはできない。さらに、自分が間違っていたことがわかった。錫の雄ジカをほしがっているのは若い王ではなく、じつは姫だったのだ。若い王は姫の使いとして交渉していたのだった。さて、そうなったら、まったく話は違ってくる。ジョージナ姫が雄ジカを所望しているなら、古ぼけた汚らしい品だとしても彼女のものにしなければならない。

しかし、醜い鬼は錫の雄ジカを大切にしていた。鬼にとってもっとも貴重な所有物だった。それを見せつけるために、鬼は雄ジカを投げ落として、それを足で踏みつけた。雄ジカはうめいて、ばらばらに壊れてしまった。鬼は、足元にちらばっているいまいましい破片をじっと見つめ、にやりとした。姫の目をじっとのぞきこみ、指さす。さあ、取るがいい。おれが殺してやったがな。

すると驚くべきことが起こった。

ジョージナ姫が砕かれた雄ジカの横にひざまずいて、涙を流すと、黄金の涙がシカの上に落ちた。すると黄金の涙がばらばらになった錫の破片をくっつけあわせ、雄ジカは元通りの形になった。いまやその体は錫と金でできている。姫はほほえんで、その不思議な動物を胸に抱いた。すると雄ジカは頭を彼女にすりよせた。姫はシカを抱き上げ、彼女と若い王は、そのいかがわしい戦利品を持ってくるりと背を向けた。

しかしハリーは、鬼がこのなりゆきに腹を立てていることを、姫の肩越しに見た。鬼が錫の雄ジカに向けていた愛情はすべて、それを盗み去っていった姫への憎悪に変わった。彼は若い王に向かって叫びたかった。気をつけろ！ 姫の背後に注意しろ！ 鬼は姫を襲うつもりだ。そして復讐を果たすまであきらめないぞ！ だがどんなにがんばっても、ハリーは声を出すことができない。

夢とはそういうものだ。

ジョージはハリーの頭を膝にのせ、顔じゅうについたひどい青あざを見てすすり泣かないようこらえた。唇と目はどす黒く腫れあがっていた。眉毛についた傷と、耳の下の傷から鮮血がにじんでいる。髪はねばついて汚れていたが、その汚れの一部は乾いた血液らしく、ジョージはぞっとした。

「できるだけ早くここを出たほうがいい」馬車に乗りこんできたオスカーはそうささやいて、馬車の扉をばたんと閉めた。

「まったくくだ」トニーは鋭く天井をトントンとたたいて、御者に出発の合図をした。

馬車はグランヴィル家から出発した。屋敷の当主が陰険な顔で彼らが去っていくのをじっと見つめていることは、わざわざ後ろを振り返らずともジョージにはわかっていた。彼女は、座席に横たわっているハリーに馬車の震動が伝わらないよう、自分の体をクッション代わりにして守っていた。

オスカーはハリーの怪我の具合を調べた。「こんなにひどく痛めつけられている男を見たことがない」彼はひそひそ声で言った。〝しかも生きている〟という語られなかった言葉が馬車の中にただよった。

「やつらは人でなしだ」トニーは目をそらした。

「彼は助かるわ」ジョージは言った。

「グランヴィル卿はそうは思っていなかった。さもなければ、ハリーをわたしたちに引きわたすはずがない。それに関しては、少々爵位に物を言わせる必要があったが」トニーは唇を引き結んだ。「心の準備が必要だよ」

「どんな準備？」ジョージはもう少しでほほえむところだった。「彼が死んだときに備えろってこと？　そんなことできないし、するつもりもない。代わりに、彼が回復することを信じるつもりよ」

「ああ、まったく」と言って、トニーはため息をついたが、それ以上何も言わなかった。オスカーがようやくワールズリー・マナーの正面に着くまで、永遠にも思える時間が過ぎた。オスカーは転がるように外に飛び出し、トニーはもう少し落ち着いてそれにつづいた。ジョージは、弟たちが従僕を指図して、ハリーを運ぶのにちょうどいい扉をさがさせているのを聞いた。

彼女は下を見た。膝の上に横たえられて以来、ハリーは一センチたりとも動いていなかった。両まぶたは腫れあがり、たとえ意識が回復しても目を開けられないのではないだろうかとジョージは思った。手のひらを彼の首にあてて脈を測る。遅いが、しっかりとした脈だ。

　男たちが戻ってきて、ジョージと代わった。馬車の外へハリーを運び出し、見つけてきた扉にのせた。四人がかりで扉を階段の上に運び上げ、屋敷の中へと入れた。さらに階段の上へ運ばなければならないので、彼らは汗をかき、ジョージがそばにいるにもかかわらず、汚い言葉を吐きながら働いた。トニーの部屋でも彼女自身の部屋でも反対意見が出たので、別の小部屋のベッドにハリーを寝かせた。部屋はベッドと、引き出しつきのタンスと、ナイトテーブル、そして椅子を入れるともういっぱいだった。実際には化粧室として使われるべきだったが、その部屋は彼女の部屋に近かった。一番大事なのはそこだった。弟たちを含め、すべての男たちが出ていくと、突然部屋は静まり返った。こうした移動のあいだ、ハリーはぴくりとも動かなかった。

　ジョージは疲れきってベッドの彼の横に座った。また首筋に手をあてて脈に触れ、目を閉じた。

　背後でドアが開いた。

「まあ、なんてひどいことを。あんなに元気だったのに」ティグルが湯の入ったたらいを持って、ジョージの横に立った。メイドは主人と目を合わせてから、背筋を伸ばした。「とにかく、なるべく心地よくなれるようにしてあげましょう、ね、お嬢様」

六日後、ハリーは目を開けた。

そのときジョージは、薄暗い部屋の彼のベッドのそばで座っていた。彼が運びこまれて以来、毎日、そしてほとんど毎晩、そうして彼のそばに付き添っていた。彼のまぶたがぴくぴくっと動くのを見るたびに、希望をもち直していた。その前にも、わずかな時間、目を開けたことがあったが、彼女を見分けることもなく、はっきりと目覚めてもいないようだった。

しかしいま、彼のエメラルド色の目はジョージに注がれ、そのままじっと見ている。「マイ・レディ」彼の声は小さくかすれていた。

ああ、神様、ありがとうございます。ハレルヤを歌いたい気分だった。ひとりで部屋中をダンスしてまわりたかった。床にひざまずいて感謝の祈りを捧げたかった。

しかし、彼女はただハリーの口元にカップを持っていっただけだった。「喉が渇いた?」

彼女の目から視線を離さず、彼はうなずいた。飲みこんでから「泣くな」とささやいた。

「ごめんなさい」ジョージはカップをナイトテーブルに戻した。「うれし泣きよ」

ハリーはさらに数分間、彼女を見ていたが、ふたたび目を閉じ、眠ってしまった。

ジョージはこの一週間何度となくしてきたように、彼の首の脈に触れた。あまりに頻繁にこうしてきたため、いまでは習慣になっていた。皮膚の下の血管は強く、安定した脈を打っている。ハリーは触れられると何かぶつぶつつぶやいて、体を動かした。

ジョージはため息をついて立ちあがった。ゆっくりとぜいたくに一時間風呂につかり、夕方まで昼寝をした。目覚めると、肘のところにレースがついた黄色の畝織りのドレスに着替え、夕食をハリーの部屋へ持ってくるようメイドに言いつけた。

部屋に入ると、彼が起きていたので、心臓がどきんと鳴った。はっきりと目覚めた彼の目を見るだけで、そんなささやかなことで、世界はがらりと変わるのだ。

だれかが彼を起きあがらせてくれたらしい。「ウィルはどうしている?」

「あの子は大丈夫。ベネット・グランヴィルといっしょにいるわ」ジョージはカーテンを開けにいった。

日は暮れかかっていたが、そんな薄日でも陰気な部屋が少し明るくなった。明日の朝、メイドに窓を開けさせて、部屋のむっとする空気を新鮮な空気と入れ替えなくちゃ、と彼女は心の帳面に書きつけた。

それからまたベッドサイドに戻った。「どうやらウィルは、あなたが捕まったときには隠れていて、それからウェストダイキまで戻り、コック・アンド・ワームの主人に何があったか話したらしいの。でも、主人にはどうすることもできなかった」

「そうか」

ハリーがあの地下室に監禁されて、助けてくれる人もなく毎日殴られていたことを思い、ジョージは眉をひそめ、頭を左右に振った。「ウィルはとてもあなたのことを心配していたわ」

「あの子はいい子だ」

「ウィルはあの晩何があったかをわたしたちに話してくれたの」ジョージは座った。「あなたがあの子の命を救ったのね？」

ハリーは肩をすくめた。彼がその話をしたがっていないのは明らかだった。

「牛肉のコンソメを飲む？」彼女はすでに運ばれていた食事のトレイの蓋をとった。

彼女の横には、肉汁の中で湯気を立てているローストビーフの皿があった。じゃがいも、にんじん、それからおいしそうなプディング。彼の横のトレイには、牛肉コンソメのカップがひとつのっていた。

ハリーは食物をじっと見つめて、ため息をついた。「マイ・レディ、牛肉のコンソメはとてもうまそうだ」

ジョージがカップをハリーの口元に持っていって飲ませようとしたが、彼は彼女の手からカップを取った。「ありがとう」

ジョージは自分のトレイの中の食べ物の位置を並べ替え、ワインを一杯注いだが、視界の隅でハリーを観察していた。彼はこぼさずにスープを飲み終え、カップを膝の上に置いた。手つきはしっかりしているように見えた。彼女は少しほっとした。あれこれ世話を焼いて当惑させたくはなかったが、ほんの一日前には彼はほとんど意識不明だったのだ。

「あのおとぎ話のつづきを話してくれないか？」今日の午後以来、彼の声は力強くなっていた。

ジョージはほほえんだ。「結末が気がかりで、やきもきしていたのね」

ハリーの青く腫れあがった唇はにやりと笑うかのようにひきつったが、彼は「ええ、マイ・レディ」と神妙に返事をした。

「さて、どこまで話したかしら」彼女は牛肉を一切れ口に放りこみ、嚙みながら考えた。最後にこの物語を彼に話したときは自分が裸で、ハリーも……ジョージは急に肉を飲みこんだためにむせて、ワインのグラスをつかまなければならなかった。顔が真っ赤になっているはずだ。こっそりハリーを盗み見たが、彼はぼんやりと牛肉のコンソメを見下ろしていた。

彼女は咳ばらいをした。「ヒョウの王子は人間の姿に変わった。彼はエメラルドの王冠を握って、透明マントよ、出てこい、と願った。あれ以来、すぐに出てくるようになっていたのでしょう。この前話したみたいに、人間になったとき、彼はきっと素っ裸だったと思うわ」

ハリーはカップの縁越しに眉を上げた。

ジョージはとりすましてうなずいた。「彼はマントを身につけ、邪悪な魔女を倒して黄金の白鳥を手に入れるために出発した。ところが今回はちょっとした逆転があって、魔女は彼をヒキガエルに変えてしまった――」

ハリーは彼女にほほえんだ。彼がほほえんでくれるだけで、どんなに幸福になれることか！

「とはいえ、やはり彼はもとの姿に戻ることができ、黄金の白鳥を盗んで、若い王のところへ持ち帰った。するともちろん、若い王はすぐに美しい姫の父親のもとにそれを運んだ」

　彼女は牛肉を一切れ切って、ハリーのほうに差し出した。彼はフォークをじっと見たが、それを取る代わりに口を開けた。ジョージと目を合わせ、彼女が彼の口に肉を入れるあいだもじっと見つめていた。なぜかこのやりとりに、彼女の呼吸が速くなった。

　ジョージは自分の皿を見下ろした。「しかし、若い王はふたたび運に見放された。黄金の白鳥も黄金の馬と同じく話すことができたから」父親の王は黄金の白鳥を脇へ連れていって尋ねた。そしてすぐに、邪悪な魔女から黄金の白鳥を盗んだのが若い王ではないことを知った。じゃがいもも食べる？」

「ありがとう」ハリーは目を閉じて、彼女のフォークからじゃがいもを食べた。

　それに共鳴して、ジョージの口にも唾が出てきた。彼女は咳ばらいした。「それで、父親の王は怒って若い王に迫り、こう言った。『黄金の白鳥はたいへんみごとだが、あまり役に立たない。月の山脈に棲む七頭の竜が守っている黄金のウナギを持って来なさい』」

「ウナギ？」

　ジョージはプディングをスプーンですくって差し出したが、ハリーはけげんな顔で彼女を見ている。

　彼女は彼の目の前でスプーンを振った。「ええ、ウナギよ」

　ハリーは彼女の手をつかんで、スプーンを自分の口に運んだ。

「なんだかおかしな感じがするでしょう？」ジョージは息もつかずにつづけた。「わたしもこれについては料理人のおばさんに問いただしたのだけど、おばさんはこうなのだと言い張ったの」彼女は、もう一切れの肉をフォークで刺して、差し出した。「わたしだったらこう思うわ。オオカミかユニコーンと」

ハリーは飲みこんだ。「ユニコーンではないな。あまりに馬に近い」

「そうね。とにかく、もっと魅力的なものがいいわ」彼女は鼻にしわを寄せてプディングを見た。「ウナギなんて、たとえ黄金のウナギだって、魅力的には聞こえないでしょう?」

「ああ」

「わたしもそう思うわ」彼女はプディングをつついた。「料理人のおばさんは年を取っているから。少なくとも八〇歳にはなっていると思うの」ジョージが顔を上げると、彼は彼女がちょうどぐちゃぐちゃに崩したプディングを見つめていた。「あら、ごめんなさい。もっと食べる?」

「ほしいな」

彼女はプディングをハリーの口に入れ、唇がスプーンにかぶさるのを見つめた。ああ、彼の唇って、あざだらけになっていてもすてき。「とにかく、若い王は急いで城に帰り、ヒョウの王子に黄金のウナギをさがしてこいと言った。いやなやつよね、まったく。でも、ヒョウの王子には選択の余地がないでしょう? それで彼は、人間の姿になって、手にエメラルドの王冠を握った。そして今度は、何を願ったと思う?」

「わからないな」

「千里の長靴よ」ジョージは満足そうに椅子の背にもたれた。「想像できる? その長靴をはくと、たった一歩で千里も進むことができるの」

ハリーは口もとをゆがめた。「マイ・レディ、ばかな質問かもしれないが、ヒョウの王子が月の山脈に行くのに、その長靴がどんな役に立つというんだい？」

ジョージはじっと見つめた。いままでそんなことを考えたこともなかった。「わからないわ。陸の上では役に立つでしょうけれど、空ではどうかしら？」

ハリーは厳粛にうなずいた。「わたしもそれが問題だと思う」

ジョージは考えこみながら、上の空で牛肉の残りを彼に食べさせた。最後の一口を食べさせたとき、彼がずっと彼女を見つめていたことに気づいた。

「ハリー……」彼女はためらった。彼は弱っていて、まだ上体をしっかりと起こしていることすらおぼつかないほどだ。そんな弱っているときにしてはいけない質問かもしれないが、どうしてもきいておきたかった。

「なんだい？」

もう一度考え直す前に、ジョージは尋ねていた。「あなたのお父さんはなぜグランヴィル卿に襲いかかったの？」

彼は身をこわばらせた。

彼女は、すぐに尋ねたことを後悔した。ハリーがいま、そういう話をしたがっていないことは十分すぎるほど明らかだ。なんていやな女かしら。

「わたしの母はサイラス・グランヴィルの愛人だった」彼は感情をこめずに言った。

ジョージは息を止めた。ハリーが母親の話をするのは初めてだった。

「美しい人だった、母は」彼は右手を見下ろし、その手を握った。「猟場管理人の妻にしては美しすぎた。真っ黒な髪で瞳はグリーンだった。町へ出かけると、男たちは振り返ったものだ。わたしはまだ子どもだったが、なんだかいい気持ちがしなかった」

「いいお母さんだったの？」

ハリーは肩をすくめた。「ほかの母親を持ったことがないから、比べようがない。食事や着るものの面倒は見てくれた。それ以外はすべて父親がやった」

ジョージは自分自身の手を見下ろし、涙をこらえた。それでも彼の言葉を、かすれ声でゆっくり話す彼の言葉を聞いていた。

「幼いころ、夜寝つけないときには、ときどき母が歌を歌ってくれた。悲しい恋の歌だった。声は高くて、か細かった。わたしが母の顔を見ていると、けっして歌おうとしない。しかし、歌ってくれたときの声はとても美しかった」ハリーはため息をついた。「少なくとも子どものわたしはそう思った」

彼の話を中断してしまうのが怖くて、彼女はほんのわずかに頭を動かしてうなずいた。

「父と母は、結婚したばかりでここに移ってきた。漏れ聞いた話をつなぎ合わせただけだからはっきりしたことはわからないが、ここに来てすぐに、母はサイラスと関係を持ったようだ」

「あなたが生まれる前に？」ジョージは慎重に尋ねた。

彼はエメラルドグリーンの目で彼女をじっと見て、一度だけ首を縦に振った。

ジョージはゆっくりと息を吐きだした。「お父さんは知っていたのかしら?」

ハリーは顔をしかめた。「知っていたと思う。サイラスはベネットを連れていってしまったから」

彼女は目をしばたたいた。聞き間違いのはずはない。「では、ベネット・グランヴィルは……?」

「弟だ」ハリーは静かに言った。「わたしの母の息子」

「でも、どうしてそんなことができたの? グランヴィル卿が赤ん坊を家に連れ帰ったとき、人に気づかれないわけがないわ」

ハリーはほとんど笑い声のような声を出した。「ああ、だれもが知っていたさ。いまでもたくさんの連中が覚えている。しかしサイラスはいつだって暴君だった。彼がこの赤ん坊は自分の嫡出子だと言えば、それで通ってしまうんだ。正妻でさえ逆らわない」

「あなたのお父さんは?」

ハリーは手を見下ろして、顔をしかめた。「覚えていない。わたしはまだ二歳くらいだったから。だが、父は母を許したのだと思う。そして母は、サイラスとは手を切ると約束したに違いない。それは嘘だった」

「それでどうしたの?」ジョージは尋ねた。

「父にばれてしまったんだ。母がまたサイラスと会っていることを、父がうすうす気づいていながら知らないふりをしていたのか、あるいは母が改心したと信じることで自分をだましていたのか、あるいは……」彼はいらだって頭を横に振った。「しかし、そんなことはどうでもいい。とにかく、わたしが一二歳のときに、父は母がサイラスと寝ているところを見つけてしまった」

「そして?」

ハリーは顔をしかめた。「そして、父はサイラスの首を絞めようとした。サイラスははるかに大きい男だったから、逆に父を痛めつけた。父は辱しめられた。それでもなお、サイラスは父を鞭で打たせたのだ」

「あなたは? あなたも鞭で打たれたと言っていたわよね」

「わたしはまだ子どもだった。やつらが父をあの大きな鞭で打ちはじめたとき……」ハリーは唾を飲みこんだ。「わたしはあいだに突進していった。愚かなことだった」

「お父さんを救おうとしたんでしょう」

「ああ。だが、それで得たものはこれだけだ」ハリーは指が欠けた右手を上げた。

「どういうこと?」

「わたしは顔をかばおうとしたので、鞭がこちらの手にあたった。ほら」ハリーは右手の指に横に走る長い傷跡を指し示した。「鞭はもう少しで指を全部もぎ取るところだったが、一番ひどかったのが薬指だった。サイラスは手下のひとりに言いつけて、それを切断させた。情けだ、と言ってね」

まあ、なんてひどい。ジョージはのどに苦いものがこみあげてくるのを感じた。彼女はハリーの右手に自分の手をかぶせた。彼が手のひらを返したので、二人の手のひらが合わさった。ジョージはそっと彼の指に指をからませた。

「父は職を失い、鞭で打たれたせいで体がひどく不自由になったので、わたしたちはしばらくして救貧院に入った」ハリーは彼女から目をそらしたが、手はまだ握ったままだった。

「お母さんは？　お母さんも救貧院に入ったの？」ジョージは低い声で尋ねた。

ハリーは痛いほどぎゅっと彼女の手を握り締めた。「いや。母はサイラスのところにとどまった。彼の愛人として。何年も後に、母が疫病で死んだと聞いた。あの日以来、母とは話をしたことがない。父とわたしが鞭で打たれた日以来」

彼女は深く息を吸いこんだ。「ハリー、あなたはお母さんを愛していた？」

彼は口をねじ曲げてほほえんだ。「マイ・レディ、どんな少年でも母親を愛するものなんだよ」

ジョージは目を閉じた。金持ちの男の愛人になるために自分の子どもを捨てるなんて、いったいどんな女性なのだろう？　ハリーについてはたくさんのことがわかったけれど、それは聞くにたえないほど悲惨な事実だった。彼女はハリーの膝に顔をうずめ、彼が髪をなでてくれるのを感じた。なんだか奇妙だ。あんな告白のあとなら、わたしのほうが彼を慰めなければならないのに。代わりに、彼がわたしを慰めている。

ハリーはため息のような息を吐いた。「これでわかっただろう、なぜわたしが去らなければばならないかが」

16

「でも、どうしてあなたが去らなければならないの？」ジョージは尋ねた。

彼女は小さい寝室の中を歩きまわった。ベッドをばしんとたたきたかった。タンスに八つあたりしたかった。ハリーをたたきたかった。彼が最初にその言葉を口にしてから二週間近く経っている。その二週間のあいだに立って歩けるようになり、治りつつある打撲傷は緑がかった黄色に変わり、足もほとんど引きずらなくなった。しかし、その二週間、彼は頑固に決心を変えようとしなかった。健康が回復したらすぐに、彼女のもとを去ると。

毎日ジョージは彼の小さな部屋へやってきて、同じ議論をした。彼女はもはやこの狭苦しい部屋にがまんができなくなっていた。ハリーがどう思っているかはわからなかったが、彼女のほうはいまにも叫びだしそうだった。彼はもうすぐわたしから去っていく。ただ、そのドアを出ていくのだ。彼女にはいまだにその理由すらわからないというのに。

ハリーはため息をついた。ジョージの聞きわけのなさにうんざりしているに違いない。

「マイ・レディ、うまくいきっこないんだ、あなたとわたしは。わかってほしいし、すぐにわたしの言ったことが正しいとわかるだろう」彼の声は低く穏やかで、理性的だった。

彼女の声はそうでなかった。

「そんなことないわ！」ジョージは、早く寝なさいと言われた小さい子どものように叫んだ。かろうじて、足を踏み鳴らすことはしなかった。

ああ、神様。わたしは修羅場を演じようとしています。しかし、彼女は止めることができなかった。懇願し、哀れっぽい声で、ぐずぐずせがまざるをえなかった。もう二度とハリーに会えなくなると思うと、やむにやまれぬ恐怖が胸に押し寄せてくる。

彼女は深呼吸をして、もう少し落ち着いて話そうとした。「わたしたち、結婚すればいいのよ。わたしはあなたを愛し――」

「だめだ！」彼は手で壁をたたいた。大砲の弾が部屋に撃ちこまれたような大きな音がした。

ジョージは彼を見つめた。ハリーが自分を愛していることはわかっていた。彼が「マイ・レディ」と呼ぶ声はとても低く、まるで猫がのどを鳴らすときのように満足そうだった。自分を見る彼の視線、怪我をする前に彼女を抱いたときの愛し方、それらがすべて彼女への愛を語っていた。だったら、なぜ――？

ハリーは首を左右に振った。「マイ・レディ、悪いが、できない」

涙がわいてきた。ジョージは手でそれをぬぐった。「では、少なくとも、どうしてわたしたちが結婚するべきでないと思うのか、説明してちょうだい。だってわたしには、理由がさっぱりわからないの」

「なぜ？　なぜだって？」ハリーは鋭く笑った。「じゃあ、こんな理由はどうだ？　わたしがあなたと結婚したら、イギリス中が金目当てだと思うだろう。それから、金の問題はどうする？　わたしに三カ月ごとに小遣いをくれるのか？」彼は両手を腰に当てて、彼女をじっと見つめた。

「そんなふうにはならないわ、きっと」

「そうかい？　じゃあ、すべての金をわたしに譲るという書類に署名するか？」

彼女は一瞬ためらってしまった。

「もちろん、そんなことしやしない」彼はさっと両腕を上げた。「ということは、わたしはあなたのペットの猿になる。男の囲われ者。あなたの友人の中で、わたしを夕食に招待したがる人がいると思うのか？　あなたの家族がわたしを受け入れると？」

「ええ。ええ、受け入れるわ」ジョージは顎を突き出した。「そして、あなたはペットなどでは――」

「ないか？」グリーンの瞳には痛みが映っていた。

「けっしてないわ」彼女は小声で言い、懇願するように手を伸ばした。「わかっているでしょう。あなたはもっと大切な人。あなたを――」

「やめてくれ」

しかし、彼女はひるまずつづけた。「愛しているの。愛してるわ、ハリー。愛しています。それはあなたにとって何の意味もないの？」

「もちろん、意味はある」彼は目をつぶった。「だからこそ、わたしはあなたを世の中の笑いものにしたくないのだ」

「笑いものになどならないわ。それに、たとえそうなったとしても、わたしは気にしない」

「わたしと結婚した理由を世間に知られれば、あなたは気にするようになる。そうなったら、気にするさ」ハリーは彼女に近づいてきた。ジョージは彼の目つきに不穏なものを感じた。

「しないわ――」

　ハリーは両手でそっと彼女の上腕をつかんだ。あまりにその握りは軽く、まるで強い意志の力で自分を抑えるかのようだった。「すぐにみんなに知れわたる。ほかのどんな理由があって、あなたがわたしと結婚したがる？　金も力もない平民と、伯爵の娘であるあなたが？」彼は体を寄せてささやいた。「わからないのか？」彼の息が耳に触れ、震えが彼女の首筋を下っていった。彼に最後に触れられて以来、ずいぶん長い時間が経っていた。

「人にどう思われてもかまわないわ」ジョージは頑固に繰り返した。

「そうか？」その言葉は彼女の髪に向かってささやかれた。「しかし、マイ・レディ、それでも、やはりうまくはいかない。わたしたちのあいだには問題がひとつ残っている」

「何？」

「あなたがどう思われるかをわたしが気にするということだ」ハリーの唇が彼女の唇に重なった。怒りと絶望の味がするキス。

　ジョージは彼の頭をつかんだ。ひとつに束ねていたリボンを引っ張って解き、広がった髪に指を通した。怒りには怒りをもって、彼女はキスし返した。彼が考えることをただやめてくれさえしたら。彼女はハリーの下唇を軽く嚙んだ。うめきが彼の体を通り抜けていくのを感じ、ジョージは誘うように口を開いた。彼は誘いを受け入れて、彼女の口に舌を突き入れ、顔を傾けて激しくキスをした。両手で彼女の顔をはさみ、自分の唇で彼女の口を罰するかのごとく愛撫する。まるでそれが最後の抱擁であるかのようなキスだった。

まるで彼が明日、ジョージのもとを去るかのような。

そんな考えを打ち消そうと彼女はハリーの髪を強く握った。痛みを与えたに違いないが、彼女は放そうとしなかった。体をぐっと押しつけると、二人分の衣服の厚みを通してさえ、彼の高まりが感じられた。ジョージは体をすり寄せた。

ハリーは唇を引きはがし、頭を起こそうとした。「マイ・レディ、だめだ――」

「しーっ」ジョージは小さな声で言った。わたしはあなたがほしい。顎の線にそってキスを這わせていく。「だめなんて言葉聞きたくない。わたしはあなたがほしい。あなたが必要なの」

彼女は彼ののどの脈打つ場所をなめ、塩と男の肌を味わう。彼は震えた。彼女はハリーの首に歯を立てた。片手は髪をつかんだまま、もう片方の手で彼のシャツを引き裂いて、肩をあらわにする。

「マイ・レディ、わたしは、ああ……」ジョージがむきだしのハリーの乳首をなめると、彼はうめき声をあげた。

彼女の尻をつかんで自分の股間に押しつけるようすから見て、彼がもはや議論するつもりはないことがわかった。これでいい。男性の乳首が敏感だとはいままで知らなかった。だれかが女性たちにこのことを知らせるべきだわ。ジョージは小さい粒を歯ではさみ、そっとかじった。彼は大きな手で彼女の尻をぎゅっと握った。彼女は頭を上げて、シャツをすべてはぎ取った。確実にこのほうがいい。神がこの地球にお創りになったすべての中で、男性の胸がもっとも美しいもののひとつであることは間違いない。いや、おそらく、それはハリーの胸にだけ言えることかも。ジョージは両手で彼の肩をなで、殴られた傷跡にそっと触れた。

もう少しで彼を失うところだった。

指でハリーの乳首のまわりをなぞると、彼は目を閉じた。それから手を下げて、臍から下へつづく細い毛の筋をたどる。爪がくすぐったかったに違いない。ハリーは息を吸いこんで胃のあたりをへこませた。それから、彼女の手はズボンに達した。前あてをさぐり、隠しボタンを見つける。ジョージは、彼のものが硬くいきり立って布地をテントのように突きあげているのをずっと意識しながら、ボタンをはずしていった。ちらりと上を見ると、彼はまぶたを下ろし、うっすらと開けた目で彼女を見ていた。瞳がエメラルドグリーンの炎のように燃えているのを見て、彼女は身悶えした。体の芯の部分がゆっくりと濡れはじめる。

ズボンの前を開けると褒美が見つかった。それは下着を突き上げていた。「脱いで」ジョージは視線を彼の顔に移した。「お願い」

ハリーは眉を曲げたが、素直にズボンと下着と靴下、そして靴を脱いだ。それから彼女のドレスの前に手を触れた。

「だめ、まだよ」ジョージは踊るように彼から離れた。「あなたに触れられると何も考えられなくなってしまうから」

ハリーは彼女についていく。「そこが大事なんだよ、マイ・レディ」

ジョージの腰がベッドに突き当たった。彼女は両手を前に出して、彼を止めた。「わたしは困るの」

彼は体を前に倒してきた。実際には触れられていないが、むきだしの胸からの熱でジョージは圧倒されてしまいそうだった。「このあいだは、もう少しで死ぬところだったわ」

「だが、死ななかった」

彼は承服しかねるという目で彼女を見つめる。

「いいから、言うとおりにして」

彼はため息をついた。「おっしゃることには逆らえません、マイ・レディ」

「よろしい。では、ベッドに乗って」

ハリーはしかめっ面をしたが、言われたとおりにベッドに横向きに寝そべった。男性自身は上を向いてすっくと伸び、ほとんど臍に届きそうだった。

「ホックをはずして」

ジョージは背中を向けて、ハリーの指がドレスのホックをはずしていくのを感じた。一番下に到達すると、彼の手が届かないところまで歩いていって、くるりと振り返った。ドレスの上半身を脱ぐ。彼女はコルセットをつけていなかった。彼の目はすぐに、下着の布地を突き上げている乳首に注がれた。彼女はウエストに手をかけて、身をよじらせながらドレスを下ろした。

ハリーは目を細めた。

ジョージは椅子に座って、靴下留めを取り、くるくる巻いて靴下を下ろした。下着だけになって、ベッドに歩いてくる。彼女が横に這い上がってくると、ハリーはすぐに触れようとした。

「だめよ」ジョージは顔をしかめた。「あなたはわたしに触れてはいけないの」ベッドのヘッドボードに並んでいる紡錘形に彫った小柱を見る。「あれを握って」

彼は体をねじって見上げると、それぞれの手で一本ずつ小柱を握った。頭上に腕を伸ばしているので、上腕と胸の筋肉が盛り上がった。

ジョージは唇をなめた。「わたしがいいと言うまで、放しちゃだめよ」

「仰せのままに」不満そうな唸り声でハリーは言った。そのような屈服の姿勢をとらされれば、弱々しく見えるはずだ。ところが、彼はつながれた野生のヒョウを連想させた。唇にかすかな冷笑を浮かべ、彼女をじっと見すえて横たわっている。

近寄りすぎると危険だ。

彼女は彼の胸に爪を走らせた。「手首をベッドに縛りつけたほうがいいかも」

ハリーは眉をさっと上げた。

「安全のために」ジョージは甘い声で安心させた。

「マイ・レディ」彼は警告した。

「やめておくわ。でも、動かないと約束しなければだめよ」

「誓って、あなたの許しがあるまで、ベッドの小柱から手を離しません」

「わたしはそんなことは言ってないわ」でもまあ、だいたいそんなところだ。彼女は体をかがめて、彼のものの先端をなめた。

「ああ、ちくしょう！」

ジョージは頭を上げて、顔をしかめた。

「しゃべってはいけないとは言わなかっただろう」ハリーはあえぎながら言った。「頼むから、もう一度やってくれ」

「うーん、気が向いたらね」彼の不満の声を無視して、彼女はもう少し近づいた。

彼女はハリーのものをどけると、彼の腹にたてつづけに濡れたキスをした。いきり立つもののまわりに生えている黒い縮れ毛に達したところでキスをやめ、口を開けて彼の肌を歯でこすった。

「くそっ」ハリーは息を飲んだ。

ここのにおいは刺激的だった。ジョージは彼の脚を開かせ、そのあいだに指を這わせた。男たちが石と呼んでいるものが、中でころころ動くのを感じることができた。ごくごく慎重にそれを握りしめた。

「くそったれめっ」

彼女は暴言にほほえみ、人差し指と親指で彼のものを握った。上目づかいにハリーの顔を見る。

彼は不安げだった。

よろしい。さて、もしわたしが……？　ジョージは首を傾けて、彼の下腹部の下側をなめた。塩と肌の味を味わって、芳香を吸いこむ。指を移動させ、ちょうど先が膨らみはじめる頭部のまわりを舌でたどった。ハリーがうめいたので、彼女はそれをもう一度繰り返し、次に精のしずくがたまっている先端にキスしようかと考えた。

「くわえてくれ」彼の声は暗くかすれていて、祈りのようだった。

ジョージは耐え難いほど興奮した。ハリーの命令は受け入れたくなかった。だけど……彼女は彼に口をかぶせた。それは非常に大きかった。まさかこれを全部口に？　彼女は小さい桃を口に含むように、頭部をくわえた。ただし桃は甘いが、彼のものは麝香のようだった。男性の味だ。

「吸ってくれ」

ジョージは驚いた。本当に？　彼女が口をすぼめると彼が腰を浮かせたので、また驚いた。

「あああ、うーん」

ハリーの反応に、彼がこれを明らかに喜んでいることに、そそられた。ジョージのあの部分も脈打っている。彼女はきゅっと腿を閉じ、ハリーのものをしゃぶった。精液を味わい、口の中で彼が達してしまうのだろうかと思った。でも、絶頂を迎えるときは、わたしの中にいてほしい。ジョージは、もう一度なめてから、彼の腰の上にまたがった。ハリーのものをそれが収まる場所へと導いたが、いまやそれはものすごく巨大になっている気がした。彼女は腰を下ろし、彼が分け入ってくるのを感じた。押し広げながらトンネルに突入してくる。ちらりと下を見ると、彼の滑らかな赤い肌が彼女の巻き毛の中に消えていく。彼女はうめき、その場で粉々に砕けてしまいそうになった。

「動いていいだろう？」とハリーはささやいた。

彼女は話すことができず、うなずいた。

彼は自分のものに片手を添えて安定させ、もう一方の手を彼女の尻にかけた。「こっちへ下ろして」

ジョージが腰を下げると、彼がいきなりずぶりと根元まで滑りこんだ。彼女は息を止め、思いがけず涙がわいてくるのを感じた。ハリー。ハリーはわたしを愛してくれている。彼女は目を閉じ、腰を彼の腰に押しつけた。愛していた。そのとき、彼の親指があの場所に触れた。ジョージはうめいて、彼の下腹部の先だけが自分の中にとどまるまで腰を上げ、自分と彼の喜びに心を集中させた。そしてまた腰を下ろし、彼に自分を押しつける。ふたたび腰を上げ、頂上であやうくバランスをとる。下ろす。彼の親指がもっとも敏感な部分を押す。上げる……。

しかし突然、彼は動きを止めた。きつく彼女の腰をつかんで、ごろりと体を返し、自分が上になった。それから両手をついて、彼女を突き上げる。速く、荒れ狂うように激しく。彼女は動いてそれに応じようとしたが、彼は重い体で彼女をマットレスに押さえつけ、おのれの肉体で彼女を威圧し、支配した。ジョージはなすすべもなく頭をのけぞらせ、脚を大きく広いて、彼のすべてを受け入れた。ハリーは容赦なく突き、彼女は自らを彼に与えた。突くたびにうっと声をあげる。それはほとんどすすり泣きのようにも聞こえた。彼もわたしと同じくらい感じているのだろうか。

そのとき、ジョージの意識は砕け、ちかちかと星がきらめくのを見た。神々しい光の流れが彼女を満たした。遠くでハリーの叫びが聞こえ、彼が自らを引き抜くのを感じた。それは小さな死のようだった。

そして、彼はあえぎながら彼女の隣に横たわった。

「そうしないでくれたらいいのに」ジョージはハリーの首をなでた。彼女の舌は満足感でねばついていた。「わたしの中で最後までいってほしいわ」

「それはできない。わかっているだろう、マイ・レディ?」彼の声も彼女と同じようだった。

ジョージは体を返して、ハリーに寄り添った。彼の汗まみれの腹をなでおろし、彼のものを見つけた。それを握る。話し合いは明日まで待てるわ。

しかし、彼女が朝目覚めたとき、ハリーの姿は消えていた。

ベネットは、片腕を頭の上に投げ出し、片足をベッドからはみ出させて眠っていた。月の光を浴びて、首に巻いた金属の鎖が鈍く輝いている。彼はいびきをかいていた。

ハリーは暗い寝室の中を忍び足でそろりそろりと進んだ。本当のところ、恋人のベッドを抜け出した夜に、この地を去っているべきだった。あれからすでに一週間になる。そうするつもりだったのだ。恋人の眠る姿を見るのは、思ったよりもずっとつらかった。彼女と別れなければならないことを知りつつ、自分が喜びを与えたあとの安らかな彼女の体を見ることは。だが、ほかに選択肢はなかった。ハリーが回復したことはサイラスには秘密にされていたが、伝わるのは時間の問題だった。そしてサイラスが知ったら、レディ・ジョージナの身に危険がおよぶ。サイラスは常軌を逸していた。ハリーは彼の地下牢に監禁されていたときに、それを直接目にした。なにがなんでもハリーを殺そうとするサイラスの執拗さは、もはや手がつけられない状態になっていた。止められるものなど何もない。罪のない女性を犠牲にしてでも、ハリーの死を見届けようとしている。だから、未来のない関係をつづけて、大切な女性の命を危険にさらすことは無責任としかいいようがない。

ハリーはこうしたことすべてをよくわかっていたが、何かがここ、ヨークシャーにまだ彼を引きとめていた。その結果、こっそりと動きまわるのが得意になっていた。サイラスの執念深い監視の目と、ここ数日、山をうろついて自分をさがしはじめた男たちから身を隠していた。今夜は、革のブーツのかすかなきしり以外ほとんど音を立てずに、ベネットの部屋に入った。ベッドで眠る男は微動だにしない。

しかし、簡易ベッドに寝ていた少年は目を開けた。

ハリーは立ち止まって、ウィルを見た。少年はかすかにうなずいた。ハリーもうなずき返し、ベッドへ歩いていった。しばらくベネットを見下ろして立っていたが、体をかがめ彼の口を手でふさいだ。ベネットは発作的に体を二つに折った。腕を振り回して、ハリーの手を払いのけた。

「な、何だ――？」

ハリーはまたベネットの口をふさいだが、肘で突かれてうめき声をもらした。「しいっ。このばか野郎。おれだ」

ベネットはさらに一秒もがいたが、ハリーの言葉が脳に届いたらしく、動きを止めた。

用心深く、ハリーは手を離した。

「ハリー？」

「命拾いしたな」ハリーはささやき声と言えるほど小さな声で言った。「そんなに眠りこけて、強盗だったらどうする。あの子でさえ、おまえより先に目を覚ました」

ベネットはベッドから身をのりだした。「ウィル？　そこにいるのか？」

「はい」ウィルは、乱闘のあいだに、いつの間にか起き上がっていた。

「まいったな」ベネットはまたばたんとベッドに背中をつけ、腕で目を覆った。「もう少しで卒中を起こすところだった」

「ロンドン暮らしですっかりなまくらになっているんだ」ハリーは口の端をぴくりと動かした。「なあ、ウィル？」

「ええと……」少年は新しい恩人が不利になるようなことは言いたくなさそうだった。「もう少し用心してもいいかもしれません」

「ありがとうよ、ウィル」ベネットは腕をどかしてハリーをにらみつけた。「こんな夜更けにぼくの寝室にこっそり忍びこんで、いったい何をしているんだ?」

ハリーはベッドに腰かけ、後ろのベッドポストの一本に寄りかかった。ブーツでベネットの脚をそっとつつく。ベネットは憤然とブーツを見つめてから体をどかした。

ハリーは脚を伸ばした。「おれはここを去るつもりだ」

「では、別れを言いに?」

「というわけでもない」ハリーは右手の爪を見下ろした。もう一本指があるべき場所を。「おまえの親父は何が何でもおれを殺そうとしている。そして、おれを救ったレディ・ジョージナも憎んでいる」

ベネットはうなずいた。「父はきみを逮捕させると吠えて、ここ一週間グランヴィル・ハウスで荒れ狂っている。頭がおかしいよ」

「ああ、それに治安判事でもある」

「きみに何ができる? だれかがどうにかすることができるだろうか?」

「羊を殺している犯人を見つければいい」ハリーはウィルをちらりと見た。「それから、ミセス・ポラードを殺害した者を。そうすれば、サイラスの怒りも鎮まるかもしれない」そして、おれの大切なレディへの恨みも。

ベネットは起き上がった。「わかった。しかし、どうやって犯人を見つけるつもりだ?」

ハリーは見つめた。ベネットの首に巻かれた細い鎖に吊るされたペンダントヘッドが前方へ揺れ動いた。小さい、荒彫りのハヤブサだった。

ハリーは目をしばたたき、思い出す。

遠い昔。よく晴れた青い空に、まぶしくて目が明けていられないほど太陽が明るく照り輝いていた朝。ハリーはベネット——ベニーと丘のてっぺんであおむけに横たわり、草を噛んでいた。

「ほら、見てごらん」ハリーはポケットから彫刻を取り出して、ベニーにわたした。

ベニーは汚れた手の上でそれをひっくり返した。「鳥だね」

「ハヤブサだ。わからないか?」

「もちろんわかるさ」ベニーは見上げた。「だれがつくったの?」

「おれだ」

「本当? ハリーが彫ったの?」ベニーは尊敬の目で彼を見つめた。

「そうさ」ハリーは肩をすくめた。「父さんが教えてくれた。だけど、初めてつくったやつだから、あんまりうまくない」

「ぼくは気に入ったよ」

ハリーはふたたび肩をすくめて、目がくらむような青空を目を細めて見上げた。「ほしいならやるよ」

「ありがとう」

二人はもうしばらく横たわっていた。暖かい日差しに眠ってしまいそうだった。するとベニーが起き上がった。「ぼくもあげたいものがある」ベニーは両方のポケットを引っ張りだし、またもとに戻して、とうとう小さな汚いペンナイフを取りだした。半ズボンでそれをこすってハリーに手わたした。

ハリーは真珠のはめこまれた柄を見て、親指で刃を調べた。「ありがと、ベニー。彫刻にもってこいだ」


ハリーは、自分とベネットがそのあと何をしたのかは忘れてしまった。ポニーを乗りまわし、小川で釣りをしたのだろう。腹をすかせて家に帰る。当時は、そんなふうに一日をすごすことがほとんどだった。そして、それは今となってはどうでもよかった。次の日の午後、父は、母とサイラスが寝ているところを見てしまったのだ。

ハリーは目を上げて、自分と同じくらい緑色の目を見つめた。

「いつもこれをつけている」ベネットは小さいハヤブサに触れた。

ハリーはうなずいて、束の間、ベネットから視線をはずした。「おれは捕まる前に、あちこちで聞いてまわりはじめていた。そして、先週もこっそりと聞いて歩いていた。おまえの親父に見つけ出されないようにな」彼はまたベネットを見た。その表情はすでに抑制されていた。「だれもほとんど何も知らないようだ。だが、おれのほかにもおまえの親父を憎む理由を持つ人間はたくさんいる」

「たぶんこの郡に住む人すべて」

ハリーは皮肉を無視した。「それで、もう少し調べるべきだと思った」

ベネットは眉を上げた。

「おまえの乳母はまだ生きているんだろう?」

「年寄りのアリス・フンボルトか?」ベネットはあくびをした。「ああ、彼女は生きている。ここに帰ってきて、一番先に寄ったのが彼女の家だ。いいところに目をつけたな。彼女なら何か知っているかもしれない。乳母は非常にもの静かな人だが、いつもあらゆることに気づいていた」

「よし」ハリーは立ちあがった。「では、彼女に話を聞こう。いっしょに来るか?」

「何だって、いまからかい?」

ハリーはにやりとした。ベネットをからかうのがどんなに楽しいか忘れていた。「日の出まで待とうかと思っていたが」と彼はまじめな顔で言った。「おまえがどうしてもいま行きたいと言うなら……」

「いや、日が出てからでけっこう」ベネットは顔をひきつらせた。「九時までは待てないだろうね?」

ハリーはベネットを見た。

「いや、とんでもない話だな」ベネットはふたたび顎がはずれるほど大きなあくびをした。

「乳母の家で会おう、それでいいかい?」

「おれもいっしょに行きます」ウィルが簡易ベッドから言った。

ハリーとベネットは少年をさっと見た。ハリーはほとんどウィルの存在を忘れていた。ベネットはハリーに向かって眉を吊り上げ、決定を彼にゆだねた。

「ああ、おまえもいっしょだ」とハリー。

「ありがとうございます」ウィルが言った。「あなたにわたすものがあります」

少年は枕の下に手を入れ、ぼろきれで包まれた長くて細い物を取りだしてハリーに差し出した。ハリーは包みを受け取って広げた。手のひらにのっているのは、きれいに磨かれ、油をさされた彼のナイフだった。

「川で見つけたんです。あなたが連れて行かれた後で」ウィルは言った。「ずっと手入れをしてきました。あなたがまたそれを使えるようになるまで」

ハリーはほほえんだ。「ありがとう、ウィル」

ジョージは枕の上で泳いでいる小さな白鳥に触れた。ハリーがくれた二つ目の木彫りの動物だった。ひとつ目は後ろ脚で立つ馬だった。ハリーが姿を消して七日が過ぎたが、彼はこの近辺から去ってはいなかった。彼女のベッドに彼がいつの間にか小さな木像を置いていくことから、それだけは明らかだった。

「また持ってきてくれたのですね、お嬢様」ティグルは部屋の中をせわしく動きまわり、主人のドレスと洗濯に出す汚れものを集めた。

ジョージは白鳥をつまみ上げた。「ええ」

彼女は最初の動物を受け取ったあと、使用人に問いただした。しかし、だれもハリーがワールズリー・マナーに出入りするところを見ていなかった。寝る時間が不規則なオスカーですら何も目撃していなかった。トニーがロンドンに発ったのちも、真ん中の弟はここに残った。ジョージとヴァイオレットの相手をするためと言っているが、本当の理由はロンドンで借金取りに会いたくないからではないかとジョージは疑っていた。

「ミスター・パイはロマンチックな方ですこと」ティグルはため息をついた。

「あるいは、いらだたしい人」ジョージは鼻にしわを寄せて白鳥を見てから、大事そうにそれを鏡台の上の馬の隣に置いた。

「いらだたしいというのは、あたってますわ、お嬢様」ティグルは同意した。

メイドはジョージのところにやってきて、そっと主人の肩を押して鏡台の前に座らせた。背の部分が銀でできたブラシを手にとって、ジョージの髪をとかす。毛先からはじめて、もつれをほぐしながら、根元へと進めていった。ジョージは目をつぶった。

「差し出がましい口をきいて申しわけありませんが、お嬢様、男の人たちは、わたしたち女と同じように物事を見るとはかぎりません」

「ミスター・パイは赤ん坊のときに頭から落とされたんじゃないかと思えてしかたがないの」ジョージはぎゅっと目を閉じた。「彼はどうしてわたしのもとに戻らないのかしら?」

「わかりませんわ」髪のもつれは解けて、ティグルは頭のてっぺんから毛先に向かってブラシをかけはじめた。

ジョージはうれしそうにため息をついた。

「でも、そう遠くには行ってないのでございましょう?」とティグルは言った。

「うーん」ティグルが反対側の髪もとかせるように、ジョージは首をかしげた。

「彼はどこかへ行きたがっていると、お嬢様自身がおっしゃいましたよね。でも、彼はまだここにいる」ティグルは反対側に移り、こめかみからやさしくブラシをかけた。「ということは、たぶん、彼がそうすることができないと考えるのが理にかなっていますわ」

「判じ物みたいなことを言わないで。とても疲れているからよくわからないわ」

「わたしはただ、ミスター・パイはお嬢様のもとを離れられないのではないかと言いたいだけです」ティグルはことりとブラシを置いて、ジョージの髪を編みはじめた。

「彼が去りもしないけれど、わたしに顔を見せることもできないというなら、たいしていいことはないわ」ジョージは鏡に向かって顔をしかめた。

「わたしはあの方は戻ってくると思います」メイドは、ジョージの三つ編の端にリボンを結んで、肩の近くに顔を寄せ、鏡の中で主人と目を合わせた。「そして、あの方が来たら、お嬢様、わたしごときが差し出がましい口をきくようですが、ちゃんとおっしゃらなければだめですよ」

ジョージは赤くなった。ティグルに気づかれないことを願っていたが、メイドがすべてのことに目を配っていることを肝に銘じておくべきだった。「でも、まだはっきり調べる方法がないわ」

「あるのですよ。お嬢様はとても規則正しく……」ティグルはとがめるような目つきをして言った。「おやすみなさい、お嬢様」

メイドは部屋を出ていった。

ジョージはため息をつき、顔を両手に埋めた。ティグルが言うように、早くハリーに告げないと。彼が戻るのが先になるほど、わざわざ口で言う必要もなくなる。わたしが妊娠していることを。

見ればわかるだろう。

17

「はい?」しわくちゃの顔がドアの隙間からのぞいた。

ハリーは見下ろした。老女の頭は彼の胸骨にも届かなかった。腰が曲がっているため、顔を横に向けて見上げないと訪問者を見ることができない。

「おはようございます。ミセス・フンボルト。わたしはハリー・パイと申します。少しお話をさせていただきたいのですが」

「では、お入りなさいな、お若い方」小柄な老女はハリーの左耳にほほえんで、ドアを大きく開けた。そのときドアの隙間から光が差しこみ、老女の青い目が白内障のために白く濁っていることにハリーは気づいた。

「ありがとうございます」

ベネットとウィルはすでに到着していて、くすぶる暖炉の火のそばに座っていた。室内の明かりはその火だけだった。ウィルはスコーンを食べているところで、トレイにのっている次のスコーンに目をつけていた。

「遅かったな」ベネットは五時間前よりもすっきりとした顔で言った。自分たちが先に着いたのでとてもご満悦のようだ。

「裏道を通らなければならない人間もいるんだ」

ハリーは扇形の背もたれのついた椅子に老女が座るのを助けた。椅子の背には編み物のカバーがかかったクッションがいくつか置かれていた。三毛猫がやってきて、みゃーと鳴いた。猫は老女の膝に飛び乗り、背中をなでられる前から喉を鳴らしだした。

「スコーンをどうぞ、ミスター・パイ。それから、よければ、自分で紅茶を注いでくださいな」老女の声は口笛のようにか細かった。「さて、お若い方々がいったいわたしに何の用でしょう。なぜこっそりとここへ来なければならなかったのです？」

ハリーは口をぴくりと動かした。老女の目は濁っているかもしれないが、頭はしっかりしている。「サイラスと彼の敵に関することです」

ミセス・フンボルトはにこりと笑った。「一日、じっくり腰を落ち着けて聞く気がありますか、お若い方？　あのお方に恨みを持つ人間をひとりひとりあげていったら、明日の朝までかかってしまいますからねえ」

ベネットは笑った。

「おっしゃるとおりです」ハリーは言った。「しかし、わたしが知りたいのは羊を毒殺している犯人のことです。そんなことをするほどサイラスを憎んでいる者はだれでしょう？」

老女は首をかしげ、しばらく炎を見つめた。室内で聞こえる音は、猫が喉を鳴らす音とウィルがスコーンを食べる音だけだった。

「わたしもちょうど」彼女はゆっくり言った。「羊殺しのことを考えているところでした」と続けて口をすぼめる。「あれはひどいやり方だし、悪質です。だってね、農夫たちを苦しめる一方、グランヴィル卿にとっちゃ、不快ではあるけれど、たいした痛手にはならないのですからね。お若い方、だからあなたが本当に尋ねるべきは、こんなことをするような心を持つ人間はだれかということだと思いますよ」ミセス・フンボルトは紅茶をすすった。

ベネットが口をはさもうとしたが、ハリーは首を左右に振って制した。

「グランヴィル卿に復讐することで、ほかの人が傷ついても平気というのはかなり冷血な人物ですよ」ミセス・フンボルトは言いたいことを強調するために、震える指で膝をたたいた。「冷血かつ大胆。グランヴィル卿はこの郡の法と権力そのものです。あの方に歯向かう者はだれであろうと、自分の命を賭けているのです」

「じゃあ、だれがその条件に合う人間だと思うんだい?」ベネットはじれったそうに前に身をのりだした。

「二人ばかり思い浮かぶ男がいますよ。少なくとも、あやしくはある」彼女は額にしわを寄せた。「でもどちらも、いまひとつ決め手に欠けるのですよ」揺れ動く手で唇までティーカップを持ち上げた。

ベネットは椅子の上で座りなおし、片脚で貧乏ゆすりをしながら、ため息をついた。

ハリーは座ったまま体を前にのりだして、スコーンを取った。

ベネットは信じられないという顔で彼をにらんだ。

ハリーはスコーンにかじりつきながら眉を上げた。

「ディック・クラム」と老女が言うと、ハリーはスコーンを下ろした。「だいぶ前のことですが、彼の妹のジャニーが――少々おつむが弱い娘でね――グランヴィル卿に誘惑された。心が子どものままの女を餌食にするとは、ひどいことですよ」ミセス・フンボルトが顔をしかめると、口の端がしわくちゃになった。「そしてディックはね、そのことを知って、ほとんど頭がおかしくなりかけた。相手が貴族でなければ、殺してやったと言っていましたよ。本当に、そうしていたでしょうね」

ハリーは顔をしかめた。ディックはサイラスの命を狙おうとしたとは言っていなかったが、そんなことを言う人間はいない。そんなことを言えば……。

ミセス・フンボルトがカップを差し出すと、ベネットは黙って紅茶を注ぎ、彼女の手にカップを戻した。

「しかし、ディックは卑劣な男ではありません」彼女はつづけた。「気性は激しいが、冷酷ではない。それからもうひとりの男については」ミセス・フンボルトはベネットのほうを見た。「眠っている犬は起こさぬほうがいいでしょう」

ベネットは狼狽しているように見えた。「眠っている犬って何だい?」

ウィルは食べるのをやめ、ベネットと老女を交互に見た。まずい。ハリーは、ミセス・フンボルトが何を言おうとしているのかわかる気がした。おそらく、それは言わずにおくほうがよいだろう。

ベネットもハリーの不安をいくぶん感じ取ったようだった。こわばった面持ちで、肘を膝についていて前に体を倒した。いまや両脚で貧乏ゆすりをしている。「言ってくれ」

「トーマス様」

くそっ。ハリーは目をそらした。

「トーマス、だれ？」突然、ベネットにもわかったようだった。彼はしばらく凍りつき、それからいきなり立ちあがると、暖炉の前の狭い場所を歩きまわりはじめた。「トーマス、ぼくの兄の？」彼は笑った。「まさか本気じゃないだろうね。彼は……腰抜けだよ。父が太陽は西から昇ると言ってもぜったいに逆らわない、それで満足しているくそ野郎だ」

老女は汚い言葉に唇を引き結んだ。

「ごめん、ばあや」ベネットは言った。「だが、トーマスとは！　彼は父の親指に押さえつけられていままでずっと暮らしてきたから、尻にたこができてるぞ、きっと」

「はい、そのとおりですよ」青年とは対照的に、ミセス・フンボルトは落ち着いていた。こういう反応を予想したに違いない。あるいは、彼女はベネットのせわしなさに慣れっこになっているだけかもしれない。「だからこそ、わたしはあの方の名を挙げたのです」

ベネットは乳母を見た。

「一人前の男性が、父親の力にこれほど長いこと抑えつけられているのは自然なことではありません。あなたのお父様は幼いころにトーマス様を嫌うようになりました。なぜだか、わたしにはわかりませんけれど」彼女は頭を左右に振った。「グランヴィル卿がご自分のお子をあれほど徹底的にお嫌いになるとは」

「しかし、たとえそうだとしても、トーマスはけっしてそんなことを……」ベネットの言葉は小さくなってとぎれた。そして、彼は突然顔を背けた。

ミセス・フンボルトは悲しげに見えた。「あの方ならやるかもしれません。あなたにはそれがわかっていらっしゃるでしょう、ベネット様。あなたのお父様のトーマス様に対する態度から明らかです。彼は岩のひびのあいだから生長しようとしている木に似ています。曲がりくねって、どこかいびつです」

「しかし――」

「子どものころトーマス様がときどきネズミを捕らえていたのを覚えておられますか？　わたしは一度、あの方が一匹捕まえたところを見ました。ネズミの足を切り落として、そのネズミが這おうとするのをじっと見ていたのです」

「ああ、なんてひどい」ベネットはつぶやいた。

「わたしはそれを殺さなければなりませんでした。でも、わたしはトーマス様を罰することはできませんでした。かわいそうなお子でした。お父様にすでに十分たたかれていましたから。それ以後、彼がネズミを捕まえたところを見たことはありませんが、やめたわけではないと思います。ただ上手にわたしに隠れてするようになったのです」

「これ以上追及する必要はないだろう」とハリーは言った。

ベネットはひらりと振り返った。絶望的な目をしている。「でも、兄が羊殺しの犯人だったらどうする？　もしも彼がだれかを殺していたら？」

その質問は宙に漂った。ベネット以外のだれもそれに答えることができなかった。

ベネットは決めるのは自分なのだと気づき、広い肩をいからせた。「トーマスが犯人ならば、女性も殺害したことになる。トーマスを止めなくては」

ハリーはうなずいた。「わたしはディック・クラムと話をするつもりだ」

「よし」ベネットは言った。「ばあや、助かったよ。ばあやはほかのだれも気づかないことを見ている」

「この目ではもはや見ることはできないかもしれませんが、いつでも人の心は読めますよ」

ミセス・フンボルトは昔世話をした青年に手を伸ばした。

ベネットはその手を握った。

「ベネット様、あなたに神様のご加護がありますように」彼女は言った。「あなたがなさるべきことは楽な仕事ではありません」

ベネットはかがんで、しわだらけの頬にキスをした。「ばあや、ありがとう」彼は体を起こし、ウィルの肩をたたいた。「ウィル、行くぞ。スコーンがまだあと二つ残っているがな」

老女はほほえんだ。「その子に持たせてやってください。子どもに食べさせるのは久しぶりですからね」

「ありがとうございます」ウィルはポケットにスコーンを入れた。

彼女はドアまで歩いて見送り、戸口に立って馬で去っていく彼らに手を振った。

「ぼくはばあやがどれだけ鋭いかを忘れていた。トーマスもぼくも、ばあやに秘密を隠し通せたためしがなかった」兄の名前を口にしたとき、ベネットの表情は暗くなった。

ハリーはちらっとベネットを見た。「そうしたいなら、トーマスと話をするのは明日にしてもかまわない。おれがディック・クラムと話をしてからに。彼に会うには夜まで待たなければならないだろう。コック・アンド・ワームでディックをつかまえるのにもっともよい時間は一〇時すぎだ」

「いや、明日まで延ばしたくない。早くすませてしまおう」

彼らは一キロほど黙って進んだ。ウィルはベネットの背中にしがみついている。

「では、ぼくらが犯人を見つけたら、ここを去るんだな？」ベネットは言った。

「そうだ」ハリーは道の前方を見ていたが、ベネットの視線は感じていた。

「ぼくの印象では、レディ・ジョージナと……うーん……理解しあっているように見えたが」

ハリーはベネットをにらみつけた。ふつうなら相手を黙らせる目つきだ。

しかしベネットには通用しない。

「少し薄情じゃないか？　やるだけやって、去っていくというのは」

「おれと彼女は住む世界が違う」

「ああ、だが、彼女はそんなこと気にしちゃいないだろ？　でなけりゃ、そもそも最初からハリーを選んだりしなかった」

「おれは――」

「それから、率直に言わせてもらうが、彼女は夢中なんだろうな、きっと」ベネットはハリーを、腐った肉の側面を見るかのようにじろじろと見た。「きみの顔は女をうっとりさせるような顔とは言えないけど。それはどちらかというとぼくの専門だ」

「ベネット」

「自慢するわけじゃないが、ロンドンの極上の女についての話をたっぷりと――」

「ベネット」

「何だ?」

ハリーはウィルを顎で示した。少年は目をまん丸くして、すべての言葉を聞きもらすまいとしている。

「おっと」ベネットは咳ばらいした。「そうだった。では、明日、会えるかな? 会って、知り得たことを話し合おう」

彼らは本道と、これまで通ってきた道が交差するところを示す雑木林に近づいた。

「わかった」ハリーは馬の手綱を引いて止めた。「いずれにせよ、ここでおれは曲がらなければならない。それから、ベネット」

「なんだい?」彼は顔を向けた。太陽の光がその顔を照らし、目のまわりの笑いじわを際立たせた。

「注意しろよ」ハリーは言った。「犯人がもしトーマスだったならば、彼は危険だ」

「そっちも気をつけてな、ハリー」

ハリーはうなずいた。「幸運を」

ベネットは手を振って、去っていった。

ハリーは日中の残りの時間を、人目を避けてすごした。日が落ちてからウェストダイキのコック・アンド・ワームに行った。彼は首をすくめて店に入り、目深にかぶった帽子の縁の下から混雑する店の中をさぐった。部屋の隅で陶製パイプを煙らせる農夫の一団が、騒々しくどっと笑い声をあげた。給仕の女が、熟練したしぐさで尻に伸びてくるごつい手を楽々とかわし、カウンターのほうに歩いていく。

「今夜、ディックは？」ハリーは彼女の耳元でささやいた。

「ごめんよ、兄さん」彼女はくるりと体を回転させて、酒のトレイを肩にかついだ。「あとにしとくれ」

ハリーは顔をしかめて、カウンターにいた若者にビールを注文した。その若者の顔は以前に一度か二度見たことがあった。ディックは裏に隠れているのか、それとも今日は店にいないのか？ ハリーは木のカウンターにもたれ、そんなことを考えながら、ひとりの紳士を観察した。ブーツについている泥の具合から見て、あきらかに旅人で、店に入るなり当惑した顔でまわりをきょろきょろ見まわしている。男の顔はハンサムだったが、長くおっとりしていて、どちらかというとヤギのようだった。ハリーは頭を左右に振った。旅人はホワイト・メアの看板を見落としたのだ。コック・アンド・ワームに来るような客ではなかった。

若者がハリーの前にビールの入ったマグカップを滑らせたので、ハリーは数枚のコインを転がしてわたした。場所を移動してビールを一口飲んでいると、旅人がカウンターにやってきた。

「ワールズリー・マナーへはどうやって行ったらいいのだ？」

ハリーは一瞬、口にマグカップをつけたまま凍りついた。旅人はまったく彼に注意を向けていない。男は、カウンターの上に身をのりだして若者に話しかけている。

「何ですって？」と若者は叫んだ。

「ワールズリー・マナー」男は声を張り上げた。「レディ・ジョージナ・メイトランドの屋敷だ。わたしは彼女の妹のレディ・ヴァイオレットと親しくしている。だが、道がわからなくなって――」

若者は視線をハリーに向けた。

ハリーが旅人の肩を手で軽くたたいたので、男はびくっとした。「わたしが案内しましょう。これを飲み終えたらすぐに」

男は顔を輝かせて振り返った。「お願いできるか？」

「ええ、もちろんですとも」ハリーは若者にうなずいた。「このわたしの友人にも一杯頼む。お名前をうかがっていないが？」

「ウェントワース。レナード・ウェントワースだ」

「ああ」ハリーは陰気ににやりとほほえみたくなるのを抑えた。「テーブルを見つけましょう」旅人が背中を向けると、ハリーはカウンターに身をのりだし、急いで若者に指示を与え、コインをわたした。

一時間後、メイトランド三兄弟の二番目がコック・アンド・ワームにやってきたとき、ウェントワースは四杯目のビールを飲んでいた。ハリーはだいぶ前から二杯目をちびちび飲んで、胸くその悪い気分を味わっていた。ウェントワースは、一五の娘と寝たこと、その娘と結婚するつもりであること、レディ・ヴァイオレットの金を手に入れたらどうするつもりかということを、あけすけにしゃべりつづけていた。

だから、メイトランドの赤みがかった髪を見たとき、ハリーはほっとした。「ここです」と新しく店に入ってきた男に向かって叫ぶ。

ハリーはこれまでレディ・ジョージナの真ん中の弟とは一度か二度しか話をしたことがなかったし、それほど感じがいいという印象も持っていなかった。しかし、メイトランドの猛烈な怒りはすべてハリーの連れに向けられていた。近づいてくる彼の顔つきを見たら、しらふであればウェントワースは逃げだしたことだろう。

「ハリー」男は会釈した。そのときになってようやく、ハリーは彼の名前がオスカーだということを思い出した。

「メイトランド卿」ハリーも会釈した。「わたしの知人をご紹介したい。レナード・ウェントワースです。彼はこの夏にあなたの妹さんを誘惑したと言っている」

ウェントワースは青ざめた。「な、な、何だ。ま、待てよ」

「本当か？」オスカーは語尾を伸ばして話した。

「まったくもって」ハリーは答えた。「先ほどから、自分の負債がどれくらいで、彼女を脅して結婚にこぎつけることができれば、持参金で借金を返済できるという話を、ずっと聞かされていましたからね」

「おもしろい」オスカーはにやりと笑った。「外で話し合ったほうがよさそうだな」彼はウェントワースの片腕をつかんだ。

「手伝いましょうか？」ハリーは尋ねた。

「頼む」

ハリーはもう片方の腕を取った。

「うーん！」左右から両腕をつかまれて無理やり外に連れていかれる前に、ウェントワースが発した言葉はそれだけだった。

「馬車をそこに停めてある」オスカーはもう笑ってはいなかった。

ウェントワースは泣きべそをかいている。

オスカーが頭をぴしゃりとたたくと、ウェントワースはおとなしくなった。「兄と弟がいるロンドンに連れて行く」

「道中、助けが必要ですか？」ハリーは尋ねた。

オスカーは頭を左右に振った。「きみがしこたま飲ませてくれたので、ロンドンに着くまでやつはずっと眠っているだろう」

彼らはウェントワースのぐったりと力の抜けた体を馬車にのせた。

オスカーはぱっぱっと両手をはたいた。「ハリー、ありがとう。借りができた」

「いいえ、借りなど」

オスカーはまごついた。「とにかく、礼を言う」

ハリーは手を上げて敬礼をし、馬車は走りだした。

オスカーは遠ざかっていく馬車の窓から頭を突き出した。「おい、ハリー！」

「何ですか？」

「きみは家族の一員だ」オスカーは手を振って、頭を引っこめた。

ハリーは馬車がすごい勢いで角を曲がっていくのを見つめた。

ジョージはよく眠れなくなっていた。たぶん、お腹の中で育っている命のせいだ。安眠を邪魔することで存在を示そうとしているのだろう。あるいは、すぐにも決断を下さなければならないからかも。それともハリーが今夜どこですごしているか心配だからか。彼は星空の下でマントにくるまり、寒さに震えているのだろうか？　友人のところにかくまってもらっているのか？　今夜は、別の女性の温かい腕の中にいるのか？

いいえ、そんなことは考えないほうがいい。

彼女は寝返りを打って、寝室の黒い窓から外を見た。きっと、ただ秋の空気が冷えこんでいるせいだ。木の枝が風に吹かれて鳴っている。ジョージは寝具を顎まで引き上げた。先ほど寝るしたくをしているときに、ベッドの上にハリーの最新の贈り物を見つけた。小さな、ちょっとこっけいなウナギ。最初見たときにはてっきりヘビだと思ったのだが、すぐにおとぎ話を思い出した。よく見ると、動物の背中に小さなひれがついている。これでおしまいなのかしら？　彼はヒョウの王子の物語に出てくる動物を全部つくった。これが別れのあいさつのしかたなのかもしれない。

影が窓の外で動き、窓がすっと開いた。ハリー・パイは窓敷居をまたぎ、部屋に入ってきた。

まあ、よかった。「そうやって出入りしていたの？」

「たいていは厨房のドアから忍びこんでいた」ハリーはそっと窓を閉めた。

「窓ほどロマンチックではないわね」ジョージは起き上がって、膝を抱えた。

「そうだな。だが、ずっと簡単だ」

「三階から地面に落ちたらたいへんですものね」

「しかもね、マイ・レディ、下はとげのある薔薇の茂みだ。それにも気づいてもらえるとありがたいね」彼はベッドまでゆっくり歩いてきた。

「ふーん。薔薇があるのは気づいていたわ。もちろん、あなたがただ厨房の入り口を使っていたとわかったからには……」

「今夜は違う」

「ええ、今夜は違うわね」ジョージは同意した。ああ、わたしは本当に彼を愛している。彼のグリーンの、絶えず用心をおこたらない目。ものすごく慎重に選ばれた言葉。「でも、残念ながら、ちょっと夢が砕けたわ」

ハリーは唇をぴくりと動かした。彼の口はときどき無表情を破る。

「今夜、ウナギを見つけたわ」彼女は鏡台を顎で指した。

ハリーはジョージの視線を追わず、ずっと彼女を見つづけたままだ。「もうひとつ持ってきた」彼は握り拳を開いてみせた。

手のひらにのっているのはヒョウだった。「なぜヒョウは檻に入れられているの?」

ジョージはそれを手のひらから取り、じっくりとながめた。すばらしい技だった。檻は一塊の木材から彫られており、その中からさらにヒョウが彫り出されていた。檻の中にナイフを入れて動物を彫らなければならなかったのだろう。ヒョウは首に小さな鎖を下げていて、その鎖の輪のひとつひとつが慎重に彫りだされていた。鎖には非常に小さな王冠が下がっていた。

「見事だわ。でもなぜ、ヒョウを檻に入れたの?」

彼は肩をすくめた。「魔法にかけられているんだろう?」

「ええ、でも――」

「どうしてわたしがここへ来たか、あなたはきくだろうと思っていた」彼は鏡台のほうに歩いていった。

すぐハリーに言わなければならない。でも、まだだ。彼がいまにも飛んでいってしまいそうに見えるあいだはだめだ。ジョージは檻に入れられたヒョウを膝にのせた。「いいえ。わたし、ただあなたが来てくれてうれしいだけ」彼女は格子のあいだから指を入れて、ヒョウの首にかかっている鎖を動かした。「あなたがわたしのところに来てくれるときは、いつも幸せになるの」

「そうかい？」ハリーは動物たちの彫刻を見下ろした。

「ええ」

「ふむ」彼はあいまいにつぶやいた。「ときどき、わたしは自分に尋ねる。すでに別れを告げたというのに、なぜ、また舞い戻ってしまうのか」

「そして、あなたにはその答えがあるの？」ジョージは息を殺し、願った。

「いや、どうしても離れてはいられないということ以外は」

「では、それが答えなのかも」

「だめだ、それでは簡単すぎる」ハリーは振り返って、彼女を見た。「男は人生に流されてはいけない。もっと分別のあるやり方で、自分で決断を下さなければ。だからあなたのもとを去ると言ったからには、そうすべきだった」

「本当に？」彼女はベッドの横の小さいテーブルにヒョウを置いて、膝に顎をのせた。「でも、だったら感情は何のためにあるの？　神様は人間に、知性だけでなく感情も授けてくださった。ということは、わたしたちは感情も使うべきだとお考えなのでは？」

彼は顔をしかめた。「感情が筋の通った思考を支配するべきではない」

「なぜ？」ジョージはやさしく尋ねた。「神様がわたしたちに両方をお与えになったのなら、あなたの感情は、つまりあなたのわたしへの愛は、二人はいっしょにはなれないというあなたの考えと同じくらい大事なのではないかしら。おそらく、もっと大事なのだわ」

「それはあなたにとって？」ハリーはベッドに歩いて戻りはじめた。

「ええ」ジョージは頭を上げた。「あなたへのわたしの愛は、わたしの結婚に対する恐れ、男性に支配されることへの恐れよりも大事よ」

「マイ・レディ、どんな恐れをいだいているんだ？」彼はふたたび彼女のベッドにやってきた。指で頬をなでおろす。

「あなたが別の女性のために、わたしを裏切るかもしれないという恐れ」彼女はハリーの手に頬をつけた。「いつかは心が離れてしまい、互いに憎み合うようになるかもしれないという恐れ」彼女は待ったが、不安を和らげる言葉は言ってもらえなかった。ジョージはため息をついた。「わたしの両親の結婚は、幸せなものとは言えなかったの」

「わたしの両親もだ」ハリーはベッドに腰かけてブーツを脱ぎはじめた。「わたしの母は長年、父を裏切っていた。おそらく結婚してからずっとだ。しかし、父は何度も母を許した。もうこれ以上は我慢できないというところまで」彼は上着を脱いだ。

「お父さんは、お母さんを愛していたのね」とジョージは静かに言った。

「ああ、それが父を弱くして、結局、死に至らしめた」

ジョージも、先ほどハリーができなかったのと同じく、彼を慰めることはできなかった。

別の男性のために彼を裏切ることはけっしてないだろう。それはたしかだ。しかし、ほかのやり方で、彼を失意のどん底に突き落とさないともかぎらない。彼女を愛することは、ハリーを弱くしているのだろうか？

ジョージは檻に入れられたヒョウをじっくりながめた。「彼は自由になるのよ」

彼がベストのボタンをはずす手を止めて、眉を上げた。

彼女は木彫りの像を掲げた。「ヒョウの王子。最後に、解放されるの」

「話してくれ」ハリーはベストを脱いだ。

彼女は深呼吸をして、ゆっくり話しだした。「若い王は、黄金のウナギも、ほかの贈り物と同様、姫の父親の王のところに持っていった。ところが、黄金のウナギはほかの贈り物とは違っていた」

「醜かったんだな」ハリーはシャツを脱ぎはじめた。

「ええ、そうね」ジョージは言った。「でも、それだけじゃなく、話すことができたし、賢かったの。父親の王と二人きりになると、ウナギは言った。『ちっ！　あの弱虫は、わたしを盗みだすときに、小指一本動かしてやしない。王よ、お聞きなさい。あの若い王に、姫はエメラルドの王冠がついた金の鎖を身につけている者としか結婚しないと言いなさい。そうすれば、だれがいままでのすばらしい手柄を立てたのかがわかるでしょう。その男こそ、姫の婿にふさわしい』」

「おとぎ話のこの部分はあなたがつくっているんじゃないのかな？　なんだか怪しいぞ」ハ

リーはシャツを椅子に投げた。

ジョージは片手を上げた。「メイトランドの人間として誓うわ。これは、料理人のおばさんから聞いた話のままなのよ。ロンドンのタウンハウスの厨房で、お茶とマフィンをいただきながら聞いたんだから」

「ふーむ」

彼女はヘッドボードにもたれた。「そこで父親の王は、若い王のところへ戻り、黄金のウナギが言ったとおりのことを言ったの。若い王は、『お安い御用ですとも！』とほほえんだ。ヒョウの王子を連れてきていたので、城に帰る必要もなかった。そしてヒョウの王子に『おまえの首にかかっている鎖をよこせ』と言った」彼女は少しの間を置いて、ハリーが半ズボンのボタンをはずしはじめるのを見た。「そうしたらヒョウの王子が何を言ったと思う？」

彼は鼻を鳴らした。「うせろ、糞ったれめ」そしてちらりと彼女を見た。

「まさか」ジョージは厳しく顔をしかめた。「おとぎ話ではそんな汚い言葉はだれも使わないわ」

「使ったほうがおもしろい」

彼女は彼の言葉を無視した。「ヒョウの王子は言ったの。『できません、わが君。わたしがこの鎖をはずしたら、たちどころに病気になり、死んでしまいます』すると若い王は言った。『そうか、それは残念だ。おまえはなかなか役に立ったからな。しかし、わたしにはその鎖がいま必要だ。だから、すぐにそれをよこしなさい』それで、ヒョウの王子は言われたとおりにした」ジョージは、反論か意見を期待して、ハリーを見た。

しかし彼は、彼女を見つめ返すだけで、ズボンを脱いだ。このせいで、彼女は一瞬、おとぎ話がどこまでいったかを忘れてしまい、彼が全裸でベッドの隣に座るのを見つめた。

「それから？」とハリーは言った。「それでおしまいか？　ヒョウの王子は死んで、若い王は美しい姫と結婚するのか？」

ジョージは手を伸ばして、彼の髪を束ねている黒いリボンを解いた。指で茶色の髪をとく。

「いいえ」

「では？」

「背中を向けて」

ハリーは眉を吊り上げたが、くるりと背中を向けた。

「若い王は父親の王の前に行った」ジョージは静かに語りながら、両手で彼の背中をなで、背骨の隆起を感じた。「そして、父親の王は、若い王が黄金のウナギが言っていたように、鎖をつけていることを認めないわけにはいかなかった。彼はしぶしぶ美しい姫を呼びにやった」彼女は言葉を切って、彼の肩から首へなだらかな曲線を描く筋肉を親指で押した。

ハリーは頭を前に倒した。「ああ」

「しかし、美しい姫は若い王をちらりと見て、笑いはじめた。当然、宮廷につどっていたすべての家臣、貴族、淑女、そして召使たちは美しい姫をただただ見つめた。彼らは、彼女がどうして笑ったかわからなかった」彼女は彼のうなじの筋肉を指で押した。

ハリーはうなった。

ジョージは肩の筋肉をもみ下ろしながら、前に身をのりだして、彼の耳元でささやいた。「ついに、彼女の父親である王は言った。『姫や、何がそんなにおかしいのだ?』すると美しい姫は答えた。『だって、彼には金の鎖は似合わないのですもの!』

「鎖が似合わないとはどういうことだ?」ハリーは肩越しにつぶやいた。

「しいっ」ジョージは彼の頭を押し戻した。「知らないわよ。膝まで垂れさがっていたんじゃない?」彼女は親指でぐいっと彼の背骨の横を押していった。「とにかく美しい姫は、宮廷を見まわして、『いたわ。鎖はあの方のものよ』と言った。もちろん、それはヒョウの王子——」

「何だって、姫は群衆の中から彼を見つけたっていうのか?」ハリーは体をねじって、彼女の手から離れた。

「そうよ!」ジョージは両手を腰にあてた。「そうなの、彼女は群衆の中から彼を見つけたの。彼は魔法にかけられたヒョウの王子なのよ、覚えているでしょう。彼は際立った姿をしていたと思うの」

「死にかけていると言ったじゃないか」ハリーはすねたように言った。「悲惨なようすだっただろうに」

「でも、美しい姫がヒョウの王子に鎖を戻したから大丈夫」ジョージは腕を組んだ。本当に、男性ってときどき聞き分けがないんだから。「彼は即座に回復し、美しい姫は彼にキスをして、二人は結婚しましたとさ」

「たぶん、王子を生き返らせたのは、そのキスだったんだ」ハリーはにやりとして、彼女のほうに体を傾けた。「魔法は解けたのか？　彼はふたたびヒョウに変わることはなかったんだね？」

彼女は目をしばたたいた。「料理人のおばさんはそこまでは話してくれなかったけど、わたしはそうだと思うわ。どう思う？　魔法が解けて、二人が結婚するというのがおとぎ話のお決まりの結びじゃない？」

ジョージは眉をひそめて深く考えこんでいたので、ハリーがいきなり彼女の手首をつかんだときにはすっかり油断していた。彼は彼女の両手を頭の上に引き上げ、のしかかるように迫った。「だが、姫は、彼がヒョウの王子のままでいるほうを好んだかもしれないな」

「いったいどういう意味？」まぶたをぱちぱちさせて、ジョージは尋ねた。

「つまり」ハリーは彼女の首を軽く噛んだ。「初夜には、そっちのほうがもっとおもしろかっただろうということだ」

ジョージは、彼に感覚をあおられ身悶えしながら、くすくす笑いたくなるのをこらえた。

「そういうのって、変わった行為というのではなくて？」

「いや」ハリーは彼女の両手首を片手で持ち、もう一方の手で毛布をさっとはがした。「残念ながら、マイ・レディ、あなたは間違っている」シュミーズをめくりあげ、彼女の脚をむき出しにした。ジョージは誘うように脚を広げ、彼が腰をそこに入れてきて、二人の肉体が接触すると、あえぎ声をあげた。「ヒョウと愛し合うことは、ただ魅惑的というだけだ」

ハリーの顔からさきほどのふざけた表情はすべてぬぐい去られ、ぐいぐいと激しくジョージをマットレスに押しつける。彼女は喉に悲鳴が蓄積されていくのを感じた。脚を彼の腰にまきつけ、彼の尻にかかとを食いこませる。ハリーが手首を放したので、彼女は彼の髪を引き寄せてキスをした。深く貪欲で、激しいキスを。

神様、どうかお願いです。これが最後になりませんように。

ハリーは容赦がなかった。ジョージは自分の中で恍惚が高まっていきはじけそうになるのを感じていたが、なんとかその爆発を食い止め、目を開いた。彼をちゃんと見て、二人がいっしょに行きつくところへ行くことが大切だった。彼の顔は汗で光っていて、鼻孔は開いている。彼女が見ているあいだに、ハリーのリズムは崩れだした。彼女は髪を放し、彼の肩をつかんだ。全身全霊で彼を自分の中に引きとめておくことに集中した。

そしてジョージは終わりを感じた。

ハリーは腰を彼女に固定したまま、背中をそらした。彼女は彼のものが自分の中でぴくぴく動くのを感じることができた。精液の噴出と自らを満たす温かみを感じる。頭をのけぞらせて喜びの波にのまれた。彼の精がジョージの中からあふれだす。ハリーが自分の体の中で果てる――それは、本当にすばらしかった。これまで感じたどんなものよりも。涙がこめかみを伝って、もつれた髪の中に流れ落ちた。これを経験したあとで、彼を手放すことなどできやしない。

ハリーは急に動きだし、自らを引き抜こうとした。「すまない、こんなつもりは――」

「しいっ」ジョージは彼の口に指をあてて、謝罪の言葉を抑えた。「わたし、妊娠しているの」

18

妊娠という言葉が、レディ・ジョージナの部屋中に反響するように思われた。薄い灰色がかったブルーの壁や、可憐なレースのベッドカーテンではね返ってこだまするかのように。ハリーは一瞬、たったいま、彼女の体を自分の精子で満たしてしまったせいで、妊娠したと彼女が言ったのかと思った。あれは、オーガズムの激しさと、湧き上がってくる彼女への思いに駆り立てられてしまった結果だった。

おれのレディ・ジョージナへの愛に。

退かなければいけないとわかっていても、あの瞬間に抵抗することができなかったのだ。そう、彼女に抵抗することはできなかった。

それから、理性が戻ってきた。彼は体を回転させてレディ・ジョージナの上から下り、彼女を見つめた。彼女は妊娠している。ばかげた怒りと苦痛がこみあげてきた。これまで何度も自分の中で反芻してきた思い、そして不安のすべてが。結局、そんなものはすべてもうどうでもよくなってしまったのだが。

レディ・ジョージナは妊娠しているのだ。

彼女と結婚しなければならないだろう。そうしたいかどうかには関係なく。二人の愛を信じ、それを貫けるかどうかもわからず。これまで経験したことのない、彼女の生活に自分を溶けこませられるかどうかもわからず。いまやそうしたことのすべてが、脇にやられてしまった。つまり、もはや、すべてのことは重要ではないのだ。彼は自分の精液と女性の体によって、罠にはまってしまった。思わず笑いだしそうになった。彼の中の、もっとも知性とは関係のない部分が自分の運命を決めてしまったのだ。

ハリーはあまりにも長い時間、恋人を見つめつづけていたことに気づいた。彼女の希望に満ちた表情は消え、用心するような顔になっていた。彼女を安心させようと思ったそのとき、視界の隅でちらちらする光をとらえた。顔を上げると、窓の外で黄色とオレンジの光が躍っている。

彼は立ちあがって、大またで窓に歩み寄った。

「何なの？」レディ・ジョージナが背後から叫んだ。遠くで、地獄から立ち昇る炎のように輝いている光のピラミッドが夜の闇に浮かび上がっていた。

「ハリー」彼は裸の肩にレディ・ジョージナの指が触れるのを感じた。「いったい何が――？」

「グランヴィルの屋敷が燃えている」ベネットが！　本能的で純粋な恐怖が体中の血管をかけめぐった。

レディ・ジョージナは息を飲んだ。「まあ、どうしましょう」

ハリーはさっと体を返し、シャツをつかむと急いで羽織った。「行かなくては。何かできることがあるかもしれない」ベネットは今夜、父親の家で眠っていたのだろうか？

「そうね」彼女は、腰をかがめて彼のズボンを拾った。「わたしもいっしょに行くわ」

「だめだ」彼は彼女の手からズボンをひったくって、声を荒らげないよう努めた。「だめだ、あなたはここに残るんだ」

レディ・ジョージナはいつもの頑固な顔つきで眉をひそめた。

そんなことにかかわっている時間はない。ベネットを助けなければ。

「でも、わたし――」彼女は反論しはじめた。

「言うことを聞いてくれ」ハリーはシャツの裾をズボンの中に入れ終えて、彼女の上腕をつかんだ。「わたしの言うとおりにしてほしい。サイラスは危険だ。彼はあなたを嫌っている。あなたが彼の手厚い接待からわたしを連れだしたときの彼の表情でわかった」

「でも、あなたはわたしを必要とするわ」

レディ・ジョージナは彼の言葉を聞いていなかった。自分を無敵になったように感じている。おれの麗しき姫、だから思うがままにするのだと。おれがどう思おうとかまっちゃいない。サイラスなど目じゃない。自分と赤ん坊が危険にさらされているという事実さえ気にしていない。

ハリーは自分の中で恐怖が耐え難いほど高まっていくのを感じた。

「あなたは必要でない」彼は彼女を揺さぶった。「邪魔なだけだ。死んでしまうかもしれないんだぞ。わかるか？」

「ハリー、あなたが心配してくれていることはわかるけど——」

どうしても言うことを聞かないつもりか？「ちくしょう！」彼は必死にあたりを見まわしてブーツをさがした。「火事とあなたの両方では手に負えない。ここに残れ！」

ベッドカーテンの下に半分隠れていた。ブーツを見つけ引っ張りだして急いではくと、上着とベストをつかんだ。彼はドアに走った。もはや窓から出入りする必要はない。ハリーがレディ・ジョージナのベッドにいたことは、すぐにイギリス中に知れわたるだろう。

彼はドアのところで体をねじって振り向き、先ほどの言葉を繰り返した。「ここに残れ！」最後にちらりと見たとき、レディ・ジョージナはすねているように見えた。

上着を着ながら、大急ぎで階段を駆け降りる。帰ってきたら何度も謝らなければならないだろうが、いまはそんなことを考えている暇はなかった。弟が自分を必要としているのだ。正面玄関に向かって走っていくと、眠っていた従僕が目を覚ました。ハリーはそのまま夜の空気の中に飛び出した。ブーツの下でざっざっと砂利が音を立てる。屋敷の角を曲がる。馬はレディ・ジョージナの窓の近くにつないであった。

来い。来るんだ。

馬は陰の中に立ち、うとうと眠っていた。ハリーが鞍にまたがると馬は驚いた。腹を蹴り、速歩で屋敷をまわる。小道に出るころには全速力で走っていた。戸外で見ると、炎はいっそう大きく空に向かって燃え上がっているように思えた。煙のにおいまでする気がする。炎は巨大に見えた。グランヴィルの屋敷全体が火に包まれているのか？　馬が大きな通りに着くと、ハリーは速度をゆるめ、前方に障害となるものがないことをたしかめた。もしもベネットとウィルが家の中で眠っていたら……。

ハリーはその考えを振り払った。グランヴィル・ハウスに着いて、惨状を自分の目で見るまで考えないことにしよう。

川を越えると、丘の斜面に家々の明かりが点々と見えた。グランヴィルの領地に住み、ここで働いている農夫たちは、起きていて火事に気づいているはずだ。しかし奇妙なことに、火事の現場に急ぐ者にはひとりも出会わなかった。すでに駆けつけたのか、それとも見ないふりをして、家の中にひそんでいるのか？　彼はグランヴィル・ハウスの門の前の小高い場所に着いた。風が煙を運び、ふわふわ飛んでいる灰を顔に吹きつける。馬は口の端に泡を吹いていたが、彼はさらに馬をせき立てて下っていった。

そしてついに見えてきた。炎は厩を包んでいたが、屋敷はまだ無事だった。

馬はその光景に驚いて後ろ脚で立った。ハリーはいやがる馬を抑え、厩のほうへと進めた。近づいていくと、人々が怒鳴る声と、厩を焼き尽くすごうごうという炎の唸りが聞こえてきた。サイラスは馬を自慢にしており、おそらく二〇頭以上飼っていた。

しかし、厩の外にいるのはたったの二頭だった。

ハリーはサイラスや使用人たちに気づかれないように裏庭に入った。ぼうっとした顔の、下着や寝間着姿の男たちが集まっていた。彼らの黒ずんだ顔は炎によって薄気味悪く照らし出され、白目や歯に炎が反射している。数名は一列に並んで、水の入ったちっぽけなバケツをまわしていたが、それくらいの水では魔物のような火をよけいに怒らせるだけのようだった。そうした喧噪の中央に立つサイラス・グランヴィルは地獄からやってきたような姿だった。上半身は寝間着のシャツを着ていたが、その下は裸の脚にバックル・シューズをはいていた。白髪はぼさぼさに乱れて逆立っている。彼はげんこつを振りまわしながら中庭を歩きまわっていた。

「彼を助けろ！　助け出せ！」サイラスは男をひっぱたき、玉石の上に這いつくばらせた。「畜生ども！　きさまらみんなわたしの土地から追い出してやる！　縛り首にしてやるからな、ウジ虫ども！　だれかわたしの息子を助け出せ！」

最後の言葉で、ハリーはようやくサイラスの息子が厩の中に閉じこめられていることに気づいた。ぼうぼうと燃えている厩を見る。炎が貪欲に壁をなめる。トーマスか？　それともベネット？

「いやだああ！」あたりを飛び交う罵声や怒鳴り声の向こうに、ハリーはなんとかかすかな悲鳴を聞きわけることができた。声のしたほうを向くとウィルの姿が見えた。体の大きな従僕に捕まえられて宙吊りになっている。少年はもがき、激しく抵抗していたが、視線だけはつねに炎に向けられている。「いやだあああ！」

では、中にいるのはベネットだ。

ハリーは馬から飛び降り、水を運んでいる男たちの列へ走っていった。バケツをひったくると、頭から冷水を浴びた。その冷たさにうっと息を詰まらせる。

「おおっ！」だれかが叫んだ。

ハリーは叫び声を無視して、厩に飛びこんだ。

まるで太陽に突っこむかのようだった。高熱に包まれて、彼は思わず腰をかがめた。頭や服にかかった水が即座に蒸気に変わってしゅうしゅう音をたてる。黒い煙が行く手をはばんだ。まわりでは、馬たちが恐怖にかられて激しくいなないている。灰と、恐ろしいことに肉の焦げるにおいがした。そして、いたる所で、恐ろしい炎が厩の建物とその中にあるすべてを食いつくそうとしていた。

「ベネット！」彼は息を吐きだしながら怒鳴った。

次に息を吸いこむと、灰と燃え上がる熱気が肺に入った。煙にむせて、声が出せない。ハリーは濡れたシャツを引き上げて、鼻と口を覆ったが、たいして役には立たなかった。酔っ払いのようによろけながら、手さぐりでやみくもに前へ進む。空気なしで人間はどれくらい生きられるのか。足に何かがあたった。何も見えないので、前につんのめった。体が倒れたところには人間の体があり、手に髪の毛が触れた。

「ハリー」しわがれた幽霊のような声。ベネット。

ハリーは急いで手でさぐった。ベネットを見つけた。そしてもうひとり。

「彼を運び出さなくては」ベネットはひざまずいて、ぴくりともしない男の体を引きずろうとしているが、ほんの数センチほどしか動かない。

床の近くの空気は多少ましだった。ハリーはあえぎながら、肺いっぱいに空気を吸いこみ、意識のない男の腕をつかんで立ちあがった。胸が燃えるように熱く、筋肉が引き裂かれるかのように背中が痛んだ。ベネットは男のもう一方の腕を持っていたが、ほとんど力尽きかけていることは明らかだった。引っぱってはいるものの、いかにも弱々しい。ハリーは願った。いや、祈った。どうか自分たちが向かっている先は、入口であってくれ。どうか、煙と叫びと灰と死だけが待つ方向へと間違って向かっていることがないように。見当違いの方向へ行けば、ここで死ぬだろう。自分たちの死体は真っ黒に焦げて、どの男がだれなのか見分けがつかなくなるだろう。

マイ・レディはわたしを必要としている。ハリーは歯をくいしばって、腕の痛みをこらえて男の体を引っぱった。

わたしはもうすぐ父親になる。足を何かにとられ、よろめいたが、なんとか姿勢を保つ。わたしの子どもはわたしを必要とする。ベネットがすすり泣く声が背後から聞こえてきた。煙のせいか、恐怖のせいかはわからない。

神よ、お願いだ、彼女たちは二人ともわたしを必要とする。生き延びさせてください。

そしてハリーは見た。出口のドアを。彼はとっさに意味不明な叫び声をあげて、激しくむせて咳きこんだ。最後の渾身の一引きで、彼らはドアから外へ出た。冷ややかな夜の空気が、母親のキスのように彼らを包んだ。ハリーはよろめいたが、それでも意識を失った男の腕は放さなかった。男たちが駆けつけてきて、大声で叫びながら、彼らを炎から遠ざける。ハリーは玉石の上に倒れこんだ。横ではベネットも倒れている。ハリーは顔に小さな手が触れたのを感じた。

目を開けると、目の前にウィルがいた。「ハリー、戻ってきてくれたんですね」

「ああ、そうだ」彼は笑ってから咳きこみ、もがく少年を抱きしめた。だれかが水を持ってきてくれたので、ありがたくそれを飲んだ。ハリーはほほえんだまま、ベネットのほうに顔を向けた。

ベネットはまだ泣いていた。激しく咳きこみながら、意識のない男をしっかりと腕に抱きしめた。

ハリーは眉をひそめた。「だれなんだ――?」

「ミスター・トーマスです」ウィルがハリーの耳元で言った。「炎を見たとき、彼は厩に駆けこんでいったんです。馬を助けるために。でも、彼が出てこなかったので、ベネットが後から助けにいったんです」少年はふたたびハリーの顔に触れた。「ベネットはあの男の人といるようにとおれに言い置いていきました。もう二度と会えないかと思いました。そうしたら、あなたも入っていって」ウィルは細い腕をハリーの首に巻きつけ、窒息させそうなほど強くしがみついた。

ハリーはやさしく少年の腕をはずし、厩から引きずり出した男を見た。顔の半分は焼けただれ、そちらの側の髪は短く黒焦げになっていた。しかし、逆の半分はそれほどひどくはなく、ベネットの兄であることがわかった。トーマスの鼻の下に手の側面をあて、それから指で首をさぐった。

脈はない。

ハリーはベネットの肩に手をかけた。「死んでいる」

「違う」ベネットはひどくしわがれた声で言った。「そんなはずはない。厩の中で、ぼくの手を握りしめたんだ。そのときは、生きていた」ベネットは赤く泣きはらした目を上げた。「ハリー、ぼくらは彼を助け出した。彼を救ったんだよ」

「残念だ」ハリーはやるせない気分だった。

「きさま！」サイラスの怒声が背後から聞こえた。

ハリーはさっと立ちあがり、拳をつくって構えた。

「ハリー・パイ、この呪われた殺人鬼め、きさまがこの火事を起こしたのだな！　やつを逮捕しろ！　おまえを吊るして――」

「父上、ハリーはぼくの命を救ってくれたのです」ベネットがむせながら言った。「ハリーに手を出さないでください。父上も本当はハリーが火をつけたのではないことをよくご存じなのでしょう？」

「そんなことは何も知らん」サイラスは威嚇するように前に進んだ。

ハリーはナイフを取り出し、腰を沈めて闘いの姿勢をとった。

「お願いですからやめてください」ベネットは言った。「トーマスが死んだのです」

「何だと？」サイラスは初めて、足元に横たわっている長男を見た。「死んだ？」

「ええ」ベネットは苦々しげに言った。「彼は、あなたの馬を救うために中に入っていき、そして死んだのです」

サイラスは顔をしかめた。「わたしはそんなことは命じなかった。まったく愚かなことを。あいつのすることはいつもそうだ。愚かで意味がない」

「ちくしょう、なんてこった」ベネットは小声で言った。「彼の体はまだ温かい。ほんの数分前に息絶えたのですよ。それなのにもうあなたは、彼をけなしている」彼は父親をにらみつけた。「あなたの馬だったからだ。トーマスはたぶんあなたにほめてもらいたくて、厩に駆けこんだのです。そんなふうにして死んだあとですら、あなたは彼をほめてやれないのですか」ベネットはトーマスの頭を硬い玉石の上に置いて立ちあがった。

「おまえもばかだ。こいつのあとを追うとは」サイラスは早口で言った。「あなたは人間でさえないんですね？」とベネットは言った。

ハリーは一瞬、ベネットが父親を殴るのではないかと思った。

まるで聞こえなかったかのように、サイラスは顔をしかめた。おそらく本当に聞こえなかったのだろう。息子の声はひどくつぶれていて、聞き取るのが難しかった。

ベネットは父親から顔を背けた。「ディック・クラムと話ができたかい？」ほかのだれにも聞こえないような非常に低い声で彼はハリーに尋ねた。「トーマスが火をつけて、さらに中に飛びこんだとは思えない」

「いや」ハリーは答えた。「今夜早めにコック・アンド・ワームに行くには行ったのだが、彼は顔を見せなかった」

ベネットの表情は険しくなった。「では、さがしに行こう」

ハリーはうなずいた。ぐずぐずしてはいられない。ディック・クラムがこの火事を起こしたのなら、彼は縛り首にされるだろう。


ジョージはあきらめの気持ちを抱きながら、夜が明けるのを見つめた。ハリーは彼女を必要としないと言った。そして昨夜、戻ってこなかった。

メッセージは明確だった。

もちろん、「あなたは必要ではない」とハリーが言ったとき、彼が急いでいたことはわかっている。そして、グランヴィル卿が彼女に危害を加えるかもしれないと心配していたことも。しかし、あの切迫した状況で彼は、心に隠されていた真実をうっかり言ってしまったのではないか、という気がしてならなかった。ハリーはいつも非常に慎重に言葉を選ぶ。彼女を怒らせないようにいつも気を遣っていた。こういう状況に追いこまれたのでなければ、本当は彼女といっしょになりたくはないと言うつもりではなかったのだろうか？

ジョージは両手の上で小さなヒョウの彫像を転がした。彼女を見返してくるヒョウの目は、檻の中のその目はうつろだった。ハリーはこのヒョウに自分自身を見たのだろうか？　ハリーを檻に入れるつもりはない。ただ彼を愛したいだけだ。けれど、どう願ったところで、彼女が貴族で、ハリーが平民だという事実を変えることはできないだろう。こうした階級の違いから生まれる状況がハリーの苦悩の根源であるように思えた。そして、それはけっして変わることはない。

ジョージはゆっくり気をつけて起き上がった。なんとなく胃がむかむかする。

「お嬢様！」ティグルが寝室に駆けこんできた。

ジョージは驚いて顔を上げた。「どうしたの？」

「ミスター・トーマス・グランヴィルがお亡くなりになりました」

「まあ」ジョージはふたたびベッドの縁に腰かけた。自分の悩みにかまけて、もう少しで火事のことを忘れるところだった。

「グランヴィル家の厩が昨夜火事になりました」ティグルは主人の狼狽に気づかずつづけた。

「放火だという噂です。そして、ミスター・トーマス・グランヴィルは、馬を救うために中に駆けこんだのですが、それっきり出てこなかった。そこで、ミスター・ベネット・グランヴィルが父君がお止めになったにもかかわらず、あとを追われたそうです」

「ベネットもお亡くなりに？」

「いいえ、お嬢様」ティグルは頭を振ってヘアピンを抜いた。「でも、あまりに出てこないので、みんなはミスター・ベネットも死んだと思ったそうです。そこへミスター・パイがあらわれ、すぐに中へ駆けこんだ」

「ハリー！」ジョージは恐怖にかられて立ちあがった。めまいがして、部屋がぐるぐる回転するような気がした。

「いいえ、いいえ、お嬢様」ティグルはジョージがドアへ向かって走りだす前に、あるいはばたんと倒れる前に、彼女を捕まえた。「大丈夫です。ミスター・パイはご無事です」ジョージは心臓の上に手をあてた。胃の中身を戻しそうだった。「ティグル、脅かさないで！」

「すみません、お嬢様。でも、ミスター・パイはお二人を、ミスター・トーマスとミスター・ベネットの両方を引きずり出したのです」

「では彼はベネットを救ったのね？」ジョージは目をつぶって、ごくりと唾を飲みこんだ。

「はい、お嬢様。グランヴィル卿がミスター・パイにしたことを考えれば、信じられない話ですが。ミスター・パイはお二人ともを救い出したのです。ですが、ミスター・トーマスはすでにお亡くなりになっていました。ひどい火傷だったそうです」

それを想像すると、ジョージは気分が悪くなった。「かわいそうなベネット。そんなふうに兄を失うなんて」

「はい、ミスター・ベネットにとって、本当におつらいことだったでしょう。けっして放さないとでもいうように、お兄様の体をかきいだいていらしたそうです。ところが、グランヴィル卿ときたら、悲しむどころか、死んだ息子をほとんど見ることすらなかったと聞きました」

「グランヴィル卿は頭がおかしいのだわ」ジョージは目を閉じて、身を震わせた。

「そう考えている人もいるようですわ、実際」ティグルは眉をひそめて主人を見下ろした。

「まあ、たいへん。お嬢様、お顔の色が悪いですわ。熱いお茶をお持ちしましょう」彼女はばたばたとドアへ急いだ。

ジョージは横になって目をつぶった。しばらく静かに横になっていれば……。

ティグルが戻ってきた。かかとが木の床を鳴らす。「薄緑のドレスがよろしいと思いますわ。ミスター・パイが会いにいらしたら――」

「茶色のプリント柄のを着るつもりよ」

「でも、お嬢様」ティグルは賛成しかねるという口調だった。「あれは、紳士に会うときに着るようなものではありませんわ。少なくとも特別な方とお会いになるときには。昨夜のことがあったからには――」

ジョージは唾を飲みこんで、メイドと対決する強さを持たなければと自分を奮い立たせた。

「わたしは二度とミスター・パイには会わないわ。わたしたちは今日、ロンドンに発ちます」

ティグルははっと息を吸いこんだ。

ジョージの胃はひっくり返りそうになった。しっかりするのよ、と自分に言い聞かせる。

「お嬢様」ティグルは言った。「この家のほとんどすべての使用人が、昨夜だれがお嬢様のお部屋に訪ねてきたかを知っています。そして、彼がグランヴィル家で見せた勇敢な行為のことも！　若いメイドたちは午前中ずっとミスター・パイを思ってため息をついていましたわ。年長のメイドがため息をつかなかったのは、ひとえにミスター・グリーヴズの目が光っていたからです。お嬢様はミスター・パイから離れてはいけません」

全世界がわたしの敵にまわった。ジョージは自己憐憫と吐き気の波がこみあげてくるのを感じた。「わたしが彼から離れるわけではないの。わたしたち二人は別れたほうがいいという合意に達しただけ」

「ばかばかしい。申しわけありませんお嬢様。ふだんわたしは意見など申し上げません」ティグルは真摯に言った。「でも、あの方はお嬢様を愛しています。彼は、ミスター・ハリー・パイは、すばらしい方です。よい夫におなりでしょう。それにお嬢様はあの方のお子を身ごもっていらっしゃる」

「よくわかっているわ」ジョージは気分が悪そうにげっぷをした。「ミスター・パイはわたしを愛しているかもしれないけれど、愛したがってはいないの。わかって、ティグル。わたしはここに残って、愛してくれることを望んで、彼にしがみつくことはできないの」絶望して目を大きく開く。「わからないの？　彼は名誉かあわれみのためにわたしと結婚するのよ。残りの生涯を、わたしを嫌ってすごすの。わたしはここを去らなければ」

「まあ、お嬢様——」

「お願い」

「わかりました」ティグルは言った。「お嬢様は過ちを犯していらっしゃると思いますけれど、それがお望みというならば、すぐに荷物をまとめます」

「ええ、それがわたしの望みよ」とジョージ。

そして、即座に室内用便器に吐いた。

ハリーとベネットが小さな荒れ果てた家に着いたときには夜が明けてからすでに一時間が経っていた。彼らはコック・アンド・ワームでほとんど夜通し待っていたが、ハリーは最初の半時間で、待っていても無駄なのではないかと思った。

彼らはまず、眠くてたまらないといったようすのウィルをミセス・フンボルトの家に預けて少年の身の安全を図った。夜の遅い時刻だというのに、老女は快く少年を受け入れてくれた。彼らが彼女の家を出るときには、ウィルは満足そうにマフィンをがつがつ食べていた。それから彼らはコック・アンド・ワームに馬で向かった。

ディック・クラムと妹は居酒屋の上の、驚くほどきちんと片づけられている天井の低い部屋に住んでいた。部屋の中をさがすあいだ、頭が横木にぶつかりそうになる。ディックは自分の家にいるときには、いつも腰を少しかがめて頭を低くしていなければならないのだな、とハリーは考えた。もちろん、ディックもジャニーもいなかった。居酒屋はもう閉まっていて、入口で何人かの地元の連中が腹を立てていた。ディックとジャニーの所持品はとても少なく、部屋から何かが持ち出されたかどうかはよくわからなかった。しかしハリーは、彼らは何も持っていかなかったと判断した。奇妙なことだ。もしもディックが妹と逃げる決心をしたのなら、少なくともジャニーの物くらいは持っていったのではないか？　しかし、彼女のわずかな衣類——着替え用の服一着、数枚の下着、穴だらけの靴下——は彼女の部屋の軒下に打ちつけられた釘にかかっていた。ディックの薄いマットレスの下には数個の銀貨が入った小さい革袋さえ隠されていた。

そこで、ディックは少なくともこの金くらいは取りに戻るだろうと踏んで、ハリーとベネットは暗い居酒屋の中にひそんで待ったのだった。一度か二度咳をして、黒いたんを吐きはしたが、二人は話をしなかった。トーマスの死にベネットは呆然としていた。焦点の定まらない目で、宙を見すえている。そしてハリーは、妻と子どもとともに生きる未来について、まったく新しい生き方について考えていた。

夜が明けて、光が暗い部屋に差しこんだ。ディックはここに現れないつもりなのだ。そのときハリーはクラム家がかつて暮らしていた家を思い出した。ディックと妹が育ったあばら家だが、とうの昔に朽ち果てていた。しかし、ディックは隠れ家としてその家を使うのではないか？　すでに隣の郡に逃げてしまった可能性のほうがはるかに高いが、確認だけはしておくほうがいいだろう。

家に近づいたが、人のいる気配は感じられない。かや葺き屋根はほとんどが中に落ちていて、ひとつの壁は崩れ、煙突だけがにょっきりと空に伸びていた。彼らは馬を降りた。ハリーのブーツが泥にめりこむ。この家が長いことうち捨てられていたのはそのためだろう。小さな家の背後の川の土手はこのすぐそばまで広がっていて、あたりを湿地にしていた。毎年春になると、家は水浸しになっていたのだろう。暮らすにはあまりにも危険な場所だった。そもそもなぜこんなところに家を建てたのか、ハリーには不思議でならなかった。

「ドアを開けられるかどうか、怪しいものだな」ハリーは言った。

ドアは傾斜した横木の下で内部に傾いている。

「裏を調べよう」とベネット。

ハリーはできるだけ音を立てないように気をつけて歩いたが、一歩進むごとに足が泥にめりこみ、ぴちゃぴちゃと音が出てしまう。ディックがいるなら、すでにだれかが来たことに気づいているだろう。

ハリーが先に立って角を曲がり、はっと足を止めた。人の背と同じくらいの高さの植物が家の裏の湿地に育っていて、羽根状に分岐した繊細な葉が茂っていた。

ドクニンジンだ。

「なんてこった」ベネットは息を吸いこんだ。ハリーのそばにやってきていたが、見ていたのはその植物ではなかった。

ハリーはベネットの視線を追った。家の後ろ側の壁はなくなっていた。残っている垂木の一本にロープがくくりつけられ、その先に哀れな塊がぶらさがっていた。

ジャニー・クラムが首を吊っていた。

19

「こいつは、自分が何をしているかわかっていなかったのだ」ディック・クラムは、崩れた石壁にもたれて座っていた。まだ染みのついた居酒屋のエプロンをかけたままで、片手でしわくちゃのハンカチを握りしめていた。

ハリーは、ディックが座っている場所からほんの数十センチばかりのところで揺れているジャニーの死体を見た。首はグロテスクに伸び、黒ずんだ舌が腫れた唇からはみ出していた。

もはやジャニー・クラムにしてやれることは何もない。

「かわいそうなやつよ。サイラスに捨てられてからは、ずっとおかしかったんだ」ディックはつづけた。

どれくらい長い時間、ディックはそこに座りつづけていたのだろうか？

「あいつは以前から、夜になると、そっと家を抜けだすことがあった。野原をさまよい歩くんだ。ほかにも、おれの知りたくないようなこともしていたのかもしれん」ディックは頭を振った。「だが、何かよからぬことをしていると気づくまでにはしばらくかかった。そうこうしているうちに、ポラードのばあさんが殺された」ディックは顔を上げた。その目は血走っていて、まぶたが赤くなっていた。「ハリー、彼らがあんたを連れていったあと、ジャニーはおれのところへやってきた。髪を逆立て、逆上していた。自分はやっていないと言うんだ。羊は殺したけれど、ポラードのばあさんは殺してないと。サイラスを悪魔と呼んで、彼を呪っていた」大柄の男は、困りはてた小さな少年のように眉根を寄せた。「あいつはサイラスがポラードのばあさんを殺したと言った。ジャニーは頭がおかしくなっていた。本当にどうかしちまっていたんだ」

「そうだな」とハリーは言った。

ディック・クラムは、ハリーの同意で救われたかのようにうなずいた。「おれはどうしたらいいかわからなかった。あいつはおれの妹だ。頭がおかしかろうと、そうでなかろうと」彼は震える手ではげ頭を拭った。「残されたたったひとりの家族だ。おれの妹だ。おれはあいつを愛していたんだよ、ハリー」

ロープにぶらさがっている死体が応えるかのようにふらりと揺れた。

「だからおれは何もしなかった。そして昨晩、こいつがグランヴィルの厩に放火したと聞いた。おれは急いでここへやってきた。この古い家は、前からこいつの隠れ場所だったからな。ここへ来たからといって、どうしたらいいかわかっていたわけじゃない。だが、来てみれば、このありさまだ」ディックは祈りを捧げるかのように、両手を死体に向けて上げた。「これだ。やりきれねえ」大きな男は肩を震わせてすすり泣きはじめた。

ハリーは目をそらした。このような底知れぬ悲しみを目の当たりにしたとき、いったい何ができる?

「ミスター・クラム、ご自分をせめることはまったくありません」ベネットがハリーの横から言った。

ディックは頭を上げた。鼻の下で、鼻水が光っている。

「非はあなたではなく、わたしの父にある」ベネットはさっとうなずくと、家の角を曲がって戻っていった。

ハリーはナイフを取り出した。死体の下に椅子を引きずっていき、それにのってロープを切った。ジャニーは自ら課した罰から突然解放され、ふっと下に落ちた。ハリーはその体を捕らえ、そっと地面に下ろした。そのとき、何か小さくて硬い物がジャニーのポケットから転がり落ちた。拾い上げてみると、それは自分のつくった木彫りのアヒルだった。ハリーはすばやく手のひらを握ってアヒルを隠した。ジャニーが彼の彫刻を毒殺した羊の横に置いていたのだろうか? いったいなぜ? ハリーとサイラスを対決させたかったのか? ハリーを自分の報復の道具と考えたのだろう。ハリーがディックにちらりと目をやると、ディックは死んだ妹の顔をじっと見ているだけだった。ジャニーがハリーに罪をかぶせようとしたと聞いたら、ディックをさらに悲しませるだけだろう。ハリーはアヒルをポケットに入れた。

「すまんな、ハリー」とディックは言った。彼はエプロンをはずして、妹のゆがんだ顔を覆った。

「気の毒に」ハリーはディックの肩に手を置いた。

ディックはうなずいたが、また深い悲しみが襲ってきたようだった。

ハリーは背中を向けて、ベネットのもとに向かった。最後にもう一度振り向くと、ディック・クラムは、痩せた妹の体に覆いかぶさるように、悲しみに打ちひしがれた大きな背中を丸めていた。

その後ろでは、ドクニンジンが優雅に揺れていた。

「近ごろは、本当に旅が多ございますわねえ」馬車の中で温和にほほえみながら、ユーフィーはつぶやいた。「ヨークシャーとロンドンを行ったり来たり。だれもが、ゆっくり息をつく暇もなく、また出発なさるようですわ。こんなに出入りが激しいのは、生まれてから、まだ一度も経験したことがない気がいたします」

ヴァイオレットはため息をつき、わずかに頭を振って、窓の外を見つめた。隣に座っているティグルは困惑しているように見えた。そして、ユーフィーと同じ座席に詰めこまれているジョージは、目を閉じて、念のために持ってきたブリキの洗面器をぎゅっとつかんでいる。吐かないわよ。わたしは吐かない。ぜったいに吐かない。

角をまがるときに馬車が大きく揺れ、ジョージは雨が滝のように流れている窓ガラスに押しつけられた。やはり目を開けていたほうが、吐き気を感じにくいようだと思った。

「まったくばかげているわ」とヴァイオレットは怒って、腕組みをした。「とにかく、お姉様が結婚するつもりなら、ミスター・パイにには何の問題もないと思うわ。だって、結局、あの人はお姉様のことが好きなのよ。変ななまりがあっても、わたしたち、助けてあげられると思うの」

なまりって？　「彼が羊殺しの犯人だと言いだしたのはあなたじゃない」だれもかれもが不満そうなので、ジョージは正直うんざりしはじめていた。

彼女が出立《しゅったつ》すると聞いたときの使用人たちの驚愕の反応を見たら、このハリーという人物はきっと本物の聖人なのだろうと人は思うだろう。グリーヴズでさえ、屋敷の階段に立ち、高い鼻に雨のしずくをしたたらせて、馬車に乗りこむ主人を悲しげに見つめていた。

「昔の話よ」ヴァイオレットは議論の余地なしというふうにきっぱりと言った。「少なくともここ三週間は、毒殺者だなんて思っていないわ」

「おお、主よ」

「お嬢様」ユーフィーは叫んだ。「しとやかな淑女は、みだりに主の名をお呼びしてはなりません。お行儀が悪いですわよ」

ティグルは横であきれたように天を仰いだが、ヴァイオレットは大げさに目を丸くしてユーフィーを見つめた。ジョージはため息をついて、クッションに頭をのせた。

「それに、ミスター・パイはかなりハンサムよ」ヴァイオレットはこの話題を終わりにするつもりはないらしい。「土地差配人にしては。彼よりよい人を見つけるのは難しいわ」

「土地差配人として、それとも夫として？」ジョージは意地悪くきいた。

「結婚をお考えになっていらっしゃるのですか？」ユーフィーは好奇心いっぱいの鳩のよう

に目を見開いた。

「いいえ！」ジョージは言い放った。

これにほとんど重なるようにヴァイオレットが「そうよ！」と言った。

ユーフィーは目をぱちくりさせた。「結婚は崇高なものでございますわ。もっとも上品な淑女にもふさわしい話題です。もちろん、わたくしは殿方とのそのようにすばらしい関係を経験したことはございません。ですが、その聖なる儀式をたたえるにやぶさかではございません」

「お姉様はだれかと結婚しなければならないのよ」ヴァイオレットはそう言って、ジョージのお腹を指さした。「それとも長いこと大陸を旅するか」

「旅によって見聞を広め――」ユーフィーはしゃべりはじめた。

「わたしは大陸を旅行するつもりはまったくないわ」ジョージはユーフィーをさえぎった。こうでもしなければロンドンに着くまで、ユーフィーの旅についてのおしゃべりを聞かされるはめになる。「セシル・バークレーと結婚してもいいかもしれないし」

「セシル！」まるで姉が魚と結婚するとでも言いだしたかのように、ヴァイオレットはジョージをぽかんと見た。自分が陥っていた苦境を思えば、ヴァイオレットはもう少し同情してもいいはずだ。「頭がおかしくなってしまったの？　セシルをふわふわの子ウサギみたいに踏みつけにするつもり？」

「どういう意味？」ジョージは唾を飲みこんで、手をお腹にあてた。「わたしを怪物みたいに言わないで」

「だって、お姉様があんなことを言うから――」

ジョージは目を細めた。

「ミスター・パイは静かな人だけど、少なくともお姉様から離れようとはしなかった」ヴァイオレットは目を大きく見開いた。「お姉様が彼から逃げたと知ったら、彼はどうすると思う？　考えたことがあって？　静かな男こそ、怒らせると怖いのよ」

「そういうメロドラマのような考えをどこから仕入れてきたか知らないけれど、とにかく、わたしは逃げ出してはいないわ」ジョージは妹を無視して、馬車の外をながめた。馬車はいま、ヨークシャーを出ようとしていた。「それに、彼は何もしないと思うわ」自分が去ったことをハリーが知ったときのことを考えると胃がむかむかしてくる。

ヴァイオレットは首をかしげた。「ミスター・パイは、自分の恋人が別の男性を見つけて結婚するのを、指をくわえて見ているような人には思えないけど」

「わたしはミスター・パイの恋人じゃないわ」

「じゃあ、いったいどう呼んだらいいのかしら――」

「ヴァイオレット！」ジョージは顎の下にブリキの洗面器をあてがった。吐かないわよ。わたしは吐かない。ぜったいに――。

「ご気分がお悪いのですか？」ユーフィーが甲高い声で言った。「まあ、お顔が真っ青。あなたのお母様もそんなふうでいらっしゃいましたわ」まるで紳士がこの馬車の中で聞き耳を立てているかのように、前にのりだして声をひそめる。「レディ・ヴァイオレットを身ごもっておいでのときに」ユーフィーは姿勢を戻し、頬を明るいピンクに染めた。「でも、もちろん、レディ・ジョージナにはそんなこと関係ございませんわよね」

ヴァイオレットは魅入られたかのようにユーフィーを見つめた。

ティグルは両手で顔を覆った。

そして、ジョージはうめいた。ロンドンに行く前にきっと死んでしまうだろう。


「彼女が行ってしまったとは、いったいどういうことだ?」ハリーは声を荒らげないよう努めた。彼はワールズリー・マナーの玄関ホールに立っていた。レディ・ジョージナに会いにきたのだが、執事から彼女が一時間以上前に出発したと聞かされた。

グリーヴズは一歩退いた。「まさしく、そのとおりの意味です、ミスター・パイ」執事は咳ばらいした。「レディ・ジョージナはレディ・ヴァイオレットとミス・ホープを伴われて、今朝早くロンドンへお発ちになったのです」

「くそったれめ」親類、あるいは弟たちのことで何か急な知らせを受けたか?

「ミスター・パイ」執事は汚い言葉にむっとして胸を張った。

「ミスター・グリーヴズ、昨晩はたいへんだったもので」そして今朝は、もっとたいへんだった。ハリーはずきずきする額を手でこすった。「マイ・レディに手紙が届けられたのか?それとも使者が? 使者が何か知らせを持ってきたのか?」

「いいえ。そういうことはあなたには関係ございません、ミスター・パイ」グリーヴズは自分の細い鼻先をじっと見つめた。「では、玄関までお送りいたしましょうか？」

ハリーはすばやく二歩進み、執事の胸ぐらをつかんだ。さらにもう一歩進んで、執事の背中を壁にたたきつけた。しっくいがみしっと割れる音がした。「マイ・レディに関することは、わたしにも大いに関係があるんだよ」グリーヴズのかつらに振りかけられたパウダーのにおいをかぐことができるくらい顔を近づける。「彼女はわたしの子どもを身ごもっていて、もうすぐわたしの妻になるのだ。わかったか？」

執事は細かいパウダーを肩にまきちらして、首を縦に振った。

「よし」ハリーは執事を放した。

いったいなぜ、彼女はこんなに突然去っていったのだろう？　ハリーは顔をしかめて、一段抜かしでカーブした主階段を上り、長い廊下を通ってレディ・ジョージナの部屋へ向かった。何かを見逃したのか？　間違ったことを言ってしまったのか？　女に関しては、気づかぬうちにうっかり口を滑らせ、怒らせてしまうことがあるから困ったものだ。

ハリーは寝室のドアを開けた。暖炉の掃除をしていたメイドが縮みあがった。レディ・ジョージナの化粧テーブルに大股で歩いていく。テーブルの上はきれいに片づいていた。彼は引き出しを次々に開けていき、同じくらい素早くばたんばたんと閉めていく。何本かのヘアピンと忘れていったハンカチを除いて、引き出しは空だ。メイドは部屋から逃げ出していった。ハリーは屈めていた腰を伸ばし、部屋を見まわした。衣装ダンスの扉は半開きで、中は空だった。ベッドのそばのテーブルの上にはろうそくが一本だけぽつんと立っている。すでにベッドは上掛けをはぎとられていた。彼女がどこに行ったのかを示すものはなかった。

部屋を出て、また階段を駆け下りた。使用人たちが彼の動向をうかがっているのを十分意識しつつ。頭がおかしくなったと思われていることだろう。屋敷中を駆けまわり、伯爵の娘を自分の花嫁だと宣言しているのだから。いいさ、みんな地獄に堕ちろ。おれは引き下がらないからな。そもそも、こういうことになったのはレディ・ジョージナのせいなのだ。自分でけしかけておいて、逃げ出したのだ。今度ばかりは、彼女が分別を取り戻すのを待つつもりはなかった。何にいらついているのかは知らないが、それを彼女が克服するまでいったいどれくらいかかるかわからない。おれは平民で、貧しいかもしれないが、レディ・ジョージナの夫になるのだ。彼の妻たる者が、ちょっとしたことがあるたびに、すたこら逃げだすようでは困るのだ。彼女にそれを教えてやらなければならない。

疲れ果てて半分眠っている馬に乗り、ハリーは自分の小さな家に向かった。最小限の荷物だけ持っていくつもりだった。急げば彼女がリンカーンに着く前に追いつけるかもしれない。

五分後、何を持っていくかを考えながら、彼は家のドアを開けた。しかしテーブルを見た瞬間、すべての思考が止まった。ヒョウが立っていた。ハリーはその木の像を手に取った。それは彼女の手のひらの上にのっていたのを彼が最後に見たのと同じ木彫りの像だった。ただし、それはもう檻の中に入っていなかった。

レディ・ジョージナはヒョウを解放したのだ。

彼は一分間ほど、自分が彫刻したヒョウの滑らかな背中を慎重に親指でなでながら、手の上の木の動物をじっくりと見つめた。それからふたたびテーブルに目をやった。手紙が置かれていた。彼は震える手でそれを取り上げた。

親愛なるハリーへ
ごめんなさい。わたしは、あなたを檻に入れるつもりはありませんでした。あなたに自分を押しつけるのは正しくないのだということがわかりました。自分の問題は自分で解決します。同封の書類は、このあいだロンドンで作成したものです。

――ジョージナ

二枚目の紙は法律文書だった。レディ・ジョージナは彼にワールズリーの領地を与えていた。

まさか。

ハリーはその立派な書類を再読した。やはりそうだった。

違う、違う。そんなはずはない。彼は紙を握りつぶした。彼女はそれほどおれを嫌っていたのか？　おれと手を切るためには、遺産の一部をあきらめることもいとわないほど？　彼は椅子に深々と腰をおろして、手の中にあるくしゃくしゃになった紙を見つめた。おそらく、彼女はようやく目が覚めたのだ。おれがどれだけ自分より身分が低いかということに、ようやく気づいたのだ。もしそうだとすればもうどうすることもできない。ハリーは笑いはじめた。しかしそれは、彼自身の耳にさえ、笑いというよりもすすり泣きに聞こえた。この数週間、彼はレディ・ジョージナを心から追い出そうと努めた。しかし、いくら努力しても彼にはわかっていた。

彼女しかいないのだと。

自分にとって彼女こそが唯一無二の女性だった。レディ・ジョージナが去るならば、自分にはもうほかの女性はけっしてあらわれない。まあ、それもいいさ。これまでの人生もそこそこ悪くはなかったじゃないか。彼女なしでもやっていける。しかし、この数週間に、彼女はハリーの人生に深く入りこんでしまった。彼の魂の中に。そして、彼女がなにげなく見せてくれた夢——妻、家族、家——は、生まれてこの方パンと水だけで生きてきた人間の前に置かれた肉とワインのようなものだった。

生きる糧。

ハリーは握りつぶされた紙を見下ろし、自分が恐れていることに気づいた。その恐れをちゃんと克服できる自信がなかった。ふたたび健全な自分に戻れる自信がなかった。

愛する人と子どもを失うのが怖かった。

二頭だけ。

サイラスは鼻を鳴らして、いまだにくすぶっている横木を蹴った。二九頭のうち、助かった馬は二頭。トーマスの最後の仕事も、たいした成果ではなかった。炎に屈する前に彼が助けだしたのは二頭の老いぼれ馬だけだった。空気には焼け焦げた肉の臭気が重く漂っていた。馬の死体を引きずり出す作業をしている男たちの中には、口を布で覆っているにもかかわらず吐きそうになる者もいた。彼らは小娘のように、悪臭と汚物に耐えきれずひいひい言っていた。

サイラスは、グランヴィル家のかつては立派だった厩の残骸を見た。現在は煙を上げる瓦礫の山だった。すべては、精神が破たんした女のしわざだったとベネットは言った。残念なのは、女が自分で命を絶ったことだ。女を公衆の面前で縛り首にできれば、地元の農民たちへのよい見せしめになっただろうに。しかし、結局のところ、その頭のおかしい女に感謝したほうがいいのかもしれない。おかげで長男が死んでくれたのだから。これでベネットを後継ぎにできる。そうなれば彼がロンドンに行ってしまうこともなくなる。相続人として、グランヴィルにとどまり、領地の管理を学ばなければならないだろう。サイラスは上唇をひねって、にやりと笑った。ベネットは自分のものだ。頑固に抵抗するかもしれないが、責任をわきまえることだろう。グランヴィル家の相続人は地所を監督しなければならないのだ。

馬がぱかぱかと庭に駆けこんできた。乗り手がだれかを見て、サイラスはもう少しで息を詰まらせるところだった。「出ていけ！　失せろ。この野良犬め！」ハリー・パイめ、よくもぬけぬけとグランヴィルの領地に姿をあらわしたな。サイラスは馬に向かって歩いていった。

パイはサイラスのほうを見もせず馬を降りた。「邪魔をするな、老いぼれめ」パイは屋敷に向かった。

「きさま！」サイラスは怒りに喉を詰まらせた。ぽかんと口を開けて見ている男たちに向かって命じる。「あいつを捕まえろ！　わたしの土地からつまみ出すのだ！」

「やれよ」パイは後ろにいる者たちに向かって静かに言った。

数名があとずさりした。臆病者たち。サイラスは体をまわし、パイの左手に細長いナイフが握られているのを見た。

パイはサイラスのほうに体を向けた。「サイラス、自分でやったらどうだ？」

サイラスは静止したまま、拳だけを握ったり開いたりしている。あと二〇歳若ければ、ためらうことはなかっただろうに。彼の胸は怒りで燃えた。

「やらないのか？」パイは嘲笑った。「では、わたしがあんたの息子と話をしてもかまわないだろうな」彼はグランヴィル家の階段を上って、中に入っていった。

汚らわしい不作法者めが。サイラスはもっとも近くにいた召使を手の甲で殴った。召使は不意をつかれて倒れた。他の労働者たちは、厩の庭土の上を仲間が転げまわるのを見つめた。ひとりが手を差し伸べて起き上がらせた。

「おまえらは、今日の仕事が終わったら全員首だ」とサイラスは言った、そして、背後から聞こえてくる不満の声に耳も貸さず、その場をあとにした。

焼ける胸をさすりながら、彼も階段を上った。殺せるものなら、自分であのならず者をやってやる。奥まで行く必要はなかった。大広間に入ると、トーマスの遺体が安置されている部屋から男たちの話し声が聞こえてきた。

サイラスは勢いよくドアを開け、ばしんと壁にたたきつけた。

パイとベネットは黒焦げになったトーマスの遺体が横たえられている台の近くに立っており、ドアの開く音に二人とも顔を上げた。ベネットはわざと父親から顔を背けた。「いっしょに行けるが、トーマスがきちんと埋葬されるのを見届けなければ」彼の声は火事のせいでかすれていた。

「もちろん。わたしの馬も、昨夜からこき使われているから休ませる必要がある」とパイは答えた。

「おい、ちょっと待て」サイラスは二人の会話に割って入った。「ベネット、おまえはどこへも行ってはならない。とくに、このどこの馬の骨ともわからんやつといっしょには行かせないぞ」

「ぼくは好きなところへ行きます」

「いや、いかん」サイラスは言った。焼けつくような激しい痛みが腕にまで広がっていく。「おまえはいまやグランヴィル家の跡取りなのだぞ。わたしの財産がほしいなら、ここにとどまるのだ」

ベネットはようやく顔を上げた。サイラスは自分以外の男の目にこれほどの憎悪を見たのは初めてだった。「ぼくはあなたからびた一文たりとももらいたくはない。トーマスがきちんと埋葬されたらすぐに、ロンドンへ発ちます」

「こいつといっしょにか?」サイラスはパイに向けて頭を振ったが、返事は待たなかった。「そうか、おまえの卑しい血が騒ぎだしたというわけだな?」

二人の男は体を向けた。

サイラスは満足そうににやりと笑った。「おまえの母親はふしだらな女だった、わかっているんだろう? ジョン・パイを裏切って寝た相手はわたしが最初ではなかったんだぞ。あの女はひとりの男では我慢できない淫乱なたちだったのだ。あれほど早死にしていなければ、いまも貧民街で脚を広げていただろうよ。ただ男ほしさにな」

「彼女はたしかに不実な嘘つき女だったかもしれないが、あんたと比べりゃ聖者だった」とパイは言った。

サイラスは笑った。笑わずにいられるか。何という冗談だ! こいつに教えてやらなければならない。彼はあえぎながら息を吸いこんだ。「若造、おまえは計算ができきんのか? 救貧院では教えてもらえないことだな?」サイラスは体を揺すって笑った。「じゃあ、わたしが教えてやろう、とっくりとな。おまえの母親は、おまえを身ごもる前にここへ来たのだ。だから、おまえはジョン・パイの子かもしれんし、わたしの子かもしれん。あの女のあえぎ方からすると、わたしの子と考えるのが自然だな」

「いや」不思議にも、ハリーは落ち着いていた。「あんたはわたしの母親を身ごもらせたかもしれないが、わたしの父親はジョン・パイだ。ジョン・パイ以外に父はいない」

「父だと」サイラスはたんを吐いた。「ジョン・パイが女をはらませることができたかどうかすら怪しいものだ」

サイラスは一瞬、パイに喉をかき切られるのではないかと思った。心臓がずきんと跳ね上がった。しかし、パイは、まるでサイラスにはそんなことをする価値もないといわんばかりに、横を向いて窓辺へと歩いていった。

サイラスは顔をしかめて、横柄なしぐさをした。「ベネット、わたしがどんな運命からおまえを救ってやったかわかっているのか?」

「ぼくを救った?」彼の息子は、まるで笑うかのように口を開いたが、まったく音は出てこなかった。「ぼくを救ったとは、いったいどんなふうにです? この霊廟に連れてきたことを言っているのですか? あなたの妻である冷血な女にぼくを育てさせたことを? あの人はぼくを見るたびに屈辱の痛みを感じていたに違いないというのに? トーマスよりもぼくをひいきして、兄弟の仲を険悪にさせて?」ベネットはしわがれた声で叫んでいた。「ぼくの兄、ハリーを追放することによって? ああ、父上。教えてくださいよ! あなたはいったいどうやってぼくを救ったというのです?」

「出ていけ。そして二度と戻るでない。跡取りであろうとなかろうと」胸の痛みがふたたび戻ってきて、サイラスは胸骨をさすった。「もう一銭たりとも金はやらんし、援助もしない。野たれ死にするがいい」

「けっこうです」ベネットは顔を背けた。「ハリー、ウィルは厨房にいる。三〇分で荷物をまとめさせる」

「ベネット!」その言葉は、サイラスの肺から引きはがされたもののように感じられた。

息子は去っていく。

「わたしはおまえのために殺人まで犯したのだぞ」くそっ! 自分の息子にへつらってたまるか。

ベネットは振り返った。その表情に恐怖と嫌悪がまじりあっていた。「何をしたと?」

「おまえのために人を殺めたのだ」サイラスは怒鳴ったつもりだったが、その声は思ったほど鳴り響いてはいなかった。

「なんてことだ。父はだれかを殺害したと言ったのか?」サイラスにはベネットの声がまわりに浮遊しているように思われた。

胸の痛みはさらに広がり、灼熱となって背中へと伝わっていく。サイラスはよろめいた。椅子をつかんで姿勢を保とうとしたが、椅子とともにひっくり返って横向きに倒れた。燃えるような激痛が貪欲に腕や肩をなめつくす。息子の死体の焦げたにおいと自分の尿のにおいが鼻をつく。

「助けてくれ」か細い声で彼は言った。

だれかが前に立ちはだかった。視界をブーツがふさぐ。

「助けてくれ」

すると、目の前にパイの顔があらわれた。「あんたがミセス・ポラードを殺したんだな、サイラス？　犯人はあんただった。ジャニー・クラムには、人に毒草を食べさせるほどの度胸はなかった」

「ああ、なんてことを」ベネットはかすれた声でつぶやいた。

突然サイラスの喉に苦いものがこみあげてきた。彼はもどした自分の胃液にむせた。のたうちまわって苦しみ、頬が絨毯の毛でこすれた。

薄目を開けると、吐しゃ物を避けて、パイが脇へどくのが見えた。

助けてくれ。

ハリー・パイのグリーンの目に射抜かれるような気がした。「あんたに痛めつけられたとき、わたしはけっして慈悲を請わなかった。なぜだかわかるか？」

サイラスは頭を横に振った。

「それはプライドでも勇気でもなかった」サイラスはパイが話すのを聞いた。

焼けつくような痛みが喉まで這い上がってきた。部屋が暗くなっていく。

「父は、あんたに鞭で打たれたとき、慈悲を請うた。だが、あんたは無視した。あんたには慈悲の心がまったくないのだ」

サイラスは息を詰まらせ、喉に熱い石炭が詰めこまれたかのように咳きこんだ。

「死んだぞ」とだれかが言った。

しかしそのときには、炎はサイラスの目に達していて、もう何もわからなくなっていた。

20

「気が変になってしまったのだ」トニーはそう宣告することでその件に決着がついたとでもいうように長椅子に深く座った。

彼らはトニーのタウンハウスの上品な居間にいた。彼の向かいで、ジョージは体をこわばらせて肘掛け椅子に座っている。足元には、このごろではいつもそばに置いているブリキの洗面器。オスカーはマフィンをむしゃむしゃ食べながら、部屋の中を歩きまわっている。ヴァイオレットとラルフは間違いなく、かわるがわる耳をドアに押しあてていることだろう。

ジョージはため息をついた。彼女たち一行は昨日ロンドンに到着したのだが、それ以来、ずっと彼女の状況について弟たちと討論しつづけているように思えた。セシルと駆け落ちしてしまえばよかったんだわ。家族には書き置きだけを残し、どこか遠くへ行ってしまえば、あとの騒ぎを聞かなくてすんだだろう。

「いいえ、気はたしかよ」ジョージは答えた。「以前には、みんなで寄ってたかってわたしとハリーのことを反対したくせに、どうしていまになってわたしを彼に押しつけようとするの？」

「あのころはまだ妊娠していなかったからだよ、ジョージ」オスカーは親切にも指摘した。彼の片頬の上のほうには消えかかった青あざがあり、ジョージはどこで受けた怪我だろうと考えた。

「ご親切にありがとう」胃がむかむかしてきたので、彼女は顔をしかめた。「わたしは自分の状態を心得ているわ。でも、そんなこと関係ない」

トニーはため息まじりに言った。「ばかなことを言うなよ。その状態こそが、姉さんがどうしても結婚しなければならない理由じゃないか。問題は選んだ相手——」

「少し気にしすぎだよ、わかっているだろう」マントルピースのところにいたオスカーは、身をのりだして、彼女に向かってマフィンを振り、くずをまき散らした。「つまりさ、姉さんはあいつの子どもを身ごもっている。彼と結婚するのが正しいやり方に思えるがね」

素晴らしいわ。よりにもよって、オスカーから分別を説かれるとは。

「彼は土地差配人よ。あなたじゃなかったかしら、つい最近、土地差配人だからだめだと言ったのは」ジョージは声を低くして、オスカーの声色をまねた。「セシルは立派な家柄の出だし、あなたも彼のことが好きでしょう」自分の言っていることが正論だとばかりに、自信たっぷりに腕を組んだ。

「姉さんの道徳心の欠如にはひどく失望したよ、ジョージ。女性の心の中を垣間見て、どれだけ幻滅させられたか、姉さんにはわかるまい。この先何年にもわたって、ぼくは冷笑的な人間になってしまうかもしれない」オスカーは顔をしかめた。「男は自分の子どもに対する権利を持っている。その原則はどのような階級であろうと変わらない」彼は言葉を強調するために、マフィンにかじりついた。

「セシルだって気の毒だ」とトニー。「他人の子どもを押しつけられて。それをどうやって彼に説明するつもりなんだ？」

「じつは、それはたぶん問題にならないだろう」とオスカーは小声で言った。

「問題にならないと？」

「ああ。セシルは女性に興味を持っていないから」

「なんと、彼はホモセ――」トニーは咳ばらいをして、ベストを引っ張った。彼女はそのとき初めて、上の弟の指関節の皮がむけていることに気づいた。「では、ジョージ、もうひとつ考慮しなければならないことがでてきた。まさか、そのような結婚を望んでいるわけではないだろう？」

「わたしがどんな結婚をしようとたいして重要ではないんでしょう？」下唇が震えだした。いまはだめ。泣いちゃだめ。ここ数日間、つねに泣きだしそうな自分がいた。

「いや、重要だ」トニーは明らかに憤慨している。

「ぼくたちは姉さんの幸福を願っているんだよ」オスカーが言った。「この前まで、パイといっしょのときは幸せそうに見えた」

ジョージは唇を嚙んだ。ぜったいに泣かないから。「でも、彼はわたしといっしょでは幸せになれないの」

オスカーはトニーと視線を交わしあった。

トニーは太い眉を寄せた。「姉さんと結婚するよう、パイを説得する必要があれば――」

「だめよ！」ジョージは震えながら息を吸った。「だめ。わからないの？　もしもハリーを無理やりわたしと結婚させたら、セシルと結婚するよりもっとひどいことになるのよ。だれとも結婚しないことよりも」

「理由がわからないな」オスカーは顔をしかめた。「パイは最初ためらうかもしれないが、結婚してしまえばうまくいくような気がする」

「そうかしら？」ジョージはオスカーを見つめた。

オスカーはめんくらったように見えた。

彼女は次に視線をトニーに向けた。「あなたも？　もしもあなたが、花嫁の兄弟に無理やり結婚させられたとしたら、すぐに許して、忘れるかしら？」

「まあ、たぶん――」オスカーは話しはじめた。

トニーが割りこんで言った。「いや」

彼女は眉を上げた。

「いいかい――」オスカーはまた話しはじめた。

そのときドアが開き、セシル・バークレーが戸口から顔をのぞかせた。「ああ、申しわけない。邪魔するつもりはなかったんだ。またあとにしようか？」

「いいえ！」ジョージは声をひそめた。「セシル、お入りになって、お願い。わたしたち、ちょうどあなたのことを話していたの」

「そうかい？」セシルは用心するようにトニーとオスカーを見たが、ドアを閉めて部屋に入ってきた。袖を振ると、水滴が飛び散った。「外はいやな天気だ。こんなに雨ばかり降ったことがあっただろうか」

「わたしの手紙を読んでくれた？」ジョージは尋ねた。

オスカーは何かぶつぶつ言って、肘掛け椅子にどさりと座った。トニーは手に顎をのせ、長い骨ばった指で口を隠した。

「ああ」セシルはトニーをちらりと見た。「興味深い提案に思えるね。あなたはこの考えについて弟たちと話し合い、彼らの承諾を得ているのだろうね？」

ジョージは吐き気の波を飲みこんだ。「ええ、もちろん」

オスカーは先ほどより大きな声でぶつぶつ言った。

トニーは毛深い眉をアーチ形に上げた。

「セシル、それで、あなたは承諾してくださるの？」ジョージは勇気を出して尋ねた。

セシルは話しはじめた。彼は、オスカーが肘掛け椅子に深くもたれるのをかなり心配そうに見つづけている。「ええ、ええ、承諾します。実際、これでかなり扱いにくい問題が解決する。子どものころの病気のせいで、ぼくは父親になれるかどうか……その……」セシルは彼女の腹をじっと見つめて言い淀んだ。

ジョージはお腹に手をあて、吐き気がおさまってくれることを必死に願った。

「まあ、まあ、まあ」セシルはまたしゃべる勢いを取り戻した。ハンカチを取り出して、上唇を拭いた。「ただ、ひとつ問題があってね」

「というと?」トニーは手を下ろした。

「ああ」セシルはジョージの隣の肘掛け椅子に座った。彼女は椅子を勧めるのを忘れていたことに気づいた。「爵位のことだ。たいしたものではないが、祖父が准男爵の位を持っている。だが、それに付随する領地はかなり大きい」セシルは眉をハンカチでこすった。「あけすけに言うなら、広大な領地だ」

「それできみは、それをこの子どもに継がせたくないと?」トニーは低い声で言った。

「いや、継がせたいさ、もちろん」とセシルはあえぎながら言った。「それがこの提案の肝心な部分だろう? 後継ぎをつくることが。違うんだ、問題はわたしのおばだ。アイリーンおばだよ。あのいまいましい人は、ぼくが一番目の相続人であることにいつも腹を立てているんだ」セシルは震えた。「実際、ぼくはあのコウモリ婆に暗い道で会うのを恐れている。その機会を利用して、自分の息子のアルフォンスに相続権が近づくよう何か企むかもしれないからね」

「なかなかおもしろい話だが、セシル、それがジョージとどうかかわるんだ?」オスカーがきいた。彼はセシルが話しているあいだに、きちんと座り直していた。

「わからないのか? 早く生まれすぎた相続人に対して、アイリーンおばが難癖をつけるかもしれない」

トニーはセシルを見つめた。「きみの弟のフレディーもいるじゃないか？」

セシルはうなずいた。「ああ、わかっている。気がたしかな人間なら、自分の息子のアルフォンスと遺産のあいだには幾多の障害があるのがわかるだろうが、アイリーンおばは気がたしかではないんだ」

「なるほど」トニーは考えこむように椅子の背にもたれた。

「じゃあ、どうしたらいいの？」ジョージは自分の部屋に戻って横になりたかった。

「やるなら、早いほうがいいってことだ」オスカーが静かに言った。

「え？」セシルは眉をひそめた。

しかし、トニーは背筋を伸ばし、うなずいた。「そのとおりだ。もちろんその『マクベス』の引用はめちゃくちゃだが、おまえの言うことは的を射ている」彼はセシルのほうを向いた。

「結婚の特別許可証はどれくらいで手に入れられる？」

「あ、ええと……」セシルは目をしばたたいた。「二週間？」

オスカーは頭を横に振った。「それでは時間がかかりすぎる。長くて、二、三日。たった一日で手に入れた男を知っている」

「しかし、大主教――」

「カンタベリーの大主教はベアトリスおば様の個人的な友人だ」オスカーが言った。「いまちょうどロンドンにいらっしゃる。おば様がつい先日、ぼくにそう言っていた」彼はセシルの背中をたたいた。「来いよ。大主教を見つけるのを手伝うよ。それからおめでとう。きみと義兄弟になれるなんて最高だ」

「ああ、うん、ありがとう」オスカーとセシルはドアをばたんと閉めて部屋を出ていった。

ジョージはトニーを見た。

彼は大きな口の片端を下げた。「ウエディングドレスの準備をしたほうがいいよ、ジョージ」

そのときジョージは気づいた。自分は婚約したのだと――それも、間違った男性と。

彼女は危機一髪のところでブリキの洗面器をつかんだ。


雨はどしゃ降りだった。ハリーはうかつに一歩を踏み出したため、足首までどろどろのぬかるみにはまってしまった。道は平らな地面というよりは、泥の流れといったほうがよかった。

「なんてこった」馬の上でベネットがあえいだ。「足の指のあいだにカビが生えそうだ。なんて雨だ、まったく。信じられない。四日間もやむことなく降りつづいている」

「いやになるなあ」ウィルはベネットの後ろからぼそぼそとつぶやいた。少年の顔はベネットのケープにほとんど隠されている。

雨はトーマスの葬儀の日に降りはじめ、その翌日のサイラスの埋葬のあいだもずっと降りつづいていたが、ハリーはそのことについては黙っていた。ベネットはよくわかっているのだ。「ああ、本当にいやになる」ハリーの馬は主人の背に鼻をこすりつけた。温かい、ちょっとカビくさいような息が肌に感じられた。

馬は一キロ半くらい前に足を引きずりはじめ、泥だらけのひづめを調べてみたが、とくに悪いところは見つからなかった。それでしかたなく馬を降り、次の町までゆっくりと馬を歩かせているのだった。

「レディ・ジョージナに会えたら、どうするつもりなんだ？」ベネットは尋ねた。

ハリーは振り返り、激しい雨越しに弟をじっと見つめた。ベネットは意図的に無頓着をよそおっていた。

「彼女と結婚する」とハリーは言った。

「うーむ。それが大筋の計画だってことはわかっている」ベネットは顎の先をかいた。「しかし、彼女はロンドンへ行ってしまったんだろう。ということは、彼女がその計画を、その、つまり、受け入れないということも考えられるわけだ」

「おれの子を身ごもっているんだぞ」一陣の風がからかうように、ハリーの顔に氷のような冷たい雨粒を吹きつけた。だが、彼の頬は寒さで無感覚になっていたので、ほとんど何も感じなかった。

「そこのところがよくわからないんだ」ベネットは咳ばらいした。「そういう状態であれば、ふつうの女性は両腕を広げて走り寄ってくるものだ。ところが、彼女は逃げようとしているように見える」

「その話はすんだはずだ」

「うん」ベネットはうなずいた。「だが、きみが以前に何か彼女に言ったんじゃないかと思ってね」

「いや」

「女っていうのは、家族のことになるとひどく敏感になるからね」

ハリーは眉を上げげた。「どうしておまえがそんなことを知っているんだ?」

「だれでも……」ベネットは首をかしげた。その拍子に、三角帽にたまっていた雨水が膝に落ちた。「くそっ!」彼は頭を真っすぐにした。「だれだって、身ごもった女性については知っているさ。周知の事実だ。彼女に十分気持ちが向いていなかったんじゃないのか?」

「十分すぎるほど向いていた」ハリーはいらいらしてうなった。ベネットの背後からウィルの茶色の目が好奇心たっぷりにのぞいているのに気づき、顔をしかめる。「とくに、彼女がいなくなった日の前の晩には」

「ああ、そう」ベネットは考えこむように眉をひそめた。

ハリーは話題を変えようと努めた。「いっしょに来てくれてうれしいよ」と彼は言った。

「急いでトーマスの葬儀をすることになってすまなかった。それから父親の葬儀も」

「じつのところ」ベネットは咳ばらいした。「急ぎであろうとなかろうと、きみがいてくれて助かったんだ。トーマスとぼくは仲がよいとはいえなかったが、彼はぼくの兄だからね。そして、彼の葬儀に加えて相続の件を片づけるのはたいへんだった。そして父のことだが……」ベネットは鼻から水滴を払い、肩をすくめた。

ハリーは水を跳ね上げながら、水たまりを通った。これくらいどうということはない。すでに全身ずぶ濡れなのだから。

「もちろん、ハリー、きみもぼくの兄弟だ」とベネットは言った。

ハリーはちらりと彼を見た。ベネットは目を細めて道を見ていた。

「いまじゃ、たったひとりの兄弟だ」ベネットは顔を向けて、驚くほどやさしいほほえみを浮かべた。

ハリーは軽くにやりとした。「そうだな」

「ここに、ウィルもいるが」ベネットは猿のように背中にしがみついている少年に向かってうなずいた。

ウィルが目を大きく見開いた。「何ですか？」

ハリーは顔をしかめた。ウィルには話したくなかった。少年はすでに複雑な運命に混乱している。だがベネットは、その件について話すのを先送りしたいとは思っていないようだ。

「ぼくの父は、どうやらおまえの父親でもあるらしいのだ」ベネットは少年に言った。「目が似ているだろう？」

「でも、ぼくの目は茶色です」ウィルは顔をしかめた。

「形だ、ベネットが言っているのは」ハリーが言った。

「ああ」ウィルはちょっとそれについて考えてから、ベネットをのぞき見た。「では、ハリーは？　ハリーも兄弟なのですか？」

「わからない」ハリーは静かに言った。「だが、わからないのだから、そうだということにしてもいいのではないかな。おまえさえよければ」

ウィルは元気よくうなずいた。

「よし」ベネットは言った。「そういうことなら、ウィルもぼくと同じくらい差し迫ったハリーの結婚式のことが気になってしかたがないと思うぞ」

「何だって？」ハリーはほほえみかけた口元を引きしめた。

「問題は、レディ・ジョージナがメイトランド伯爵の姉だということだ」ベネットは口をすぼめた。「そして彼女がぜったいに譲歩しないと決めたら……やっかいなことになるかもしれない。ぼくら二人で伯爵と対決しなきゃならない」

「ふむ」ハリーは言った。そのときまで、レディ・ジョージナと話すためには彼女の弟を突破しなければならないかもしれないとは思いおよんでいなかった。しかし、彼女がもしも本気で自分に腹を立てていたら……。「くそっ」

「そうなんだよ」ベネットはうなずいた。「次の町に着いたら、ロンドンにいるだれかに前もって連絡しておいたほうがいい。偵察というか、ちょっと下調べしておいてもらうんだ。ハリーが新しい馬を手に入れるのに手間取るようならなおさらだ」ベネットはハリーの馬を見た。馬の歩みはとても遅かった。

「そうだな」

「言うまでもなく、メイトランドと対決するときに後ろ盾になってくれるような人がいるとさらにいい」ベネットはさらにつづけた。「もちろん、ぼくにはロンドンに二、三人こころあたりがある。これがちょっとしたお楽しみだと彼らを説得できれば、協力してくれるだろう」彼は眉間にしわを寄せた。「しかし、やつらはふだん、しらふじゃない。だが、これがとても重要なことだと言って聞かせれば――」

「わたしにも、何人か友人がいる」とハリー。

「だれだい？」

「エドワード・デラーフとサイモン・イズリーだ」

「スウォーティンガム伯爵か？」ベネットは目を丸くした。「たしかイズリーも爵位を持っているだろう？」

「イズリー子爵だ」

「なんでまた、彼らと知り合いなんだ？」

「農業協会で知り合った」

「農業？」ベネットはくさいものでもかいだかのように鼻にしわを寄せた。「カブについて討論するのか？」

ハリーは口をねじ曲げてにやりとした。「農業に興味を持つ紳士のための集まりだから、当然だ」

「いろいろな種類の連中が集まるんだろうな」ベネットはまだ疑うような顔だ。「ハリー、ぼくには想像もつかない。そういう人々と親しくしているというなら、ぼくやウィルとはどうやってつきあうんだ？」

「おまえたち二人は兄弟だ」

「はい！」ウィルは叫んだ。

「そういうことだな」ベネットは満面の笑みを浮かべた。

それから頭をのけぞらせて、雨を顔に受けながら笑いだした。


「このブルーのドレスはとてもすてきですわ、お嬢様」ティグルはドレスを持ち上げて、スカートを腕の上で広げてみせた。

ジョージは魅力的に広げられたドレスをちらりと見て、何らかの熱意を奮い起こそうとした。少なくとも、多少は興味を持っているふりをしようとした。今日は彼女が結婚する日だ。彼女とティグルはロンドンのタウンハウスの寝室にいた。部屋は、ジョージが拒絶したたくさんの明るい色のドレスで足の踏み場もないほどだ。この結婚式は現実なのだと自分に納得させることは難しい。彼女と弟たち、そしてセシルと話をしてから一週間足らずしか経っていなかった。そして、いま、ジョージはセシルと結婚するために準備をしていた。彼女の人生は恐ろしい夢の様相を呈してきた。恐ろしい破滅が待ち受けていて、どんなに叫んでもだれにも聞こえない――そんな夢の。

「お嬢様？」ティグルが尋ねている。

いま叫べば、だれか聞いてくれるだろうか？　ジョージは肩をすくめた。「どうかしら。

ネックラインがわたしに似合わないんじゃない？」

ティグルは口をすぼめて、青いドレスを傍らに置いた。「では黄色い錦のドレスはいかがでしょう？　ネックラインはスクエアでかなり深くくれていますけれど、お嬢様がお好みなレースのスカーフを入れてもようございますわ」

ジョージは見もせずに鼻にしわを寄せた。「スカートのすそにひだ飾りがついているのがいやなの。マジパンでたっぷりデコレーションしたケーキみたいに見えるもの」

本当に着るべきは黒いドレスだ。黒いドレスに、黒いベール。彼女は鏡台を見下ろし、そこにのっていた小さい馬の彫像に指で触れた。馬の両側には白鳥とウナギが置かれていた。彼らを守るヒョウがいないと寂しい感じだが、それはハリーのところに置いてきてしまったのだ。

「お嬢様、早くお決めにならないと」ティグルは後ろから言った。「結婚式まで二時間もないのでございますよ」

ジョージはため息をついた。ティグルはいつになくやさしかった。ふだんなら、いまごろはいらだちが顔にあらわれているところだ。それにティグルは正しい。夢にしがみついていても何にもならない。すぐに赤ん坊が生まれるのだ。赤ん坊の幸せのほうが、おとぎ話を集めるのが好きな女の愚かしい幻想よりはるかに重要だった。

「グリーンの、ユリの刺繍のドレスがいいと思うわ」とジョージは言った。「ほかのものほど新しくないけれど上等なドレスだし、わたしはいつも自分にとても似合うと思っていたの」

ティグルはほっとしたというようにため息をついた。「よい選択でございますわ、お嬢様。出してまいります」

ジョージはうなずいた。鏡台の一番上の浅い引き出しを開け、中に入っている簡素な木の箱に馬と白鳥とウナギを丁寧にしまった。

「お嬢様？」ティグルはドレスを持って待っていた。

ジョージは箱と引き出しを閉め、結婚式の用意をするために体を回した。

「ここで農業協会の集まりがあるのかい？」ベネットはコーヒーハウスの低い入口を疑り深い目で見た。店は、細い裏通りの木造の建物の一番下の階に——いや、実際には地下貯蔵庫のような場所にあった。「崩れたりしないんだろうね？」彼は道にのしかかるように不気味に傾いている二階をじっと見た。

「いまのところ、崩れちゃいない」と言って、ハリーは頭を下げ、煙が充満する店内に入った。ウィルは彼のそばにしっかりくっついている。ハリーはデラーフにここで会いたいと頼んだのだった。

後ろから、横木に頭をぶつけたベネットの悪態が聞こえてきた。「コーヒーがうまいといいが」

「それは大丈夫だ」

「ハリー！」テーブルから、顔に天然痘のあとのある大柄の男が声をかけてきた。

「スウォーティンガム卿」ハリーはテーブルに近づいた。「お越しいただき、ありがとうございます。わたしの弟、ベネット・グランヴィルとウィルを紹介させていただいてよろしいですか？」

第五代スウォーティンガム伯爵エドワード・デラーフは顔をしかめた。「エドワード・デラーフと呼ぶように言ったはずだ。仰々しい言葉はやめにしよう」

ハリーはただほほえんで、テーブルにいたもうひとりの男のほうを向いた。「イズリー卿、来ていただけるとは思っておりませんでした。ベネット、ウィル、こちらはサイモン・イズリー卿だ」

「ごきげんよう」ベネットはお辞儀をした。

ウィルはぺこりと頭を下げただけだった。

「お会いできて光栄」アイスグレーの瞳のほっそりとした貴族イズリーは首をかしげた。「ハリーに肉親がいたとは意外だな。わたしは彼が、岩石から生まれたアテネのように完全に形づくられた人間としてこの世にあらわれたような印象を持っていた。あるいは、飼料ビートから生まれたか。つまり、人の印象というものはあてにならぬということだ」

「来ていただいて、ありがとうございます」ハリーは二本の指を上げて給仕の少年に合図してから座り、ベネットとウィルの場所を空けた。

イズリーはレースをひらひらさせて手首を振った。「とにかく、今日はとくにすることもなかったのだ。それで、わたしもついていこうと考えた。でなければ、リリピンの堆肥の講義を聞くか。腐敗の話はなかなか魅力的だが、しかしいったいどうやったら、それに三時間もかけられるのか、さっぱりわからない」

「リリピンならできる」とデラーフは言った。

給仕の少年が湯気の立つコーヒーカップを二個、テーブルにどんと置いて、さっと行ってしまった。

ハリーはやけどしそうなほど熱いコーヒーを一口飲んで、ため息をついた。「特別許可証を手に入れてくださいましたか?」

「ちゃんとここにある」デラーフはポケットを軽くたたいた。「きみは家族からの反対があると思うのか?」

ハリーはうなずいた。「レディ・ジョージナはメイトランド伯爵の姉で――」そう言いかけたが、イズリーがコーヒーにむせたため、言葉を切った。

デラーフは「サイモン、いったい何だ?」と怒鳴った。

「すまん」イズリーはあえいだ。「きみの結婚したい相手はメイトランドの姉妹なのか?」

「ええ」ハリーは自分の肩が緊張するのを感じた。

「姉か?」

ハリーはただじっと見つめた。ひどい不安に襲われる。

「いいから、さっさと言え」とデラーフは言った。

「デラーフ、花嫁の名前をわたしに言っておくべきだったのだ。わたしは今朝、フレディー・バークレーから聞いたのだ。たまたま仕立屋で会ってね、なかなかいいやつなんだが——」

「サイモン」デラーフがうなった。

「ああ、わかった」イズリーは突然真顔になった。「彼女は結婚するんだ。きみのレディ・ジョージナは。セシル・バークレーと」

やめてくれ。ハリーは目をつぶった。しかし、目をつぶってもイズリーの言葉は耳に入ってくる。

「今日」

ジョージが彼女のタウンハウスからあらわれたとき、トニーは手を後ろに組んで、家の外で待っていた。雨粒が彼の外套の肩に染みをつくっていた。扉に金箔でメイトランド家の紋章が描かれている彼の馬車はいつでも出発できるよう、歩道脇に停車していた。

ジョージが階段を降りてくると彼は振り返り、心配そうに顔をしかめた。「中に入って連れ出さなければならないかと考えはじめていたよ」

「おはよう、トニー」ジョージは手を差し伸べた。

彼は大きな手で姉の手をとり、馬車に乗せた。

トニーは彼女の向かいの席に座った。座席の革がきゅっときしむような音をたてた。「もうじき雨があがるだろう」

ジョージは膝に置いた弟の手をふたたびながめる。またしても指関節のかさぶたが気になった。「何があったの?」

トニーはすり傷の具合を試すかのように右手を開いたり閉じたりした。「何でもない。わたしたちは先週、ウェントワースを片づけてやったのだ」

「わたしたち?」

「オスカー、ラルフ、そしてわたし、だ」トニーは言った。「いま、そんなことは重要ではない。いいかい、ジョージ」彼は膝に肘をあてて、前かがみになった。「やめてもいいんだよ。セシルはわかってくれるし、ほかの方法もある。田舎に引っこむとか、あるいは――」

「いいえ」ジョージは弟の言葉をさえぎった。「ありがとう、トニー、でもこれが一番いいの。赤ん坊にとっても、セシルにとっても、そしてわたしにとってさえも」

彼女は深呼吸をした。認めたくなかったことだが――そう、自分自身にさえ――いま、ジョージはきちんと向かい合わなければならない。心の底のどこかで、ひそかに望んでいたのだ。ハリーが止めてくれることを。彼女は悲しそうに眉をひそめた。彼が白馬に乗ってあらわれ、自分をさらっていってくれることを期待していた。ひらりと馬を回転させながら一〇人もの敵を倒し、彼女を乗せて夕日に向かって馬を疾走させることを。

しかし、そういうことは起こらないだろう。

ハリー・パイは自分の人生を生きる土地差配人で、乗っている馬は老いた雌馬だ。一方、彼女は二八歳の妊娠している女性。過去のことは忘れて前に進むべきときがきたのだ。

彼女はトニーにどうにか笑顔を向けた。弟のいぶかるような顔つきから判断して、不自然な笑顔だったようだが、いまはそれが精いっぱいだった。「わたしのことは心配しないで。わたしは大人の女なのだから。自分の責任にきちんと向き合わなければならないの」

「しかし――」

ジョージは頭を横に振った。

トニーは言いかけた言葉を飲みこんだ。彼は窓から外をながめて、膝を長い指でたたいた。

「まったくいやになるな」

三〇分後、馬車はロンドンのさびれた地域にある陰気な小さい教会の前に停車した。トニーは馬車の階段を降り、それからジョージを助け降ろした。自分の腕に彼女の手をかけさせ、耳元で、「いいかい、やめるならまだ間に合う」と言った。

ジョージはただ唇を引き結んだだけだった。

教会の中は暗くて、少々肌寒く、空気にかすかにカビのにおいが漂っていた。祭壇の上の陰になった部分に小さいばら窓があったが、外があまりにも薄暗くて、ガラスがどんな色かもわからなかった。トニーとジョージは、絨毯の敷かれていない身廊の古い敷石に靴の音を響かせながら歩いていった。数本のろうそくが前方の祭壇の近くにともっており、高窓からの弱い光を補っていた。数名の人々がそこに集まっていた。オスカー、ラルフ、ヴァイオレット、そしてもうすぐ夫となるセシルとその弟のフレディーだ。ラルフは目のまわりに黄色味を帯びはじめた青あざをつくっている。

「ああ、花嫁ですな？」教区牧師は半月形の眼鏡の上からじっと見た。「よろしい、よろしい。で、あなたのお名前は、えー――」と言って彼は聖書にはさんである書きつけを読んだ。「ジョージ・レジーナ・キャサリン・メイトランドですな？　間違いない？　しかし、女性にしては珍しいお名前ですな」

彼女は咳ばらいをして、ヒステリックな笑いと突然の吐き気を抑えた。ああ、お願いします、神様。いまはだめです。「じつは、わたしの正式な名前はジョージナと申します」

「ジョージアナ？」牧師は尋ねた。

「いいえ、ジョージナです」これは本当に重要なこと？　もしこの愚かな牧師が式の最中に間違った名前を言ったら、セシルと結婚していないことになるの？

「ジョージナ。よろしい。それでは、皆様おそろいで、用意はよろしいかな？」集まっていた貴族たちは素直にうなずいた。「では、はじめることにいたしましょう。お嬢さん、ここにお立ちください」

牧師は人々の順番を変えてジョージをセシルの横に並ばせ、さらにジョージの傍らにはトニーが、セシルの傍らにはフレディーが付添人として立つようにした。

「よろしい」牧師は彼らに向かってまばたきし、それから長々と時間をかけて書きつけと聖書をめくった。咳ばらいをしてから、おかしな裏声で「最愛の皆様」とはじめた。

ジョージは顔をしかめた。この哀れな人はそうしたほうが人々に伝わると思っているのに違いない。

「わたしたちはここに集まり――」

ばたん！

扉が開いて壁にたたきつけられる音が教会中に響きわたった。人々はいっせいに振り返った。

四人の男が通路を無気味に進んでくる。その後ろには小さな少年がついていた。

牧師は顔をしかめた。「無礼だぞ。たいへん無礼だ。近ごろは、そういう輩があまりにも増えて驚くばかりだ」

しかし男たちはいまや祭壇の前に達していた。

「失礼いたします。しかし、こちらにわたしの恋人が来ていると思うのですが」四人のうちのひとりが低い静かな声で言った。ジョージの背筋に戦慄が走った。

ハリー。

21

鋼と鋼がこすれる音が、小さな教会の壁にこだました。結婚式に集まっていた男たち全員が同時に剣を抜いた。すると即座に、ベネット、デラーフ、そしてイズリーも剣を鞘から抜いた。ベネットは非常に真剣なようすだった。祭壇に近づくとすぐにウィルを座席に押しつけて座らせ、いまは剣を高くふりかざして身構えている。デラーフの天然痘の痕のある青白い顔は油断なく、腕は安定していた。イズリーは退屈しきった顔で、剣をだらしなく構え、袖口のレースがかかった指にはほとんど力が入っていないように見えた。もちろん、剣を持たせたら、一番危険なのはイズリーなのだが。

ハリーはため息をついた。

彼は二日間眠っていなかった。体中泥だらけで、間違いなく異臭を放っているはずだ。最後に食事をとったのがいつだったかも覚えていない。そしてこの数時間は、愛する人が別の男と結婚するのを止められないのではないかという恐怖にかられ、心臓が止まる思いをし、猛スピードで馬を飛ばしてロンドンをかけぬけてきたのだった。

もうたくさんだ。

ハリーは、剣を構える貴族たちのあいだを縫って進み、恋人のそばに行った。「少し話がしたいのだが、マイ・レディ」

「し、しかし……」彼女の隣にいた痩せぎすの金髪の男――おそらくは、花婿、くそったれめ――が異議を唱えた。

ハリーは頭を回して、男をにらみつけた。

花婿はあまりにすばやく後ろに下がったので、つまずきそうになった。「よろしい！ よろしいでしょう！ きっと、たいそう重大な用事なのでしょうからな？」彼は震える手で剣を鞘に収めた。

「お若い方、あなたはどなたかな？」牧師はハリーを眼鏡の上からじっと見た。

ハリーは歯をくいしばり、ほほえむかのように口角を上げた。「わたしはジョージナのお腹の子どもの父親です」

デラーフは咳ばらいをした。

ジョージの弟たちのひとりがつぶやいた。「まったく」

そして、レディ・ヴァイオレットはくすくす笑った。

牧師は薄いブルーの近視の目をぱちぱちとしばたたかせた。「そういうことなら、こちらのレディとお話しするのがよろしいでしょうな。聖具室をお使いなさい」彼は聖書を閉じた。

「ありがとうございます」ハリーはレディ・ジョージナのウエストに片手をかけて、横手の小さいドアへと引っ張っていった。心臓が爆発する前にあの部屋にたどり着かなければならない。彼らの背後は完全に静まり返っていた。

ハリーは彼女を引きずるようにして部屋に入れると、ドアを蹴って閉めた。「これはいったいどういう意味だ？」ハリーはワールズリーの領地を彼に譲渡するという旨の法律文書を取り出した。彼女の目の前に書類を掲げて震わせる。怒りを、耐えがたい苦痛をかろうじて抑えた。「あなたはわたしを金で追い払えると思ったのか？」

レディ・ジョージナは困惑した顔で、紙の前から後ろへ下がった。「わたし――」

「マイ・レディ、考え直すんだな」ハリーは書類を細かく引き裂いて、床の上に紙片を投げ捨てた。彼女の上腕をつかみ、震える指をその肉にくいこませる。「わたしは、たっぷり褒美をもらって暇を出される下男とは違うんだ」

「わたしはただ――」

「わたしはあなたの前から消えたりしない」

レディ・ジョージナはふたたび口を開いたが、ハリーは彼女が話しだすのを待たなかった。拒絶の言葉を聞きたくなかった。それで唇で彼女の唇を覆った。柔らかく官能的な唇に口をすりつけ、舌を差し入れる。顎の下に手をあてると、彼女がうめく振動がその喉に感じられた。彼のものはすでに痛いほどいきり立っていた。それを彼女に突きあてたかった。彼女の中に突き入れたかった。中に入り、なぜ逃げだしたのかを聞きだし、もうけっしてそんなことはしないと約束するまで、そこにとどまっていたかった。

重い架台式テーブルに押しつけると、レディ・ジョージナの体から力が抜けていくのがわかった。彼女が服従したのを感じて、ハリーは少し落ち着きを取り戻した。

「なぜだ?」彼女の唇に向かってうめく。「なぜわたしから去ったんだ?」

レディ・ジョージナは小さな声を出した。彼は彼女の下唇を軽く噛んで黙らせた。

「あなたが必要だ」ハリーは傷ついた彼女の唇を癒すようになめた。「あなたなしではまともにものも考えられない。世界がひっくり返り、その苦しみを乗り越えるために、だれかを傷つけずにはいられないほどだ」

彼はふたたび口を開けて、レディ・ジョージナに深々とキスをした。彼女が本当にここに、自分の腕の中にいることをたしかめるかのように。彼女の口は温かくしっとりと濡れていて、朝の紅茶の味がした。これから一生、彼女を味わいつづけていられる気がした。

「苦しかった。ここが」ハリーは彼女の手をつかんで、自分の胸にその手のひらを押しあてた。「ここも」彼女の手を下に導き、自らの高まりをその手に握らせた。

レディ・ジョージナの手が自分のものにあてがわれる感触はすばらしかった。しかし、それだけでは十分ではない。

ハリーは彼女を持ち上げてテーブルの上に座らせた。「あなたはわたしを必要としている。わたしにはわかっているんだ」彼はスカートをめくりあげ、その下に手を入れて腿に沿って手を滑らせた。

「ハリー――」

「しいっ」彼はレディ・ジョージナの口に向かってつぶやいた。「話すな。考えるな。ただ、感じるんだ」彼の指は彼女の秘めやかな部分を見つけた。そこはしっとりと潤っている。

「ああ、ここだ。感じるだろう？」

「ハリー、わたしは――」

エンドウ豆のような高まりに触れると、彼女はうめいて、目を閉じた。その声は彼を燃え上がらせた。

「マイ・レディ、黙って」彼はズボンのボタンをはずして、彼女の脚を広げ、そのあいだに体を入れた。

レディ・ジョージナはふたたびうめいた。

ハリーにとってはどうでもいいことだが、彼女は恥ずかしい思いをするかもしれない。あとで。「しいっ。静かに。声を立ててはいけない」彼の肉体がすすり泣く彼女の入り口に押しあてられた。

彼のものを感じて、彼女はぱっと目を開けた。「でも、ハリー……」

「マイ・レディ？」彼はそっと中に滑りこんだ。ああ、なんてきつくしまっているのだ。

彼女はけっして放すまいとするかのように、彼にしがみついた。それはいっこうにかまわなかった。ここに永遠にとどまっていられるなら幸せだ。いや、もう少し奥に入ったほうがなおいい。

もう少し突いた。

「ああ、ハリー」とレディ・ジョージナはため息まじりに言った。

だれかがドアをどんどんとたたいた。

彼女は驚いて、ハリーをぎゅっと締めつけた。彼はうめき声を抑えた。

「ジョージ？　大丈夫か？」弟たちのひとりだ。

ハリーは少し引き抜き、また突いた。そっと。

「返事をして」

「鍵はかかっているの？」彼に突かれて、彼女は背中をそらした。「ドアに鍵はかかっているの？」

ハリーは歯をくいしばった。「いや」彼は手を彼女のむきだしの腰にあてた。

ふたたびドアがたたかれる。

「ジョージ？　中に入ったほうがいいか？」

彼女はあえいだ。

ハリーは激しい欲望にかられながらも、なんとかにやりと笑った。「入るべきかな？」彼は自らを深く突き入れ、彼女の熱い肉体の中に埋めた。何が起こっても、ここから逃げるつもりはなかった。とにかく、逃れることはできないのだ、と思った。

「いいえ」と彼女はあえぎながら言った。

「何と言った？」ドアの外から聞こえる声。

「いいえ！」レディ・ジョージナは大声で言った。「うーん。トニー、二人きりにしておいて！　ハリーとわたしはもう少し話す必要があるの」

ハリーは片眉を上げた。「話す？」

彼女は彼をにらみつけた。その顔は赤く染まり、汗で濡れていた。

「本当に大丈夫か？」トニーは姉のことを深く思いやっているようだった。

それに感謝するのはあとでいい、とハリーは思った。片手を二人が交わっているところに届かせ、彼女に触れる。

「いいの！」レディ・ジョージナは叫んだ。

「そうか、それならいいが」足音は遠ざかっていった。

彼女は両脚をハリーの腰高く巻きつけ、体を起こして彼の口にむしゃぶりついた。「終わらせて」

彼は、彼女の感触に、その完璧さに半分目を閉じた。マイ・レディ。ぜったい自分のものにする。この二度目のチャンスを与えられたことで、胸は感謝の気持ちでいっぱいになった。

しかし、レディ・ジョージナはまだ待っていた。「お望みとあらば」ハリーは親指を強く彼女に押しつけ、同時に、テーブルを揺らしながら激しく強烈に突き上げた。

「ああ、神様！」と彼女はうめいた。

「わたしの肩に嚙みつくんだ」彼はあえぎながら、さらに速度を上げて突いた。

上着の厚い布地を通してさえ、レディ・ジョージナの歯の痛みを感じた。そしてハリーは彼女の中に自らを解き放ち、頭を後方にのけぞらせ歯をくいしばって、エクスタシーに叫ぶのをこらえた。「うっ！」

彼の全身は余波で震えた。片手をテーブルについて、倒れないように二人の体を支える。膝に力を入れて姿勢を保ち、あえぎながら言った。「マイ・レディ、わたしと結婚してくれるか?」

「それを、いま、きくの?」彼女は弱々しい声で言った。

少なくとも歓喜に打ちのめされているのはハリーひとりではないようだった。「ああ。答えをもらうまではぜったいに離れないからな」

「こんなに長いあいだ、あの人たちはいったい何を話しているのかしら?」ヴァイオレットはだれにともなく尋ねた。彼女はぶるっと震えて、膝掛けを持ってくればよかったと思った。教会の中は肌寒かった。

牧師はぶつぶつ言いながら前の座席に深く腰掛けている。その目は閉じられていた。ヴァイオレットは、きっと居眠りしているんだわと思った。

彼女は敷石の上で足をこつこつ鳴らした。ハリーと友人たちが最初にあらわれたときには、あたりに緊張が走った。実際、ひらりひらりと剣が抜き放たれたときには、すっかり興奮してどきどきしたものだった。彼女は闘いがはじまるものと思った。そして、血が出るような場面になったならば、はしたなくもペチコートを引き裂いて手当てをしなくてはと心の準備をしていた。しかし、一分、二分と時が経つにつれて、紳士たちの顔は、なんというか、飽き飽きした表情に変わっていった。

顔に天然痘の痕のある大柄の男性は、教会の敷石のひびを剣の先で小突きはじめた。優雅な感じの男性は、大きい男をにらみつけて、剣はきちんと構えていなくてはならないと説教していた。ハリーの仲間の三人目の男性は、茶色の髪で、上着はほこりだらけだった。ヴァイオレットにわかるのはそれだけだった。なぜなら彼は、ほかの人々に背中を向けて、ぼんやりと教会のステンドグラスをながめていたからだ。傍らには小さい少年がいて、彼は少年にステンドグラスに描かれている聖書の場面を説明しているようだった。

その間、オスカー、ラルフ、セシル、そしてフレディーの四人、つまり、ジョージを守る側の者たちは、剣を持つ適切な方法について議論していた。ラルフの目は腫れて、黄緑色に変わっており、オスカーは足を引きずっていた。それについてはあとで問いたださなくてはならないだろう。

ヴァイオレットはため息をついた。すべては期待はずれだった。

「あなたはデラーフではありませんか？」奇妙な、まるで恥じいったような表情で聖具室の前から戻ってきたトニーは、顔に天然痘の痕のある男に向かって言った。「スウォーティンガム伯爵ですね？」

「そうだが？」大柄の男は険しく顔をしかめた。

「メイトランドです」トニーは手を差し出した。

スウォーティンガム卿は少しのあいだその手を見つめてから、剣を鞘におさめた。「はじめまして」彼は優雅な男のほうに顎をしゃくった。「こちらはイズリー子爵です」

「ああ、なるほど」トニーはイズリーとも握手した。「デラーフ、あなたのことは聞いていています」

「ほお？」大柄の男性は用心するように言った。

「ええ」トニーは落ち着いている。「先日、あなたの論文を読みました。輪作についての」

「ああ」大柄の男の表情は晴れた。「あなたの領地でも輪作をされていますか？」

「ちょうどはじめたばかりでして。わが領地はあなたのところよりも少し北に位置していて、あのあたりはエンドウ豆が主要な作物なのです」

「それに大麦とスウェーデンカブ」オスカーが口をはさんだ。彼とラルフも近づいてきた。

「そうでしょうね」スウォーティンガム卿はつぶやいた。

スウェーデンカブですって？　ヴァイオレットはあきれてじっと見つめた。午後のお茶の時間みたいに、農業の話をはじめちゃったの？　いいえ、お茶というより、近隣の居酒屋での会話だ。

「ご紹介が遅れました」トニーは弟たちを示した。「こちらはオスカーとラルフ、わたしの弟です」

「はじめまして」

またしても男たちのあいだで握手が交わされる。

ヴァイオレットは無言で頭を左右に振った。ぜったい、ぜったい、ぜったいに、男という人種は理解できないわ。

「ああ、それから、こちらはセシルとフレディー・バークレーです」トニーは咳ばらいした。

「セシルは姉と結婚することになっていたのです」

「もうそうではなくなったようですが」セシルはしんみりと言った。

彼らはみな、にやにや笑いだした。ふんだ、つまらないの。

「そして、あなたが妹さんですね」と言う男性の声が彼女の耳に入ってきた。

ヴァイオレットがくるりと体を回すと、ハリーの三人目の友人が後ろに立っていた。先ほどまでそばにいた少年は座席に腰かけてかかとで敷石を蹴っている。近くで見ると、男性の目は美しい緑色だった。そしてあやしいほどハンサム。

ヴァイオレットは目を細めた。「あなたはどなた？」

「グランヴィル、ベネット・グランヴィルと申します」彼はお辞儀をした。

ヴァイオレットはお辞儀をしなかった。すっかり混乱してしまっていた。グランヴィルがなぜハリーを助けているのだろうか？

「グランヴィル卿はもう少しでミスター・パイを殺すところでしたわ」彼女は眉をひそめてベネット・グランヴィルをにらんだ。

「ええ、残念ながら、彼はわたしの父です」彼のほほえみは薄らいだ。「といっても、それはわたしのせいではありません。自分の出生に関しては、どうにもできませんから」

ヴァイオレットは口元がゆるんでほほえみそうになるのを、あわてて制した。「あなたはここで何をなさっているの？」

「まあ、話せば長く――」ベネット・グランヴィルは言葉を切って、彼女の頭の向こうに視線を移した。「ああ、どうやら二人は出てきたようだ」

それで、質問しようと思っていた項目は、すっかりヴァイオレットの心からすり抜けてしまった。彼女は、ジョージがどちらの男性と結婚することに決めたかを知ろうと後ろを向いた。

ジョージはぜいたくなため息をついた。彼女はいまここで、ハリーの腕の中で眠ってしまえそうだった。たとえ聖具室のテーブルにちょこんと座らされているとしても。

「それで？」彼は顎で彼女をそっと突いた。

どうやら、彼はいま答えをほしがっているようだ。彼女は考えようと努めた。脳みそが脚同様にぐにゃぐにゃになっていないことを願うばかり。「ハリー、わたしはあなたを愛しています。わかっているでしょう。でも、あなたの不安のほうは？ほかの人にわたしのペットの――」彼女は一瞬、言葉を詰まらせた。次の言葉を言うのがつらい。「猿と思われてもいいの？」

彼はジョージのこめかみの髪に鼻をすりつけた。「それがわたしを苦しめるだろうということは否定できない。それと、人々があなたのことを何と言うか。しかし、つまりはこういうことだ」彼は顔を上げた。そのエメラルド色の瞳はとてもやさしく、傷つきやすいようにさえ見えた。「わたしはあなたなしで生きることができないのだ、マイ・レディ」

「ああ、ハリー」彼女は両手で彼の顔を包んだ。「弟たちも、ヴァイオレットもあなたに好意を持っているわ。そして結局、本当に重要なのは彼らだけなの。残りの人々のことなんて、どうでもいいの」

ハリーはほほえんだ。それを見て、ジョージの心はいつものように躍った。「では、あなたはわたしと結婚して、一生、マイ・レディでいてくれるのか?」

「ええ。ええ、もちろん、わたしはあなたと結婚するわ」目に涙があふれてくる。「あなたを死ぬほど愛しているのよ」

「わたしもあなたを愛している」ハリーはかなり上の空で言った――とジョージには思われた。彼は彼女の敏感な肉体からそっと自らを引き抜いた。

「あら、やめてしまうの?」ジョージは彼を行かせまいとした。

「残念ながら」ハリーはすばやくズボンのボタンをはめ直した。「彼らがドアの外で待っている」

「あら、待たせておけばいいのよ」彼女は鼻にしわを寄せた。たったいま彼に、もっともロマンチックなやり方でプロポーズされたところだったのよ。この瞬間をもう少し味わうことができないの?

ハリーは前に体を倒して、めくれていたスカートを戻し、彼女の鼻にキスをした。「あとでゆっくりすごす時間はいくらでもある」

「あとで?」

「わたしたちが結婚したあと」ハリーはジョージに向かって眉をひそめた。「あなたはいま結婚に同意しただろう」

「でも、すぐにとは思っていなかったわ」彼女はドレスの上半身を整えた。なぜここには鏡がないの？

「あなたはあちらで、あの気どり屋と結婚しようとしていたじゃないか」ハリーは腕を広げてドアを示した。

「だって、それは違うわ」さっきまでハリーと愛し合っていたように見えるかしら？「それに、セシルは気どり屋ではありません。彼は――」ジョージは、彼の表情が危険なほど暗くなったのに気づいた。話題を変えたほうがいいだろう。「わたしたちは結婚できないわ。許可証がいるもの」

「すでに手に入れてある」ハリーが上着のポケットを軽くたたくと、かさかさと紙の音がした。

「どうやって――？」

彼は彼女の言葉をキスでさえぎった。それは少々主人ぶったしぐさだった。「結婚する気があるのか、ないのか？」

ジョージは彼の腕にしがみついた。実際、ハリーのキスにはときどきめろめろになってしまう。「あなたと結婚します」

「よし」ハリーは彼女の腕を自分の腕にかけ、ドアに向かった。

「ちょっと待って！」

「何だい？」

男の人ってとても鈍感なところがある。「わたし、ちょうど転んだばかりのように見えない？」

ハリーは口元をひきつらせた。「世界で一番美しい女性に見える」と言って、もう一度しっかりと彼女にキスをした。質問にきちんと答えてはいなかったが、もう手遅れだ。

彼はドアを開けた。

二つの集団がひとつになって、祭壇のまわりに群がっていた。あら、まあ、闘っていたわけではないの？　皆は期待に満ちた顔を向けた。

ジョージは咳ばらいして、うまく言葉をまとめようとした。そのとき、あるものが目に入り、彼女ははっと息を止めた。

「ハリー……」

「どうした？」

「見て」彼女は指さした。

ペルシャ絨毯のような光の模様が、先ほどまで薄黒かった石の床の上で躍っていた。コバルトブルー、ルビー色、そして琥珀色。彼女は光の筋をたどって、祭壇の上のばら窓へと視線を移した。それは日の光に外から照らされて輝いていた。

「太陽が出たのね」とジョージは畏敬の念に打たれてささやいた。「日の光に照らされるのがどんなふうかをほとんど忘れるところだったわ。ヨークシャーでも輝いていると思う？」

ハリーはグリーンの目をきらめかせた。「もちろんだとも、マイ・レディ」

「エヘン」その声のほうにジョージが顔を向けると、ヴァイオレットがいらいらした表情で見ていた。「それで？」

ジョージはほほえんだ。「わたしは今日、ミスター・パイと結婚します」

ヴァイオレットは金切り声をあげた。

「やれやれ、やっとか」だれかが――たぶんオスカーがつぶやいた。

ジョージはそれを無視して、深く悔いている顔で哀れなセシルを見た。「セシル、本当にごめんなさい。わたし――」

しかし、セシルがそれをさえぎった。「気にするな。この先一年ばかり、これを食卓の話題にするさ。祭壇に置き去りにされる花婿というのはそうめったにいるものじゃないからね」

「ん？」座席の最前列から突然、声が聞こえてきて、全員がそちらを向いた。牧師がかつらを直していた。眼鏡を鼻に戻し、集まった人々に目をやって、ジョージを見つけた。「では、お嬢さん。どちらの紳士と結婚することにしたのです？」

「こちらです」ジョージはハリーの腕をぎゅっとつかんだ。

牧師はハリーをじろじろ見てから鼻を鳴らした。「もうひとりの方とそれほど変わるとも思えませんな」

「それでも」彼女はまじめな顔でいるように努めた。「こちらが、わたしが結婚したい相手なのです」

「よろしい」牧師はハリーに向かって眉をひそめた。「許可証をお持ちか？」

「はい、ここに」ハリーは一枚の紙を取りだした。「そして弟たちが付添人になります」

ベネットがハリーの横に進み出て、その少し後ろにウィルが立った。少年は不安そうだったが、同時にとても気持ちが高揚してもいるようだった。

「弟たち？」ヴァイオレットが鋭いひそひそ声で言った。

「あとで説明するわ」とジョージは言った。急に涙がこみあげてきて、ぱちぱちとまばたきする。

「そろそろわたしの食事の時間ですから、さあ、はじめましょう」牧師はやかましく咳ばらいをして、先ほどと同じ裏声ではじめた。「親愛なる皆様……」

だが、それ以外はすべてが違っていた。

ばら窓から日光が差しこみ、小さな教会の中を明るく暖かく照らしていた。トニーは肩から重荷が取り去られたかのように、ほっとした表情をしている。ラルフはその隣でにこにこしている。オスカーはジョージと目が合うと、ウインクを返してきた。ヴァイオレットはベネットをさかんに不思議そうな目でちらちら見ているが、その合間にジョージに笑いかける。ベネットは少々居心地悪そうにハリーの横に立っていたが、誇らしげにも見えた。ウィルは興奮してぴょんぴょん跳ねている。

そして、ハリーは……。

ジョージは彼を見た。すると大きな喜びが体中に満ちあふれてきた。ハリーは、彼女をまるで自分の魂の中心だといわんばかりの目で見つめている。ほほえんではいなかったが、その美しいエメラルド色の目は温かく澄んでいた。

ハリーと一生をともにすることを誓う言葉を言う段になって、ジョージは彼のほうに身を寄せてささやいた。「あのおとぎ話の結末で、ひとつ言い忘れたことがあったの」

もうすぐ夫となる人は彼女にほほえみかけ、まじめに尋ねた。「何だい、マイ・レディ？」

ジョージはその瞬間と、彼の目に浮かんだ愛情をゆっくり味わった。それから、おもむろに言った。「二人はそれからずっと幸せに暮らしました！」

「そうだったのか」ハリーはささやき返して、彼女にキスをした。

ジョージは、牧師が「いや、まだ、まだですぞ」とうなるように言うのをおぼろげに聞いた。だが、牧師はこうつけ足した。「ふう、しかたがない。これでお二人はめでたく夫婦となられました」

そう、そうでなくっちゃ、とジョージは考えながら、ハリーにキスをした。わたしはハリーの妻。

そしてハリーはわたしの夫。

訳者あとがき

お待たせしました。『あなたという仮面の下は』で幕を開けたエリザベス・ホイトの大人気シリーズ、プリンス三部作の第二弾、『雨上がりの恋人』（原題 The Leopard Prince）をお届けします。本作は『あなたという仮面の下は』のヒーロー、スウォーティンガム伯爵の友人で、謎めいた過去をもつ男ハリー・パイが主人公。さあ、彼はどのようなヒロインと巡り合うのでしょうか。

伯爵の娘、ジョージ・メイトランドは二八歳のオールドミス。おばが彼女に財産と領地を残してくれたため、経済的理由で結婚する必要もなく、頼りになる弟たちやかわいい妹に囲まれ、楽しくのんきに暮らしていました。ところがヨークシャーにある自分の領地ワールズリーでよからぬ事件が起こっていると知り、彼女はワールズリーの土地差配人であるハリー・パイとともにロンドンから領地へ向かいます。

その旅の途中、大雨の中で馬車が壊れ、ジョージはパイとふたりきりでみすぼらしい小屋で一晩を明かすことになってしまいます。そしてその夜を境に、ジョージはパイをただの使用人ではなくひとりの男として意識するようになったのです。

ワールズリーに着いてみると、屋敷や領地の周辺は不穏な空気に包まれていました。最近、近隣で羊の毒殺事件が頻発しており、ハリー・パイがその犯人だという噂でもちきりでした。パイの無実を信じるジョージは、彼を逮捕させるといきまく隣の領地の所有者グランビル卿や、羊を殺されて恨んでいる農民たちと対決することになります。やがて殺人事件まで起こり、いよいよパイは追い詰められていきます。そして、愛しあうようになったジョージとパイのあいだには、身分の差という崩しがたい壁もあったのです……。


前作『あなたという仮面の下は』は、しっとりとした大人どうしの恋を描いたロマンスでしたが、本書は毒殺事件とパイの複雑な過去にかかわるさまざまな謎をはらんだミステリー仕立てになっています。といっても、ホイトの持ち味である等身大の主人公たちのロマンチックな恋のかけひきや、生き生きとした脇役たちの活躍は本書でもたっぷりお楽しみいただけます。とにかくおもしろいのが、ジョージの三人の弟。責任感が強く堅物の長男、甘いものが大好物でちょっといい加減な次男、純情な三男とジョージとのやりとりは、悲痛な物語に愉快なユーモアを運んでくれます。そして、おまちかねのスウォーティンガム伯爵とイズリー子爵ももちろん出てきます。

こうした笑いの要素的脇役のほかに、今回はパイの出生の秘密とさまざまな悲劇に関係する人々もたくさん登場します。パイを慕う天涯孤独な少年の存在や、隣の領地に住むグランビル親子の愛憎劇はこの物語にただのロマンス小説以上の厚みを与えていて、ホイトのストーリーテラーとしての才能を感じます。しかも、ロマンス要素もとびきりすてきです！

そもそもプリンス三部作と呼ばれているゆえんは、原題がそれぞれ The Raven Prince、The Leopard Prince、The Serpent Prince というからなのですが、じつはこれらの作品には、小説の中に、もうひとつ別の物語が含まれているのです。今回は「ヒョウの王子」という、これまたなかなか興味深いおとぎ話（これもホイトのオリジナル）が、ジョージがパイに語って聞かせるというスタイルで織り込まれています。ジョージが真面目にお話を語ると、すぐパイがつっこみを入れて、ジョージを困らせるところがすごく面白いので、どうぞお楽しみに！

ところで、ハリー・パイは土地差配人という身分ですが、どのような仕事をする人なのでしょうか。もともとは、小作人から地代を集めるのが主な仕事だったそうですが、一八世紀あたりになると、土地の有効活用や農作物の栽培計画など、領地をうまく管理して最大限の収入をあげるようにするという非常に重要な仕事をまかされるようになりました。有能な土地差配人を雇えれば、土地の所有者である貴族はロンドンのお屋敷でのんびりしていられたのでしょう。ですから、使用人の中ではランクの高い職務です。

前作でもそうでしたが、本作でも農作物の話など、植物の話題が豊富に盛り込まれています。じつは、ホイト本人は、ガーデニングがたいへん得意なのだそうです。羊の毒殺に使われるドクニンジンは、写真を見ると白い可憐な花を咲かせる植物で、そんな猛毒をもつなんて信じられない感じさえします。

さて、プリンス三部作の最終話は、おしゃれな剣術の達人——といってもいつもやる気がなさそうに見える——イズリー子爵の物語です。どうぞお楽しみに！

二〇〇九年八月

ライムブックス

雨上《あめあ》がりの恋人《こいびと》

著　者　エリザベス・ホイト
訳　者　古川奈々子《ふるかわななこ》

2009年9月20日　初版第一刷発行

発行人　成瀬雅人
発行所　株式会社原書房
〒160-0022東京都新宿区新宿1-25-13
電話・代表03-3354-0685　http://www.harashobo.co.jp
振替・00150-6-151594
ブックデザイン　川島進(スタジオ・ギブ)
印刷所　中央精版印刷株式会社

落丁・乱丁本はお取り替えいたします。
定価は、カバーに表示してあります。
 ISBN978-4-562-04368-2　Printed in Japan